운명을
알고,
살고,
넘어서기

운명을
알고,
살고,
넘어서기

김성렬 지음

책머리에

칼 오르프의 칸타타 〈카르미나 부라나〉에는 다음과 같은 대사가 나온다. “오 운명의 여신이여, 있는 자도 없는 자도 그대의 희롱에 쫓기며 사는구나.” 그야말로 있는 자도 없는 자도 공감이 가는 대사이다. 우리 속언에도 “팔자 도망은 못한다”, “사람 팔자 시간 문제”라는 등의 팔자타령이 많은 것을 보면 운명에 관한 인식과 관심은 양의 동서를 막론하는 듯하다.

사람이 살다 보면 자신이 예상치 못했던 삶의 곡절과 만나는 경우가 많다. 창창했던 사업이 부도가 나는가 하면 예기치 못했던 곳에서 투자 대박이 나고, 가연을 맺은 배우자와 백년해로를 하는 사람도 있지만 헤어지는 사람도 있고, 예상치 않았던 취업/승진이 있는가 하면 좌천·퇴출을 당하기도 한다. 특히 인생의 가장 중대사인 배우자 만나기, 취업, 거주지 선택들에서 이 글을 읽는 독자들도 자신의 의지와 다른 경우를 많이 만났을 것이다. 이 글을 쓰는 필자의 경우도 그러하였다. 대학에서 전공한 한문학을 대학원에서 현대문학으로 바꾸었고, 30대 초반에는 되고야 말리라 작심했던(?) 전임교수는 40대 초반이 지나서야 되었다. 국문학자/평론가로서 나름의 역할을 하겠다던 다짐과는 별개로 문예창작학과 교수로 자리 잡게 되자 나의 인생 청사진에는 없었던 창작까지 하게 되었다. 고향인 대구에서 살리라던 의심 없던 젊은 시절의 짐작과는 너무도 동떨어지게 지금의 거주지는 나라의 최북단인 의정부이다.

이처럼 무상한 인생사의 전변(轉變) 속에 알 수 없는 미래를 알고자 한 욕망이 부른 담론이 명리학이다. 명리학은 음양오행을 활용한 다양한 경우의 수를 추출하여 사람의 미래를 예측코자 한다. 필자는 전공이 일종의 '인간학'이라 할 소설 장르여서 그런지 젊어서부터 명리학에 관심이 많았다. 이러한 관심을 젊어서는 충족하지 못하고 인생 후반의 과제로 삼고 있다가 퇴임을 앞둔 약 칠팔 년간 이를 틈틈이 공부하였다. 물론 나의 미래를 알고 싶어서였다. 그러나 공부의 결과는 명리학에 대해 다른 결론으로 이끌었다. 그것은 우선 명리학이 우리의 미래를 정확히 예측하기 어렵다는 결론이다. 그 이유는 이 책의 도입부에 쓰겠지만 명리학이 비록 백만 가지에 이르는 경우의 수를 가지고 있으나 수십억에 달하는 인간 모두의 경우를 포괄하지 못한 한계, 달리 말해 데이터의 부족에 따른 한계에서 온다. 그리하여 명리학은 운명의 지도를 반쯤밖에 그리지 못하는 한계를 갖는다는 것이 필자의 일차적 결론이 되었다.

그러면 주역 이래로 수천 년의 역사를 가진 이 담론이 전혀 무용할까? 그렇지는 않다고 보는 것이 필자의 이차적 결론이다. 필자의 경험에 의하면 명리학은 인간의 미래 예측보다는 인간의 타고난 욕망, 자질을 규명하는 데 매우 유효하였다. 달리 말해 명리학은 자아의 정체성을 확인케 하고 자아를 재정의하는 데 매우 유용한 담론이라는 것이다. 이는 명리학이 음양오행론에 바탕한 십성(十星)론, 신살(神殺)론 등을 활용하여 한 사람의 성격, 욕망, 타고난 자질 등을 규명하는 데 매우 유용한 담론이어서다. 명리학이 추출할 수 있는 백만 가지 경우의 수는 수십 수백 가지 경우에 머무는 MBTI나 에니어그램과 비교가 되지 않을 정도이고 내용 또한 정밀하고 다채롭다. 뿐만 아니라 명리학은 그 토대가 되는 음양오행론이 하나의 자연학이자 철학이기에 인간의 삶, 나아가 자연과 우주에 관한 지혜를 통찰하고자 하는 인문학과 만난다. 명리학의 이러한 특징을 활용하면 명리학은 한 사람의 욕망, 자질 등을 밝힘과 아울러 가치 있는 삶, 유의미한 목표가 있는 삶으로 인도하는 또 하나의 '인간학'으로 성립한다.

명리학의 성격을 이렇게 규정한다 하여 사람의 미래 예측에 대한 욕망을 포기할 것까지는 없다. 사람의 성격이 곧 그 사람의 운명이란 속언이 있듯이 한 사람의 성격과 욕망, 지향점을 알면 그것이 곧 그 사람의 운명이기 때문이다. 이런 점에서 명리학이 운명학이란 말도 틀린 것은 아니다. 그러나 사람의 운명은 어느 누구도 확정할 수 없는 천변만화의 것이라 우리는 인간학으로서의 명리학을 통하여 자신의 운명을 반쯤 엿볼 수 있는 지도를 얻을 수 있을 따름이다. 이 지도의 완성은 오직 자신의 부단한 실존적 선택과 노력에 달렸다. 그 지도의 완성을 위하여 우리는 희미한 운명의 지도를 손에 쥐고 그 길을 악전고투하며 걸어야 한다. 그렇게 자신의 운명을 완성함으로써 우리는 마침내 그 운명을 초월하는 데까지 이를 수 있다. 이 책의 제목이 『운명을 알고, 살고, 넘어서기』인 것은 이러한 함의를 담은 것이다.

이 책에서 필자는 인간학으로서의 명리학이라는 관점에서 명리학을 활용하여 여러 가지 융합을 시도한다. 그러한 융합의 근본 지향은 인간/자아의 정체 규명과 바람직한 삶의 자세 정립이다. 문학과 명리학을 융합하고, 문화의 이해에 명리학을 활용하며, 명리학을 활용한 인물론을 통하여 자녀교육이나 학생 상담에 활용할 수 있는 명리학의 쓰임새를 찾는 것들은 이런 이유에서다.

이 책의 구성은 다음과 같다.

우선 도입부 격인 1부는 인간에게 운명이란 있는가 없는가, 명리학은 그 운명 탐구에 어떤 쓰임새가 있는가를 서술한다.

2부는 흔히 동양철학이라 불리는 명리학이 과연 그러한 성격을 담지하고 있는가를 밝힌다. 아울러 명리학의 기본원리를 서술한다. 명리 입문격에 해당하는 이 장을 참조하면 이후 전개되는 글들을 이해하기에 용이할 것이나 어렵다고 여겨지면 건너뛰어도 무방하다. 다만 틈틈이 참조할 것을 권한다.

3부에서는 한국문학의 우뚝한 고봉인 박경리의 『토지』를 명리학과 융합하여 새로운 이해를 시도한다. 그야말로 인물의 박물지라 할 이 소설이 명리학을 통한 인간 이해를 기하기에는 가장 적절한 텍스트여서 『토지』를 통해 명리학을 활용한 인간해석을 시도한다. 워낙 대하장편이라 완독을 못한 일반 독자들을 위한 안내서를 자청하고 쓴 글이기도 하다.

4부는 한국문학을 풍요하게 일구고 있는 작가들을 대상으로 명리학을 활용하여 쓴 작가/작품론이다. 작가/작품들을 명리학을 통해 달리 그리고 새롭게 이해할 수 있음을 선보인다.

5부는 명리학을 활용한 문화론이다. 음양오행론을 활용하여 우리 한국/인의 성격과 미래, 일본/인론, 유대인론, 우리 사회의 당면한 문제의 해결 방식 등을 모색한 글이다. 명리학을 활용한 최초의 민족/문화 이해를 시도한다.

6부는 명리학을 활용한 인물론이다. 봉준호, BTS의 정국 등과 같은 문화예술인, 내가 가르친 학생들의 상담 사례들을 통해 사람과 삶에 대한 이해를 넓히고자 쓴 장이다. 이를 통해 자녀교육이나 학생 상담에 관심이 있는 분들은 일정한 참고사항을 얻을 수 있을 것이다.

7부는 이 책의 결론이다. 이 책은 명리학을 활용했지만 실상은 인문교양서를 지향한 책이다. 그러므로 이 책은 무의미와 허무주의 속에 오직 재화를 향한 욕망으로 폭주하는 현대인들에게 어떻게 하면 허무주의를 극복하고 유의미한 삶을 살 수 있을까에 대한 방책을 제안한다. 이 책을 읽는 분들은 이 장을 꼭 읽어주시기 바란다. 필자가 강조하는 '성실'과 '애틋한 마음'이 어떻게 운명과 맞서고 운명을 초월할 수 있는 방책인가를 알려드리고자 하는 장이다.

위의 요약에서 드러나듯이 이 책은 문학과 문화, 사람, 궁극적으로는 우리가 사는 세계에 대한 새로운 방식의 이해를 모색한다. 문학 연구자와 창작인, 인문학에 관심 있는 독자, 자신의 운명을 알고 가치 있는 삶을 살고자 하는 모든 사람들을 위하여 썼다. 독자 여러분도 자신의 운명/성격을 이 책을 통하여 가늠해보고 그에 따라 여러분의 운명과 담대하게 씨름하고, 마침내 그 운명조차 넘어서기를 소망한다.

이 책은 필자가 재직하던 대학에서 정년퇴임한 이후 꼬박 일 년여를 바쳐 쓴 책이다. 출간이 미루어진 탓에 더 만지작거리느라 시간은 더 들었다. 구상과 자료의 해석 등은 퇴직 이전에 이미 시작하였기에 이 년여의 시간이 소요된 셈이다. 지둔한 이의 용력이라 긴 시간이

들밖에 없었지만 나름으로 정리한 삶의 이력서라 할 만한 이 책이 독자들에게 조금이나마 유의미하고 따뜻한 삶을 여는 데 도움이 된다면 더 바랄 바 없겠다. 마지막으로 어려운 출판계의 사정에도 불구하고 이 책의 출간을 짐져주신 양정섭 사장께 깊은 감사를 전한다.

2022년
생명이 다시 열리는 봄에
저자 씀

차례

제4부 문학과 명리학의 만남 (2) 197

—명리학으로 읽는 작가/작품론

제5부 명리 문화비평 263

제6부 명리 인물론 325

제7부 마무리 361

—운명애(Amor Fati)를 넘어

일러두기: 이 책에서 참고한 문헌은 참고문헌 목록에 밝혀두었다. 학술적 목적의 저서가 아니어서 꼭 필요한 경우가 아니면 출처의 쪽수까지 밝히지 않았음을 양해 바란다.

제1부
인/문학과 명리학의 만남을 위하여

1. 운명은 있는가?

이 책은 인/문학[1]과 명리학을 융합하여 삶의 올바른 지향과 자세를 논하기 위하여 쓴다. 왜 하필 명리학을 활용하는가? 명리학은 알다시피 사람의 운명을 논하는 담론이다. 이 책의 목표를 위하여 명리학의 이러한 성격을 규명할 필요가 있다. 그러므로 먼저 과연 운명이란 있는 것인지, 그리고 명리학은 이를 규명할 수 있는지를 물어보아야 한다.

운명은 있는가? 이에 대해 답하는 것은 쉽지 않다. 있다고 하면 인간의 자유의지를 무시하는 고루한 숙명론자가 되기 쉽고, 없다고 하면 무모한 도전자 또는 깊은 사유가 부족한 사람으로 간주되기 쉽다. 결정론이냐, 자유의지론이냐로 대립해 온 철학적/종교적 논쟁도 운명론이 그 중심에 개입되어 있다. 어느 한쪽의 승리로 쉽게

---

1) '인/문학'이란 표기는 '인문학 또는 문학'이란 의미다. '/' 부호는 또는(or)이란 의미의 기호이다. 일반 독자를 위하여 밝힌다.

결판이 나지 않을 화두인데, 이런 이야기부터 한 번 살펴보자.

오스모라는 사람이 있었다. 이 사람은 어느 날 도서관에 갔다가 오스모라는 인물의 전기를 보게 되는데 살아온 과정을 보니 딱 자기 이야기였다. 놀라운 것은 자신이 미래의 어느 날 비행기를 타고 포트웨인이라는 곳을 지나다가 비행기 사고로 죽는다는 것이었다. 이런 이유로 그는 비행기를 절대 타지 않았다. 그러다 어느 날 부득이한 출장으로 비행기를 타게 되었는데 이 비행기가 사고로 인해 포트웨인이란 곳에 중간 기착하게 될 것이라 한다. 방송에 놀란 그는 절대 자기는 그곳으로 갈 수 없다며 난동을 부리게 되는데 자신이 부린 난동으로 비행기가 추락하여 그는 죽는다.[2)]

일어날 일은 반드시 일어난다는, 피할 수 없는 운명의 질곡을 그린 우화이다. 팔자대로 산다, 팔자 도망은 못 한다는 우리 속담도 이와 유사한 맥락의 것이다. 그러나 삶의 다양한 곡절, 인간의 의지를 강조하는 사람들은 이에 쉽게 승복하고 싶지 않다. 그래서 우리는 또 묻는다. 과연 그런 걸까? 우리는 정해진 운명의 회로를 따라가게 되어 있는 것, 즉 운명은 결정되어 있는 것일까? 그렇다면 우리가 아등바등 애쓰면서, 선택의 기로에서 헤매며 살아갈 이유도 없지 않은가. 그저 용한 역술가나 점술가에게 미래를 알아보고 그를 따르는 게 현명한 일이 아니겠는가? 이런 물음에 좋은 참조가 되는 것이 영화 〈매트릭스〉이다.

〈매트릭스〉는 독특한 상상력과 파격적 액션으로 흥행 대박을 터뜨린 헐리우드의 대표적 상업영화쯤으로 아는 이들이 많다. 그러나

---

2) 1993년 『문화일보』 문예공모에 당선된 우애령의 「오스모 이야기」에 나오는 우화다.

이 영화는 서구의 철학, 역사, 종교적 통찰이 함께 버무려진 탁월한 대중물이다. 가령 AI가 조성한 매트릭스의 세계는 우리가 사는 현실이 실재계, 이데아의 복사본이라는 플라톤 철학에 기반한다. 영화의 기본 틀 자체가 서양철학에 기반한 셈이다. 영화 중의 메로빈지언이란 정보브로커는 메로빙거 왕조 사람이라는 뜻을 함유한다. 프랑스의 원조격인 메로빙거 왕조는 뚜렷한 체계 없이 지배자의 의중에 따라 왕조가 부침하였는데 메로빈지언의 탐욕스러운 모사꾼적 성격이 이런 작명을 불렀다고 한다. 무엇보다, 모피어스가 말한 대로 매트릭스가 조작된 세계임을 아는 일부 깨인 사람들을 구할 '그'라는 것을 알기 위한 네오의 탐색 과정은 인간의 자유의지와 결정론을 따지는 철학적 문제의식을 담고 있다.

네오는 애초에 자신이 인류를 구할 '그'라는 모피어스의 전언을 의심한다. 1편에서 그는 과연 자신이 '그'인가를 알기 위해 오라클을 만나지만 그녀는 뚜렷한 답을 주지 않는다. 오라클은 네오가 '그'란 것은 아무도 말해줄 수 없고 스스로 알아야 한다고 한다. 그러면서 네오의 손금과 입안을 살피고는 "너는 재능이 있고 뭔가 기다리고 있는 것 같아. 넌 선택을 해야 해"라고 말한다. 그 선택은 자신과 모피어스 중에서 한 사람의 목숨을 구해야 한다는 것이다. 그러나 네오는 자신을 희생할 각오를 하고 결국 둘 다의 목숨을 구한다. 이러한 과정을 통하여 모피어스들은 네오가 '그'임을 믿기 시작한다. 그러나 자신의 손금과 치상(齒狀)을 살피고도 확답을 주지 않은 오라클에게서 스스로에 대한 확신을 얻지 못한 네오는 마침내 조물주격인—매트릭스를 창조한 아키텍트를 찾아간다.

아키텍트는 네오가 자신을 찾아오게 된 것도 사실 이미 프로그래

밍된 결과라면서, 인간이 선택의 자유를 선호하는 종족이라 그렇게 설계한 것이라 한다. 여기에는 아담과 이브가 선악과를 따먹는 선택을 함으로써 에덴동산을 쫓겨나게 되었다는 종교적 상상력이 개입되어 있다. 아담과 이브의 낙원 추방은 선택의 능력, 즉 자유의지를 탐함으로써 그렇게 된 것인데 아키텍트는 선악과를 주고 인간을 기롱(欺弄)하는 듯한 유대교의 야훼와 비견되는 존재이다. 자신들의 선택권을 스스로 택한 아담과 이브처럼 매트릭스의 허구를 스스로 깨고자 하는 네오와 모피어스들이지만 그러나 아키텍트는 애초에 설계의 결함으로 몇 프로의 이탈자들이 생겨난 것이 네오나 모피어스, 시온성[3]의 사람들이라 한다. 그러한 이탈자들을 수정하기 위해서 리로드하기를 이미 다섯 차례,[4] 네오는 여섯 번째 그를 찾아온 이탈자일 뿐이라는 것이다. 그러면서 네오에게 시온성 사람들, 즉 인간 일반을 구하는 문으로 갈 것이냐, 연인을 구하는 문으로 갈 것이냐를 택하라 한다. 앞의 다섯 차례 이단아들은 다 전자를 선택하고 리로드됨으로써 파멸로부터 구제를 받았다는 전제를 주면서….

그러나 이 선택 앞에서 네오는 트리니티를 구하는 선택을 한다. 연인을 구하는, 매우 개별적이고 구체적인 선택을 한 것이다. 그런데 결과적으로 네오의 이 선택은 결국 인간을 구하는 행위로 이어진다. 네오와 트리니티는 힘을 합하여 AI를 설득하고 스미스를 퇴치함으로써 인간과 AI 간의 평화를 얻는 데 성공하기 때문이다.

3) 시온성이란 명칭도 영화의 발상이 구약과 연관이 있음을 알게 한다. 시온은 다윗이 수도로 정하여 유대민족의 신앙과 생활의 중심지로 삼은 설화적 장소이다.

4) 왜 하필 다섯 차례일까? 이는 지구상 생명체의 대멸망이 다섯 차례였다는 사실에 기댄 발상으로 보인다.

〈매트릭스2 - 리로디드〉에서 아키텍트를 만난 네오

서구의 철학, 종교, 역사—문화적 전통이 믹스된 이 영화의 중요한 문제의식 중 하나는 이처럼 우리의 삶은 예정된 것이냐, 자유의지에 따르는 선택이냐란 것이다. 그러나 실상 영화의 결말은 결정론에 가깝다. 네오의 선택은 결국 그가 '그'임을 입증하는 결과로 나타났기 때문이다. 네오가 발휘하는 초인적 능력도 훈련의 결과라기보다 애초에 주어진 그의 능력일 따름이다. 날아오는 총알을 피하고 에너지장을 펼쳐 총알이 뚝뚝 떨어지게 막아버리는 것은 네오가 반사적으로 발휘하는 자신 속의 초능력이다.

그러나 〈매트릭스〉가 단순한 운명론으로 기운 영화라 할 수는 없다. 네오는 자신이 '그'임을 스스로 의심하면서도 끊임없는 선택과 그에 따르는 수 없는 위기, 투쟁을 거쳐 결국 시온성 사람들의 구원에 이르기 때문이다. 이런 점에서 단순히 팔자 도망은 못한다는 전언을 담은 오스모 이야기보다 순간순간 선택하면서 큰 틀의 명을 산다는 점에서는 더 큰 설득력이 있다. 실상 우리들 대부분이 이런 결론에 좀 더 머리를 끄덕이지 않을까? 다시 말해 우리의 삶은 타고난 명이 있다는 것이다. 대물로 나는 사람이 있고 필부로 태어나는 사람들이 있다는 것, 정치가, 장사꾼으로 나는 사람이 있고 학자, 예술가로 나는 사람이 있다는 것, 보스 성향으로 나는 사람과 참모 성향이 있다는 것, 한탕을 노리는 사람과 또박또박 저축하는 사람이 있다는 것, 불뚝성을 팍팍 내는 사람과 온순한 사람이 있다는 것, 말뚝귀를 가진 사람이 있는가 하면 팔랑귀를 가진 사람이 있다는 것 등은 부인할 수 없는 사실이다. 무엇보다 우리가 대한민국에서 나고 특정한 부모와 지역에서 난 것들은 우리가 바꿀 수 없는 사실이다. 이러한 측면에서 보면 큰 틀의 명은 부인할 수 없는 일이다.

그러나 과연 언제 어떤 시기에 내가 승진하고 합격하고 결혼하고 대박이 나느냐도 정해진 일이라 할 수 있을까? 이러한 궁금증 때문에, 또는 미래를 불안해하는 존재의 불안 강박 때문에 사주명리학이 창안된 것이다.

2. 명리학은 미래예측학인가?

명리학은 오랜 역사를 가졌다. 그 시원을 주역에서부터 찾는다면 몇 천 년의 역사를 갖는다. 길흉을 예측하려는 인간 욕망에 부응코자 한 동양의 대표적 담론이 명리학이다. 승진, 합격, 결혼, 이사 등의 문제를 놓고 필부필부(匹夫匹婦)뿐만 아니라 선량(選良)이 되고자 하는 이들도 즐겨 찾는 것이 명리상담가이다. 그런데 문제는 이 사주명리학이란 것이 과연 얼마만큼 적중도를 가지느냐는 것이다. 나는 앞에서 큰 틀의 운명이 있다고 말했지만 삶의 세부적인 틀도 피할 수 없이 정해진 것이고 그 세부적 계기들을 명리학이 다 예측할 수 있다면 우리는 꼼짝없이 명에 매인 존재들이 된다. 그러나 다행히도(?) 명리학은 100퍼센트의 적중도를 갖지는 못한다. 나의 생각으로는 약 50퍼센트 중후반의 적중도는 갖는다고 말하고 싶다. 이는 달리 말해 큰 틀의 명은 예견할 수 있다는 것이고 그러나 남은 40~50퍼센트의 불확정한 영역이 있기 때문에 인간의 의지적 선택의 영역 또한 크다는 것이다.

이러한 근거는 어디서 오는가? 명리학과가 요즘 일부 대학이나 특수대학원에 개설되어 있고 관련 논문도 수백 편이 검색되지만 아직 통계적으로 이러한 문제를 다룬 경우를 보지는 못하였다. 간명가(看命家)들 스스로는 70퍼센트 정도의 확률을 장담하지만 이 정도라면 신의 영역인데 통계를 제시하는 경우는 보지 못하였다. 명리학도 따지고 보면 생년월일시라는 데이터를 가지고 결과를 산출한 일종의 통계학인데, 아직 이를 통계적으로 계량한 연구가 없다는 것이 학문으로 정립하기 위한 명리학의 갈 길이 많이 남았다는 것이겠지만, 필자가 개인적으로 50퍼센트 중후반의 적중설을 내세우는 것은 이런 연유에서 비롯한다.

2016년 2월 MBC에서 스페셜 다큐로 '팔자를 찾아서'라는 영상물을 방영한 적이 있다. 이 프로그램은 가수 허각의 쌍둥이 형인 허공의 사주를 분석하면서 사주 예측의 실효성을 탐색한 것이었는데, 간명가들이 지적한 허공의 성격과 습관들이 당자가 혀를 내두를 정도로 적중하는 점이 인상적이었다. 그 중에도 흥미로웠던 것은 허공과 같은 생일을 가진 이들을 11명 모아 이들의 사주를 간명하였더니 6명 정도가 허공이 거친 삶의 궤적과 매우 유사하였다는 점이다. 당시 삼십대 초반인 이들은 어릴 적에 부모와 헤어지거나 잃었고 그로 하여 어려운 유년을 보냈다는 점에서 일치하였다. 이를 근거로 하면 약 55퍼센트 정도 선에서 적중도를 보인 셈이다.

간명가의 상담을 받아보고 상담해 준 필자의 경험으로도 그 정도의 확률을 들고 싶다. 이른바 용하다는 상담가들을 찾았을 때 그들이 두어 번은 나의 미래를 적중하였으나 갈수록 그 적중률이 떨어졌다. 그럴 수밖에 없는 것은 사주를 간명한다는 것, 특히 미래 예측을 한다는 것이 실제 사주풀이로 들어가면 이런저런 상충하는 요소를 많이 만나기 때문에 쉽지가 않다. 영국의 천재 물리학자 스티븐 호킹이 인간과 우주의 운명은 결정된 것이 분명하지만 아직 그 미래를 예측할 수 없는 것은 데이터의 불충분 때문이라 한 것처럼[5] 명리학 역시 데이터가 부족한 것이다. 수학적 계측과 온갖 실험에 의지한 과학도 피할 수 없는 오류로 하여 거듭 연구하고 수정할 수밖에 없는 사정인데 하물며 모든 인간을 데이터화하지 못한 명리학임에랴. 명리 상담을 경험한 이들도 처음엔 적중했으나 갈수록 그 적중도가 떨어지는 것을 경험했을 터인데, 경우의 수가 늘어날수록 적중 확률이 떨어지는 이치이다. 경험으로 보건대 사주 간명을 하는 이들도 거의 백인백색이라 할 만큼 방법들이 다르다. 사주풀이에 동원되는 여러 요인들을 끌어 쓰는 방식들이 다르기 때문이다. 예컨대 용신(用神)을 정한다든지, 합(合)·충(沖)·형(刑)의 작용 방식을 두고 의견들이 다른 경우가 많고 어떤 이는 아예 이런 요인은 고려하지 않는다는 사람도 있다.

사정이 이러하므로 명리학에서의 미래 예측은 아직 술(術)의 영역에 해당한다. 기계적이고 계량적인 결과치가 아니라 간명하는 당자의 이른바 신통력이 많이 작용하는 분야라는 것이다. 따라서 명리학이 좀 더 엄밀한 학(學)의 수준으로 격상하기 위해서는 그 방법론에 있어서 좀 더 정밀화, 논리화되어야 할 측면이 많다. 현재 발표된 여러 논문들도 필자의 한정된 탐색 탓일지 모르겠으나 용어의 개념

5) 스티븐 호킹·레오나르도 믈로디노프, 전대호 역, 『위대한 설계』, 까치글방, 2010, 39~42쪽 참조.

정리나 방법론 측면에서 아직 부족한 면을 많이 느꼈음을 부인할 수 없다.

50퍼센트 중후반 가까운 적중 확률성을 보완하는 또 하나의 자료로 내가 들고 싶은 것은 영국의 한나 크리츨로우가 쓴 『운명의 과학』(김성훈 역, BRONSTEIN출판사, 2020)이다. 이 책의 저자는 젊은 뇌신경과학자로 뇌의 구조에 따라 우리의 운명이 결정되는 것인가를 나름으로 탐구하고자 한 이다. 과연 운명을 뇌과학으로 입증할 수 있는가 하여 탐독했으나 운명의 존재 여부를 뇌과학으로 명료하게 입증하는 책이라 보기는 어려웠다. 뇌과학 또는 신경생물학이 비만, 조현병, 일부 유전질환의 발현 여부 정도는 예측할 수 있으나 뇌와 유전자의 엄청난 복잡성 때문에 현재로서는 폭넓은 인간 계측이 불가능하다 하였다. 장차는 이 분야 과학의 진전에 따른 데이터의 축적으로 한 사람의 운명도 알 수 있겠지만 아직은 데이터의 부족으로 그것이 불가능하다는 점에서는 호킹의 결론과 유사하였다. 그러나 새로운 경험/감각을 원하는 사람과 판박이 일상을 고수하는 사람들의 성격이 60퍼센트까지는 유전적으로 결정된다는 연구 결과는(같은 책, 85쪽) 필자의 60퍼센트 가까운 운명결정론과 일치하여 흥미로웠다.

이러한 근거로 필자는 60퍼센트 전후의 예측도를 내세우지만 명리학이 그 예측도에서 60퍼센트 전후를 오르내린다는 것은 사실 무시할 수 없는 수준이다. 우리의 앞날, 운명을 60퍼센트 가깝게 읽어낸다는 것만 해도 놀라운 일이 아닐까? 다시 말해 우리가 걸어가야 할 삶의 지도를 60퍼센트 선에서만 확보해도 대단하지 않을까라는 것이다. 물론 50~60퍼센트 정도의 명료성을 가진 지도는 사실 지도로서 부족하다. 이를 보완하는 것은 각 주체들의 지도 완성을 위한 노력이다.

달리 말해 자신이 타고난 환경—국가적 요인이나 지역적 요인, 부모 등—의 요인과 자신이 타고난 자질, 성격 등은 천부적인 것으로 이는 그야말로 운명적 요인에 해당하는 것이다. 그러나 타고난 자질도 자신의 의지에 따라 계발의 정도가 달라지고, 성격조차도 교육과 스스로의 노력에 따라 수정할 수 있는 여지가 있다. 더 나아가 예측의 결과가 이러저러하게 나왔다 할지라도 그것을 활용하는 것은 역시 그 주체의 실존적 결단이 따르는 문제이다. 요컨대 삶이라는 지도 그리기는 주체의 실존적 의지와 결단이라는 선택 또는 노력이 따름으로써 비로소 완성에 이르는 과제이다. 앞에서 논한 〈매트릭스〉의 문제의식이 바로 이에 부합한다. 네오는 자신의 운명을 확신치 못하면서도 스스로 선택하고 투쟁하면서 자아를 증명한 주인공이다.

이런 점으로 미루어 본다면 사주명리학은 미래예측학이긴 하되 100퍼센트의 예측성은 갖지 못하는, 하나의 가능성을 담은 삶의 지도로 봐야 한다. 이에 따라 필자는 명리학의 실제적 소용을 다른 곳에서 찾는다.

3. 욕망의 지형도 그리기

—'인간학'으로서의 명리학

그러면 명리학의 실제적 소용은 무엇인가? 이에 대한 답으로 이 책은 명리학의 술(術)적인 측면보다는 학(學)적인 측면을 활용하여 우리의 삶과 사회에 대한 쓰임새를 찾으려는 의도로 쓰인 것임을 우선 밝힌다.

명리학은 미래 예측이란 성격과 다르게 또 다른 한 모의 역할이 있다. 한 사람의 성격이나 자질 등을 간명하는 기능이 바로 그것이다. 한 사람의 성격이 그 사람의 운명을 좌우한다는 말이 있듯이 그 사람의 성격이나 성향, 자질 등을 알 수 있다면 이야말로 어떤 이의 운명을 예측하는 가장 중요한 성분이 된다. 어떤 사람이 외향성인가 내향성인가, 수용적인가 적극적인가, 직관형인가 사고형인가, 성격이 급한가 차분한가, 부지런한가 게으른가, 예의바른 사람인가 아닌가, 섬세한가 투박한가, 배우자를 존중할 사람인가 억압할 사람인가, 재물과 명예 권력 중 무엇을 더 추구하는가 등 명리학은 성격의 많은 부분을 규명할 수 있다. 실상 사람의 운명이란 이런 요인 때문에 달라지는 것 아니겠는가. 배우자를 억압하고 업신여기는 사람은 그 천성을 고치지 않으면 결국 갈라지기 쉽다. 소심하고 생각이 많은 사람은 자신의 이러한 천성을 알면 오히려 자신의 이러한 천질 속에서 자신을 드러낼 수 있는 방법을 얻을 수 있다. 사람 만나기를 좋아해 가정도 뒷전으로 한 채 여기저기 턱쓰기를 좋아하고 돌아다니는 사람은 자신의 이러한 천성을 알아야 파가(破家)를 면할 수 있다. 무엇보다 자신이 원하는 바가 무엇인지, 즉 내가 진정으로 욕망하는 것이 무엇인지를 아는 것이야말로 자신의 운명을 예측하고 개척하는 데 결정적 인자가 될 터인데 나는 명리학의 진정한 쓸모가 여기에 있다고 본다.

명리학은 이를 어떻게 알 수 있는가? 이를 알기 위해서는 음양이 무엇이고 오행이 무엇이며, 오행 간의 상호 작용을 알아야 하므로 이는 간단한 일이 아니다. 꽤나 긴 공력을 들여야 이를 수 있는 경지이고, 무슨 공부나 그러하지만 할수록 끝이 없는 분야가 명리학 공부이므로 더욱 그러하다. 어쨌든 이런 호기심을 가진 이들에게 부응하기 위하여 다음 장에서 명리학의 기본이론을 서술한다. 이를 유의해 읽으면 명리학이 어떻게 사람들의 성격과 자질을 규명할 수 있는가를 이해할 수 있을 것이다. 그 전에 간략하게 밝힌다면, 사람들의 욕망을 규명하는 데 중요한 역할을 하는 것은 명리학의 십성(十星)/십신(十神)론이다.[6] 여기에 신살론(神殺論)까지를 더 하면 사람들의 성격적 특성을 상당 부분 규명할 수 있다.

---

6) 비/겁, 식/상, 정/편재, 정/편관, 정/편인 등 열 가지 요소로 사람들의 가치 지향을 밝히는 것이 십성/십신론이다. 십성, 십신이란 용어를 같은 의미로 혼용해서 쓰므로 슬래시를 써서 표기하였다. 이 책에서도 혼용된다.

십신론의 활용에 있어 지금까지의 명리학자들은 이 십신론을 중요하게 평가하면서도 이를 한 사람의 미래를 예측하는 요인으로 삼아 왔다. 예컨대 관성이 적절하게 배치되어 있으면 이 사람은 관직/명예직에서 성공할 것이다, 라는 식으로 활용해 온 것이다. 그러나 필자는 이를 달리 해석한다. '관성이 적절하게 포진되어 있더라도 관리로서의 성공 여부보다는 이 사람은 관직과 명예에 대한 욕망이 강하다'라는 식으로 읽어야 한다는 것이다. 물론 관성의 적절한 포진이 그 분야에서의 성공 가능성을 높이는 것은 사실이지만 그보다는 당자의 욕망이 그쪽에 강하다는 것, 그러므로 자신의 이러한 욕망을 알고 그 분야에 매진할 것을 추천하는 식으로 해석이 바뀌어야 한다고 보는 것이다. 실제로 사람들은 자신들의 욕망이 강한 쪽으로 결국 진출한다. 관성이 강한 사람은 관공서처럼 구속력 강한 조직체 속에서 자신의 쓸모를 찾기 쉽고 재성이 강한 사람은 돈을 벌기 위해 자신의 에너지를 바친다.

유발 하라리가 "상상의 질서는 우리 욕망의 형태를 결정한다"고[7] 했는데 나는 이 말을 바꾸어 우리 욕망의 형태가 상상의 질서를 결정한다 해도 무방할 것이라 생각한다. 자신이 간절히 원하면 그에 맞는 상상을 펼치게 되고 결국 그 상상은 실천으로 향하게 된다. 따라서 필자가 보기에 명리학은 십신론의 이러한 성격을 활용하여 욕망의 지형도를 그리는 데에 가장 쓰임새가 있다고 본다. 여기에 신살론(神殺論)[8]까지 더하면 그 사람의 성격/성향은 더욱 정확하게

---

7) 유발 하라리, 김명주 역, 『호모데우스』, 김영사, 2017, 174쪽.

8) 이른바 도화살, 역마살 등을 논하는 '신살론'도 이 책의 다음에 구체적으로 소개된다.

그려진다. 이처럼 한 사람의 욕망을 읽는 것이기에 나는 명리학이야말로 인간학이라 일컫는다. 다시 말해 자신도 모르고 있던 자신의 욕망—내가 명예를 탐하는가, 재물을 탐하는가, 권력을 탐하는가 등—자신도 모르는 인간적 특질, 혹은 무의식을 명리학은 밝혀준다는 것이다. 물론 오래 산 사람, 혹은 자신의 목표 의식이 확고한 사람은 자신의 성향이 어떠한가를 알 터이지만 보통사람들은 웬만한 나이에 이르러서도 이런 자각을 얻는 일이 쉽지 않다. 나 자신도 뒤늦게 명리학을 공부하고서야 비로소 내가 이런 삶을 살아온 것은 나의 이러한 자질, 또는 무의식적 욕망 때문이었구나, 늦은 나이에 깨달은 부분이 많았다.

옛날부터 자신을 제대로 아는 것의 중요함을 설파한 이들은 많다. 소크라테스가 '너 자신을 알라' 했고, 공자가 '명을 알지 못하면 군자라 할 수 없다(不知命 無以爲君子也)'라 했으며 손자가 '자신을 알고 남을 알면 백전백승(知彼知己 百戰百勝)'이라 한 것이 모두 자기 파악의 중요성을 강조한 명구(名句)들이다. 명리학은 자기 자신이 누군지를 알게 하고 그리하여 자신을 재정의케 함으로써 자신의 가치 지향이나 사회 속의 위상 설정을 가능케 할 뿐 아니라 타인의 삶도 이해할 수 있게 해준다는 점에서 나는 명리학이야말로 인간학이라 칭하고 싶다.

4. 인/문학과 명리학이 만나면

앞서 언급한 이유들로 해서 나는 명리학은 발복을 위한 학이 되어서는 안 된다고 본다. 사실 기존의 명리학은 사주팔자를 읽어서 내가 언제 출세할 수 있을 것인가, 내가 언제 돈을 벌 수 있을 것인가, 내가 언제 결혼할 수 있을 것인가 등을 밝히는 데 전심하였다. 물론 개인 운명의 행불행 여부를 미리 알고자 하는 욕망을 나무랄 수는 없는 일이며 명리학은 이에 대한 욕구를 일정 정도 해소할 수 있는 기능이 분명히 있다. 그러나 명리학이 적어도 학으로서 정립하고자 한다면 이에 머물러서는 안 된다. 개인적 운수의 좋고 나쁨을 가리는 것은 전통적 점복으로도 충분히 가능하다. 쉽게 말해 신통력이 있는 사람들에게 점을 치러 가면 된다. 그러나 명리학은 여기서 한 걸음 더 나아가야 한다. 만약 명리학이 개인의 운세를 규명하는 일에만 머물면 사람들을 세속에 적응시키는 학에 머물고 말지 모른다. 운세 규명이란 것은 개인의 세속적 성공 여부를 따지는 데 머물기 쉽기 때문이다. 그러나 인간학으로서의 명리학은 이에서 한 걸음 더 나아간다. 인간학으로서의 명리학은 욕망의 파악으로부터 자신의 정체성을 알 수 있게 해주는 기능을 살려 인간을 더 잘 이해할 수 있도록 하고 이로부터 삶의 진정한 의미와 가치 있는 삶을 추구할 수 있도록 도와주는 것에서 그 쓰임새를 찾는다. 〈매트릭스〉의 네오처럼 자신의 운명을 탐색하고 실천하여 인간을 구원하는 영웅에 이르지는 못하더라도 적어도 사람들이 자신의 삶을 치열하게 살고 이 세계를 더 살만한 곳으로 만드는 데 명리학은 일정 부분 기여할 수 있다. 이러한 노력을 기울일 때 명리학은 사람들 모두가 자신의 주체를 정립하고 한 사회의 의미 있는 구성원으로서 조화롭고 평화로운 공동체의 형성에 기여하는 데로 나아갈 것이다.

요즘 다양한 분야의 전문가가 명리학을 단순한 운세학의 수준을 뛰어넘는 경지로 활용하고 있음을 발견한다. 본격적 활용도의 차이는 있지만 문학에서는 물론이고 역사학과 결합시키는 이도 있고 교육학과 결합시키는 이도 있는가 하면 교정학, 정신분석학과 결합시키는 이도 있다.[9] 이들 중에는 여러 분야에서 박사학위를 취득한 이들도 많다. 문학, 역사학, 철학, 교육학, 교정학, 경제/경영학, 정신분석학, 심지어 언어학 학위를 가진 이도 있다.[10] 명리학이 다양한 분야의 전문가들에게 좀 더 학적으로 계발되고 융합되어서 동양의 전통적 지식이 대한민국에서 새롭게 꽃피는 계기를 만들 수 있기를 기대한다.

9) 특히 최근 정신분석학 쪽에서 정신분석의 양창순이 명리학을 활용하여 『명리심리학』(다산북스, 2020)을 쓴 것을 흥미롭게 읽었다. 명리학을 활용한 각 분야 저서는 참고문헌 목록에 올린다.

10) 충남대학교 언어학과의 성철재 교수는 언어학 박사이다. 명리학 관련 글을 인터넷에서 우연히 보았다. 상당한 공부를 한 듯한데 언어학에까지 활용했는가는 모르겠다.

제2부
명리학의 기본 원리

1. 명리학은 자연학이자 철학, 인간학

어려서부터 나는 사주명리란 것에 관심을 가졌었다고 이 글의 서문에 썼었다. 아마도 문학이 평생의 업이고 특히 소설 전공이어서 인간 연구도 깊이 해야 할 팔자다 보니 그랬겠지만, 진작부터 명리학, 사주학 또는 점술이라 불러야 마땅할 이 분야의 명칭에 왜 동양철학이라는 명칭까지를 덧붙이는지는 이해가 되지 않았다. 인간의 미래를 예측하는 것이니 사실 점복에 해당하는 것인데 뭘 거창스레 동양철학이란 이름을 붙였나 했던 것이다. 아마도 정식으로 학문에 편입되지 못하면서 과학적 합리성도 부족한 자신들의 업에 대한 자격지심으로 사주 간명 종사자들이 자의적으로 붙인 명칭이라 은근 조소하는 마음이 없지 않았다. 그런데 막상 공부해 보니 그게 아니었다. 사주명리를 동양철학이라 칭할 근거는 실재하고 또 실증이 가능하였다. 다시 말해 사주명리학은 철학이었고 자연에 근거한 과학의 성격도 있으며 인간탐구학이었던 것이다. 사주명리학의 이러한 성격은 그 근본이 되는 논리가 음양오행론인 데서 온다.

2. 음양론

1) 음양론의 기원과 생명론으로서의 성격

명리학에서 이론의 첫 번째 기초는 음양론이다. 명리학의 틀을 제공한 동양철학, 즉 성리학은[1] 우주 만물과 인간사의 운행법칙을 음양론에서 찾는다. 해와 달(日月), 낮과 밤(晝夜), 하늘과 땅(天地), 남과 여(男女), 밝음과 어둠(明暗), 물과 불(水火), 높음과 낮음(高低), 동과 정(動靜) 등, 우주와 인간 만사는 이처럼 음과 양으로 이루어진다고 보는 것이 성리학의 기본 관점이자 명리학의 기본 관점이다. 요즘 관점으로 보건대 사물을 너무 이분법으로 나눈 것이 아닌가 할 수 있지만 어쨌든 세상 만물은 이렇게 구분되고 구성됨이 사실이다.

---

1) 성리학은 공자가 일으킨 실천적 도덕학으로서의 유학이 송대에 이르러 정호(程顥)와 정이(程頤) 형제, 주희(朱熹) 등에 의해 철학으로 성립하였는데 우주와 인간의 본성을 규명한 학문이라 하여 성리학이라 불렀다. 주희의 업적을 높이 평가하여 주자학(朱子學)이라고도 한다.

그리고 아래에서 거론하겠지만 음양론은 단순한 이분법도 아니다. 어쨌든, 세상 만물을 음양의 이치로 나누는 것은 『주역』에서 비롯한다.

『주역』은 실상 명리학과는 다르다. 『주역』이야말로 산통(算筒)을 뽑고 그것으로 운수를 재는 점복학이라 할 수 있다. 그러나 『주역』에서 비롯한 음양의 원리는 춘추전국시대를 거쳐 당송(唐宋)대까지 이어지면서 명리학이 성립되게 한 바탕이 되었다. 『주역』은 세상 만물이 음양으로 이루어진 것으로 본다. 그리고 음양 이전의 상태, 즉 우주가 음양으로 나뉘어지기 전에는 태허(太虛)의 상태였다고 한다. 그리고 이 태허의 상황을 무극이라 이른다.

무극과 태극

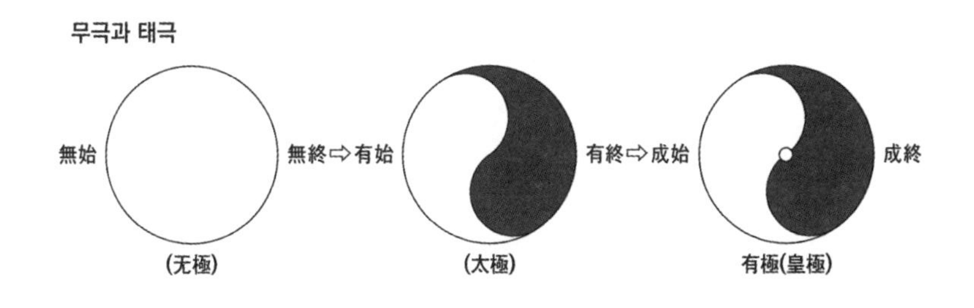

위의 그림을 보면[2] 무극에서 음양으로 나뉘어진 태극이 나온다. 무극은 태허의 상태, 즉 텅 빈 상태여서 무시무종(無始無終: 시작도 없고 끝도 없는 상태)이다. 이 태허의 상태에 음양이 발생하면서, 혹은 무극(無極)[3]이 음양으로 나뉘면서 태극이 나온다. 이때 태극의 음양

---

2) 그림과 이에 대한 설명은 대산 김석진, 「역에 관계된 기본용어」, 『대산 주역강의(1)』(제1판 19쇄), 한길사, 2013, 65쪽 참조.

3) 그림에는 无極이라 하였는데 일반적으로 無極이라 쓴다. 김석진에 의하면 无와 無의 차이는 둘 다 '없다'는 점에서는 공통이나 전자는 향후의 생성을 전제한 문자이고 후자는 그저 없다는 점만을 표기하는 점에 있다 한다. (위의 책, 223쪽.)

은 직선으로 반분하지 않고 곡선으로 반분한다. 이것은 음양이 딱 고정된 상태가 아니라 움직이기 때문에 그렇게 표시한 것이다. 즉 어둠이 서서히 다하면서 밝음이 오듯이 음양은 변화/변동하는 성분이다. 이는 시작과 끝이 있는 것으로(有始有終), 우리가 사는 현상계의 이치가 그러하다. 그리고 마지막의 유극은 음양이 사귀어 그 가운데 하나의 씨눈을 낳는 이치이다(成時成終). 그림을 유심히 보면 유극에 해당하는 원에는 조그마한 씨를 표시한 것이 보일 것이다. 이는 남녀가 교합하여 하나의 생명을 낳는 이치를 생각하면 이해가 될 것이다. 이런 측면에서 음양론은 우주 속 존재의 탄생을 규명하고 음양 조화의 궁극은 생명의 탄생임을 말하는 생명론이기도 하다.

2) 음양론의 과학성

우주의 변화가 무극에서 태극으로, 또 이 태극이 존재의 탄생으로 이어진다는 것은 실로 놀라운 통찰이다. 이는 현대물리학의 과학적 탐색과 일치하기 때문이다. 현대물리학에서 우주는 빅뱅, 즉 대폭발로 생성되었다고 가정하는데 빅뱅 이론은 눈에도 보이지 않는 한 점 질량을 가진 물질이 대폭발하여 팽창함으로써 현재의 우주가 되었다고 보는 이론이다. 여기서 눈으로 보이지도 않는 한 점 질량을 가진 존재란 것은 음양론에서의 무극 상태에 해당한다. 그리고 이 무극이 태허, 즉 크게 비어 있는 상태라 한 것은 빅뱅 이전의 텅 빔의 상태와 정확히 일치하는 것이기에 그 상상력이 현대의 물리학 이론과 맞먹는다. 실상 불교에서 말하는 공(空)도 바로 이러한 텅 빔의 상태를 이르는 것이다. 반야심경(般若心經)에서 색즉시공(色卽是空) 공즉시색(空卽是色)이라 두 번이나 힘주어 말한 것은 모든 존재의 본질이 '공'인 것을 재차 강조하고자 위함이다. 그러기에 불교에서 공으로 돌아가자는 것은 태초의 텅 비어 있는 태허에로 회귀하자는 것에 다름 아니다.

빅뱅 이론은 사실상 아직도 과학적으로 백 퍼센트 입증되지는 않았고 다른 이론도 제기되고 있는 상태라지만 눈에도 보이지 않는 질량을 가진 물질이 오늘날 우주의 기원이란 것은 나처럼 물리학에 문외한인 사람에게는 도대체 선뜻 이해가 가지 않는 이론이다. 그러나 우리들 인간 존재도 실상 눈으로는 보이지 않는 한 점 정자와 난자가 합하여 수천 수억만 배의 덩치를 가진 육체로 성장하는 것을 보면 빅뱅 이론이 우주의 탄생 이론으로 터무니없을 것도 아니라는 짐작도 든다. 어쨌든 태극론/음양론이 놀라운 상상력의 소산이라는 것은 천체 망원경은커녕 렌즈도 없던 기원전 수백 년 전으로부터 비롯한 사유의 소산이기 때문이다. 그리고 이 놀라운 태허–태극–음양 이론은 이런 측면에서 과학이자 철학인 것이다. 그리고 우리의 태극기는 이 점에서 우주의 조화를 품고 또 그것을 지향한 철학의 소산이다.

우리 태극기는 중앙에 음양이 통합된 태극을 배치하였다. 그리고 사방에 하늘과 땅, 물과 불을 상징하는 건, 곤, 감, 리 괘를 배치하였다. 하늘과 땅, 물과 불의 조화가 이루어지기를 기원하는 마음의 반영이다. 그리고 물은 생명수이자 지혜의 상징이며 불은 모든 생명이 살게 하는 온기이자 정열의 상징이니 우리 민족이 우주의 조화를 살려 길이 번성하고 지혜와 열정으로 이 세계를 이끌자는 소원을

담은 것이 우리의 태극기라 하겠다. 그러고 보면 우리의 태극기는 생명과 조화, 지혜와 열정을 표상하는 우리 민족의 지혜와 철학을 훌륭하게 표한 상징물이다. 우리의 태극기를 귀하게 여기고 세계에 자랑스럽게 내놓아도 좋은 근거가 여기에 있다.

상상력을 좀 발휘하면 아마도 음양론은 지구의 운행이 태양과 달에 말미암고 있는 데서 착안했을 것으로 보인다. 이는 일종의 천문학에 바탕한 상상력이라 할 것인데 오행론에 가서 이런 성격은 좀 더 짙어진다. 이는 3절 오행론에서 좀 더 상세히 언급할 것이고, 또 하나의 놀라운 점은 이 음양론이 서구의 변증법 이론을 앞선 사고라는 측면도 있다는 점이다. 이 또한 『주역』에서 입증된다.

3) 『주역』이 담은 통찰

『주역』 1장은 건괘로 시작한다. 건괘는 온통 양효(—)로만 이루어진 괘상(卦象)이다. 그리고 온통 음효(--)로만 이루어진 것이 곤괘(坤

卦)이다. 그런데 이 건괘와 곤괘는 변화한다. 건 중에 곤이 틈입하고 곤 중에 건이 틈입한다. 다시 말해 양 중에 음이 들어서고 음 중에 양이 들어선다는 것이다. 이는 계절의 변화와 연관하여 생각하면 쉽다.

위의 그림에서 양효(—)로만 가득한 것이 중천건(重天乾) 괘인데 이는 계절로 볼 때는 양력 5월(음력으로 4월)쯤에 해당하는 괘상이다. 양력 5월 무렵은 과연 양의 성분이 가득해서 햇살이 넘치고 신록이 가득한 때이다. 반면 중지곤(重地坤) 괘, 즉 음효(--)로만 가득한 양력 11월 무렵은 무성하던 잎들이 모두 낙엽이 되고 겨울의 초입으로 가는, 천지에 음기가 가득한 시기이다. 한편 천풍구(天風姤) 괘인 6월은 더위가 바야흐로 시작되고 녹음이 가득한 시기가 된다. 그러나 이처럼 양의 기운으로 가득한 6월임에도 이미 여기에 음효를 하나 배치하였다. 밖으로는 덥지만 땅 속은 차가움이 시작되는 때문이다. 여름 날씨는 덥지만 땅 속의 샘물이 차가운 것은 이러한 이치 때문이다. 천풍구 괘에 한 줄기 음효를 삽입한 것은 녹음이 한창 무성한 이 시기에 이미 추위/조락의 기미를 표시하고자 한 것이다. 이 얼마나 놀라운 통찰인가. 눈으로 보기에 생명이 만발하는 시기이지만 여기에 이미 소멸의 기미가 스며 있음을 엿본 것이다. 12월에 해당하는 지뢰복(地雷復) 괘도 마찬가지이다. 본격적 추위가 시작되는 12월이 되면 나무는 앙상하고 날씨는 추워진다. 그러나 음양론은 여기에 한 줄기의 양효를 배치한다. 즉 12월은 음산한 겨울의 시작이지만 봄날에 흙을 뚫고 나오는 싹의 기운을 이미 한 줄기 품는 시기로 본 것이다. 날씨는 춥지만 겨울의 샘물은 따뜻해지듯 땅 속은 따뜻해지기에 싹이 움틀 수 있다고 본 것이다. 이야말로 삶과 우주에 대한 통찰력이 담뿍 배인 지혜가 아니라 할 수 없다.

가수 나훈아가 사랑은 눈물의 씨앗이라 노래하고, 고목에도 꽃이 핀다 한 속담은 흔히 삶의 아이러니를 표현한 구절이라 하지만 이는 실상 우리 삶과 우주가 돌아가는 근본 원리인 음양론의 다른 표현이라 할 만하다. 노자(老子)가 "도(道)를 도라 하면 이미 그것은 도라 할 수 없다(道可道 非常道)"라 한 것도 실상은 이처럼 부단히 변화하는 음양의 원리와 이것이 초래하는 현상계의 아이러니를 갈파하고 나온 통찰이라 하지 않을 수 없다.

4) 중용의 이치, 그리고 변증법을 앞선 음양론

공자가 중용을 삶의 지향으로 삼은 것도 이런 이치 때문이다. 모든 것은 변한다. 권불십년(權不十年), 권력도 10년을 가지 못한다. 모든 것은 차고 나면 기운다. 주역 1장의 건괘 풀이는 바로 이 차고 기우는 세상의 섭리를 용의 한 생애에 비유하여 풀이한다. 용은 잠룡(潛龍)에서 시작, 현룡(見龍),[4] 비룡(飛龍), 항룡(亢龍)으로 변모한다. 잠룡은 연못에 잠긴 용이니 바야흐로 막 태어난 용이다. 그 용은 이제 자신을 드러내려는 현룡으로 바뀌는데 이때는 대인(大人), 즉 자신이 배움을 얻거나 자신을 도와주는 멘토나 스승을 만나야 할 때이다. 다음으로 비룡이 되는데 이른바 등천(登天)한 용이다. 하늘을 나는 용이 되어 자신의 뜻을 펴는 시기이니 등용문의 '등용'은 바로 이 등천한 용에서 온 어휘이다. 마지막 단계는 항룡(亢龍)인 바 이는 모든 것이 조락하여 후회하는 용이다. 가득 차면 기울게 되어 있으니 좋던 시절이 지나 쓸쓸하게 되어 후회만 가득한 시기가 온다는 것이다. 레임덕을 만난 대통령 격이다. 중용은 이래서 필요한 덕목이다. 중용은 과불급(過不及)을 경계하는 것이 그 핵심이다. 너무 지나쳐서도 안 되고 못 미쳐서도 안 된다는 것이다. 이를 삶의 운용에 적용하면, 자신의 극성기를 낭비하지 않고 절제하고 통제함으로써 그 극성기를 최대한 늦추는 것, 최대한 길게 가져가는 것이 중용의 도리이다.

그러나 그렇다 하더라도 모든 것은 변한다. 『주역』 계사전(繫辭傳)에 "일음일양을 일컬어 도라 한다(一陰一陽之謂道)."라고 한 구절은 천지 만물의 이러한 존재 원리를 규정한 구절이다. 한 번은 음이 되고 한 번은 양이 되는 것은 이 세상의 원리, 즉 도(道)라는 것이다. 여름은 겨울이 되고 겨울은 여름이 된다. 태어난 것은 죽게 되어 있고 죽는 것은 탄생을 예비한다. 죽음은 탄생을 예비한다니 이건 무슨 말일까? 앞에서 말했듯이 11월은 겨울에 드는 계절이지만 이때 이미 봄의 싹을 예비한다는 원리이다. 겨울 산에 가면 바삭하게 물기라고

---

4) 견룡이 아니고 왜 현룡이냐 하실 분이 있을지 모르겠는데 '견(見)'은 드러날 현으로도 읽는다.

는 없는 낙엽이 가지에 겨우 매달려 있다. 그래서 우리는 황막한 겨울 산을 별로 좋아하지 않는다. 그러나 그 바스러질 듯한 낙엽은 화려한 봄에 생명의 노래를 합창하면서 움트는 새싹들을 품고 있다. 실상이 그러하다. 낙엽을 매단 떡갈나무는 다 죽어 있는 것 같지만 12월 말쯤이면 이미 싹눈이 움터 있다. 이런 점에 눈이 머물게 되면 겨울 산도 생명의 노래를 들려주는 정취가 있는 산이 된다.

늦겨울 메마른 가지에는 이미 새몽우리가 열려 있다

우리의 삶 또한 마찬가지다. 우리는 태어나서 죽지만 그것이 우리 존재의 끝은 아니다. 우리의 삶을 잇는 존재가 우리의 삶을 새롭게 시작한다. 그 존재는 누구일까? 바로 우리의 자녀이다. 음과 양-어미와 아비의 DNA를 이어받은 자식들이 우리의 삶을 다시 시작하는 신록이요 봄인 것이다. 그러니 사는 것이 힘들어 자식을 낳지 않겠다는 요즘 젊은이들은 삶의 이러한 섭리를 거부하는 셈이다. 달리 말해 우리의 미래를 거부하는 것인데, 미래를 부정하는 삶이 무슨 의미가 있을까? 자신의 뜻과 달리 자녀를 얻지 못하는 분들에게는 미안한 이야기지만 그러나 이분들도 요즘 의학의 도움을 얻을 수 있고 정 안되면 입양이라도 하면 된다. 그 또한 생명을 잇는 일이기 때문이다. 입양한 자녀도 얼마든지 부모의 뜻뿐만 아니라 육신도 계승한다. 같은 밥을 먹고 같은 지붕 아래 사는데 어떻게 뜻과 살이 계승되지 않겠는가?

이리하여 음양의 변화 원리는 우리에게 결코 생명을 포기하지 말라는 생명의 원리이기도 하다. 슬픔이 극성하면 마침내 기쁨이 오게 되어 있고 어두움이 짙으면 새벽은 기어코 온다. 반대로 기쁨이 지나치면 슬픔이 오게 되어 있고, 영화가 지나치면 조락이 온다. 희한한 것이 심하게 웃고 나면 눈물이 나지 않는가(^^). 그러니 슬프다고 좌절을 말고 즐겁다고 오만하면 안 되는 것이다. 삶은 필경 소멸로 이어지지만 소멸과 탄생은 자연의 이치여서 자연의 이치에 따라야 한다. 정기가 맺히면 생명이 탄생하고 정기가 다 하면 그 씨를 남기고 소멸한다. 자연이 생멸을 주재하는 것이니 인간이 마음대로 생명 줄을 끊어서는 안 된다. 실로 음양론은 우주의 본질론이요 삶의 법칙이며 인간의 삶을 규명한 인간학의 기초이다.

음양 이론은 이래서 서양의 변증법과도 유사하다. 변증법은 어두움이라는 테제(these)가 있어서 그 어둠이라는 상태의 지속이 길어지면 그에 따른 모순(anti-these)이 생긴다고 본다. 즉 어둠의 상태에서는 만물이 충분히 쉬고 에너지를 보충하지만 그것이 너무 길어지면 생기를 잃기 때문에 그 모순이 동력이 되어 밝음이라는 새로운 지양의 상태(syn-these)로 나아간다는 것인데 이는 음양론의 다른 버전이라 할 수 있다. 헤겔이 내놓은 변증법은 19세기 서양의 근대화가 정점을 찍던 시기의 발전 사관을 반영하는 역동적 측면이 있지만 음양 이론 역시 정적이라 할 수 없는 것은 음이 다하면 양이 태동하고 양이 다하면 음이 태동한다는 일음일양(一陰一陽)의 법칙에서 확인할 수 있다. 음양론이 단순한 이분법이라 할 수 없다 한 것은 이런 이치 때문이다. 이렇게 본다면 『주역』에서 비롯한 음양론은 그 지혜의 역사에서 변증법보다 더 유구하다 하여도 과언이 아니라 본다.

5) 음양론과 페미니즘

음양론을 다루다 보니 요즘 여성들에게 지지를 얻는 페미니즘의 허실에 대해서도 생각해 보게 된다. 분석심리학자 칼 융이 남성 속의 여성적 성격(아니마), 여성 속의 남성적 성격(아니무스)을 밝힌 것도 그가 『주역』에 대해 공부한 적이 있기 때문이지만[5] 앞에서 살폈듯이 이 세상의 어떤 사물이나 현상도 완전한 양이나 음은 드물고, 5월과 10월을 빼면 모두 음양이 섞여 있듯 음을 품은 양, 양을 품은 음의 상태이기 쉽다.

그러나 그렇다 해도 음은 음이고 양은 양인 것처럼 남자는 남자이고 여자는 여자이다. 아니무스가 강해서 남자같이 털털한 여성도 있지만 이 또한 많지는 않다. 여성은 아무래도 음효가 더 많은 괘에 속한다. 이에 따라 여성은 음의 기질이 강하기 때문에 섬세하고 예민

---

5) 융이 주역을 공부했음은 많이 알려진 사실이지만 정신분석의 양창순도 융이 『주역』을 공부했음을 그녀의 『명리심리학』에서 밝힌다.

하다. 남자의 근육질에 비해 여자의 육체는 유연하고, 남자의 공격성에 비해 여자는 수용적이며, 남자의 호전성에 비해 여성은 평화 지향적이다. 그럴 수밖에 없는 것은 남자는 남성적 특성을 발하게 하는 남성 홀몬, 즉 프로토스테론에 의해 영향받고 여자는 '여성다움'을 발하게 하는 에스트로겐에 영향받기 때문이다.

'여성다움'이라 하면 페미니즘을 주장하는 분들에게는 혹 역린이 되지 않을지 모르겠다. 페미니스트들에게 여성다움이란 것은 사회가 강제로 또는 후천적으로 부과한 관행에 불과한 것이기 때문이다. 이것이 프랑스 사상가 보부아르의 담론인 것을 모르는 사람은 이제 별반 없을 테고, 필자도 보부아르의 이러한 주장을 전적으로 부정하진 않는다. 남녀의 성이란 것도 사회적 관습에 의해 규정되는 측면이 있다는 점에 유의하여 섹스(Sex)라는 용어 대신에 젠더(Gender)라는 용어도 생겼다. 그러나 보부아르의 주장은 여성들에게 강제된 사회적 관행의 모순과 부조리를 혁파하는 데는 상당히 유효한 담론이지만 여성들의 타고난 여성성을 전면 부정할 수는 없다.

여성은 아무래도 섬세하고 예민하고 감성적이고 정적이며 미를 추구하고 신체적으로 유약하다. 이는 동물의 암수를 보면 알 수 있는 일이다. 대개의 동물들의 경우 수컷은 공격적이고 먹이를 책임지는 반면 암컷은 수용적이고 새끼의 생장을 책임진다. 물론 암컷 사자가 먹이를 사냥하는데 빈둥거리는 수사자가 있는가 하면 교미를 마친 뒤 수컷을 잡아먹는 사마귀의 기이한 생태도 있고, 자신의 몸이 헤질대로 헤질 때까지 수정란을 돌보는 수컷가시고기도 있지만 이들 또한 예외적이다. 이 글을 쓰는 지금도 마침 재미있는 기사를 보았거니와 개들도 역시 암컷이 더 섬세하고 예민하다는 것이다. 사람과 친연성이 어느 동물보다 가까운 개들은 주인의 스트레스를 자신들도 굉장히 민감하게 수용하는데 특히 암컷이 수컷보다 더 민감하게 반응한다는 것이다. 인간도 동물종에 속하므로 남성적 특징과 여성적 특징은 분명히 다르고 또 존재하는 것이다.

이런 점들을 굳이 거론하는 것은 요즘 남녀의 평등을 주장하면서 남성들의 부정적 측면, 폭력이나 물리력 행사, 즉 동물적 권력 행사도 남자와 똑같이 해야 한다는 인식이 여성들에게 퍼지는 측면을 보기 때문이다. 여중생들이 친구들에게 가혹한 린치를 가했다는 사건 보도나 여성이 잔혹한 살인을 저질렀다는 보도를 보다 보면 '이런 건 평등해질 일이 아닌데'라는 개탄을 금치 못한다. 필자는 언젠가 집 근처 전철역에 내렸다가 젊은 부부가 싸우고 있는 것을 보았는데 놀라운 것은 상욕을 마구 하면서 상대를 몰아붙이고 있는 측은 젊은 아기 엄마였다. 여리고 약하게 생긴 남자는 유모차를 잡은 채 한마디 대꾸도 못하고 걱실걱실하니 억세게 생긴 부인의 욕설을 고스란히 덮어쓰고 있었는데, 시대가 바뀐 풍경인가 하였지만 쓴 입맛을 다시지 않을 수 없었다. 공중이 번연히 쳐다보는 장소에서 고성의 폭언을 하며 싸우는 것은 누구라도 삼가야 할 일이다. 사람들의 왕래가 빈번한 장소에서 남들을 아랑곳 않고 고성의 폭언을 내지르는 것 또한 여성의 평등권을 행사하는 것이라 생각했다면 이는 어이없는 일이 아닐까? 요즘은 영화에서도 젊은 여성들이 먼저 남자의 뺨을 치는 장면들을 종종 본다. 이 또한 변화한 세태를 보여주는 것이라고 집어넣는 장면 같은데 육체적 폭력을 쓰자면 여성이 남성을 당하겠는가? 물론 여성도 무술을 단련한 사람이라면 남자보다 못할 것도 없겠지만, 폭력이라는 게 애초부터 행하지 말아야 할 것 아니겠는가.

남녀의 차별 없이 자신의 능력을 마음껏 발휘하는 시대와 사회가 되어야 하는 데는 필자 역시 백 번 동의한다. 다만 필자가 강조하고 싶은 것은 모든 면에서 남자와 똑같이 인정받고[6] 남자처럼 행동하는 것이 페미니즘의 진의가 되어서는 안 되리라는 것이다. 오히려 여성이 잘 할 수 있는 일, 즉 수평적인 의사소통, 대화적 리더십, 아기를 사랑으로 양육하는 등의 유연한 특성으로, 남성들의 폭력적이고 호전적인 세계를 감화시키고 바꾸는 것이 나는 페미니즘이 지향할 일이라 본다. 이야말로 차이/다름의 진정한 의미를 실현하는 일이다. 요즘 차이/다름을 인정하자고 소리는 높이지만 그 차이나 다름으로 진정 잘할 수 있는 일이 무엇인가를 묻는 이차적 수행의 노력은 부족하지 않은가 싶다. 물론 남녀가 잘하고 못 하는 일의 경계도 요즘은 점점 줄어들고, 또한 종래의 페미니즘이 그동안 너무 열악했던 여성의 지위를 바꾸자는 정치적 담론이기 때문에 공격적 주장이 불가피한 측면도 있었지만 나는 여성다움이 우리 사회를 이끄는 중요한 구성 요인이 되는 그런 사회로 되기를 비는 사람으로서 음양의 조화가 제대로 구현된 사회가 도래하기를 진심으로 희망한다.[7]

---

6) 오해가 없기 바란다. 가령 근력을 쓰는 일, 즉 축구나 격투기 같은 종목에서 남성과 여성의 능력이 같을 수 없다는 것이다.

7) 이런 관점에서 나는 '그' '그녀'라는 인칭대명사를 여전히 쓴다. 요즘 미디어나 문예지들은 '그녀'라는 대명사를 쓰지 않는 경향인데 이는 오히려 '그녀'도 '그'라 하면 오히려 격이 올라간다는 사고의 반영 아닌가? 영어도 He와 She를 그대로 쓴다. 여성을 지칭하는 대명사 '그녀'에는 오류가 없다.

3. 오행론

1) 오행이 성립한 근거와 오행의 구분

음양 오행론의 놀라운 점은 오행론으로 나아가면서 다시 입증된다. 오행론 또한 철학이면서 과학이자 인간학으로서 이로부터 더욱 정밀한 인간 탐구와 세계 이해가 열리기 때문이다. 명리학에서 오행은 나무(木)·불(火)·흙(土)·쇠(金)·물(水) 이 다섯 가지 요소이다. 우주를 구성하는 성분을 이 다섯 가지로 본 것이다. 이는 마치 서구에서 우주의 기본 물질을 물·불·공기·흙으로 본 것과 흡사하다. 기원전 5세기경 고대 그리스의 엠페도클레스가 우주의 기본 물질을 이렇게 인식한 이후 플라톤 아리스토텔레스에까지 이러한 사고가 이어진 것으로 보아 인간의 궁금증과 탐구는 동서를 막론, 유사했던 것으로 볼 수 있다. 그리고 이런 유사성은 동서의 문화와 학문 교류의 흔적으로도 볼 수 있는 일이다. 특히 오행론은 다음 장에서 논할 십성(十星)론 또는 십신(十神)론으로 뻗어나가는데, '十星'이라는 어휘에는 별, 즉 우주의 운행을 살펴 인간사를 조정하려는 천문학의 뉘앙스가 묻어 있다. 그리고 이 천문학은 동서 간 교류가 분명히 있었을 것으로 보인다. 동서의 문물 교류가 실크로드를 타고 기원전부터 면면히 이어졌다는 학술적 보고가 있는 만큼 오행론에는 동서 간 학문 교류의 영향이 작용했을 것이고, 이는 충분히 가능한 일이다.

어쨌거나 동양은 세계의 기본적 구성 요소를 이 다섯 가지로 보았고 또한 이를 인간의 성향으로 일치시킨 데서 인간과 우주를 동일시하는 셈이다. 천문학적 요인을 고려해 볼 때는 이 원리가 현재 지구와 함께 태양계를 이루고 있는 수·금·지·화·목·토·천·해 중 지구와 가까운 수·금·화·목·토성의 명칭과 같아 흥미롭다. 서양의 근대적 과학을 받아들인 이후 태양계 행성의 명칭에 기존의 오행을 끌어다 쓴 것이라 보이는데, 우리의 일주일 명칭에도 오행이 들어가 있다. 음양론에 기반하여 일(日)과 월(月)을 더 했지만 나머지는 오행의 명칭을 딴 것이다. 일주일의 순환은 음양오행을 다 담은 셈인데 동양의 지혜도 우주론 또는 천문학 지식과 밀접한 것만은 분명 알 수 있는 일이다.

오행론이 성립한 시기에 대해서는 명확히 알 수 없고 일반적으로 춘추전국시대(기원전 약 500년~200년 사이)에 논의가 시작되어 중국의 유학이 성리학으로 발전해 가면서, 특히 성리학과 명리학이 완성된 당송(唐宋)대에 오행론이 정립된 것으로 추정한다. 오행론은 우주의 물질이 이런 요소로 구성되었다고 보는 인식의 산물일 수도 있고 모든 생명이 이러한 순환의 배열에 든다는 인식의 소산으로 볼 수도 있다. 그리고 오행론은 먼저 성립한 음양론을 가미하여 그 체계를 완성한다. 아래에서 오행에 해당하는 다섯 가지 요소의 기본 성격을 소개한다.

목(木)

나무의 일반적 이미지를 갖는다. 우선 곡직(曲直)성, 즉 뻗어 나가려는 성질을 갖는다. 양목(陽木)일 경우 직진으로 뻗어나가려는 성격이 더 강하고, 음목(陰木)의 경우 굽어서 휘지만 역시 뻗어 나가려는 성격이 기본이다. 계절은 봄(春), 색깔은 푸른(靑)색, 방향은 동쪽, 맛은 신맛(酸), 신체로는 간/뼈/눈 등을 상징한다.

화(火)

밝고 환하게 타올라 발산하려는 성질을 갖는다. 열을 내뿜는 염상(炎上)의 성질인 만큼 불의 성격에 맞게 환하게 드러나고 이로 하여 사람의 주목을 받는 성격이다. 밝게 빛나는 만큼 상냥하고 예의를 지킨다. 계절은 여름(夏), 색깔은 붉은(赤) 색, 방향은 남쪽, 맛은 쓴맛(苦), 신체로는 심장/혈관을 상징한다.

토(土)

흙 또는 바위에 해당하는 성질. 오행의 중간에 해당하는 성분이어서 중간, 중개, 중재자의 성격이 강하며 갈무리하고 저장하는 가색(稼穡)의 성격 또한 강하다. 인성에 있어서는 인격적이고 보수적이며 신실한 성격. 계절은 간절기,[8] 색깔은 노란(黃) 색, 방향은 중앙, 맛은 단맛(甘), 인체는 비/위장에 해당.

---

8) 계절과 계절 사이의 바뀌는 시기. 달리 말해 환절기.

금(金)

광물질에 해당. 단단하고 날카로우며 응결된 성질을 갖는다. 결단력으로 현실을 바꾸는 종혁(從革)의 성격 또는 열매를 맺는 성격에 해당한다. 현실적이고 좌고우면하지 않는 성향. 고집과 의리가 있으며 결기가 있다. 계절은 가을(秋), 방향은 서쪽, 색깔은 흰(白)색, 맛은 매운 맛(辛), 신체 장기로는 폐/대장을 상징한다.

수(水)

흐르는 물이어서 유동성, 적응성, 현실성, 계산성 등이 두드러진다. 물의 성격에 맞게 아래로 스미는 윤하(潤下)의 성격이어서 순리에 따르고자 하는 성향이지만 그만큼 꾀/지혜가 있고 현실적이다. 계절로는 겨울(冬), 방향은 북쪽, 색깔은 검은 색(黑), 인체의 장기로는 신장/방광/생식기에 해당. 따뜻하기보다는 차가움으로 규정한다.

오행의 성분을 도표로 정리하면 아래와 같다.

	계절	색깔	방향	인체 장기	성격
목(木)	춘	청	동	간/뼈/눈	곡직(曲直)
화(火)	하	적	남	심장/혈관	염상(炎上)
토(土)	간절(間節)기	황	중앙	위/비장	가색(稼穡)
금(金)	추	백	서	폐/대장	종혁(從革)
수(水)	동	흑	북	신장/방광/생식기	윤하(潤下)

2) 오행의 세밀한 구분

오행은 위에서 정리한 바와 같은데, 이 오행은 다시 음양으로 나누어 규정된다. 이를 좀 더 정밀하게 나누어 살펴야 한다. 그런데 여기서 언급하고 넘어갈 점은 오행을 거론할 때 통상 목–화–토–금–수의 순으로 일컫지만 사실상 오행이 작용하는 순서를 생각하면 수–목–화–토–금으로 배열하는 것이 옳다는 것이다. 왜 그러냐 하면 물이야말로 생명의 근본이기 때문이다. 모든 생명은 물에서 나오고 물이 있어야 살 수 있다. 그러므로 물이 배열의 가장 앞자리에 서야 한다. 이런 측면에서 주역의 대가인 김석진 선생은 어머니 뱃속에서 태아의 형체가 이루어질 때도, 장액 즉 수액(水)으로써 엉겨서, 화(火)로써 기혈이 흐르고, 목(木)으로써 모발이 생기고, 금(金)으로써 골격이 생기고, 토(土)로써 피부가 생겨 완전한 형체를 갖추는 것으로 생명의 생성 원리를 파악하였는데 일리가 있는 견해이다. 달리 말해 물이 있어야 나무를 살리고 나무는 불을 일으키고 불이 타고 나면 재 또는 흙이 남으며 이 재/흙에서 쇠가 나올 것이며 쇠가 응축되면 차가운 물이 나올 것이니 수–목–화–토–금의 배열이 맞는 것이다. 어쨌든 물이 오행의 배열상 앞자리에 서는 것이 옳다고 보는 것이지만 그러나 통상 목–화–토–금–수의 배열을 취하는 명리학상의 순서를 꼭 바꾸자는 것은 아니다.

다시 오행을 음양으로 나누어 생각하는 순서로 돌아간다. 목, 화, 토, 금, 수는 모두 양목(陽木), 음목(陰木), 양화(陽火), 음화(陰火)… 등으로 나뉜다. 그런데 이 목, 화, 토, 금, 수의 성격은 천간과 지지에 동일하게 배속된다. 천간(天干), 지지(地支)라는 것은 우리가 갑오(甲

午)년이라 할 때 갑은 천간, 오는 지지에 속하는 것과 같은 사례이다.

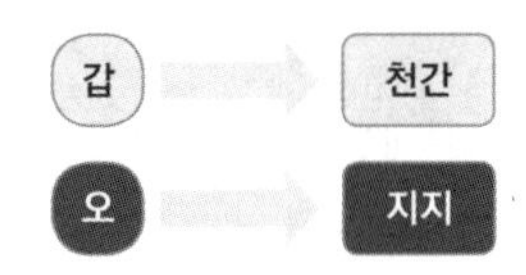

천간 오행

목		화		토		금		수	
갑(甲)	을(乙)	병(丙)	정(丁)	무(戊)	기(己)	경(庚)	신(申)	임(壬)	계(癸)

갑, 을, 병, 정, 무, 기……의 순서는 대개 들어 본 적이 있을 터인데 위의 도표처럼 천간의 오행이 음양으로 나뉘어져 배열된 순서이다. 여기서 '토'는 중앙에 자리 잡고 있는데, 이는 '토' 성분이 오행 중에서도 양의 성질을 띠는 목·화와, 음 성질을 띠는 금·수를 매개하는 성분이라 보았기 때문이다. 다시 말해 목·화는 따뜻한 성분이고 금·수는 차가운 성분인데 토는 이들을 매개하는 역 또는 중간에 자리하는 성분으로 본 것이다. 이렇게 열 가지로 나눈 요소를 천간이라 부른다. 또 열 개이기 때문에 십간(十干)이라 한다. 십간의 성격은 좀 더 세분해서 규정된다. 이를 도표로 정리한다.

목	갑목	양목(陽木). 나무이되 직진성의 덩치 큰 나무. 성격적으로는 명예욕, 진취성, 직진성이 강하다. 리더십이 있는 만큼 활기가 있고 자존심도 강하지만 허세도 있다. 직진성이 강한 만큼 쉽게 좌절하는 측면도 있다.
	을목	음목(陰木). 나무이지만 큰 나무(갑목)를 타고 오르는 넝쿨식물과에 해당. 외유내강으로 끈질긴 생명력과 적응력, 강한 집념을 표상. 자유지향적 성격에 역시 명예를 중시한다.

화	병화	양화(陽火). 크고 뜨거운 불로서 해. 용광로 등에 해당. 이른바 화끈한 성격. 밝고 예의 바른 면이 있고 과시(표현)욕이 강해 예능에 강하다. 맹렬하고 혁신성이 강한 성격이기도 하다,
	정화	음화(陰火). 작지만 은은한 촛불, 램프, 화롯불 등에 해당. 전면에 강하게 나서기보다 헌신, 봉사에 관심. 따뜻하고 충실하며 호기심 강한 성격이라 할 수 있으나 이면에 숨은 과시욕도 있다.
토	무토	양토(陽土). 산이나 큰 바위, 넓은 땅의 이미지. 과묵해서 자신의 속마음을 숨긴다. 수용적 성격이며 중재자 기질이지만 리더십이 있다. 대인의 도량이지만 자기 과시와 독선적 측면이 있다.
	기토	음토(陰土). 화분이나 정원의 흙 또는 기름진 옥토. 현실 지향적이며 실용적 성격. 이런저런 사람에게 융통성 있게 다 맞추는 성격이어서 정작 어떤 사람인지 알 수 없는 캐릭터이지만 속에는 왕자/공주병 기질도 있다.
금	경금	양금(陽金). 원석(原石), 원광(原鑛) 또는 철광석의 이미지. 투박, 단순한 성격. 강한 추진력으로 돌진하는 성향. 의리가 있으나 외골수적 성격에 돈키호테처럼 무모한 측면이 있다.
	신금	음금(陰金). 세공한 보석, 칼, 화살 등의 이미지. 가공된 보석 같아서 남녀 모두 외모가 세련되고 또 외모를 많이 가꾼다. 섬세하고 매너가 좋지만 차갑고 냉정한 이성의 소유자. 자기중심/도취적 성향이 있다.
수	임수	양수(陽水). 바다나 강, 호수처럼 큰 물. 속이 깊고 조용하며 포용력이 있다. 두뇌가 명석하며 지혜가 있으나 속마음을 잘 드러내지 않는다. 현실 지향적이며 실용적 성격이면서 넉살 좋기도 한 성격.
	계수	음수(陰水). 실개천, 옹달샘, 시내의 이미지. 맑고 고운 성격에 이상주의자의 면모. 호기심과 다양한 취미와 기호를 가진 캐릭터여서 사람들에게 인기를 끈다. 환경에 영향을 많이 받는 성격.

지지 오행

십간이 하늘에 떠서 천간을 이루는데 땅을 이루는 지지(地支)가 또한 열두 개 있어 십간십이지를 이룬다. 십이지지 중 토(土)에 해당하는 것은 진, 미, 술, 축이다. 진, 미, 술, 축의 자리를 눈여겨 보면 이들은 목, 화, 토, 금, 수가 바뀌는 자리에 끼어 있다. 즉 수에 해당하는 해자(亥子) 다음에 축, 목에 해당하는 인묘 다음에 진, 이런 식으로 토가 끼어 있다. 역시 토는 중개역임을 알 수 있다.

자+ (子)	축- (丑)	인+ (寅)	묘- (卯)	진+ (辰)	사- (巳)	오+ (午)	미- (未)	신+ (申)	유- (酉)	술+ (戌)	해- (亥)
수	토	목	목	토	화	화	토	금	금	토	수

십이 지지의 성격

십이 지지도 아래 도표와 같이 그 특징과 성격을 갖는다. 지지에 동물 형상을 매겨 해당 지지의 성격을 밝히는 당사주[9]식 소개도 아우른다. 당사주 방식은 재미있기도 하고 해당 지지의 성격과 특성을 잘 드러내주는 특성이 있어 소개한다.

자(子)	순수하고 차가운 물을 상징. 시간으로는 23:30~01:30. 절기로는 겨울의 시작. 자(子)월은 양력 12월초에서 1월초에 해당. 배열의 순서상으로는 양(+)이지만 속으로는 음(外陽內陰)이어서 사주 간명 시에는 음(-)으로 간주. 비밀스럽고 고집 세며 냉정한 성격에 현실적이다. 동물로는 쥐에 해당. 곡식을 물어가서 쌓아 놓는 쥐의 성격에 비추어 재물이 풍족하다고 보아 귀(貴)로 읽는다.
축(丑)	화분이나 정원의 흙 상징. 토이지만 겨울 흙이어서 금과 수의 성격이 강하다고 본다. 시간으로는 01:30~03:30. 계절로는 양력 1월초~2월초. 성격상 과묵, 우직, 성실. 축운이 들면 변화의 낌새로 본다. 동물로는 소에 해당. 부지런하지만 피곤한 소의 신세에 비추어 곤한 운세로 보아서 액(厄)으로 읽는다. 자수성가해야 하는 명으로 본다.
인(寅)	큰 나무, 성장하는 나무를 상징. 시간으로는 03:30~05:30. 계절로는 2월초~3월초. 밝아오는 새벽의 기상을 받아 부지런하고 활기 있는 성격. 리더십, 권력욕이 있다. 동물로는 호랑이에 해당. 호랑이의 이미지에 맞게 권력욕이나 리더십이 있는 성격으로 보아 권(權)으로 읽는다. 다른 좋은 운과 합하면 길명(吉命)으로 본다.
묘(卯)	넝쿨목, 작은 나무 또는 부드럽고 유연한 나무 상징. 시간으로는 05:30~07:30, 계절로는 3월초~4월초. 겉으로 보기엔 양순하고 인정이 많지만 자유주의 성향에 꺾이지 않는 고집, 생활력이 있다. 동물로는 토끼. 토끼처럼 사방을 경계하는 성향에 순수해서 실용주의보다 이상주의를 택한다. 이로 하여 평탄치 않은 만큼 파(破)로 읽는다.

9) 당나라에서 성행한 사주라 하여 당사주라 하는데 십이지지에 각각 동물의 성격을 부여하여 운명을 감정한 방법이다. 시중에 그림으로 사람의 운명을 짚은 책을 볼 수 있는데 그것이 당사주이다.

진(辰)	물기가 잘 배인 넓은 땅, 만물이 생하기 좋은 땅. 시간으로는 07:30~09:30. 계절은 4월초~5월초. 정신력, 상상력이 뛰어나고 변화에 능하다고 본다. 동물로는 용(龍). 천변만화하는 용처럼 임기응변이 능하며 영특하다고 본다. 그러나 간(奸)으로 읽는 만큼 사주상 두 개 이상이면 교만하거나 신뢰성이 떨어진다.
사(巳)	뜨겁고 환한 태양, 용광로의 불. 시간으로는 09:30~11:30. 계절로는 5월초~6월초. 가장 밝은 시간대이자 계절이어서 배열순으로는 음이지만 간명 시에는 양(+)으로 본다. 밝고 환한 기질에 미적 감각이 있으며 자기 과시욕이나 표현욕이 두드러진다. 동물로는 뱀에 해당. 배움을 좋아하고 지혜로워서 학자/선비를 상징하는 문(文)으로 읽는다.
오(午)	시간대는 11:30~13:30. 계절은 6월초~7월초. 정오의 태양이지만 이미 기울기가 시작되는 태양이라 배열상은 양(陽)이지만 간명 시에는 음(-)으로 읽는다. 환한 성격으로 영감과 예지력이 있고 문화예술적 자질과 취향이 강하다. 동물로는 말에 해당. 말처럼 예민해서 잘 놀라는데 외양은 세련되고 멋이 있다. 바르고 성실하여 복(福)으로 읽는다.
미(未)	양력 7월초~8월초에 해당하는 뜨거운 흙이어서 조토(燥土)라 한다. 정원이나 화분의 흙. 시간으로는 13:30~15:30. 조토이긴 하지만 속은 식어가는 흙이어선지 밖으로 하는 말과 속이 다른 경향이다. 종교, 철학, 예능에 관심이 많다. 동물로는 양(羊)에 해당. 돌아다니기를 좋아하고 비즈니스에 능한 면이 있어 역(驛)으로 읽음.
신(申)	쇳덩이, 바위, 기차 등을 상징한다. 계절적으로 8월초~9월초에 해당하는 시기여서 차갑고 쌀쌀하면서도 결실을 중시하는 성격으로 본다. 시간으로는 15:30~17:30. 신중하며 사람을 사귀는 데 가리는 성격. 동물로는 원숭이. 고독과 종교를 사랑하며 고고한 기상이 있어 고(孤)로 읽는다.
유(酉)	보석류 등의 장신구, 작은 금속/철물 등에 해당. 시간으로는 17;30~19:30. 계절로는 9월초 ~10월초. 예리한 금이라 과격한 행동이나 독설로 자칫 남을 다치게 할 수 있다. 동물로는 닭에 해당. 두려움이 없고 손재주가 비상하다. 현실지향적이고 날카로워 칼날을 상징하는 인(刃)으로 읽는다.
술(戌)	토에 해당하지만 마른 사막, 휴면기에 들어간 땅에 해당. 시간으로는 19:30~21:30. 계절로는 10월초~11월초. 추수를 마친 장년기와 같고 예술감각이 있다. 동물로는 개에 해당. 영리하고 사교술이 있으며 자신을 드러내는 기교가 있다. 예술적 감각이나 취향이 두드러져 예(藝)로 읽는다.
해(亥)	바다나 강 등의 큰 물에 해당. 시간으로는 21:30~23:30. 계절로는 11월초~12월초. 지지 배열의 순서상으로는 음(-)에 해당하나 간명 시에는 양(+)으로 읽는다. 만물이 땅 속에 들어 씨앗을 준비하는 시기이다. 동물로는 돼지. 마음이 정직하고 동정심도 강하다. 도전적 탐구적 성격도 있으며 낙천/긍정적이어서 수(壽)로 읽는다.

위의 표에서 시간 구분은 동경 135도 기준에 따른 것이다. 우리나라 표준시는 한때 일본의 기준시인 동경 127.5도를 중심으로 한 적이

있는데 이런 경우는 자시 23:00~01:00시, 축시 01:00~03:00시…로 구분하지만 지금은 135도를 기준시로 삼으므로 위의 시간 구분을 따른 것이다.

육십갑자의 탄생

우리가 흔히 갑오년, 무오년 할 때의 갑오 무술 등은 바로 이 천간과 지지가 결합하여 나온 구성이다. 그런데 갑을병정……과 자축인묘……가 결합하면 10×12=120개 경우의 수가 나올 것 같지만 60개 경우의 수를 이룬다. 왜 이렇게 되느냐 하면 양 천간과 양 지지, 음 천간과 음 지지, 이렇게만 결합하기 때문이다. 즉 갑은 인, 진, 오, 신, 술, 자 하고만 결합하는 식이다. 이래서 10×6=60개의 경우가 나오고 갑인, 갑진, 갑오, 갑신, 갑술, 갑자 등이 성립한다. 이렇게 결합해서 이루어진 것을 육십갑자라 부른다. 육십갑자는 다음 표와 같다.

갑자 甲子	을축 乙丑	병인 丙寅	정묘 丁卯	무진 戊辰	기사 己巳	경오 庚午	신미 辛未	임신 壬申	계유 癸酉
갑술 甲戌	을해 乙亥	병자 丙子	정축 丁丑	무인 戊寅	기묘 己卯	경진 庚辰	신사 辛巳	임오 壬午	계미 癸未
갑신 甲申	을유 乙酉	병술 丙戌	정해 丁亥	무자 戊子	기축 己丑	경인 庚寅	신묘 辛卯	임진 壬辰	계사 癸巳
갑오 甲午	을미 乙未	병신 丙申	정유 丁酉	무술 戊戌	기해 己亥	경자 庚子	신축 辛丑	임인 壬寅	계묘 癸卯
갑진 甲辰	을사 乙巳	병오 丙午	정미 丁未	무신 戊申	기유 己酉	경술 庚戌	신해 辛亥	임자 壬子	계축 癸丑
갑인 甲寅	을묘 乙卯	병진 丙辰	정사 丁巳	무오 戊午	기미 己未	경신 庚申	신유 辛酉	임술 壬戌	계해 癸亥

우리가 환갑이라 부르는 것은 바로 이 육십갑자가 순환했다는 의미이다. 그래서 만 60세에 환갑잔치를 하는 것인데 요즘 환갑잔치를 요란하게 하는 사람은 많지 않다. 환갑이란, 우리 국민들의 평균 수명이 육, 칠십에 그치던 1970~90년대까지는 의미가 있었지만 2000년대를 넘기면서 평균 수명이 길어지자 의미가 축소된 탓이다. 오히려 칠순을 기념하는 것이 대세가 되면서 관습상 환갑을 기리긴 하지만 가족 파티나 부부의 여행 정도로 대신하게 된 것은 이런 사정에 기인한다. '육갑떤다' '육갑한다'는 속어도 이 육십갑자에서 파생되었다. 즉 육십갑자를 외우는 것은 보통 일이 아닌데 이를 아는 척 주워섬기려다 보면 떠듬거리게 된다. 이 때문에 공연히 아는 척 나서거나 신통치 못한 짓을 하는 사람을 두고 육갑떤다는 표현을 하게 된 것이다.

이뿐만 아니라 오행의 순환에서 비롯한 사고와 습속은 우리의 삶에 알게 모르게 폭넓게 스며 있다. 서울의 사대문 이름과 위치도 오행의 성격에 따랐다. 동대문은 목에 배속되어 인의 성격을 가진다 보아 흥인문(興仁門), 서대문은 금에 배속되어 의(義)의 성격을 가진다 보아 돈의문(敦義門), 남대문은 화에 배속되어 예(禮)의 성격을 가진다 보아 숭례문(崇禮門), 북대문은 수(水)에 배속되어 지(智)의 성격을 가진다 보아 홍지문(弘智門), 중앙에 위치하는 토(土)성분으로서 신(信)은 보신각(普信閣)이라 이름한 것이 오행론과 관련한다. 또한 오행을 따른 오방색은 우리 음식, 습속 등에 널리 퍼져 있다. 오색 재료(청-상추/시금치, 적-고추장/당근, 황-계란/콩나물, 백-쌀/도라지, 흑-고사리)를 섞은 비빔밥, 제사상의 홍동백서(紅東白西) 어동육서(魚東肉西), 간장에 넣는 붉은 고추, 단청, 색동저고리 등은 모두 오행이 잘 조화되어 행운과 큰 복이 따르기를 기원하는, 우리들의 삶에 짙게 스민 오행론의 흔적들이다.

왜 사주팔자인가?

한 사람의 운명을 감정한다고 할 때 통상적으로 사주 또는 사주팔자를 본다고 한다. 왜 이런 지칭이 생겼을까? 이는 한 사람의 태어난 생년월일을 한 기둥(柱)으로 삼고 이 기둥마다에 천간 지지를 배분하였기 때문이다. 즉 4×2=8이어서 사주팔자라 한 것이다. 가령 2020년 3월 20일 정오(양력)에 태어난 사람은 다음과 같은 팔자를 얻는다.

시	일	월	년	
병(丙)	임(壬)	기(己)	경(庚)	간
오(午)	술(戌)	묘(卯)	자(子)	지

연월일시에 따라 여덟 글자의 천간 지지가 생긴 것이다. 통상 사주 천간지지는 오른쪽부터 배열하기에 그 배열을 따랐다. 네 가지 기둥은 각각 년주(年柱) 월주(月柱) 일주(日柱) 시주(時柱)라 부른다. 이리하여 네 개의 기둥에 여덟 글자, 즉 사주팔자(四柱八字)가 된 것이다. 그리고 년주의 간지는 년간(年干), 지지는 년지(年地)로 부른다. 월주에는 월간과 월지, 일주에는 일간과 일지, 시주에는 시간과 시지가 따른다. 이처럼 사주팔자를 읽어내려면 만세력을 앞에 두고 목화토금수의 상생상극 관계를 따질 수 있어야 한다. 그러나 요즘은 만세력 앱을 깔면 자신의 팔자를 읽을 수 있으므로 전문적인 간명가가 되는 사람이 아니라면 굳이 그 배정 방법까지는 알 필요가 없다고 보아

생략한다.

명리학은 이 여덟 글자의 조합으로 수십만 가지 삶의 양태와 그 사람의 성격을 읽는다. 사주를 두고 읽어낼 수 있는 경우의 수를 보통 60(육십갑자의 순환에 따른 년수)×12(개월)×60(육십갑자 순환에 따른 일수)×12(시간)=518,400가지로 본다. 여기에 남녀의 경우가 다르므로 2를 곱하면 1,036,800가지가 된다. 여기에 또 대운[10]이라는 요인을 산입하면 천만 가지가 넘는 경우의 수가 나온다고도 한다.

천만이 넘는 경우의 수가 나온다 해도 사람들은 의아할 것이다. 그러면 우리나라 인구를 오천만이라 잡을 때 다섯 명 정도는 같은 삶의 양태를 산다는 것인가? 물론 그렇지는 않다. 사람의 삶은 천태만상인데 어떻게 똑같은 삶을 사는 사람이 있겠는가. 사주라는 것은 이 책의 도입부에서 밝혔듯이 경우의 수에 불과하다. 확률의 영역에 속하는 것이다. 이러이러한 사주를 가진 사람은 비슷한 삶의 궤적을 그릴 수도 있지만 전혀 딴판의 삶을 살 수도 있다. 오래전 기억인데, 김영삼 전 대통령과 같은 사주를 가진 사람을 탐문해 어떻게 사는가를 보았더니 귀한 삶은커녕 노숙자로 살고 있더라는 다큐도 본 적이 있다. 결국 사주 간명이란 것도 확률에 따른 것이고 100퍼센트 확률이란 있을 수 없기 때문에 생년월일시가 같아도 다른 삶의 양태가 나온다고 본다. 모든 학문이나 지식 탐구는 오류를 어느 정도는 품은 가운데 거듭 수정해 나가는 법임을 생각하면 명리학이 인생의 비밀을 완벽하게 밝히는 학임을 기대하지 않는 게 옳은 태도이다. 관상학

10) 대운(大運)은 운수대통하는 큰 운이란 뜻이 아니다. 단지 10년 단위로 한 번 씩 들어오는 운의 흐름을 일컫는 명칭이다. 명리학에는 이처럼 조어(造語)가 부적절한 용어들이 제법 있다. 운의 흐름을 아는 데는 이 대운이 중요하다.

이란 것도 그렇다. 이러이러한 상을 지닌 사람은 이래서 귀하고 이러이러한 상을 지닌 사람은 이래서 빈천하다고 하는데 그것이 반드시 맞을 수 있겠는가. 특히 요즘은 시대가 바뀌어 그런지 전통적인 상법(相法)이 맞지 않는 것 같다고 관상학자들 스스로 말한다. 가령 중국의 시진핑은 대륙의 지도자 같은 면모가 물씬 풍기지만 알리바바의 마윈 같은 이는 전통적 부호의 상이라 보기는 어렵다. 하지만 마윈은 엄청난 부자가 된 데다 품성까지 좋은 듯하다. 물론 명리학은 관상학에 비해 더 경우의 수가 풍부하고 시대 변화에 따라 해석의 틀도 많이 바뀌고 있지만, 어쨌든 관상학이나 명리학이나 확률학임을 명심해야 한다.

그렇다 하더라도 명리학은 사람의 성격 유형을 열여섯 가지로 해명하는 MBTI 나 기본유형 아홉 가지에서 사백팔십여섯 가지의 세부유형으로 뻗어가는 에니어그램 등에 비하면 엄청난 경우의 수를 제공하는 셈이다. 달리 말해 백만 가지 이상 경우의 수를 제공하는 사주 명리를 사람의 성격이나 인간적 특징 등을 규명하는 데 활용하면 큰 도움을 얻을 수 있다는 것이다. 이러한 도움을 얻되 도입부에서 밝혔듯이 명리학은 역시 인간의 실존적 결단과 실천, 노력을 기다리는 하나의 보조 자료일 따름임을 잊지 말아야 한다.

4. 오행의 상생(相生)과 상극(相剋)

지금까지 기술한 오행, 즉 목-화-토-금-수는 상생 상극의 관계를 갖는다. 상생 상극의 개념은 뒷장에서 기술할 십성/십신론에 이론적 바탕이 되므로 알아 두어야 하고 명리학의 기본이기도 하므로 알아둘 필요가 있다.

1) 상생

상생이란 서로 생한다는 것이다. 목은 화를 생하고 화는 토를 생하고 토는 금을 생하고 금은 수를 생한다. 목생화(木生火), 화생토(火生土), 토생금(土生金), 금생수(金生水), 수생목(水生木)이다. 여기서 생(生)은 살린다, 도와준다는 의미이다. 즉 나무는 불이 일어나는 재료가 되고 불이 타고 나면 재/흙이 생기게 되며 흙에서 금이 나오며 금에서 물이 스며 나오고 물은 나무를 살린다. 다음과 같은 관계도가 된다.

원형의 화살표 방향은 상생 관계이고 원 안의 직선 화살표는 상극 관계를 표시한다. 상생 방향으로는 생하거나 도와주는 관계가 성립되지만 설기(洩氣)의 관계도 성립된다. 즉 수는 목에게 자신의 기를 빼앗기거나 흘리게 되며 목은 화에게 자신의 기운을 빼앗기는 식의 관계가 원의 화살표 방향으로 일어난다. 그러나 이런 설기 작용은 생을 받는 쪽이 생 해주는 쪽보다 과할 때 일어나는 현상으로 두 요인이 일대일로 대등할 때는 생기지 않는다. 그러나 생이라 하더라도 생해 주는 요인이 받는 인자보다 지나치면 다음과 같은 현상도 생긴다.

목다화식(木多火息): 나무가 너무 많으면 불이 꺼진다.

화다토조(火多土燥): 불이 많으면 땅이 마른다. 즉 조토(燥土)가 된다.

토다금매(土多金埋): 흙이 너무 많으면 금이 묻혀버린다.

금다수탁(金多水濁): 금이 너무 많으면 물이 흐려진다.

수다목부(水多木腐): 물이 너무 많으면 나무가 썩는다.

이를 볼 때 오행론 역시 철저히 과불급을 경계하는 의식을 담고 있음을 알 수 있다. 이는 달리 말해 음양오행론이 지향하는 것은 앞서 말했듯 중용의 덕이라는 것이다.

2) 상극

오행 간에는 상극 관계도 일어난다. 극(剋)은 이긴다, 제압한다, 억압한다, 방해한다 등의 의미를 갖는다. 즉 목은 토 성분을 이기거나 억압하거나 방해한다(木剋土). 화는 금에 대해(火剋金), 토는 물에 대해(土剋水), 금은 목에 대해(金剋木), 수는 화에 대해(水剋火) 그러하다. 이는 나무는 그 뿌리로 땅을 가르는 것, 화는 금을 녹이는 것, 토는 물을 막는 것, 금은 나무를 베는 것, 물은 불을 끄는 것 등을 생각하면 이해될 것이다. 위의 상생 방향을 그린 그림에서 원 안의 직선 화살표 방향은 상극 관계를 표시한다.

그런데 극이라 하더라도 극제(剋制) 당하는 쪽에 부정적이기만 한 것은 아니다. 이를테면 화(火)가 너무 많은 사주의 주인공에겐 적당한 물이 필요한 법이다. 앞서 언급한 목다화식, 화다토조 등의 법칙이 여기에도 작용하는 것이다. 너무 많은 나무는 금이 극제를 할 수가 없고 큰 불은 적은 물로는 끌 수가 없다. 그러므로 극작용이라는 것도 경우에 임하여 풀이하여야 한다.

동양의 오랜 지혜는 이처럼 음양론에 오행의 상생 상극을 더 하여 우주와 인간사의 변전(變轉)을 이해하고자 한 데 묘처가 있다. 이러한 음양오행의 작동 방식에 의거해 명리학은 십성론/십신론 또는 육친

론을 창안하였는데 이야말로 명리학의 진수이다. 어디에서도 보기 힘든 인간학이 펼쳐지는 장이 바로 이 십성론이기 때문이다. 절을 바꾸어 이에 대하여 서술한다.

5. 십성론

1) 십성의 해석과 유의점

십성(十星)론이란 것은 앞에서도 언급한 바 있듯이 명리학에도 천문학이 개입하였음을 알게 해주는 담론이다. 서구에서 별자리로 사람의 성격을 밝히고자 한 노력이 명리학에서도 마찬가지로 드러나는 것이다. 십성론은 한 사람의 태어난 사주로써 그 사람의 성격, 자질, 지향하는바, 개성을 알게 해주는 심리검사지에 해당한다. 그 사람의 정신적 특질을 알게 해준다는 의미에서 십신(十神)론이라고도 하고 그 사람 자신과 부모, 배우자, 자식과의 관계를 알게 해준다는 의미에서 육친(六親)론이라고도 한다.[11]

---

11) 肉親이 아니고 六親이다. 조어가 좀 모호하다. 조부모, 부모, 배우자, 형제, 자녀 등의 관계를 살필 수 있다는 것인데 장모나 시모 등의 관계까지 간명에 포함시키는 것을 보면 차라리 肉親論이라 하는 것이 적합할 터인데 왜 굳이 六親이란 용어를 썼는지 잘 이해가 되지 않는다. 명리학은 이처럼 용어의 개념이 모호한 경우가 제법 있다. 학적인 토대가 아직 튼실하지 않다는 증거일 수 있다.

십성론은 언급한 여러 요인들을 열 가지 유형으로 분류하여 파악한다. 크게는 비겁(比劫)성, 식상(食傷)성, 재성, 관성, 인수(印綬)성으로 나눈다. 그리고 이는 정(正)과 편(偏)으로 각각 다시 나뉘어 비견(比肩), 겁재(劫財), 식신(食神), 상관(傷官), 정재(正財), 편재(偏財), 정관(正官), 편관(偏官), 정인(正印), 편인(偏印), 이렇게 열 가지가 된다. 그리하여 십성이다. 비겁에서의 정에 해당하는 것은 비견, 편에 해당하는 것은 겁재이다. 식상에서는 식신이 정, 상관이 편에 해당한다. 십성은 아래에 서술하는 바와 같은 특징들을 가지는데 먼저 알려둘 것은 정이나 편에서 올 수 있는 선입견이다. 흔히 정(正)이라 하면 옳고 바른 것이라 하여 긍정적으로 생각하고 편(偏)은 모나고 치우친 것으로 생각하여 부정적으로 생각하기 쉬운데 전근대적이던 시대에는 그렇게 해석하였으나 요즘처럼 신분과 직종, 성별의 차이가 엷어진 시대, 한마디로 가치관이 달라진 시대에는 해석이 달라졌다. 이를테면 편관은 전통적인 해석 방식이 주를 이루던 1980년대까지만 해도 칠살(七殺)[12]이라고까지 부르며 남녀에게 공히 부정적인 아이콘으로 간주하였다. 그 기질이 세고 자기주장이 강한 성분으로 보았기에 조직이나 위계에 순응하는 것을 미덕으로 알았던 전근대적 사고 방식으로는 매우 흉한 요인으로 여겼던 것이다. 그러나 요즈음 들어 편관은 리더십이 있는 인물들에게 드러나는 성분으로 본다. 선출직 공무원이나 큰 단체의 수장에는 편관성의 소유자가 어울린다고 보는 식이

---

12) 일곱 번째 오는 자리의 살이라는 뜻이다. 비견-겁재-식신-상관-정재-편재-정관-편관… 순으로 보면 팔살이라 해야 할 텐데 칠살이라 하였다. 명리학은 위의 주에서 언급한 것처럼 고전명리서의 조어(造語)를 답습해서인지 용어가 적절치 않은 경우가 꽤 있다.

다. 오히려 전근대 사회에서 가장 바람직한 아이콘으로 여겼던 정관은 요즘에는 조직이나 체제에 순응하는 성격적 특징 때문에 주어진 일에 복무하는 공무원이나 샐러리맨의 자질에 맞는 것으로 읽는다. 이처럼 정과 편의 해석이 달라진 것에 유의하면서 아래의 십성별 특징을 읽는 것이 좋겠다.

2) 십성의 개념

비견(比肩)

비견은 한자 풀이로는 어깨를 나란히 한다는 의미이다. 따라서 자기 자신, 형제, 동료, 동업자(이면서 경쟁자) 등으로 풀이한다. 육친(六親), 즉 친족 관계로 볼 때는 자기 자신에 해당하기 때문에 비견은 자신을 돕는 요인으로 파악한다. 사주팔자에서 비견이 강하면 자기의 주관이 강하거나 형제/동료/동업자가 있거나, 이런 이들과의 관계들을 중요시한다고 본다. 그러나 형제나 동료란 라이벌이 될 수도 있고 자기 주장이 지나치게 강하면 오만(傲慢)이 되므로 사주상 좋지 않은 구성을 이루면 흉한 요인이 된다. 특히 여성에게 비견이나 아래 설명할 겁재가 많으면 라이벌, 달리 말해 시앗이 있을 수라 보았다. 이는 개연성이 있는 해석이다. 왜냐하면 비견이란 강력한 자기중심성에다 사회관계를 중시하는 소인(素因)이어서 여성이 이러한 기질을 강하게 가지면 자신이 대장 노릇을 하려는 성향에 사회적 활동성향이 강한지라 아무래도 부드럽고 애교 있는 여성을 원하는 남편들의 성향에는 마땅치 않아 다른 여자를 기웃거릴 가능성이 높아질

터이기 때문이다. 사실 이런 해석은 조심스럽다. 왜 여자는 애교를 부리고 남자에게 종속적인 존재가 되어야 하느냐라는 반박을 부를 수 있기 때문이다. 그러나 이는 대체적인 경향이 그렇다는 말이다. 기성세대는 특히 이런 경향이 있다. 연하남과의 결혼도 많아지는 요즘의 풍조로 볼 때 젊은 여성들은 애교 운운이 거슬릴지 모르겠지만, 어쨌든 비견의 성격이 이러함을 감안해 주면 좋겠다.

비견의 성격이 이러하므로 정치인이나 보스급에 앉고자 하는 사람들은 이것이 사주에 한두 개 자리하는 것이 좋고 실제 정치인들을 보면 비견성을 반드시 띠고 있다. 김영삼, 김대중, 노무현, 이명박 대통령들은 다 비견성을 가지고 있다. 국회의원들도 대개 그렇다. 그 이유는 앞서 말했듯 비견성이 강한 사람들은 사람들과의 유대관계를 중시하고 그 속에서 자신의 위상을 확인하려는 성향이 강하기 때문이다. 생각건대 무리들과 섞이길 싫어하는 사람이 정치를 할 수는 없는 노릇이다. 달리 말해 정치인들은 늘 무리들과 어울리고 그 속에 섞여 있길 좋아하는 인물들이다. 그러므로 리더십이나 관직을 표상하는 관성이 강하게 자리 잡아도 이 비견이 없으면 정치인으로서는 성공하기 어렵다고 본다. 이런 까닭에 자기만의 방이나 공간을 고수하고자 하는 사람들에게는 비견이나 아래에 설명할 겁재가 없다. 사람들과 어울리길 좋아해서 밖으로 나도는 사람들에겐 이 비견성이 필히 자리한다.

그러나 이 비견성만 너무 두드러지고 이를 적절히 조절해주는 다른 십성이 없으면 자칫 피곤한 신세가 되기 쉽다. 왜냐면 형님, 동생을 사방에 두고 가는 데마다 먼저 지갑을 열어야 하고, 주변의 조언은 아랑곳없이 좌충우돌하다 자칫 가산을 탕진할 개연성이 크기 때문이다. 따라서 비견은, 아래의 겁재도 그렇지만 인수성과 적절히 어울릴 때 신강한 사람[13], 다시 말해 자존감이 강한 사람이 되어 자신의 욕망을 펼칠 수 있는 사람이 된다.

겁재(劫財)

겁재는 비견의 편(偏)에 해당하는 십성이다. 즉 음 성분의 비견이다. 비견과 그 성격 특성에 있어서는 대개 비슷하다. 육친 관계에서도 자신을 상징한다. 그런데 왜 겁재라 할까? 겁재는 각주 12, 13에서 지적했듯이 명리학의 애매모호한 용어들 중 하나이다. 겁은 소위 겁탈하다 할 때의 그 겁인데, 이 경우 겁이 타동사인지 피동형 동사인지 불분명하다. 즉 재를 뺏는다는 것인지, 재를 뺏긴다는 것인지 분명치 않은 것이다. 온갖 명리서들을 봐도 이 부분에 대해서는 어물쩍 넘어간다. 하여간에 왜 재물과 관련이 되어 있을까?

우선, 겁재의 성격적 특징을 볼 때 겁재 역시 비견처럼 다른 사람과의 관계를 중시하는 경향성을 갖는다. 그런데 겁재의 경우 이러한 성향이 좀 더 강한 주관성으로 나타난다. 강한 자기중심적 성향으로 경쟁에서는 지지 않으려는 성향과 자기가 호감을 느끼는 사람에게는 좀 더 친근성을 드러내는 식으로 주관적 관계망을 맺으려 한다는 것이다. 강한 주장을 관철하기 위해서는 때로는 위계에서도 벗어나려 하고, 끌리는 이와 친분을 맺기 위해서는 자신의 재물도 푸는 식의 특성을 드러내는 것이 겁재성이다. 그러므로 겁재가 재물을 뺏기도 하고 뺏기기도 한다는 모순된 특성은 양립할 수 있는 성격

13) 신강, 신약 등의 개념은 다음 항목에서 설명한다.

특성이다. 강한 자기중심적 성향과 경쟁심 때문에 남의 재물을 차지하려 들 수 있고, 적어도 뺏기지는 않겠다는 강한 방어 본능으로 드러날 수 있고, 다른 사람을 내 편으로 만들기 위해서는 내가 가진 것을 내놓을 수도 있다는 성격 때문에 모순된 특성이 양립할 수 있다는 것이다. 지금까지 명확히 정리되지 않았던 겁재의 모순된 규정은 이렇게 정리하면 해결될 수 있다.

겁재와 관련하여 생각해 볼 다음 특성은 군겁쟁재(群劫爭財)라는 간명상의 중요 용어와 관련해서이다. 이 용어도 조어상 모순이 보이는데 어쨌든 뜻은 무리들이 한 사람의 주위에 몰려들어 그 사람의 재물을 다툰다는 뜻이다. 군겁이라 하지만 겁재만이 아니고 여기에는 비견도 해당된다. 그래서 조어상 모순이라는 것이지만 어쨌든 비견이나 겁재는 사람과의 유대를 중시하고 무리와 어울리려는 성향에서는 공통이다. 그러다 보니 이런 사람들은 턱쓰기를 좋아해 재물이 새나갈 개연성이 많다. 주위에서도 한 턱 먹자고 덤벼드니 무리들이 재물을 다투는 격이라는 것이다. 요컨대 재물을 털릴 가능성이라기보다 재물이 샐 가능성이 많은 것이다. 간명가들이 겁재운이 들어오면 재물을 뺏기거나 손해 볼 운이라고 풀이하는 것은 이 때문이다. 그러므로 겁재운이 들면 재물이 나가는 경우로 보는 것이 맞다. 다시 말해 손재(損財)운에 해당한다는 것인데 그런데 이것이 반드시 뺏긴다는 의미로 보기는 적절치 않다. 왜냐하면 원국에 겁재성이 있거나 운의 흐름에서 이것이 들어오는 사람은 자기 지갑 열기를 좋아하고 그런 만큼 남을 돕는 마음에 해당할 수도 있기 때문이다. 다시 말해, 겁재운이 들면 봉사하려는 욕구가 강해진다, 이렇게도 해석할 수 있기 때문에 재물을 뺏긴다는 부정적인 뉘앙스로만 해석하는 것은 문제가 있다는 것이다. 그러나 어쨌든 비겁이 강한 사람은 어울리기 좋아하고 턱쓰기를 좋아하는 성향 때문에 그것을 제어할 성분과 어울리지 않으면 재물이 샐 가능성이 많은 것은 사실이고 운의 흐름상 겁재가 겹친다던지 할 때에는 손재를 조심하는 게 좋다.

겁재의 성격 중 특기할 점은 앞서도 말했지만 강한 자기 중심성 때문에 비주류적 성향을 띠거나 개혁 성향을 지닐 수도 있다는 점이다. 아무래도 편(偏)의 성향을 지녔기 때문인 듯하다. 그러나 이것도 나쁘게 볼 것은 아닌 것이 이는 약자에 대한 동정, 개혁정신, 봉사정신 등으로 발현될 수 있기 때문이다. 필자가 볼 때 예수와 같은 성인은 겁재가 강한 대표적 인물이 아니었던가 한다. 그는 힘없고 돈 없는 밑바닥의 서민들을 돕고자 하였고 기존의 유대교에 반발하여 자신의 하나님을 설하다가 마침내 십자가에 못 박혔기 때문이다. 이렇듯이 겁재는 비주류적, 개혁적 성향이 강한데, 그러나 무리들과 어울리기를 좋아하는 측면에서는 역시 비견과 비슷한 성분이다.

식신(食神)

표현력, 문화예술적 성향, 먹을 복, 바지런함 등을 표상하는 십성이다. 육친 관계에서는 아래의 상관과 공히 여성에게는 자식으로 본다. 남성에게 자식은 아래에 설명할 관(官)이 해당한다. 표현력이란 것은 언어 표현이나 예술적 표현력을 의미한다. 따라서 식신성이 있는 사람은 언어 감각이나 예술적 감각이 좋아서 언어를 다루는 문학, 언론이나 다른 예술 분야에 관심이 많고 이런 분야에 종사하기 쉽다. 또한 음식 맛에도 민감해서 전문 셰프들이나 음식 칼럼을 쓰는 이들 중에 식신을 가진 이들이 많다. 음식 맛에 민감하다는 것은 사실상 쾌락을 탐하는 감각이 발달했다는 것인 만큼 이는 미적(美的) 감각과 통하는 것이어서 식신성과 연관이 된다. 이런 성향 탓에 식신은 자유주의적이고 개인주의적 성향을 띤다.

또한 식신성을 가진 사람은 일복을 가졌다고 본다. 스스로 바지런해서 게으름을 용납지 않는 성격이다 보니 늘 일거리가 따른다고 보는 것이다. 그러다 보니 먹을 복도 자연히 따른다. 부지런한 성격에 어디인가를 가도 먹을거리가 있고 또 그것을 즐길 수 있는 운이라면 얼마나 좋은가. 그래서 어떤 간명가들은 이 식신을 매우 중요하게 평가한다. 식신을 복성(福星)으로 보고 이것이 있어야만 좋은 명이라 볼 정도이다. 특히 고전적 간명 방식으로는 식신제살(食神制殺)이라 하여 편관성, 즉 칠살이 있는 사람은 반드시 이 식신이 따라야 흉운을 피할 수 있다고 보았다. 편관성은 자기 멋대로 하려는 성향이 매우 강하기에 이를 극하는 성분인 식신이 있으면 그런 부정적 요인을 억누를 수 있다고 본 것이다. 그러나 편관성을 옛날처럼 위험 요인으로 보지 않는 요즘은 식신제살이 반드시 필요하지 않다고 보는 것이 필자의 생각이다.

식신은 위에서 말한 성격 외에 감성적 직관적 성격 또한 강하다. 그렇다 보니 식신이 천간 지지에 하나씩 있게 되면 식복은 따르지만 너무 낙천적이거나 감성적이어서 계획성이 부족한 단점이 따른다. 예컨대 여행을 가더라도 그곳에 가서 보자는 식으로 떠나고 보는 것이다. 자칫 이런 무계획성으로 생활에 낭패를 볼 수 있으므로 식신은 지지에 딱 하나 있는 것이 좋다는 사람도 있지만 두 개 정도는 괜찮다. 먹을 복이니 나쁠 것이 없는 것이다. 그러나 식신이나 아래에 설명할 상관이 많으면—세 개 이상이면—문학이나 예술 쪽으로 자질이 승하기 마련인데, 자칫하면 자유주의적이고 개인주의적 성향이 방만한 삶으로 나갈 수도 있으니 주의해야 한다.

상관(傷官)

상관은 식신과 그 성격이 유사하다. 다만 편에 해당한다. 편에 해당하는 식신이다 보니 그 자유로움과 개인주의적 성향이 식신보다 더 강하다. 한 마디로 조직이나 체계에 매이지 않으려는 성향이다. 오죽하면 관을 상한다−해친다는 이름이 붙었겠는가. 이런 탓에 전근대적 사회에서는 상관견관(傷官見官)이라 하여 이 성분을 매우 부정적으로 보았다. 말뜻 그대로 풀이하면 상관이 관을 보았다는 것인데, 특히 정관성을 만나면 그것을 해치는 것으로 보아 매우 불길하게 여긴 것이다. 그러나 요즘 이런 해석은 시대가 달라진 만큼 불합리하다는 것이 필자의 생각이다. 정관성은 조직과 질서를 잘 따르는 성향이어서 조직의 질서에 순응하는 인물을 요구했던 봉건적 지배층은 이런 성향을 매우 긍정적으로 평가했지만 자유로움과 창의성을 중시하는 현대에는 오히려 상관성의 자유분방함이 요구된다. 요컨대 조선시대라면 상관성과 정관성이 같이 자리하면 김삿갓 같은 사람이 될 개연성이 있었겠지만 요즘은 작가나 연예인으로 빛을 볼 수 있게 되었다. 이 때문에 상관성이 있는 사람은 작가나 언론인, 연예인, NGO 봉사자, 기획자 등이 많고 특히 개그맨 같은 직종에 있는 사람은 상관성을 두세 개 띤 사람이 많다. 이홍렬, 신동엽 같은 개그맨들이 그렇다. 그러므로 상관성이 있는 사람은, 다른 성분과의 조합을 고려해야겠지만, 자신의 자유로운 개성과 창의적 성향을 살리는 직장이나 업을 고려해 보는 것이 좋다.

정재(正財)

재물 축적에 대한 관심과 지향을 표상하는 것이 재성이다. 정재는 재물을 추구하는 성향이지만 '정'에 어울리게 착실한 저축으로 재산을 모으려는 성향이다. 달리 말해 전형적 샐러리맨 스타일이다. 그러므로 편재가 펀드매니저나 주식투자자 성향이라면 정재는 은행원 성향이다. 성실하게 저축하되 꼼꼼하게 재물을 관리하는 편이어서 구두쇠 소리를 듣기도 쉬운 것이 정재 성향이다. 편재가 한탕을 추구하고 낭비성도 있는 반면에 정재는 허례허식 없이 성실하게 생활에 임하는 근검절약가형이다.

정재와 편재는 재물을 얻으려는 스타일에서는 다르지만 공통된 것이 있으니 사회적 처세의 방식이다. 두 성분 모두 돈을 중시하는 만치 현실적/실용적 성향이 강해서 이를 띤 사람들은 실제적 이익이 없는 일에는 잘 나서지 않는다는 것이다. 예컨대 이런 사람들은 정치적 쟁점을 두고 논쟁이 벌어질 때 적극적으로 나서지 않고 사회생활에서는 모나지 않게 처신하려 한다. 실익이 없는 일에 괜히 핏대를 올리거나 자신의 속마음을 쉽게 드러내기를 꺼리는 스타일인 것이다. 가정에서도 남편과 아내가 각자의 주머니를 차고 서로의 영역을 인정하면서 계산을 잘 차리는 사람들이 재성을 강하게 가진 사람들이다. 그러므로 돈보다는 인간적 소통이나 인간미를 원하는 사람들에게는 이해가 안 되는 라이프스타일을 사는 사람들이 재성의 소유자이기도 하다.

편재(偏財)

편재 역시 재물을 중시하지만 특히 한탕주의 성향이다. 또박또박 저축하기보다 투기성 있는 돈벌이에 쏠린다. 가령 주식이나 부동산 등에 투자하여 크게 한 몫 보려는 성향이다. 두세 개 있으면 이런 성향은 물론 더 커진다. 쓰기도 잘 쓴다. 따라서 재물을 모으기보다 재물 획득에 따르는 한바탕의 스릴을 즐기려는 성향도 있다. 한 편으로 편재가 있으면 다른 사람의 기분에 잘 맞춰주는 사근사근함과 요령이 있다. 그러니 비즈니스맨에게 요구되는 자질이기도 하면서 대인관계에 유리한 성향이다.

편재는 또한 애욕을 밝히는 스타일이라 본다. 편재가 두세 개 되면 특히 남자일 때 여자관계가 복잡해질 가능성이 있다. 풍류벽 낭비벽도 있어 집에 사람들을 초대해 놓고 파티를 좋아하는 성향의 사람들이 바로 이 편재가 강한 사람들이다. 영화 〈위대한 개츠비〉에서 사랑하는 여인을 쟁취하기 위하여 화려한 파티를 즐긴 개츠비가 이런 유형이라 할 만하다. 이런 유형의 사람들은 어쨌든 재물에 대한 집념이 강해서 때로 모사와 수단 방법을 가리지 않기도 한다. 영화 〈돈〉에서 유지태가 연기한 '번호표'는 이런 특성이 극대화된 인물형이다. 번호표는 주식 시장에서 온갖 편법으로 일확천금을 얻는 데 만족하지 않고 게임을 즐기고자 한다. 부자가 되어 옛사랑 앞에 나타난 개츠비도 편법으로 돈을 모았을지 모른다. 편재가 있다 해서 모두 모사를 부리다가 망한다는 것은 아니지만, 편재 성향의 인물 성격을 잘 보여주는 경우들이다.

편재와 정재는 육친 관계로 볼 때는 남녀 공히 아버지에 해당한다. 남성에게는 아내 자리이기도 하다. 편재와 정재가 적절하게 자리하면 아버지의 덕이 있고, 특히 남자에게는 배우자 운이나 아내 덕이 있다고 본다.

정관(正官)

관성은 명예 지향과 권력 추구적 성향이 특징이다. 정관은 이러한 성향을 가지지만 조직 체계에 순응하면서 이를 얻으려는 성향이다. 쉽게 말해 공무원 체질이라 할 수 있다. 편관성이라 하여 공무원에 안 어울린다는 것은 아니지만 정관성의 경우는 조직의 질서에 따르고자 하는 성향이 특히 강하다. 물론 상관성이나 겁재성이 강하면 그 성격은 반감되겠지만 말이다. 정관의 성격이 이렇다 보니 다른 사람이 보면 자리를 위해 너무 순응주의적이고 심지어 아첨하는 자로 보일 수도 있다. 그러나 이는 조직 체계 속에서 자신의 위치를 확보하고자 하는 정관의 성향 때문이지 아첨꾼이기 때문은 아니다. 이에 따라 정관성은 진중하고 성실한 성격이어서 전근대 사회에서는 권력자의 총애를 받아 관직을 얻기에 좋았지만 요즘은 학자들에게서 많이 보이는 십성이기도 하다. 왜냐하면 조선조에서는 문(文)에 강한 사람, 요즘으로 치면 인문학을 하는 사람들이 관직을 얻었지만 요즘의 인문학자들은 그야말로 학자에 머물 뿐 관직으로 나가기는 어려운 탓이다.

정관이나 편관성은 공히 그 옆자리에 아래에 설명할 인수성, 특히 정인(正印)성을 만나면 관인상생이라 하여 명예직에서 뜻을 이룰 수 있다. 명예욕과 그를 뒷받침하는 학문적 탐구나 자기 수양이 시너지 작용을 일으켜 이름을 얻을 수 있다는 것이다. 관성은 이처럼 명예욕이나 지위에 관한 욕구, 운세를 상징하기 때문에 십 년 주기로 들어오는 대운이나 일 년 주기의 세운(歲運)에 관성이 들어오면 승진, 승급, 취업 운 등으로 해석한다.

관성은 정/편관을 막론하고 명예나 명분을 중시하는 만큼 자신을 강력히 절제하는 성분이기도 하다. 따라서 관성이 많으면 자기 절제가 강하기도 한 반면 스스로에게는 스트레스 요인이 된다. 경찰이나 군인의 제복은 그것에서 풍기는 절도와 위엄도 있지만 그만큼 당자에게는 의무감을 요구하는 것과 같은 이치이다.

관성은 정/편 상관없이 육친 상으로는 여성에게는 남편. 남성에게는 자녀로 본다. 여성에게는 관성이 남편을 상징하기에 남자 운, 즉 결혼운이나 연애운이 드는 것으로 해석한다. 남성에게는 그 자리가 어디인가를 보아 자식운이 어떠한가를 읽는다.

편관(偏官)

앞에서도 밝혔듯이 일간을 기준으로 하여 일곱 번째 오는 강력한 십성이라 하여 칠살이라 부른다. 특히 이를 제어하거나 설기(洩氣)해주는 다른 십성이 없을 때 그렇게 부른다. 편관성은 명예를 중시하고 직제 속에서 한 자리를 차지하려는 관성의 성격 중에도 그 성향이 좀 더 두드러지는 성격이다. 따라서 편관성을 띤 사람은 권모술수를 써서라도 권력을 잡으려 하는 성향이어서 정관성보다 그 기질이 더 격하고, 남에게 자기 존재를 과시하려는 성향이 강하다. 영웅적이거나 보스적 기질이 강한 것이다. 봉건적 사회에서 편관을 칠살이라 하여 기피한 것은 이런 성향 때문이다.

그러나 요즘 들어서 편관성은 적절히 배치되면 오히려 강력한 리더십을 발휘하는 긍정적 소인으로 본다. 예컨대 천간 지지에 하나씩 있고 신강한 사주라면 탁월한 리더십을 발휘할 수 있는 재목이다. 부하의 캐릭터를 잘 파악하고 적재적소에 배치하여 수완 좋게 아랫사람을 움직이는 사람이 바로 이 편관형 스타일이다. 이런 성격이므로 자신에게 복종하지 않는 사람은 좋아하지 않는다. 여성이라면 가만히 집에 박혀 사는 현모양처는 맞지 않는다. 밖으로 나가 사람들과 어울리고 자신의 주장을 펼치는 삶이라야 숨통이 트인다.

편관성이 센 사람은 이런 성격 때문에 생활에는 문제가 생길 수도 있다. 비겁성처럼 그저 형님, 동생을 찾고 밖으로 나돌아다니기를 좋아해서 생활의 안정성이 무너질 수도 있는 탓이다. 고전 간명법에서 식신이나 상관으로 칠살인 편관을 제어해 주는 것이 좋다고 본 것은 이런 이유 때문이다. 어쨌든 모든 지나친 것은 모자람과 같다고 본 것, 과유불급(過猶不及)은 사주명리학의 철칙이다.

정인(正印)

정인, 편인을 통틀어 인수성(印綬星) 혹은 인성(印星)이라고 한다. 인수는 도장을 넣어두는 주머니라는 뜻이다. 여기서 '인'은 도장, 혹은 거기에 걸맞는 권위나 품격을 의미한다. 그러므로 인수성은 학문/학자적 성향이나 수련, 인품, 자기 수양, 문서와 관련한 권한 등을 상징한다. 도장이라는 것은 자신의 권한이나 권위를 대신하는 것이기에 이러한 상징성을 가지는 것이다. 인수성의 성격이 이러하므로 인수성 중에서도 정인성이 들면 사람이 점잖고 선비형이다. 어린 시절에 정인운이 들면 공부를 잘하는 운으로 본다. 자기 수련에 집중하고 그로 하여 명예를 얻는 운으로 보기 때문이다. 편인, 정인은 통틀어 인수성(印綬星) 혹은 인성(印星)이라고 한다. 인수성이 들면 통상 문서운이 드는 것으로 보기도 한다. 대개 부동산 운 같은 것으로 보는데 도장을 찍어 획득하는 재물운으로 보는 것이다.

정인은 학문, 학습, 아이디어, 문서 운 등과 연관되지만 특히 자기 수양에 신경 써서 인품을 갖춘 학자/교사적 성향을 상징한다. 따라서 탐구적 성향이 강하고, 총명하지만 보수적인 성향을 띤다. 주로 학문 분야에서 창의성, 독창적 사고에 능하다. 정인성과 정관성을 같이 갖추고 있으면 관과 인이 상생하여 명예직에서 두각을 드러낼 가능성이 많다. 그리고 정인성과 식신이 같이 하면 문학창작이나 연구 쪽에 자질을 드러낸다.

정인성은 친족 관계로 볼 때는 어머니를 상징한다. 따라서 정인성이 두드러지면 어머니와 인연이 깊다고 본다. TV나 책 등에서 어머니로부터 받은 사랑을 특히 강조하면서 그를 잊지 못하는 사람들을 보는데 이런 사람들은 사주팔자에서 대개 정인성이 뚜렷한 자리를 차지하고 있는 경우이다. 따라서 정/편을 불문하고 이 인수성이 너무 많으면, 예컨대 세 개 이상이면 마마보이나 마마걸이 될 가능성이 있다. 달리 말해 어머니의 간섭이나 영향이 강할 수 있다는 것이고, 달리 보면 자기 수양이나 탐구적 성향이 강한 만큼 관념세계에 갇혀 실천성은 약해서 우유부단할 수 있다고 본다. 편인성은 계모로 해석한다고 일반 명리서에서 주장하지만 이는 근거가 박약하다. 왜냐하면 정인성과 편인성이 같이 섞여 있는 사주도 있는데 이런 경우는 그럼 어떻게 읽느냐는 것이다. 육친 관계는 부모 배우자 자녀 등에서만 참고할 것이지 장모/장인, 시모/시부와, 삼촌/고모/이모 등의 관계로 뻗어 나가면 끝도 없고 자연히 맞지 않기 때문에 효용성이 없다.

편인(偏印)

인성 중에서도 편인성은 좀 더 외골수적인 성향을 띤다. 그리하여 전에는 편인성을 외골수, 까다로운 성격, 고독함의 상징으로 읽어 부정적으로 보았다. 그러나 요즘은 편인성을 독창성, 창의성 등으로 읽는다. 벤처로 성공하는 인물들의 성향을 보면 이해될 것이다. 이들은 자기만의 세계에 외골수로 꽂혀 깊이 연구한 결과 독창적인 아이템으로 마침내 성공하는 이들이다. 외골수이지만 임기응변도 능한 것이 이 편인성의 특질이다. 따라서 편인성은 예술가들에게도 많다. 역시 창의력과 관련되기 때문이다. 예술가들 또한 뭔가 다른 사고 때문에 까다롭고 자기만의 세계를 고수하는 성향이지만 변덕도 심하고 의외로 임기응변에 강하다. 따라서 문인들에게서 많이 발견되는 것도 이 편인성인데 문인들도 외골수 성향이지만 그러나 막상 접해 보면 사람 관계에서는 대단히 개방적이다. 기술직이나 예체능인들에게 많이 발견되는 것도 이 편인성이다.

편인성은 앞에서 언급한 식신성을 극제하므로 도식(倒食)이라는 역기능을 가지는 것으로 보았다. 밥상을 엎어버리는 기능이라는 것이다. 이는 식신이 바지런하고 인성(人性)도 무난해서 먹을 복이 있는데, 까다롭고 외골수적인 편인 성향은 그 복을 차버린다고 보았기 때문이다. 이 역시 사회 체제에 무난히 적응하는 것을 미덕으로 삼았던 봉건적 시스템에서는 통할 해석이지만 요즘은 그렇지 않다고 보는 것이 필자의 생각이다. 요즘은 오히려 '편'의 시대라고도 할 수 있기 때문이다. 편재, 편관, 편인은 물론이고 겁재와 상관까지도 새로운 가치를 부여받는 요즈음이다. 예컨대 편재와 편인이 만나면 그야말로 벤처로 성공해서 이른바 대박을 낼 수 있는 것이 요즈음이다. 따라서 편인이 밥상을 뒤집는 흉한 성분이란 것은 시대에 맞지 않는 해석이다. 사주명리도 시대에 따라 새로운 해석이 따라야 하는, 그야말로 '담론'[14]일 따름이다.

아래에 지금까지 논한 십성의 특징을 도표로 정리한다.

<table>
<tr><th></th><th>성격 특징</th><th>비고</th></tr>
<tr><td>비견</td><td>자기 자신, 형제, 동료, 라이벌, 동업자 등 표상. 사회적 유대 중시. 자기주장. 보스욕. 정치성. 오만하거나 속전속패 할 수도.</td><td rowspan="2">비겁은 공히 지나치면 손재수 가능성.</td></tr>
<tr><td>겁재</td><td>비견과 유사. 그러나 개혁성, 승부사적 기질, 비주류성, 봉사적 성향도 띤다.</td></tr>
<tr><td>식신</td><td>표현력 강. 문화예술적 재능. 자유주의 낭만주의 성향. 바지런하고 감각도 민감하여 식복을 타고남. 예술가, 문인에 많은 십성.</td><td rowspan="2">식상 공히 지나치면 방만하고 무절제 할 가능성</td></tr>
<tr><td>상관</td><td>식신과 유사하나 더 강한 끼와 개성적 창의성 발휘. 언론인, 변호사, 연예인, 작가, NGO, 기획자 등에 많은 성분.</td></tr>
<tr><td>정재</td><td>재물을 추구하는 실용주의. 근검절약형. 실속 없는 정치적 논쟁등에는 거리 두는 성향. 인색하다는 평 들을 수도.</td><td rowspan="2">실용주의에 현실주의자라 이해관계를 너무 밝힌다는 평을 들을 수도</td></tr>
<tr><td>편재</td><td>역시 재물을 중시하는 실용주의자. 주식/부동산 투자, 투기 등으로 한몫 보려는 성향. 비즈니스맨, 투자자 등에 적합. 풍류벽, 낭비벽도 있다.</td></tr>
<tr><td>정관</td><td>명예와 지위 추구. 체제 내에서의 권력 추구. 공무원 스타일. 질서를 추종하므로 자기 억제, 절제 강해 스스로 스트레스 받음. 공무원, 학자, 교사 형.</td><td rowspan="2">운의 흐름에 관성이 들면 승진, 진급, 취업 등에 유리하다고 봄</td></tr>
<tr><td>편관</td><td>명예, 권력 추구 성향이지만 강한 기질과 집착으로 리더십 발휘. 사회적 관계를 중시하며 자신을 부각. 승부사적 기질 있어 선출직에 적합.</td></tr>
</table>

14) 담론이란 표현을 많이 썼는데, 담론은 이론이란 것도 언제나 변할 수 있다는 전제를 담은 용어이다.

정인	학문 연구, 자기 수양과 수련 등의 성향을 나타내는 성분. 학자, 선비형. 인품이 있고 연구와 자기 계발에 힘쓰는 타입. 문서 운, 공부 운이 있다.	정/편인 공히 창의성, 연구 정신 등이 있으며 문서운이 있다고 본다.
편인	편벽하다 할 정도의 외골수적인 창의성, 독창성이 있다. 까칠한 면도 있으나 임기응변에도 능함. 예술가, 기술, 의료 전문직 종사자 성향.	

위에서 정리한 십성은 일간이나 월지에 자리하면, 특히 그 성향이 두드러지고 사주팔자상 두세 개 들 때도 그러하다. 그러나 합, 충, 형, 공망, 천라지망 등 여기서 다 설명키 어려운 여러 요인들에 의해 개개인의 경우가 달라질 수 있음은 유의해야 한다.

3) 신강과 신약

십십론과 관련하여 알아두고 가야 할 개념에 신강(身强)[15]과 신약(身弱)이란 용어가 있다. 신강과 신약은 말뜻 그대로는 신체가 약하거나 신체가 강하다는 의미이다. 전혀 틀린 풀이는 아니지만 사실은 신체의 건강/약함이란 뜻 외에 마음의 강건함/약함이란 뜻도 포함된 용어라 할 수 있다.

신강 사주라는 것은 일간을 도와주는 성분이 튼튼한 것을 말한다. 일간은 태어난 날의 천간에 해당하는 것인데 이를 아신(我身), 즉 나 자신이라 읽는다. 비견이나 인수성이 도합 세 개 이상 나 자신을 도와줄 때 신강 사주라 일컫는다. 비견은 자아가 줏대를 가지도록

15) 신왕(身旺)이라고도 한다.

도와주고, 인수성은 학문과 수련으로 자아의 내면을 채워주는 성분이기에 나의 심신을 든든하게 정립케 해주는 성분들이다. 비견이나 인수성, 둘 중 하나만의 성분보다 같이 어울려서 일간을 도와줄 때 특히 신강 사주의 장점이 살아난다. 비겁이나 인수성 한 성분만이 일간을 도와주는 경우에는 이들의 단점이 도드라질 수도 있기 때문이다. 예컨대 비겁만이 너무 강하면 자신의 주관이 너무 세 다른 사람을 무시할 수 있고 지적인 요소가 결여되어 그 주관적 성향으로 이것저것 마구 손대는 경향 때문에 속전속패하는 결과를 만든다. 반면 인수가 너무 강하면 관념과 이론에 강한 만큼 실천성이 떨어져 자칫 게으른 인물이 되거나 우유부단한 사람이 되어 될 대로 되라는 식의 무책임을 부른다. 따라서 비겁과 인성이 적절히 조합할 때 제대로 된 신강 사주가 된다고 보는 것이다.

신강 사주의 장점은 우선 신체가 건강한 데 있다. 신체의 건강이라는 것은 사실상 유전적 요인이 강한 만큼 부모 복이 있다 해야 할 것이다. 체력이 좋다는 것은 여간 일해도 잘 지치지 않고 신체가 강하면 낙천적으로 된다. 실상 우울한 사람들은 대체로 신체가 허약한 경우가 많다. 그러니 우울증에 빠진 사람들은 자신의 신체상 취약점을 파악하고 이를 보완해 주어야 한다. 특히 신체의 허약은 어느 경우를 막론하고 운동이 약이므로 운동을 해야 한다. 운동을 해서 신체가 강하게 되면 자연 마음이 치유되거니와 운동은 또한 울적한 마음을 회복케 하는 요인이므로 필자는 운동이야말로 모든 우울증의 근본 처방이라 본다. 물론 우울증도 심하면 병원의 도움을 받아야겠지만 미약한 우울증은 운동만으로도 실컷 물리칠 수 있다. 뒤에 사례가 소개되겠지만 제자 중에 자신감을 잃고 자기만의 방에 들어박힌 학생이 있었는데 나의 조언에 따라 검은색 일색의 옷차림도 바꾸고 운동을 부지런히 함으로써 우울증을 극복한 사례가 있다.

어쨌든 신강인 사람들은 술을 마셔도 말술을 마신다. 물론 알콜 분해하는 효소가 많아야겠지만 말이다(^^). 일단 신체가 강하고 이에 따라 정신에도 여유가 있다 보니 신강인 사람들은 줏대가 있어서 외부의 자극에 영향을 덜 받는다. 다시 말해 누가 자신을 비난해도 꿈쩍 않고 줏대 있게 자신의 길을 간다. 재물운이 있으면 이를 잘 지키고 명예와 권력을 얻으면 잘 행사한다. 그러므로 신강하면 일단 좋은 조건을 타고 났다 하겠는데, 신강이라 해서 모두 잘 되는 것만은 아니다. 신강 사주의 경우 자신에 대한 지나친 확신이 확증편향으로 변하여 오히려 타인을 자신의 도구나 수단쯤으로 여기고 무시할 가능성도 있기 때문이다. 그러므로 신강이라 해도 다른 구성 요인과 잘 어울려야 하고, 역시 사주는 확률이므로 신강이라 해서 반드시 성공이 기다리는 것도 아닌 것이다. 요컨대 신약이라 해도 성공한 삶을 사는 사람도 얼마든지 있는 것이 사주팔자의 묘처이다.

신약의 말뜻은 몸이 약하다는 것이다. 몸이 약하기에 자존감이나 낙천성도 덜 해서 줏대도 약할 수 있다. 반면에 매사에 신중하고 연구, 대비하는 성격이어서 전문가나 CEO들에게 많다. 달리 말해 크게 베팅하거나 창업주가 된다든가 하는 성향은 좀 약하다고 보는 것이다. 그러나 여기에도 꼭 백 퍼센트의 적중률이 따르는 것은 아니다. 따라서 신약 사주들도 나름의 성공은 얼마든지 가능하니 신강과 신약을 비교하면서 괜한 비교의 기준으로 삼지 않길 바란다. 중요한 것은 신약 사주의 경우 떨어질 수 있는 자신감과 주체성을 확립할 수 있도록 꾸준히 노력하는 것이다. 앞에서 말한 것처럼 운동을 부지런히 하여 건강을 지키는 것은 자신감을 높이는 한 방법이고 독서를 통한 간접 경험과 삶의 직접 경험을 통하여 자신의 판단에 대한 신뢰성을 높이고 자존감을 높이는 것이 중요하다. 이렇게 하면 오히려 무모할 수 있는 신강 사주보다 더 차분하고 견고한 성공을 얻을 수 있다.

4) 십성의 구성 원리와 상생/상극 관계

그러면 십성은 어떻게 판별하는가? 즉 사주팔자에 나의 십성은 어떻게 들어 있느냐를 따지는 방법은 무엇이냐 하는 것이다. 이 역시 만세력 앱에 들어가면 다 나와 있어서 전문적 간명가가 되려는 사람이 아니라도 자신의 십성은 충분히 알 수 있다. 정밀한 해석을 하기엔 어렵지만 자신의 성향을 대체적으로 짚어 볼 순 있다. 십성이 어떻게 성립하는가를 십성 항목의 제일 마지막에 배치하는 것도 이 때문이다. 십성을 판별하는 방법은 십성의 성격을 아는 데 도움이 되므로 그 구성 원리를 알아 둘 필요는 있다.

십성은 일간을 중심으로 판별한다. 판별 방법은 도표와 같다.

비견(比肩)	일간과 오행이 같고 음양이 같은 것	비아자(比我者). 즉 나와 어깨를 나란히 하는 자
겁재(劫財)	일간과 오행이 같고 음양이 다른 것	

식신(食神)	일간이 생하고 음양이 같은 것	아생자(我生者). 즉 내가 생해 주는 자.
상관(傷官)	일간이 생하고 음양이 다른 것	
정재(正財)	일간이 극하고 음양이 다른 것	아극자(我克者). 즉 내가 극하는 자
편재(偏財)	일간이 극하고 음양이 같은 것	
정관(正官)	일간을 극하고 음양이 다른 것	극아자(克我者). 즉 나를 극하는 자
편관(偏官)	일간을 극하고 음양이 같은 것	
정인(正印)	일간을 생하고 음양이 다른 것	생아자(生我者). 즉 나를 생하는 자
편인(偏印)	일간을 생하고 음양이 같은 것	

앞에서 예를 든 2020년 3월 20일 정오(양력)에 난 사람의 십성을 따져보면 다음과 같이 된다.

시	일	월	년	
병(丙): 편재	임(壬): 아신	기(己): 정관	경(庚): 편인	간
오(午): 정재	술(戌): 편관	묘(卯): 상관	자(子): 겁재	지

이 사주의 일간은 임(壬), 즉 +수이다. 이를 기준으로 년간 경은 +금(金)이므로 금생수, 즉 아신인 나를 생하는 생아자이다. 따라서 인성이고 음양이 같으니 편인이 된다. 년지는 나와 같은 수(水), 즉 비아자(比我者)인데 자수는 −수이므로 음양이 다르니 겁재이다. 월간은 토극수, 즉 아극자이니 관성이 되고 기토는 −토여서 정관이 된다. 월지의 묘는 목이므로 수생목, 즉 내가 생하는 아생자인데 −목이므로 상관이 된다. 일지 술은 토성분이니 토극수, 역시 극아자인데 +토이므로 편관이 된다. 시간은 병이므로 수극화, 즉 아극자인데 +재이므로 편재가 된다. 시지 역시 화인데 −화이므로 정재가 된다. 이 사주의 경우 나를 도와주는 인성과 비겁이 년간과 년지에 각 하나씩만 있어 신약

으로 본다. 만약 두 가지가 월지와 일지에 자리 잡으면 아신에 상당히 도움을 주는 자리여서 중간 이상의 신강으로 읽는다. 다른 자리에 한두 개 이상 더 자리하면 상당한 신강이다. 이러한 십성의 판별은 금방 눈에 들어오지 않을 터인데, 수련이 따라야 함을 강조할 수밖에 없다.

십성도 오행처럼 상생 상극의 관계를 가진다. 도표로 표시하면 다음과 같다.

이렇게 볼 때 오행의 상생상극처럼 원의 시계 방향으로 생(生)관계가 성립하고 하나를 건너뛰면서 극(克)[16] 관계가 성립한다. 비겁은 식상을 생하고 식상은 재를 생하는 식이고, 재성은 인성을 극하고 관성은 비겁을 극하는 관계가 성립한다.

위의 표를 볼 때 흥미로운 것은 재와 관의 성격이다. 재성은 아극자(我克者), 즉 내가 이기거나 누르는 관계이다. 무엇을 극하는 것일까? 나를 둘러싼 세계를 극한다는 것이다. 이에 반해 관성은 극아자

16) '극'의 한자어도 克과 剋을 공용한다. 통상 상극이란 용어에는 전자, 극제란 용어에는 후자를 쓴다.

(克我者)여서 세계가 나를 극하는 것, 즉 세계가 나를 지배하는 관계이다. 이는 우리의 상식과 반하는 것 같다. 다시 말해 관권(官權)은 자아가 세계를 지배하려 드는 욕망인데 어떻게 세계에 지배되느냐, 극을 당하냐는 것이다. 오히려 재성이 자신을 세계에 맞추려는 극을 당하는 성향이 아닐까 생각할 수 있다. 재물은 외부에 자신을 잘 맞추는, 달리 말해 융통성이 있는 사람이 잘 얻는 법이기 때문이다. 그러나 이는 관성이 추구하는 권력과 재성이 추구하는 재물의 성격을 잘 생각하면 상당한 묘리를 발견케 된다.

관성은 알고 보면 세상의 요구, 즉 질서와 관행에 순응하고 또 스스로 그것을 옹호함으로써 권력을 얻으려 한다. 달리 말해 관운이란 것은 그 조직의 질서 체계에 응하고 그것을 지키려는 사람들에게 따른다. 가령 공무원 시험 같은 것은 관운의 대표적 시험대인데 공무원 시험이란 실상 어떤 조직이나 기관에 순응하는 성향의 인물을 뽑으려는 시험이다. 그러므로 관운이 있는 사람은 조직에 적응/순응하려는 사람이어서 그 조직, 외부 세계를 이기려하기보다는 그 세계에 눌리는, 달리 말해 극을 당하는 사람이다. 따라서 관성이 강한 사람은 외부 세계에 자신을 맞추려 하므로 그에 따른 스트레스도 심하게 받을 개연성이 있다고 보는 것이다.

이에 반해 재물을 얻으려는 재성은 외부 세계를 자신이 이기려-극하려 한다. 이는 달리 말해 세상을 융통성 있게 주물럭거리려는 성향이라 할 수 있다. 재물은 세상을 솜씨 있게 요리해야 꼬인다. 그리고 이 세상을 솜씨 있게 주무른다는 것은 세상과 잘 타협하고 융화한다는 말과 통한다. 달리 말해 재성이 발달한 사람은 세상의 벽을 잘 알고 그것을 잘 활용하는 사람, 현실적인 사람이다. 그래서 재성이 발달한 사람은 현실적이라 오히려 세상과 맞서지 않는다. 상인들을 생각하면 이해가 쉬울 것이다. 상인들이 고객에게 자신의 고집을 관철하려 들면 고객이 다 달아날 것이다. 고객의 요구에 자신을 맞추어야 한다. 이를 통해 이들은 오히려 세상을 극한다. 즉 재물을 얻는 것이다. 이 때문에 재성 속에는 편법을 부릴 수 있는 가능성이 상존한다. 특히 편재성이 그렇다. 그에 반해 관성은 세상에 자신을 맞추는 동시에 세상의 규율과 법도를 다른 사람에게도 엄격하게 지킬 것을 요구하므로 관리나 교사 등에 어울린다. 세계가 나를 극하는 관과 내가 세계를 극한다는 재의 성격은 이렇게 생각하면 관직과 재물의 성격을 명리학이 매우 잘 파악한 묘처임을 알 수 있다.

6. 신살론

신살(神殺/神煞)[17]론이란 것은 일반인도 많이 들어본 것으로 이른바 도화살, 역마살 등을 말한다. '살'은 한자 자체의 의미로 보아도 부정적이고 흉한 의미로 다가온다. 고전명리서는 이 살이 12지지의 배치에 따라 정해지는 12신살부터 시작하여 수백 가지 신살이 있고 한 개인이 일생 중 만나는 신살이 이 중 수십 가지는 된다고 한다. 그런데 이 신살 중 좋은 경우는 몇십 개밖에 안 되고 수백 개는 악살(惡殺)에 속한다니 기분 나쁜 것이 신살이다. 김동완 같은 명리학자는 긍정적인 신살은 50개 정도이고 부정적인 신살이 150개 정도 되기 때문에 사람들의 희망을 뺏는 이런 신살 이론에 크게 매일 필요가 없고 참고할 만한 신살들만 들기도 한다.[18] 필자는 이 견해에 적극 동의한다. 반드시 적중하지도 않을 신살에 목을 맬 필요가 없기 때문

17) 한자는 두 가지를 같이 쓰는데 일반적으로 살(殺)을 상용한다.

18) 김동완, 『사주명리학 초보 탈출』, 동학사, 2005, 248~249쪽 참조.

이다. 그리고 살이라 해도 긍정적으로 작용하는 신살도 있고, 현대에는 역시 시대에 따라 달리 해석해야 할 필요도 있는 것이 이 신살이다. 그러므로 이 책에서는 역시 판별 결과는 앱에 다 나와 있으므로 자아를 파악하는 데 도움이 될 만한 신살들을 그 개념만 소개한다.

도화살

아마도 일반인들에게 가장 익숙한 것이 도화살일 것이다. 전통적 해석으로는 도화살은 색정으로 인해 흉사를 만나는 수로 보았다. 그러나 요즘은 많이 알려진 바와 같이 도화살이 있으면 오히려 연예인이 되거나 자신을 알리는 데 유리한 요인으로 본다. 그렇게 보는 것은 도화살이 있으면 남녀 공히 외모가 곱고 끼가 있는 데다 여자라면 애교가 있고 남자라면 사근사근해서 이성에 호감을 사는 요인이기 때문이다.

아름답고 농염한 이미지의 복숭아꽃과 복숭아

도화살은 탐미적인 성향 또한 강해서 예술가들이나 연예인들에게 요구되는 자질이기도 한 탓에 이처럼 긍정적 요인으로 보게 된 것이다. 실제로 연예인이나 예술가들에게 많은 것이 이 도화살이다. 그러나 도화살도 한두 개 있으면 모를까, 세 개 이상이면 이를 억제할 성분이 없을 때 역시 화를 초래할 수 있다. 달리 보면 탐미적이란 것은 쾌락을 지향하는 성분이다. 그러다 보니 색정에 몰입한다거나 도박, 술 등에 빠질 수도 있는 것이 도화살의 위험 요인이다. 긍정적 성분도 있지만 이처럼 흉한 요인도 있으므로 자신에게 많다면 유의해야 하기도 하는 것이 도화살이다.

역마살

역마살 역시 전통적 해석은 흉살로 보았다. 안정된 거처 없이 이곳저곳 떠돌다 객사하는 수로 보아 꺼렸다. 그러나 요즘은 오히려 긍정적으로 본다. 좁게는 국내, 넓게는 해외를 다니면서 비즈니스를 펼치는 자질로 보아 사업가나 세일즈맨에게는 오히려 필요한 요인으로 보는 것이다. 이는 일리가 있는 해석이다. 옛날 같으면 교통이 불편하고 의술도 미흡해 이동이나 월경의 불편은 물론 자칫 병이 나면 탈이 나기 쉬운 환경이었다. 이런 환경에서 이곳저곳 다니기를 좋아하거나 물건을 팔러 다니는 사람은 목숨을 내놓아야 할 위험도 감수해야 할 판이었다. 그러나 요즘은 이동의 편리함과 의술의 발전으로 인해 그런 위험도 없고 오히려 활달한 이동성과 모험욕을 가진 사람이 재물을 얻게 된 시대이다. 이제 역마살은 옛날처럼 부정적인 해석을 할 이유가 없어진 성분이다.

장성살(將星殺)

말 그대로 장군이 될 살이라는 것이다. 물론 이것이 있다고 반드시

장군이 된다는 보장이 되는 것은 아니다. 아래에 언급할 양인살과 같이 있으면 소신이 뚜렷하고 결단력이 있어 검, 경, 군 등이나 공직에서 주목받는 인사가 될 개연성은 높다. 리더십이 있고 포용력도 있어 간부급에 들 자질임은 분명하다. 집에서는 장남이 아니더라도 장남역을 맡을 가능성이 많다. 운동선수이지만 메이저리그의 야구스타 류현진도 장성살이 뚜렷한데 듬직하게 위기와 맞서는 그의 개성을 보면 장성살의 특성을 짐작할 수 있을 것이다. 아래에 설명할 반안살과 함께 12신살 중 오히려 살이라기보다는 귀성(貴星)으로 보아야 할 요소이다. 여자에게 장성살이 있으면 여자가 칼을 찬 격이라 하여 부정적으로 보았으나 요즘은 여자도 리더십을 필요로 하므로 전혀 부정적으로 볼 요소가 아니다. 씩씩하고 대차게 자신의 개성을 발휘하는 여성이 될 수 있기 때문이다. 그러나 장성살은 그 고집과 기세로 주위를 돌보지 않는 안하무인격이 될 수 있으니 주의해야 한다.

양인살(羊刃殺)

양인은 양을 잡는 칼이라는 의미다. 칼을 휘두르므로 흉폭하고 냉혹하다고 보아 부정적으로 보는 측면과 과감한 결단력으로 군검경, 의사 등에게 어울리는 성분이라 보는 이중적 해석이 공존한다. 이 때문에 오히려 세 개 정도가 있으면 무관으로 대성할 수 있다는 해석과 소아마비 같은 질병에 걸릴 수 있다는 엇갈린 해석이 따른다. 길흉이 따르는 살이라 하겠다. 그러나 특히 배우자에게 함부로 과격한 언사를 내뱉어 상처를 주는 성격은 명백해서 이로 인해 이별수를 가져올 수도 있으니 주의해야 할 요인이다.

반안살(攀鞍殺)

반안이란 안장에 오른다는 뜻으로 승진, 번영, 출세의 기운으로 보는 살이다. 역시 긍정적 기운이어서 살이란 명칭에는 어울리지 않는다. 직장인이나 사업가는 승진하거나 수익을 올릴 수 있고 학생은 진학의 길이 열린다고 보는 좋은 기운이다. 장성살보다는 그 기(氣)가 덜 하지만 어쨌든 길성에 속한다. 인품이 있고 진중해서 사람들에게 존경을 받을 수 있다. 특히 장성살과 같이 들면 일찍 인정받아 요직에 오른다고 본다. 허세를 부리는 성향도 있으므로 조심해야 할 요인이다.

화개살(華蓋殺)

화려한 덮개란 뜻이어서 화려한 방석에 앉을 수라 보아 종래에는 기생이나 화류계에 종사할 운으로 읽었다. 그러나 요즘은 그렇게 보지 않는다. 총명하고 사색하는 성향인데 고독함을 즐기는 경향이어서 학자나 종교인에 어울리는 성분으로 본다. 특히 불승으로 나가거나 불도와 관계 깊은 성분이라 본다. 의지가 강하고 자존심이 강하지만 고독을 즐기는 성격에 중독적 성향도 있어 도박, 술 등에 빠질 염려가 있으니 조심해야 한다.

탕화살(湯火殺)

예전에는 뜨거운 물이나 국을 쏟아 데이는 것이라 본 흉살이다. 혹은 비관하여 음독하거나, 화상이나 화재를 당하는 흉살로 보았다. 그러나 요즘은 자책이 강해 자신을 너무 심하게 몰아붙여 알코올이나 마약 등의 중독에 빠질 개연성이 높은 살로 본다. 다시 말해, 다른 사람이라면 범연히 넘어갈 실책도 거듭 반추, 자신을 공격하는 가운데 술이나 다른 환각제로 자위하려는 성향이라 중독을 부를 수 있는 살로 보는 것이다. 그러나 탕화살 하나만의 작용이기보다는 도화나 아래에 소개할 귀문살 등과 같이할 때 그런 가능성이 높아진다.

백호살(白虎殺)

흰 호랑이에 물릴 살이라는 것이지만 요즘 호랑이는 동물원에서나 볼 수 있으니 그럴 일은 없고 더구나 백호가 어디 있으랴. 피를 보는 큰 횡액이나 재앙을 부르는 살이라는 것인데 그러나 이도 잘 맞지 않는 해석이고 이 살을 가진 당자의 성격이나 기질이 강해 스스로 액을 부를 수 있는 개연성이 있어 붙은 이름이다. 이 살이 있으면 성격이 급하거나 고집과 주관이 강해 주위와 마찰을 부를 가능성이 있다. 그러나 그만큼 리더십도 있을 수 있어 역시 길흉 양면의 성격을 가진 살이라 할 것이다. 예전에, 특히 여성에게 이 살이 있으면 남편을 잡아먹을 수 운운 했으나 여필종부(女必從夫)라는 가부장적 질서를 추종한 시대의 해석이라 하겠다.

괴강살(魁罡殺)

우두머리 별이라는 의미의 살이다. 보스가 되려는 기질이라는 것이니 역시 고집과 강한 주관이 있다는 것이고 반면 기질이 세서 주위와 불화할 수도 있는 성분이다. 자기중심적이고 추진력도 강해서 극단적인 면도 있다. 여성에게 이 살이 있으면 외모도 예쁘고 총명하지만 기가 센 여성이라 본다. 강경화 외무장관은 백호살과 괴강살이 같이 있는 사주라 보는데, 국제 사회에서 외교력을 발휘하려면 이 정도의 강한 기질이 필요하다 할 것이다. 반면 살인마인 유영철 강호순에게도 괴강이 있다는데 이들에겐 악살로 작용한 경우이다. 그러므로 양인살, 백호살, 괴강살은 사주의 구성이 좋고 이런 살들을 억제하는 절제력이 있으면 긍정적으로 작용하나 그 반대의 경우는 흉살로 작용할 수도 있는 양면성을 가진 살들이라 하겠다.

귀문살(鬼門殺)

귀신이 들어오는 살이라는 의미다. 역시 예전에는 예민한 신경이나 신기(神氣) 때문에 부정적으로 본 살이다. 지나치면 정신이상이 되거나 무업(巫業)에 종사할 가능성이 많다고 본 탓이다. 그러나 요즘은 예민한 감성과 영감을 평가하여 예술가나 문인들에게는 어울리는 요인으로 본다. 아닌 게 아니라 이 살을 가진 사람은 날카로운 신경 때문에 쓸데없이 민감하고 꿈도 많이 꾸며 강박적 성향이 있다. 그러니 자연 잡생각도 많다. 그래서 귀신이 들어오는 살이라 한 것이다. 이 때문에 이 운이 들면 매우 흉한 살로 보는 간명가들도 있다. 일이 꼬여서 고민이 깊어지고 명석한 판단도 그르치는 살이라 본 것이다. 그러나 이것도 이 살이 겹치면, 다시 말해 자신의 원래 여덟 글자—원국(原局)이라 부른다—에 두 개 정도가 있거나, 원국에 하나가 있는데 운의 흐름에 또 강하게 들어오면 그럴 수도 있는 정도이다. 원국에 하나 정도가 있으면 오히려 감수성이 예민하고 영성(靈性)이 강한 정도로 보면 된다. 특정한 사람에게 유난히 의지하려는 성향도 있다.

원진살(元嗔殺)

대체로 귀문살이 구성되는 지지(地支)의 요소와 겹친다. 부부가 같이 있으면 싸우고 떨어지면 그리워한다는 살이다. 달리 말해 부부간 애증이 심한 살이다. 귀문살과 대체로 겹친다 했지만 예민하고 강박증적 성향이 있는 귀문의 성격이 애증을 부를 요인을 내포하고 있다 하겠다. 부부 중 어느 한 사람에게만 이 살이 있을 경우는 관계가 없고 부부 모두 이 살을 가지고 있어도 특히 일지(日支)가 이 살을 구성하는 성분이 아니거나, 부부의 지지가 만나 또 하나의 원진을 이루는 경우가 아니라면 헤어지지는 않는다. 물론 서로의 문제를 인식하고 절제해야겠지만.

이외에도 긍/부정적 의미를 갖는 여러 살이 있으나 자아를 파악하는 데 도움이 될 살을 살피고자 하는 이 책의 의도에는 이 정도면 족하다 보아 더 이상의 서술은 피한다.

제3부
문학과 명리학의 만남 (1)
―박경리의 『토지』

1. 『토지』와 명리학을 융합하는 이유

이 책의 서문에서 언급한 대로 명리학은 문학과 융합이 되면 여러 가지 시너지 효과를 가져올 수 있는 담론이다. 특히 작중 인물을 이해하는 데 도움이 된다. 그 인물을 현실로 끌어와 입체적으로 생생히 이해하는 데 도움을 받을 수 있다. 텍스트 이해에도 도움을 받을 수 있고 반대로 창작하는 데에도 도움이 된다. 소설 역시 인간학이라 할 만큼 현실 세계의 다양한 인물을 대상으로 그들의 운명을 묘파하는 것이니 명리학의 도움을 많이 받을 수 있는 장르이다. 인간 유형을 담즙질이니 점액질이니 하는 육체 장기의 특성에 맞춘 히포크라테스식의 유형별 구분이나[1] 심리학이나 정신분석학 등으로부터도

---

1) 히포크라테스는 의학의 원조답게 인간의 성격 유형을 신체 기질에 맞추어 네 가지 유형으로 나누었다. 담즙질은 담에서 나오는 액이 많아 담이 크다, 즉 배짱이 강하고 적극적인 성격으로 보았고 점액질은 몸에 끈적끈적한 점액 성분이 많아 늑지근하지

많은 도움을 받는 장르인 만큼 특히 인간의 삶과 운명을 다루는 명리학이 문학의 이해와 창작에 도움이 될 것은 자명하다.

이제 그러한 사례로 박경리의 『토지』로부터 그 융합을 시작한다. 박경리의 대하장편 『토지』는 우리 문학사에서 우뚝한 고봉이다. 우선 그 분량으로 볼 때 타의 추종을 불허한다. 2012년, 이상진 등이 그 이전의 전집들에 대한 전반적 검토와 교정을 거쳐 마로니에북스에서 스무 권으로 완간하였는데, 아마 세계문학사에서도 이런 대하장편은 유례가 드물 것이다. 천일야화라 불리는 『아라비안나이트』가 길다 하지만 낱낱의 이야기 모음집이어서, 한 편의 일관된 구성을 가진 장편인 『토지』와는 대적이 되지 않는다. 원고지 분량 3만 1200장에 달하는 『토지』는 우리 문학사는 물론 세계문학사에도 큰 자리를 잡을 수 있을 만큼 대작이다.

물론 『토지』가 이처럼 압도적 분량 때문에 세계적 대작일 수는 없다. 『토지』에는 조선조 말부터 해방까지 이 땅의 민초들이 겪어야 했던 온갖 삶의 곡절과 사연이 백화제방 격으로 펼쳐진다. 여기에 인간 욕망의 온갖 대결이 파노라마를 이룬다. 남과 여, 양반과 상민, 있는 자와 없는 자, 선한 자와 악한 자, 늙은이와 젊은이, 식민지 조선과 제국주의 일본 등 계층과 민족을 망라한 온갖 인간 군상의 대립/갈등이 도도한 대하처럼 펼쳐지는 것이다. 이 장엄한 드라마 가운데 작가는 자신이 추구한 삶/세상의 진실을 담았다. 다음 단원에서 그 진실을 밝히겠지만 우선 거칠게라도 요약한다면 생명을 억

만 집요한 성격, 우울질은 흑담즙이 많아 신중하고 완벽주의 성향이지만 상처받기 쉬운 유형, 다혈질은 피가 많아 흥분하기 쉽지만 왕성한 활동형 등으로 나누었다. 과학적 객관성은 떨어지지만 재미있는 시도이고 요즘도 활용된다.

압하는 부당한 술수와 계략은 결국 패퇴하고 생명을 존중하고 사랑하는 올곧은 삶이 결국 승리(해야)한다는[2] 것이다. 이러한 진실을 우리 민족의 시련과 고난의 역사 가운데서 길어 올려 세계에 내놓을 수 있는 보편적 가치관으로 담아낸 데 『토지』의 진정한 성취가 있다.

세계적 명작으로 손색이 없는 『토지』이건만 작품이 너무 길어 번역이 힘든 탓에 『토지』는 아직 세계적으로는 잘 알려지지 않고 있다. 미국, 독일, 프랑스 등에서는 1990년대 중반쯤 1부 중에서도 부분적으로만 번역해 발간하였으나 어감, 호칭, 직위, 장소, 문화/자연적 특징을 살린 번역이 지난하여 제대로 된 번역이 되지 않았다고 한다.[3] 일본에서는 2016년부터 일본의 한국인 출판업자인 김승복 씨의 기획으로 번역이 시작되어 2018년까지 여덟 권이 출간되었는데 완간의 목표 시점이 2022년이다. 중국과 러시아에서도 번역이 진행 중이라는데 언제 완성될지는 알 수 없는 상황이다.[4] 『토지』를 세계에 알리기 어렵게 만드는 이 대하적 성격은 실상 우리의 일반 독자들도 『토지』 전편을 완독하는 것을 어렵게 한다. 이 글은 그리하여 소설에 선뜻 달려들지를 못하는 일반인들에게 『토지』에 이르는 징검다리 역할을 해보려 한다. 물론 『토지』는 드라마로도 여러 번 만들어지고 『토지』 마을도 있고 박경리 기념관도 있다. 오히려 내가 작가와 작품의 진면목을 뒤늦게야 알린다고 뒷북치는 게 아닌가도 싶은

2) '해야'를 굳이 괄호 안에 묶은 이유는 2)-(5)항 '작가의 일본 비판과 역사의식'에서 밝힌다.

3) 김윤식, 「토지 번역과 작가의 특별강연」, 『문학과 사회』 21(3), 2008 참조.

4) 중앙일보, 2019.1.3 인터넷판 기사, 「토지 지옥에 빠졌다며 즐거워하는 일본인들」 https://news.joins.com/article/23258130(검색일 2020.3.19) 참조.

데 그러나 『토지』를 연구 분석한 글들을 보니 아직 이 소설의 진면목을 골고루 밝히지 못했다는 감도 있고 현재에도 『토지』는 새로운 읽기로 더 알려져야 한다는 생각이 이 글을 쓰게 했다.

명리학을 활용하여 『토지』를 해석하는 시도는 이 책이 처음이다. 주역을 활용하여 주인공 서희와 할머니 삼대를 이해하려 한 단편적 시도는 있었으나[5] 『토지』의 인물들을 명리학적으로 해석하여 전편을 아우른 융합적 시도는 이 책이 처음이다. 이런 시도를 통하여 『토지』라는 광대한 소설을 독자들이 더 풍부하고 깊이 있게, 더 흥미롭게 받아들일 수 있길 바랄 따름이다. 다음 장에서 다른 작가/소설들에도 같은 시도를 하는 것 역시 명리학을 활용하여 작가/작품을 새롭게, 더 깊이 이해하려는 의도에서 비롯한다.

5) 정금철, 「역의 기호와 서사의 통사 체계」, 강원대학교 인문과학연구소, 2000.

2. 『토지』의 선(先) 이해

1) '토지'라는 제목의 의미

『토지』라는 제목은 어디서 왔을까? 작가는 왜 이 소설에 『토지』라는 제목을 붙였을까? 『토지』를 이해하려 할 때 우리는 이런 물음부터 갖지 않을 수 없다.

'토지'는 쉽게 말해 땅이라는 의미이다. 그런데 땅이란 것은 요즘도 그렇듯이 사람들에게 중요한 재산이다. 즉 재물의 다른 이름이다. 그러므로 일차적으로 『토지』는 재물, 쉽게 말해 돈을 두고 다툼하는 세상사를 담은 작품이다. 우선 주인공 서희의 집터가 뺏기고 뺏는 토지의 일차 소재이다. 물욕에 눈먼 몰락 무반 끄터머리인 김평산과 —그를 멸시하는 축은 개다리 양반이라 칭한다—최 참판 댁의 여종 귀녀, 소작인 칠성 등이 이 땅을 뺏고자 한다. 김평산과 귀녀는 돈과 뼈대 있는 양반에 대한 열등감과 원한에다 탐욕, 칠성은 이들에 편승하여 한 몫 보려는 심산으로 최 참판 가문의 땅을 뺏고자 한다. 이

땅은 주인공 최서희의 오대조 때부터 일구어온 땅이다. 그러나 이들의 모사(謀事)는 실패한다. 이들은 귀녀가 칠성과 밀통하여 아이를 포태하고는, 이 집의 당주(堂主)인 최치수를 김평산이 목을 졸라 살해한 후 그의 아이를 가졌다는 계략으로 한 밑천 움켜쥘 심산이었다. 그러나 이 집의 실질적 가주(家主)인 윤씨 부인이 아들 최치수의 죽음에 흉계가 개입되었음을 눈치 채고 이들을 엄하게 취조하자 이들의 흉악한 음모가 드러난다. 귀녀는 자신이 최치수의 씨를 가졌다고 애초의 계책을 고수하지만 모친에 대한 반발심으로 자학적 주색에 빠져 성불구가 된 아들의 비밀을 알고 있던 윤씨 부인이 이들의 휼계(譎計)를 결국 깨뜨림으로써 이들은 모두 처형당한다.

이들의 음모 이후 또 이 땅을 뺏고자 한 인물은 조준구이다. 조준구는 윤씨 부인의 시댁 종조카이다. 즉 시어머니 오라비의 장손자이다. 최치수에게는 할머니 친정 오빠의 손자로, 두어 살 많은 육촌형이 된다. 멀다면 먼 촌수일 수도 있고 가깝게 지낼 수 있는 관계이기도 하나 서희의 재산을 탐낼 염치는 못 낼 촌수이다. 파렴치한 조준구는 몰락한 집안 탓에 이 집에 더부살이를 하러 온 터였으나 윤씨 부인이 호열자―콜레라로 죽자 간계를 발휘하여 나이 어린 서희의 후견인을 자처하다가 결국 서희와 주위의 충복들을 몰아내고 이 집의 가산을 빼앗는 데 성공한다. 그러나 서희는 북간도로 가 자신의 빼앗긴 땅을 다시 찾기 위하여 와신상담, 땅 투기와 대두에 투자하여 악착으로 큰돈을 모아 조준구를 몰아내고 다시 그녀의 집과 땅을 되찾는다. 이로 볼 때 토지는 인간의 탐욕과 그로 하여 벌어지는 음모와 복수의 드라마가 펼쳐지는 기초자재요 공간이다.

다음으로 『토지』는 일본이 우리 땅을 늑탈하여 우리의 주권이 사라진 일제하의 삶을 다루고 있으니 이 또한 토지와 관련이 있다. 여기서의 토지는 우리의 국토이다. 우리의 땅이 빼앗긴 것은 당시 제국주의적 야욕으로 남의 땅을 침탈한 일본의 탐욕에 의한 것이니 작가는 이에 대해 준열한 역사적 비판을 가한다. 한 나라의 또 다른 나라에 대한 파렴치한 늑탈인 만큼 여기에는 작가의 역사적이고 문화사적인 시각의 통렬한 비판이 따른다.

이렇게 보면 『토지』는 재물로 표상될 수 있는 땅을 두고 벌어지는 인간과 인간, 국가와 국가 간의 짐승 같은 쟁투를 그린 소설이라 할 것이다. 그러나 『토지』는 정작 땅이 그러한 쟁투의 대상으로 전락한 데 분노하는 소설이다. 땅은 그처럼 인간의 탐욕에 의해 멍들고 찢어져서는 안 되는 생명의 터전이라는 것이 작가의 치열한 문제의식의 근본이다. 땅은 우리가 발붙이고 사는 대지이다. 재물이기 전에 우리가 생명을 잇는 터전이다. 땅이 없으면 우리가 디딜 곳이 없고 우리가 먹을 온갖 곡식과 작물이 자랄 수가 없다. 그리하여 땅에는 지모신(地母神)이라는 명칭이 따른다. 땅은 만물을 낳아서 먹이고 키우는 어머니의 이미지를 가진다는 것이다. 이처럼 신격화된 어머니로서의 땅의 의의는 동서고금의 신화에서 찾을 수 있다. 우리의 당금애기 신화, 그리스 신화의 헤라, 아프로디테 등이 지모신이다. 요컨대 토지는 생명이 깃들고, 그것을 낳고 키우는 장소이다. 이렇게 본다면 『토지』는, 생명이 움트고 성장해야 할 터전을, 어머니를 물질로만 보고 그것을 탈취하기 위하여 시기하고 모략하고 싸우는, 난장판에 분노하는 소설이다.[6] 그리하여 무도한 난장을 잠재우고 그 위에

6) 2012년판 『토지』에는 작가의 '자서(自序)'가 세 편 실렸는데 여기에 실린 인상적인

서 사람들이 평화와 조화 중에 땅의 근원적 가치를 누리는 방책을 사유한 것이 『토지』이다. 달리 말해 땅을 두고, 또는 땅 위에서 벌어지는 수많은 인간 군상의 갈등과 투쟁을 두고 그 짐승의 삶을 해소하려는 방안을 고심한 소설이기에 스무 권에 이르는 대하소설의 제목은 '토지'일 수밖에 없었던 것이다.

이런 소설이다 보니 이 책은 육백여 명에 이르는 인물이 등장하고[7] 그 인물들이 울고 웃고 싸우는 시간대는 1897년부터 1945년에 이르는 50여 년, 공간은 경남 하동 평사리에서부터 만주와 블라디보스톡까지 이르는 광대한 시공간이다. 여기에 온갖 방언, 세시풍속, 지역의 특성들이 박물지처럼 망라되었으니 실로 한 사람의 능력으로 이런 장엄한 스토리가 가능할 수 있었을까 의아할 정도이다.

하기야 『토지』는 박경리가 1969년부터 1994년까지 장장 26년에 걸쳐 쓴 소설이다. 우리 같은 범인이야 일 년도 매달리기 어려운데 자그마치 26년이라니 상상을 초절하는 집념이요, 창작에의 투신이다. 작가의 고백에 의하면 토지를 집필하던 어느 시점부터는 오히려 몸이 아프지 않으면 일이 되지 않았다고 한다. 유방암을 앓아 가슴 한쪽을 도려내고도, 아니 그런 일이 없었다 해도 26년에 걸친 집필이란 것은 상상하기 어려운 일인데, 1971년에 유방암 수술을 한 지 보름 만에 가슴에 붕대를 감은 채 집필하고 전신의 통증, 치통, 시력 감퇴와 맹렬하게 투쟁하면서 26년을 집필하다 보니 오히려 몸이 아

어휘들이 '분노', '폭풍', '한', '서러움' 등이다. 무엇에 대한 분노이고 서러움, 한일까? 땅을 천대하고 욕보이는 사람들에 대한 폭풍 같은 분노요 서러움이 아닐까?

7) 이에 따라 『토지』 인물사전도 있다. 이상진의 『토지 인물사전』(마로니에북스, 2012)은 이 글을 쓰는 데도 좋은 참고가 되었다.

프지 않으면 오히려 일이 되지 않았다는 것이다. 1, 2부를 끝내고 유방암 수술 시에 오히려 쉴 수 있게 되었다는 마음에 소풍 간다는 마음으로 수술에 임해 의사를 아연케 했다는 작가 자신의 술회에서 우리는 범인으로서는 감히 상상도 어려운 집념과 초절의 경지를 엿본다.

박경리 작가
(출처: 박경리 기념관)

이러한 육체적 고투도 고투려니와 스무 권의 방대한 분량에 쏟아부은 허구적 상상력의 규모와 이십육 년에 걸쳐 소설의 아퀴가 맞도록 시간의 흐름, 인물 성격의 창조와 일관성, 사건 전개의 인과성 맞추기 등 소설을 구성하는 데 든 지력(知力)을 생각하면 얼마만한 에너지가 소비되었을지 가늠키 어렵다.

2) 『토지』를 받치는 중심사상들

『토지』란 제명의 근거, 또 이 대작 장편이 나오기까지의 제반 요인들을 생각하면서 이 소설을 더욱 효율적으로 이해할 수 있도록 이 소설의 중점적 가치, 작가가 제시하고자 한 문제의식을 몇 항목으로 정리한다.

생명주의

『토지』의 기저 사상은 생명주의다. 작가 자신도 강조하고 연구자들도 평가할 때 생명사상이라 하지만 나는 생명주의라 하고 싶다. '주의'라면 무슨 이데올로기의 뉘앙스가 있지만 추구해야 할 가치 있는 사상이되 뭇 이데올로기처럼 해악이 없는 것이기에 주의라는 이름을 부여해도 무방하지 않을까 한다. 『토지』에 이러한 생각이 드러나기는 최참판댁의 주치의라 할 문의원이 윤씨 부인의 부름으로 그 집 내당에 들렀을 때 마음으로만 전하는 위로에서이다. 미망인인 윤씨 부인은 연곡사에 백일기도를 하러갔다가 그곳에서 우관선사의 조카인 김개주에게 겁탈을 당하여[8] 낳은 아들 김환과 친아들 최치수의 대립에 말 못하는 번뇌를 안고 있던 차이다.

---

8) 소설 본문에도 겁탈이라 나오긴 하지만 겁탈이라기보다는 두 사람의 통정이 맞을 듯하다. 몸이 쇠해진 윤씨 부인을 문진하러 온 문의원과 눈으로만 주고받는 대화에서 윤씨 부인은 "내 마음에 죄가 있소 내 마음은 사악하오. 이 세상에서의 갚음보다 더 큰 형벌을 받고 싶은 거요"(1권 369쪽)라 하고, 아들 최치수의 형리(刑吏)와 같은 무언의 추궁을 사면받지 않으려는 '모성의 절망'으로 버텨낸 것도(2권 403쪽) 윤씨 부인의 김개주에 대한 사랑을 증거한다. 그랬기에 김개주는 동학란 중 윤씨 부인을 찾았고, 윤씨 부인은 김환을 최치수 못지않게 사랑한다.

부인, 부인의 죄목은 무엇이오? 부인이 죄라 생각하기에 죄가 되는 것 아니겠소? 허나 그것은 좋소이다. 다만 임의로 죽을 수 없는 게 사람의 목숨이란 말씀이오. 설령 삶이 죽음보다 고생스러울지라도 사람은 살아야 하는 게요. 제가 일개 의생으로 칠십 평생 얻은 것이라고는 사람의 목숨이 소중하다 그것이었소. 제 목숨뿐만 아니라 남의 목숨도. 죄가 있으면 사람마다 죄가 있을 것이요, 갚음이 있다면 사람마다 갚음이 있을 것이요, 살아야 할 사람이 죽는 것은 개죽음이요, 죽어야 할 사람이 살아있다는 것은 짐승일 따름, 사람은 아닐 것이외다.[9]

인용문은 윤씨의 적자인 최치수가 씨 다른 동생 김환이 자신의 아내 별당아씨와 불륜의 사랑을 저질러 함께 도망치자 그들을 추적하여 살해하려는 것을 알게 된 윤씨의 고뇌에 문의원이 눈으로 건네는 위로이다. 남이 보기엔 만석을 경영하는 여장부요 귀부인인 윤씨이지만 밀통하여 낳은 아들 김환의 존재만 해도 괴로운데 두 아들 간에 골육상쟁의 피탈이 날 판이니 윤씨의 내심은 살아도 사는 것이 아니다. 이처럼 괴로운 윤씨에게 보내는 문의원의 위로가 어쨌든 살아야 한다는 것이다.

어느 집이고 문 열고 들어가면 사연 없는 집 없다는 속담이 있지만 윤씨의 고뇌는 참으로 기막힌 고뇌다. 자기 배로 낳은 두 아들이 아내를 뺏고 뺏기고, 죽고 죽이려는 운명에 처했으니 말이다. 이런 처지임에도 우선은 살아야 한다는 문의원의 간곡한 당부는 개똥밭

---

9) 『토지』 1권(초판 7쇄), 마로니에북스, 2017, 368쪽. 이 글이 대본으로 삼은 것은 2012년, 이상진 등이 교열 작업을 거쳐 스무 권으로 펴낸 『토지』이다. 이후 인용 시는 본문에 권과 쪽수만 표기한다.

에 굴러도 이승이 낫다는 우리의 속담과도 통한다. 물론 작가의 삶에 대한 권유는 단지 이러한 세속적 권유는 아니다. 작가는 생명의 귀함과 소중함 때문에 어떠한 존재이건 살아야 한다고 보는 것이다.

작가는 곳곳에서 생명의 소중함을 역설한다. 에세이에도, 시에도 그러한 생각을 옮긴다.

> 작은 콩새 한 마리 매달리듯 차창에 몸을 붙이고 지나가는 풍경을 골똘히 바라본다 (……) 나 자신 한 그루의 나무가 되어 가는 것 같기도 하고 풀잎들이 나의 내부에서 울렁이는 것 같기도 (……) 살아있다는 것은 아름답다. 살아 있다는 것에 대한 인식 이상의 진실은 없다.[10] (굵은 글씨는 필자)

아마도 박경리의 소설이나 다른 글에서 가장 많이 등장하는 어휘가 '생명'일 것이다. 달리 말해 박경리 문학의 키워드는 '생명'이다. 작가는 꽃 한 포기도 함부로 꺾으면 안 되는 생명이기에 우리 민족은 꽃병도 잘 만들지 않은 것 같다고도 한다. 그리고 인간만 잘 살아보겠다고 발버둥치는 것이 아니고 새나 꽃이나 모두 생명을 영위하기 위하여 능동적으로 산다고도 한다. 작가의 이러한 생명주의를 생각하면 아이도 낳으려 하지 않고 자신의 목숨조차를 쉽게 던지는 우리 시대는 정말 생각의 전환을 가져와야 할 때이다. 물론 저마다의 아픈 사정은 다 있겠지만 왜 생명과 삶의 귀함을 모른단 말인가.

작가의 이러한 생명주의는 농민의 삶을 가장 귀하게 여기는 것으

---

10) 박경리, 「무한유전의 생명」, 『생명의 아픔』, 이룸, 2004, 9쪽.

로 이어진다. "농부는 생명을 창조하고 그것을 기르며 삶을 영위하게 하는 기본에 서 있는 사람들"[11]이기 때문이다. 따라서 『토지』에 등장하는 육백 명에 달하는 인물 중에도 농민이 가장 많다. 주무대인 평사리가 농촌이기도 하고 시대가 그래서이기도 하지만, 그보다는 지식인이나 권력자보다는 민초인 농민을 더 사랑하는 작가의 마음 때문이다.[12] 그래서 『토지』에는 간난 할멈, 김서방, 수동이, 봉순네 등의 하인과 이용, 월선, 야무네, 두만네, 김영팔, 영만네, 정한조, 강봉기, 귀남네, 기성이네, 김한복 등 땅에 목숨을 의탁한 수많은 인물들이 등장하는 것이다. 이들은 모두 땅에 자신의 목숨을 걸고 시난고난한 한 평생을 사는 사람들이다. 이러한 무지랭이 농민들을 사랑하는 작가이기에, 아귀의 식탐에 자기 몸만 억척으로 챙기는 임이네 조차도 아이를 출산할 때는 아름다운 묘사를 얻는다.

> 진통이 멎은 것이다. (……) 짐승같이 비명을 지르고 이빨을 드러내어 바드득 소리를 내던 조금 전의 처참했던 얼굴은 고통 뒤의 평화스런 휴식으로 돌아와 있었다. 슬기롭고 신비하기조차 했다. 땀에 흠씬 젖어서 아름다워졌다. (3권, 242쪽)

그러나 이처럼 생명을 출산하는 고통으로 아름답게 묘사되는 임이네는 실상 『토지』에서 야차(夜叉) 같은 인물이다. 남편인 칠성이가

---

11) 박경리, 「생명의 문화」, 같은 책, 36쪽.

12) 작가는 촌놈의 이야기에는 신명이 나지만 지식과 지식인에 대해서는 왠지 불신이 있다고 말한다. 송호근 대담, 「박경리 특집: 삶에의 연민, 한의 미학」, 『작가세계』 6(3), 1994, 50쪽 참조.

최치수를 살해한 데 연루되어 마을에서 쫓겨났다가 순직한 농부 용이에게 어찌어찌 생명줄을 대고, 용이의 본처 강청댁이 호열자로 죽자 그의 아내가 된 뒤로는 그악스럽게 자신의 입과 몸만 챙기는 인물이다. 용이를 따라간 북간도에서 자식에게도 버림받을 정도로 돈이라면 내남 것 없이 악착스레 숨기고 훔치는 이기적 성정으로 몇 푼을 모아 평사리로 돌아오지만 병에 걸려 죽는 순간에도 자식조차 의심하고 미워하다가 비참하게 죽는, 어찌 보면 불쌍하고 한 많은 삶을 산 인물이다.

그러나 작가는 이처럼 그악스런 임이네조차 자생하는 민초 같은 자연적 인격체여서 자신의 무의식에서 저절로 우러나왔다고 말한다. 용이를 사랑하지만 무당의 딸이라는 신분 때문에 용이와 한 지붕에서 살지 못하지만 오직 용이의 사랑으로 삶이 충만했던 월선이도 마찬가지 맥락에서 작가에겐 무의식으로부터 우러나온 한 명의 아름다운 인물이다.[13] 작가에게 이처럼 임이네나 월선이나 동렬의 인물인 것은 이들이 모두 작가의 무의식에 쌓인 한(恨)을 사는 인물들인 때문이다. 작가는 자신이 『토지』를 집필한 이유로, "공간과 시간 속에 존재하는 생명, 그 한의 세계를 사는 사람"들을 그리고 싶었고 "나를 오랫동안 누르던 그늘과 그것에 저항하려는 삶과 생명에의 연민"이 『토지』를 이끌게 한 동력이라고 말한다(같은 글, 49쪽). 그러니까 『토지』에 등장하는 수많은 인물들, 특히 농민들은 작가의 생명주의와 한에 대한 인식으로부터 출발한 것이다.

13) 송호근 대담, 위의 글, 52쪽 참조.

한(恨)의 동력

‘한(恨)’은 “욕구나 의지의 좌절과 그에 따르는 삶의 파국 등과 그에 처한 편집적이고 강박적인 마음의 자세와 상처가 의식·무의식적으로 얽힌 복합체를 가리키는 민간용어”라 하고, 달리는 응어리라 한다.[14] 작가가 자신을 누르던 그늘이라 한 것이 바로 한에 해당한다. 작가 스스로도 감추지 않는 사실이지만 작가의 한은 어머니를 버린 아버지, 작가가 명확히 밝히지는 않으나 6.25 당시 학살당한 보도연맹원이 아닐까 짐작되는 남편의 죽음, 가난과 병으로 잃은 어린 아들[15], 사위 김지하로 하여 겪은 고난 등이 그 원천일 터이고 작가는 자신이 겪은 모진 시련을 시대와 사회의 모순/부조리와 동일시한 것으로 볼 수 있다. 달리 말해 가부장적 가치관과 맞물린 여성 억압, 민초를 억압하는 권력자들과 이들이 구조화한 사회의 모순/ 부조리들이 작가에게 깊은 한을 뿌리내리게 한 것이다.

한은 그것을 해소하는 데 흰빛 전이와 검은빛 전이가 있다고 한다. 흰빛 전이란 자신의 마음에 맺힌 한을 오히려 긍정적이고 생산적인 방향의 에너지로 전환시켜 사람들에게 도움을 주는 결과를 창출하는 방식이고, 검은빛 전이란 자기를 파괴하거나 사회를 파괴함으로써 자신의 맺힌 한을 해소하고자 하는 방식이다.[16] 우리 한국인은 대체로 마음의 응어리인 한을 전자의 방식으로 극복하여 크나큰 긍

---

14) 한국학중앙연구원, 『한국민족문화대백과』(https://han.gl/jfPpJ, 검색일 2020.3.24) 참조.

15) 가난 때문에 제대로 치료받지 못하고 잃어버린 아들, 그 아이를 위로하고자 불사(佛事)에 의탁코자 했으나 이 또한 돈의 유무로 차별하는 절 때문에 겪는 원통함이 데뷔작 「계산」(『현대문학』, 1955년 8월)에 잘 드러나 있다.

16) 한국학중앙연구원, 앞의 글, 같은 곳.

정적 에너지로 전환한 나라이다. 한국은 외침도 많이 받았지만 특히 근대사가 시작되면서 우리의 주권을 늑탈한 일제의 억압과 착취를 지독하게 겪었고, 해방 후에는 민족상잔의 6.25가 일어나 동족 간에 수백만을 살상한 골육상쟁과 국토의 분단이 있었던지라 실로 한이 골수에 맺힌 나라라 할 것이다. 그러나 이런 한을 자기 파괴적이거나 남을 원망하는 데 쓰지 않고 오히려 나라와 민족이 발전하는 에너지로 삼아 오늘날의 대한민국으로 만든 데 한국인의 위대함이 있다.

박경리 작가도 자신의 한을 생산적으로 승화키켰으니 그의 수많은 창작들과 특히 『토지』가 그 결정판이다. 특히 작가의 말처럼 삶과 생명에의 연민이 『토지』를 이끈 동력이라 한 것은, 힘이 없어 부당하게 억압받고 고통 속에 산 이 땅의 모든 민초뿐만 아니라 인간 중심의 발전 논리 때문에 소외된 뭇 생명에 대한 대변이 작가의 소임이었음을 알게 한다. 그리고 민초와 박해 받는 생명에 대한 작가의 연민은 대자대비의 불교사상과 연결된다.

불교사상

『토지』를 크게 떠받히는 중심사상 중의 또 다른 하나는 불교사상이다. 불교에 대한 작가의 의지(依支)는 자전적 요소가 엿보이는 데뷔작 「계산」(『현대문학』, 1955.8)에서부터 드러난다. 이 단편의 여주인공은 6.25 당시 돈이 없어 병원의 혜택도 제대로 받지 못하고 억울하게 죽은 어린 영혼을 위하여 불사(佛事)에 의지하려 한다. 그러나 절조차도 물질에 눈이 멀어 이 여인의 간절한 소망은 받아들여지지 않는다. 병원이나 절, 모두가 돈에 눈멀어 생명을 외면하는 현실을 날카롭게 비판하는 이 소설은 데뷔작에서부터 작가의 불교에 대한 의지를 엿보게 해주는 점에서 인상적이다. 『토지』에도 불교 사상은 도처에서 배면에 깔린 기저사상으로 작용한다. 불교를 의지처로 삼은 작가의 사상적 배경은 『토지』에 숱하게 보이는 불교적 용어에서부터 뚜렷하다. 업인(業因), 과보(果報), 업감연기(業感緣起), 목련존자(目連尊者), 도현(倒懸)의 고(苦), 무명번뇌(無明煩惱), 죄근(罪根), 우란분재(盂蘭盆齋), 팔열지옥(八熱地獄), 등활지옥(等活地獄), 흑승지옥(黑繩地獄) 등 불교에 여간한 공부가 없으면 알 수 없을 용어들이 수다하게 나오는 것이다. 사건 전개로 봐도 이 소설은 갈등의 일차적 모티브인 윤씨부인의 겁간이 절에서 이루어지고, 중심인물인 길상은 절에서 업둥이로 컸고 서희도 불교에 크게 의지하며, 승속일여(僧俗一如)를 구현하는 소지감이나 해도사 같은 인물이 후반부에서 비중 있는 인물로 등장하는 것, 마침내 길상이 불교의 탱화를 직접 그림으로써 자신과 주위에 깊은 정화와 감동을 부여하는 스토리 구성에서 작가의 불교에 대한 애정과 관심의 폭을 충분히 알게 한다. 어떻게 보면 절에서 시작된 사건이 절에서 대미를 맞는 것 같은 감조차 없지 않은 구성인 것이다. 불교가 이처럼 중요한 라이트모티프로 작용하는데도 『토지』 연구사를 거칠게 살핀 탓인지 이상하게도 불교사상에 주목한 경우는 잘 보이지 않았는데 이 점은 앞으로의 연구에 고려사항이라 본다. 그러면 불교의 어떤 점이 작가에게 큰 영향을 끼쳤을까? 불교가 추구하는 바를 소략하게나마 살펴보자.

가. 대자대비(大慈大悲)의 기원

우리나라의 불교는 대승불교이다. 소승불교는 자신만의 수행과 해탈에 중점을 둔 반면 소승불교의 좁은 시각에 회의를 느끼고 자리

(自利)와 이타(利他)를 동시에 추구하고자 한 것이 대승불교이다. 대승불교의 큰 뜻을 짧은 글로 잘 집약한 것이 〈반야심경(般若心經)〉이다. 반야심경은 "자유자재하신 보살께서 깊은 지혜(반야)로 피안에 이르실 때(바라밀다시)에, 보이는 대상과 감정과 표상작용과 의지(意志)와 분별이 모두 텅 빈 것임을 아시고 일체의 고액을 건너셨으니 사리자(부처의 제자 이름)야 색은 모두 공이고 공이 모두 색임을 알아야 하느니…"[17]라고 시작한다. 즉 우리 눈앞의 모든 대상이 텅 비어 있고 그런 사실을 제대로 알지 못하는 우리의 모든 인식과 의지가 모두 헛것이니 깨달음의 시작은 이로부터 비롯한다는 것이다. 다시 말해 눈앞의 모든 존재가 실체가 없는 것이며 그에 집착하는 우리의 존재 또한 실체가 없이 텅 빈 존재라는 것이다. 그러니 모든 집착과 터무니없는 욕망을 버리라는 것이 불교의 본뜻이다. 이러한 공사상은 소설 중에도 속승이긴 하나 본연이라는 인물의 설법에도 담긴다.

> 일체중생아! 어디 있느뇨! 망상으로 있는 것이라, 십이망상이 어디 있느뇨! 십이망상은 본래 공(空)이거늘, 망상으로 있는 중생을 어찌 있다 하느뇨! 만법(萬法)도 무명의 그림자어늘 하물며 천지간에 무엇이 있다 하느뇨! (16권, 377쪽)

여기서 십이망상은 십이연기를 이른 것이 아닌가 한다. 일반적으로 십이연기라는 용어가 많이 쓰이는데 담긴 의미로 보아 십이망상

---

17) 觀自在菩薩 行深般若波羅蜜多時 五蘊皆空 度一切苦厄 舍利子 色不異空 空不異色….
이 구절의 번역은 필자의 거친 이해로 옮긴 것이니 양해 바란다.

이라 해도 틀린 용어는 아니다. 십이연기는 무명(無明) 행(行) 식(識) 등 불교에서 인간을 괴로움에 이르게 하는 열두 가지 작용을 이르는 것이다. 인간의 우매함, 행동, 인식 등 삶의 모든 인지(認知) 내용과 행위를 헛된 것으로 보고 망집에서 깨어나야 할 것을 가르치는 불교의 계율이다.

타계하신 법정 스님의 무소유의 정신이 이로부터 비롯한 것이다. 스님이 누추한 암자 생활 중에도 난 화분 두 개를 매우 아끼시다가 출타 중에도 그 화분들의 존재가 늘 마음에 걸리는지라 그 화분들조차도 누구에게 주어버렸다는 일화는 스님의 수필집 『무소유』로 하여 잘 알려져 있다. 참으로 불교의 정신을 온전히 실천한 분이다. 이처럼 망집을 깨뜨리고 맑은 산속에서 수행한 분이 아이러니하게도 폐암에 걸렸는데, 그러나 이때에도 스님은 이시형 박사가 몸의 회복을 위하여 고기를 좀 드시라 강권했지만 기어코 불교의 계율을 지키다 돌아가셨다는 것이다. 나는 맑은 산중에 살던 분이 폐암에 걸린 것이 아이러니라 생각했지만 알 수 없는 자연의 이치에 이처럼 순응한 것 또한 불교의 본뜻에 따른 것으로 본다.

눈앞의 모든 헛된 집착에서 헤어나 이 세상을 구하려 할 때에 대자대비(大慈大悲)의 정신이 비롯한다. 남을 가엾게 보고 어진 마음을 베풀라고 하는 것이 대자대비의 정신인데 이 때 '슬플 비'가 들어간 것이 눈에 뜨인다. 이는 다른 존재에 대한 슬픔, 즉 모든 존재가 알 수 없이 태어나 고해의 삶을 살므로 이에 대한 연민과 슬픔이 큰 베풂의 근원임을 의미한다. 삶이 끝이 없는 백팔번뇌의 연속이요, 세상에 태어나 삶을 잇는 서러움이 『토지』를 쓰게 한 원동력이라 한 것은(『토지』 2002년판 서문) 『토지』가 불교의 대자대비 정신에 바탕한 것임을 알게 해준다. 그러므로 『토지』는 삶의 덧없음에도 불구하고 억겁의 연으로 이 세상에 태어나 무수한 번뇌와 고통에 괴로워해야 하고 타민족의 날강도 같은 침략 때문에 고통을 받는 우리 민중/민족에 대해 연민하는 작가의 시선이 곳곳에 배어 있는 소설이라 하겠다.

나. 최치수, 서희, 길상의 슬픔

가령 최참판댁 비극의 주축인 최치수만 해도 그렇다. 최치수는 다른 씨를 품은 어머니 윤씨의 죄책감으로 인해 제대로 사랑을 받지 못했고 성장하면서 그 비밀을 눈치 채게 되자 냉정하고 비뚤어진 인물로 변한다. 급기야 이부(異父) 형제인 김환이 자신의 아내와 불륜을 저지르고 같이 달아나자 그들을 죽이기 위해 사냥총을 구해 나선다. 그러나 최치수의 태도엔 미묘함이 있다. 이들을 악착같이 추적해 죽이려 하기보다는 오히려 자신을 포기한 듯한 태도를 보인다. 그는 산중에서 길 안내를 담당한 강포수가 사람을 죽여야 하느냐고 두려움에 떨며 묻자 '아닐세'라고 답한다. 오히려 그는 사냥꾼도 아니고 사내도 못되고 학자도 못되고 만석꾼 장자의 노릇을 제대로 못 하는 자신을 허깨비라 자학한다. 특히 이 소설의 서술자는 다음처럼 쓴다.

계곡마다 얼어붙은 물은 멀리서 뜨물 쏟아놓은 듯 하얗게 보이고 눈 속에서 드러난 석벽의 풍경은 묵화같이 보였다. 바람 소리뿐인 산속을 세 사람의 남자는 무엇 때문에 가고 있는가, 어디로 가고 있는가 (……) 눈 속에 묻힌 산은 잠자는 듯 죽은 듯, 때론 그 거대한 몸을 일으켜 천지를 뒤흔들고 포효할 것만 같은 위기가 오싹오싹 모여들기도 한다.
(굵은 글씨는 필자, 2권 317쪽)

삼인의 추적자—최치수와 하인 수동이, 강포수—가 얼어붙은 겨울 산 속을 묵묵히 걷는 장면을 묘사하면서 이 소설의 서술자는 강력한 대자연의 위세 속에 왜소한 이들의 존재를 부각함으로써 그 추적의 무위함을 공공연히 언설한다. 복수의 열정, 특히 그것이 야릇한 운명의 장난이기에 무망이요, 무위하다는 것은 최치수 스스로도 잘 아는 것으로써 이를 동정하는 서술자의 목소리는 알 수 없는 업보로 천지간의 백팔번뇌를 사는 창생에 대한 작가의 연민에 찬 비탄에 다름 아니다.

서희도 슬픔에 갇힌 인물이기는 마찬가지다. 어린 시절 어머니와 아버지, 할머니를 기구한 사연으로 잃고 집을 빼앗겼으나 기어코 그 집을 다시 찾는 강하고 당찬 여인이언마는 그러나 조준구에게 오천원이나 되는 거금을 마치 적선이나 하듯 던지고 승리를 얻은 서희의 마음은 허망하기만 하다.

사랑을 잃었을 때 사랑을 생각하듯이, 회진(灰塵)으로 화해버린 집터에서 아름답고 평화스러웠던 집을 생각하듯이, 어두움 속에서 광명을 생각하듯이, 그러나 서희에게는 생각할 뿐 기구(祈求)가 없는 것이다. (……) 억만 중생이 억겁의 세월을 밟으며 가고 또 오고, 저 떼지어 나는 철새의 무리와 다를 것이 무엇이며, 나은 것은 또 무엇이랴. 제 새끼를 빼앗기고 구곡간장이 녹아서 죽은 원숭이나 들불에 새끼와 함께 타죽은 까투리, 나무는 기름진 토양을 향해 뿌리를 뻗는다 하고,

한 톨의 씨앗은 땅속에서 꺼풀을 찢고 생명을 받는데 인간이 금수보다 초목보다 무엇이 다르며 무엇이 낫다 할 것인가.

구경(究竟) 열반한 들 그것이 무엇이랴 (……) 아아— 어느 곳에도 실성(實性)은 없느니, 사멸전변(死滅轉變), 내가 없도다. (9권, 231쪽)

조준구에 의해 몰락한 가문을 일으키겠다는 일념 하나로 살아온 서희가 마침내 그 복수를 이루었을 때 찾아온 불교적 비애와 허무의 염을 서술자는 이렇게 표현한다. 이는 마치 서구의 정신분석학자 라깡이 말한, '오브제 아(a)—작은 목표'를 얻었을 때 사람이 빠지는 허무의 심연과 같은 상황이다. 사람들이 자신의 일정한 목표를 이루면 그 허탈감으로 인해 방황하다가 다시 대타자(大他者)인 A를 찾아 나선다고 라깡이 말한 것과 같은 심리적 상황이다. 이처럼 방황하던 서희는 결국 남편과 자식의 뒷바라지, 그리고 독립지사들과 주변의 힘든 사람들을 도와주는 역할로서 자신을 재정립하지만 이것에는 역시 불교적 대자대비의 비원이 개입하여 있는 것이다.

북간도에서 돌아온 길상이 지리산의 도솔암에 머물면서 관음탱화를 그린 것 역시 작가의 불교적 비원을 담은 사건이다. 길상은 절에서 업둥이로 자라 최참판댁 종으로 와서 서희와 마침내 결혼하고 북간도에서 독립운동에 투신하는 등의 파란만장한 삶을 살았지만 늘 귀소본능과도 같이 불화(佛畫)를 그리는 것에 대한 욕망을 가지고 있었다. 이차대전 말 일제의 군국주의적 광기가 심해질 무렵 산사에 은신한 그는 마침내 관음탱화를 완성한다. 그의 관음상은 아버지의 내림을 받아 화가가 된 아들 환국이 보기에 투명한 베일 속의 청정한 육신이 살아 숨쉬는 것만 같고 현란한 색채가 청초하기 이를 데 없으며 풍만한 육신을 가진 것으로 묘사된다(16권 401쪽). 중생에게 대자대비(大慈大悲)를 서원하고 중생의 구원을 돕는 관(세)음보살이 아름답고 청초하며 풍만한 여성적 이미지로 구현된 것이다. 원래 관음보살은 그 구원의 모성성에 의거해 여성으로 묘사되지만 작가 자신이 온갖 기구한 역정을 겪으면서 삶의 구원을 모색해 왔기에 관음탱화는 이처럼 아름답고도 생산성에 충만한 여성의 이미지를 부여받은 것이다. 여성 작가로서의 지난한 삶과 불교적 원력(願力)이 도달한 예술적 관음상이라 하겠다.

동학사상

『토지』는 앞서 말했듯이 민초들, 농민들에 대한 작가의 애정과 믿음에 기반한 소설이다. 그렇다 보니 작가는 이들의 믿음 또한 사랑한다. 농민들은 위에 언급한 불교에도 크게 기대지만 샤머니즘에도 깊이 기댄다. 윤씨 부인이 김개주의 씨를 배고 우환으로 드러눕자 월선네에게 굿을 맡기는 그녀의 시모, 최참판댁의 손 귀한 연유가 배곯아 죽어 구렁이가 된 여종의 원한이라 믿는 마을 사람들, 김평산의 아내 함안댁이 지아비의 악행에 목매달아 죽자 그 나뭇가지가 병에 좋다고 염치도 버리고 그것을 꺾어가는 사람들, 아이를 갖게 해달라고 돌무덤에 비는 강청댁 등 『토지』의 인물들은 위아래 할 것 없이 샤머니즘에 기댄다. 우리나라 어떤 절을 가든 산신각이 공존할 정도로 불교에도 샤머니즘의 기복적 성격은 엄연하지만 일제 이후 미신으로 치부된 샤머니즘에 보내는 작가의 눈길은 그러나 판연히 다르다.

작가는 샤머니즘은 죽은 영혼과 교통하고자 하고 나무와 돌에도 영성이 있다고 믿는 우리 민족 고유의 생명주의의 산물이라고 말한다. 죽은 자식이나 남편과 교류하려는 소망은 내세를 현세에서 맞이한다는 점에서 긍정적이고 미래지향적 의지의 발현이라 본다. 또한 이 샤머니즘은 카리스마가 없기에 다신적이어서 생명에 대한 평등주의적인 생각이 담겼다고 한다. 목신이든 산신이든 지신이든 혹은 고사에 연유하거나 전설에 연유하거나 모두 신앙의 대상으로서 정성을 들인 샤머니즘(4권, 62쪽)은 서울의 지식인 임명빈에 따르면 우리 백성들이 살아온 자취요 풍속으로 보존할 가치가 있는 것이다(6권, 268쪽). 이처럼 모든 사물과 사람의 생명을 존중하는 샤머니즘에 대한 작가의 사유는 동학으로 뻗어간다. 동학은 우리의 근본을 복원하기 위한 혁명이자 세계사적 사건으로써, 생명의 존엄성을 확인하기 위한 농민들의 전쟁이자 샤머니즘의 확인이라 보기 때문이다.[18]

동학을 이렇게 파악한 작가의 안목은 참으로 첨단적이다. 동학은 삶의 제반 문제의 해결을 개인의 내면적 구제에서 구하려고 하는 종교적 성격과, 국가의 보위와 농민구제활동을 철저화하려는 정치운동의 성격을 아울러 지닌 것이었다. 동학은 당시 서양의 유일신에 맞서 종교적으로는 인내천, 즉 사람이 하늘님이라는 획기적인 사상을 제시한다. 뿐만 아니라 다른 생명 있는 모든 동식물들도 하늘님이기에 이들도 존중해야 한다는 우리 민족 고유의 샤머니즘을 수용한 실로 창의적인 종교 사상을 제시하였다.[19] 특히 1984년 전봉준이 중심이 되어 당시의 비정(秕政)을 해결하기 위해 농민들을 중심으로

18) 송호근 대담, 「한의 미학, 삶에의 연민」, 57~60쪽 참조.

19) [네이버 지식백과] 「동학」(https://han.gl/pSjMn), 「동학운동」(https://han.gl/UOGZp), 검색일 2020.3.5, 『한국민족문화대백과』, 한국학중앙연구원 참조.

봉기를 일으켜 전주 감영을 접수하고 조정과 합의하에 집강소를 설치해 민중들의 참여정치를 구현한 것은 세계적으로도 유례가 드문 일이었던 만큼 박경리가 지적한대로 동학농민항쟁은 “우리의 근본을 복원하기 위한 운동이자 세계사적 사건”이었다.[20] 동학운동의 이러한 전위성을 인식하고 이를 형상화한 소설은 1970년 초반에 유현종이 쓴 『들불』과, 1994년 『토지』가 완간될 무렵 한승원이 펴 낸 『동학제』가 있을 따름이다. 그런데 『토지』가 동학농민운동이 실패한 1887년을 시점으로 하여 그 첫 장을 시작한 것이 1969년이었으니 유현종과 같은 시기에 동학의 역사적 의의를 주목했을 뿐 아니라 그것을 장장 26년에 걸친 대작의 사상적 기둥으로 삼았다는 점에서 작가의 첨예한 역사적 안목은 새삼 우리를 놀라게 한다.

『토지』에서 동학이 중요한 모티브로 작용하는 것은 우선 최참판댁의 비극을 야기한 김환이 동학농민항쟁의 실존 주동 인물 중 한 명이던 김개주의 아들이란 점에서부터이다. 김개주와 윤씨 부인 사이에 김환이라는 인물이 났다는 것은 물론 작가의 허구적 설정이다. 그런데 이러한 허구적 요소를 굳이 설정한 이유는 무엇일까? 이로 하여 발생하는 운명적 비극이라는 소설의 낭만적 장치를 위해서도 그러했겠지만 아마도 작가는 신분적 금기가 깨어지고 이에 따라 기존의 질서가 소용돌이에 빠져드는 시대적 조류를 담기 위해 이런 도입부를 설치하지 않았나 짐작된다. 사실 이 소설의 시작점인 1887년은 동학운동이 이미 일본과 청나라에 의해 패퇴함으로써 동학운동의 열기가 식은 시기였다. 이러한 시기에 김환이라는 인물을 등장

20) 앞의 송호근 대담, 같은 곳.

시킨 것은 이 인물로 하여금 죽은 아비의 뜻을 이어받아 동학운동의 정신과 실천을 잇게 하려는 의도로 볼밖에 없는 것이다. 그리하여 김환은 불륜의 연인인 별당아씨의 죽음 이후 본격적인 동학운동에 뛰어든다. 그리고 그의 운동은 동학교리의 이론적 확산을 꾀하는 윤도집 같은 인물과 달리 친일분자를 처단하거나 일제 헌병을 습격하는 등의 실천적 항일운동의 성격을 띤다.

이처럼 부당한 억압이나 권력에 저항하고 민중의 생존권을 지키려는 동학의 정신은 김환의 뒤를 잇는 송관수나 강쇠 같은 인물들에게로 이어진다. 특히 송관수는 동학당에 참여한 아비와 과부 어미 사이에 나서 성인이 된 후에는 백정의 딸을 아내로 맞이한 철저한 바닥 인생이다. 그는 자신의 이러한 배경 때문에 자연히 동학에 참여하게 되고 김환이 일경에 체포되어 감옥에서 자결한 이후 그 잔당의 명맥을 잇는 인물이다. 그의 동학에 대한 이해는 간결하다. "세상을 바꾸어 놓아야 한다는 것, 배고프고 핍박받는 사람이 없어야 한다는 것"(17권, 99쪽)이다. 모든 사람이 하늘이라는 것, 그 하늘 같은 사람, 나아가 모든 생명을 공경해야 한다는 것을 그는 이렇게 이해하는 것이다. 이는 지식인이나 이론에 집착하는 사람들을 불신하는 작가의 성향에 닿아 있다. 이러한 생각의 연장선에서 송관수는 형평사 운동에도 참여하고 부산 부두의 노동 운동에도 참여하는 등 동학의 뜻을 실천적으로 행한다. 송관수와 늘 함께 하는 그의 막역한 벗이자 김환의 추종자 강쇠 또한 부산에서 부두노동자로 노동운동을 하면서 "우리 다 서러운 놈들끼리"(11권, 438쪽)라는 연대의식으로, 실패로 끝나긴 하지만 노동자들의 소요를 끌어내기도 한다. 그러나 온몸을 투신하여 동학에 헌신한 송관수이지만 결국 만주에서 호열자로 허망한 죽음을 맞는다. 이는 실제 일제 치하에서 동학이 그 명맥을 이을 수 없었던 현실을 반영한 것이라 해야 할 것이다. 그러나 송관수는 동학이 일제하에서 힘이 부친다고도 생각하면서도 "동학은 아주 가지 않았다"고, "동학과 농민은 마지막 올 것"(13권, 31쪽)이라 믿은 인물이었다. 이는 실상 작가의 통찰이자 의지에 다름 아니라 할 것이다. 소설이 종결에 가까워질 무렵 길상, 강쇠, 해도사, 소지감들이 모여 세부득하여 동학당의 해산을 결의할 때 산중(山中)의 현자(賢者)인 해도사가 하는 말은 그대로 작가의 그것이라 보아도 될 것이다.

> 태어난 생명들이 다 고르게 배불리 먹을 수 있고 무리에서 따돌림받지 않고 업신여김을 받지 않고 복되게 사는 것을 꿈꾼 것이 어디 오늘만의 염원이던가? 그것이 어디 사람만의 염원이던가? 천지만물 생명 있는 일체의 염원 아니겠는가 (……) 조선에서는 소련에 앞서서 동학혁명의 전쟁이 있었네, 동학농민전쟁. 이군(이범호라는 사회주의자 지식인. 동학 잔당에 합류하여 사회주의 혁명사상을 실천해 보려는 인물: 필자 주), 자네 말을 빌리면 소위 이념이란 것인데 동학이 어디 단순한 권력 쟁탈전이던가? (……) 학문한 젊은 놈들, 특히 신식 학문을 한 젊은 놈들, 동학사상을 뭘로 생각하느냐, 미신이다, 하늘님을 떠받드는 황당한 미신이다, 좋게 말해서 종교전쟁이다 그렇게 생각하지 (……) 그 생각이야말로 황당한 것이야. 동학의 사상은 천상을 향한 것이 아니네. 지상에 세워야겠다는 그 염원일세 (……) 그것은 조선 민족의 죽지 않고 남아 있던 뿌리가 다시 거목이 되어 우리 앞에 나타났던 거고 동학은 그렇게 꺾이었으나 …… 다시 살아날 것이네. 하늘님은 천상에 계신 것이 아니며 백성 하나하나, 사람뿐만 아니라, 억조창생 생명 있는

것, 그 생명이야말로 하늘님이기 때문이다. (굵은 글씨는 필자. 18권, 446쪽)

일본 비판과 역사의식

지금까지 언급한 문제의식들과 함께 『토지』의 주조음을 이루는 것 중 하나이지만 그 중에서도 너무 직설적으로 쏟아내는 것이 아닌가 싶을 정도로 강렬한 문제의식이 일본 비판이다. 시대 배경이 우리의 국권을 강탈한 일제 하이기도 해서이지만 일종의 적개심까지 띤 일제에 대한 비판이 작품 내에서 직접적 담론 형태로 쏟아지기조차 하기 때문이다.

상민 목수인 윤보의 "개맹(開明)이라는 것이 별것 아니더마. 한 말로 사람 직이는 연장이 좋더라는 거고 남우 것 마구잡이로 뺏아묵는 것이 개맹 아니가"(1권, 125쪽)라는 투박한 저항의식으로부터 시작하여, 동학당들은 물론이고 북간도로 옮겨간 평사리의 농민들과 향반 지식인들, 러시아나 만주인으로 귀화하여 그곳에서 독립투쟁을 하는 이들, 서울의 지식인들까지 반상의 구분이나 농민 지식인의 구분 없이 대항적 독립운동에 음양으로 참여하는 이들의 활약은 『토지』의 큰 기둥 줄거리 중 하나이다. 심지어 친일파인 김두수, 조준구, 우개동 등의 인물들조차도 반일, 배일(排日)의 의지를 형상화하는 데 중요한 일역을 담당한다.

이처럼 이 소설에서 큰 비중을 차지하는 일본에 대한 저항과 비판은 이 소설의 후반부인 4부에서부터는 아예 소설의 서사적 특성조차 훼손하는 게 아닌가 싶을 정도로 남천택, 조찬하, 유인실, 오가타 지로, 제문식 등 등장인물들의 입에서 웅변조의 논설로 쏟아지기도 한다. 이는 후반부가 집필되던 1980년대 후반 무렵 일본 문화에 대한 긍정이 저류에서 서서히 일던 우리 사회의 분위기에 대한 작가의 강력한 경고성 의지가 작용한 것으로 보인다. 소설 속 등장인물들이 강하게 언설하는 일본 비판은 작가가 여러 대담이나 직접 쓴 에세이들에서 거듭 표명되고 있어서 그것을 중심으로 정리하는 게 낫겠다.

작가가 비판하는 일본인과 문화의 특성은 에로티즘, 그로테스크, 난센스, 이 세 가지로 집약된다.[21] 에로티즘은 그들의 허무주의와 관련된다. 그들에게 죽음의 승화란 없다. 만세일계의 현인신(現人神)으로 왕을 치장한 신도(神道)의 나라에서 천황을 확고부동한 절대자로 숭배하고 내세에 대한 관념이 없는 그들이기에 죽음 이후는 허무일 따름이다. 이로부터 육체와 섹스에 대한 탐닉과 탐미적 묘사가 따른다. 군화가 지나가는 곳이면 유곽이 따르고 유곽의 여자를 미화하는 문학이 나온다.[22]

그로테스크는 그들의 할복자살이 유감없이 대변한다. 자기 스스로 가른 배에서 내장이 쏟아지고 목을 뒤에서 치는 칼의 잔혹성을 찬양하는 것이 일본인들이다. 남경학살을 자행한 일본은 심지어 자기들이 죽인 사람의 목을 잘라 그 사람의 입에 자른 성기를 물리고 기념사진을 찍었다. 그리하여 에로티즘과 그로테스크는 동전의 양면을 이룬다. 남경 학살, 그 백주의 난행은 일본군의 전략이지만 그

---

21) 이는 송호근과의 대담에서도 나오지만 『생명의 아픔』이라는 작가의 에세이집에도 거듭 표명되는 일관된 일본론이다. 물론 『토지』에서도 마찬가지이다.

22) 하기야 가와바타 야스나리의 『설국』도 한 중년 남자와 기생의 로맨스이다. 미시마 유키오의 『금각사』는 금박을 입힌 인위적 구조물을 미적 결정체라 탐닉하는 한 이상성격자의 방화(放火)담이다.

로테스크와 에로티시즘의 여실한 참극, 절망 없이 '그 짓을 했을까'라고 작가는 개탄한다. 현인신이다, 확고부동한 절대자다 하는 터무니없는 것들을 만들어 놓고 일본이 우리나라를 침탈하고 수많은 사람들을 고문하고 죽인 것, 남경학살을 일으켜 수많은 생명들을 학살한 것은 그들의 삶에 대한 절망이 부른 만행이라 작가는 파악한다. 비상을 꿈꿀 수 없는 사로잡힌 영혼에게 깃드는 것이 허무주의, 그리고 쾌락이다. 삶에 대한 절망으로 이룬 그들의 문화이기에 마침내 난센스, 즉 의미가 없다는 것이 작가의 신랄한 비판이다. 그러므로 작가는 우리 한국인들이 언제부턴가 부러워하는 그들의 기예, 성냥갑만한 구조물에 금박을 덧칠한 그들의 절[23]이나 나무를 조그만 화분에 옮긴 분재, 축소된 인공의 정원, 앙증맞은 우산이 잔에 꽂힌 잔이 모두 기능으로 갈고 닦은 탐미의 소산이요 생명을 일그러뜨린 세계라 본다.[24]

일본의 문화에 대한 이처럼 신랄한 비판은 필자 역시도 뜨끔하게 하였다. 필자 또한 일본의 탐미적 문학, 섬세하고 정교한 조각, 그림, 건축, 음식, 세계 2위의 물질적 성취에 대한 예찬자였기 때문이다. 일본의 탐미적이고 섬세한 문화예술이 그 자체로 평가받을 점이 없지 않다고 보지만 그러나 작가가 갈파한 대로 그들의 문화와 예술이 아닌 게 아니라 생명과 평화를 부정하는 의식의 산물이었음을 알게 되니 나의 일본문화예찬도 스러지게 되었다. 일본에 대한 일말의 찬탄이 협소한 시각에 기인한 어리석음의 산물이었음을 깨닫지 않

23) 금각사를 말한다.

24) 박경리, 「신들이 사는 나라」, 『생명의 아픔』, 33~35쪽.

을 수 없게 된 것이다.

그러나 작가의 이러한 일본 비판이 적대적이고 원한에 찬 그것은 아니다. 오히려 그것은 생명과 평화를 위한 작가의 방법적 일본 비판이라 할 것이다. 일본의 어느 잡지사 편집장이 작가를 인터뷰하러 왔을 때 "일본을 이웃으로 둔 것은 우리의 불행이었다. 일본이 이웃에 폐를 끼치는 한 우리는 민족주의자일 수밖에 없다. 피해를 주지 않을 때 비로소 우리는 민족을 떠나 인간으로서 인류로서 손을 잡을 것이며 민족주의도 필요 없게 된다."[25]라 답한 데서 우리는 작가의 일본에 대한 비판이 '인간으로서 인류로서' 같이 하기를 바라는 기대의 소산임을 읽는다. 일본에도 자신들을 객관적으로 성찰하는 진정한 양심이 많아지기를 기대하는 작가의 바람은 『토지』 속에도 오가타 지로라는 인물을 통해 형상화되어 있다. 오가타는 조선 여성 유인실을 사랑하기도 하거니와 일본의 문제를 날카롭게 인식하는 자기 성찰적 인물이다. 또한 구보 사카에나 아리시마 다케오 등 일본 사회의 모순을 진보적 시각에서 해결하려 노력했던 일제하 실존 인물들을 긍정적으로 평가하는 데서도(19권, 178~200쪽) 작가의 일본에 대한 시각이 미래지향적이며 객관적인 그것임을 알 수 있게 한다.

그러나 작가가 타계한지도 어느 덧 십 년을 넘은 시점이지만 요즘 아베 집권 이후의 일본은 또다시 이웃에 폐를 끼치는 자기중심적 태도를 답습하고 있다. 그들은 우리의 개별적 징용 배상 청구와 위안부 사과 요구에 수출 규제라는 외교적 보복을 들고 나왔다. 하지만 아베의 저열한 보복은 오히려 우리의 첨단화한 기술력과 국민들의

25) 박경리, 「일본은 우리를 비판할 자격이 없다」, 위의 책, 196쪽.

일치된 극일 의지 때문에 오히려 자국민들에게 부메랑이 되고 있는 현실이다. 이제 한국도 옛날의 한국이 아닌 것이다.

어쨌든 일본의 이러한 태도를 보면 역사란 것은 정말 진전하는 것인지 '갈 지(之)' 자 걸음을 하는 것인지 우리는 혼돈스럽다. 일본뿐만 아니라 삶의 여러 사소한 국면에서 우리는 물리적 힘과 사악한 꾀로 약자를 무시하고 억압하려는 경우를 많이 만난다. 요즘은 정의에 대한 개념조차 일치되지 않고 오히려 마키아벨리스트가 현명하다는 관념조차 퍼져 있는 터라 역사가 올바른 방향으로 진전한다는 믿음을 가지기 쉽지 않은 시대이다. 그 때문인지 『토지』에서도 악인들이 반드시 징치되지 않으며 선한 인물들이라 하여 반드시 보상을 받는 것으로 나오지 않는다. 예컨대 조준구나 김두수는 자기들의 욕심을 채우기 위해서는 수단 방법을 가리지 않으며 심지어 살인조차 저지르는 인간들이다. 그러나 그들은 악행을 저지른 다른 수많은 인물들이 거의 인과응보에 값하는 징벌을 받지만 뚜렷한 죄과를 치르지 않는다. 조준구가 비록 늙마에 외로움과 병마의 고통을 당하지만 제 명을 살고, 심지어 김두수는 경성에 땅을 마련해 비상시에도 자신의 안전을 계획하는 주도면밀함까지 보이면서 명을 보전하는 여생을 산다.

이러한 설정은 작가 또한 세상이 인과응보의 법칙이 관통하지 않는 세상을 보았기 때문일까? 그럴 수도 있겠다. 세상 돌아가는 것이 반드시 악행에 재앙이 내리고 선행에 반드시 경사를 베푸는 섭리가 일관되게 적용되는 것만은 아님을 우리가 빈번히 경험함을 부인치 못한다. 따라서 작가는 이미 『토지』의 전반부에서 이렇게 술회한 바 있다.

역사 혹은 신의 의지는 공명정대의 역학(力學)을 기간으로 하되 잔가지 잔뿌리는 역사의, 신의 의지 밖에서 우연과 변칙이 시간 공간 속을 소요하고 있음을 부인할 수 없고 다만 필경에는 우여곡절하여 그 기간(基幹)으로 귀납될 것을 신이나 역사 그리고 예지의 사람들이 알고 있으며 믿고 있을 뿐이다. (4권, 59쪽)

역사나 신의 판정이 반드시 공명정대하지는 않으나 우여곡절 끝에 그 정대한 판결로 귀납할 것임은 믿어야 할 뿐이라는 것이다. 이 글의 도입부에서 "올곧은 삶이 결국 승리(해야)한다"고 괄호 처리한 것은 이런 이유 때문이다. 그렇다면, 역사의 판결 또는 신의 판결을 나는 못 믿겠소 한다면 어찌 되나? 이를 설득하는 것은 쉬운 일이 아닐 것이다. 이는 정의가 무엇인지를 다시 묻는 일에 해당하고, 과연 정의가 역사적으로 그리고 현재에도 제대로 구현되고 있는가를 묻는 일이기에 그러하다. 마이클 샌델의 『정의란 무엇인가』라는 자극적 제목의 책이 미국에서는 불과 십여만 부 팔렸으나 유독 우리 한국에서는 백만 부 이상 팔린 것은 우리 한국인이 정의의 개념과 그 구현에 목말라하는 심성을 드러낸 것으로 생각되지만 안타깝게도 우리는 이 책에서도 그리 시원한 답은 얻지 못하였다. 그 역시 당위론으로서 도덕의 필요성을 주장했을 따름이고 그것을 도출할 토론의 중요성을 제시한 정도랄까.

그러기에 내게는 작가가 권하는 '모순의 수용'이 훨씬 설득력 있게 다가온다. 작가는 우리의 생명 자체가 모순이고 그 어느 것도 완전치 못하고 규명이 안 되는 것이라 말한다. 실상 생명은 모순이다. 태어났는데 죽어야 하고, 약육강식은 생태계의 법칙인 듯하다. 동학은 모든 생명이 하늘님이라 하지만 그 생명들은 먹고 먹힌다. 이 모순을 어찌 해결하나? 김지하가 이 문제를 두고 생명은 여백의 생명을 먹고 공생을 영위한다 했지만 내가 보기에 이는 근원적 비극이요 원죄 의식을 초래하는 요인이라는 작가의 슬픈 고백이[26] 더 진솔하다. 이러한 모순을 우리는 그러므로 받아들여야 한다.

> 모순은 균형이며 긴장이다. 그것도 하나가 아닌 데서 가능했으며 존재의 조건인 동시에 연속성과 삶에 대한 인식이기도 하다. 만일 모순이 없어진다면 논리는 완성될 것이며 언어도 피안에 도달하겠고 절대적인 것이 그 모습을 드러낼지 모르지만 완성은 끝이며 정지이며 소멸인 것이다.[27]

모순은 삶이 있는 한 지속될 것이기에 우리는 이 모순을 인정하지 않을 수 없다. 그러나 그 모순의 해결과 세계의 완성은 우리의 노력을 요구함을 의미한다. 완성과 끝, 절대와 피안은 저절로 다다르는 것은 아니기 때문이다. 요컨대 강한 것이 약한 것을 억압하고 마냥 먹는 현실을 용납해서는 안 된다. 그것이 모순이 초래하는 균형과 긴장이다.

필자가 생각하기에 이 균형과 긴장을 가장 잘 유지할 수 있는 것이 문학과 예술, 또는 문화이다. 다시 말해, 부당한 억압과 강탈에 가장 민감하고 그것의 해소를 위해 유효한 것이 문화와 예술이라는 것이

---

26) 한점돌, 「박경리 『토지』의 문학사상 연구: 『토지』와 동학사상의 관련」, 『현대문학이론연구』 55, 2013, 380~380쪽 참조.

27) 박경리, 「모순의 수용」, 『생명의 아픔』, 25쪽.

다. 우리 민족은 문화적으로 뛰어난 민족이니 문화로 성해야 한다고 한 분은 백범 김구이다. 태어나 죽는 모순을 타고 났지만, 이는 실상 음양론으로 보건대 자연의 섭리이지만, 자신의 욕망은 늘 지연되는 안타까움, 즉 한을 사는 우리이지만 그 모순과 한을 생산적으로 해소하느냐 부정적으로 발산하느냐는 것은 개인의 선택이다. 이러할 때 박경리와 백범의 선택은 한 가지로 만난다. 한국인은 문화로 이 한을 발산하고 꽃 피워야 한다고. 『토지』의 중심적 문제의식을 나는 이러한 나름의 결론으로 일단 맺는다.

3. 명리학으로 읽는 『토지』의 인물들

이제 명리학을 활용하여 『토지』의 인물들을 읽어볼 시간이다. 이를 통하여 우리는 『토지』를 좀 더 다채롭고 흥미롭게 이해할 수 있을 것이다. 육백여 명에 달하는 인물들이 등장하고 어떤 인물은 사대(四代)에 걸치기도 하는 만큼 『토지』는 주인공이 따로 없다는 평도 있지만 그 중에 스토리를 이끄는 주요 인물들은 분명히 있다. 그들 중 특히 중요 인물 몇 명을 선정하여 살펴보기로 한다.

서희

『토지』는 등장인물이 하도 많아 중심인물이 없다는 평도 있지만 그러나 서희를 중심인물로 보는 데 적극적으로 반박할 사람은 없을 것이다. 소설의 제1장 소제목부터가 '서희'이다. 조모, 부친, 자신, 자녀 대에 걸친 사대(四代)의 중심인물이 또한 서희이다. 북간도에서 치부(致富)에 성공하여 고향에 돌아온 후 조준구에게 뺏긴 땅을 찾은 뒤로는 스토리의 중심에서 다소 멀어지지만 해방에 이르는 결말부까지 여전히 독립운동가들과 힘든 고향 사람들을 도와주고 남편과 자식들의 후원자로 비중 있는 역할을 담당하는 것이 서희이다.

서희는 미모가 출중하여 양반의 자제인 이상현과 애증에 빠지고 진주의 명망 높은 외과의(外科醫) 박효영의 애타는 흠모를 받기도 한다. 그러나 이상현의 경우는 이 인물이 이미 유부남이기도 하지만 서희가 치재(治財)를 위해 이미 길상을 선택했기 때문에 거절당하며 박효영은 이미 서희 자신이 유부녀이기에 거절당한다. 이런 인물들의 구애를 차가운 자기 절제로 물리치는 것이 서희이다. 이런 점에 유의하면 서희는 그 이름도 유별나다. 한자로는 '西姬'이다. 상서로울 瑞자나, 펼친다/베푼다는 의미의 叙자를 쓸 법하지만 작가는 하필 서녘 서자를 쓴 것이다. 여자 이름으로 이런 이름을 쓰는 경우는 별로 없을 것이다. 소설에서 인물의 이름은 그 인물의 성격을 드러내는 데 매우 요긴한 역할을 하는데 작가는 왜 이런 작명을 했을까?

필자가 보기에 이런 작명에는 작가의 음양오행에 대한 조예가 작용했다고 본다. 왜인가? 음양오행에서 서쪽은 차가운 금에 해당한다. 오행 중에서 차갑고 이지적인 성분은 금을 당할 것이 없다. 금에도 양금 경(庚)과 음금 신(辛)이 있는데 서희의 성격은 어디에 해당할까? 신금 쪽이 더 적합하리라 본다. 신금은 차갑고 이지적이며 외모상으로도 세련된 경우가 많기 때문이다. 이명박 대통령이 신금 일간이다. 마른 체형에 매우 날카로운 외모이고 나름 멋도 부리는 사람이다. 엉큼한 술수를 부려 명예에 먹칠을 했지만 그의 차가운 결단력과 추진력은 서희에게도 해당하는 캐릭터라 할 만하다. 아마도 서희는 아신(我身)을 상징하는 일간이 신금이거나 다른 간지에 신금 성분을 강하게 가졌을 인물이다. 만약 일간이 신금이라면 그 일간을 도와주는 비견, 즉 같은 신금 성분이 하나나 둘쯤 더 있을 가능성 또한 높다. 왜냐하면 비견이 좀 더 있어야 자신의 줏대도 강하고 다른 사람과 협업을 잘 한다. 서희가 만주에서 치부를 할 때 공노인을 위시한 여러 사람들에게서 헌신적 도움을 받은 것, 심지어 친일행위를 한다는 비난을 들으면서도 일제 관리의 비위를 맞춰가며 수완을 부린 것은 비견성의 존재가 하나 둘 정도는 있을 개연성을 짐작케 한다. 여성의 남자관계라는 측면에서는 비견이 있으면 자신에게 라이벌 되는 여성이 있을 것을 암시하는데 아닌 게 아니라 길상은 상전이었던 서희를 아내로 맞기 전에 서희에 대한 신분적 반감 때문에 옥이네라는 과부와 정을 통하면서 서희에게 한동안 낭패를 겪게 하기도 한다. 물론 작가가 이런 면까지 유의할 만큼 명리학을 활용했으리라고는 보지 않지만 작명에서도 보듯이 나름으로 명리학에 일가견을 가졌을 개연성은 충분하다.[28)]

작가의 명리학에 대한 조예는 서희의 다른 성격들에서도 유추된다. 신금이 두드러진 캐릭터여서인지 서희는 어린 시절부터 앙칼지고 매운 성격에서도 특출하다. 어머니인 별당 아씨가 구천(김환)과

---

28) 작가는 시집이지만 자서전적 성격을 지닌 『버리고 갈 것만 남아서 홀가분하다』에 실린 「나의 출생」에서 자신의 생년월일을 밝히고 자신의 드센 팔자를 거론한다. 어머니가 자신을 뱄을 때 흰 용이 방을 차고 들어오는 꿈을 꿨다고도 한다. 이는 작가 역시 운명에 관심이 많았고 명리학에도 나름의 안목이 있었을 것임을 짐작케 한다. 이에 대해서는 장을 바꾸어 명리 작가론을 쓰는 다음 4부에서 상세히 거론한다. 아마 운명에 대해 관심이 많은 것은 문인들에게 유사한 성향일 터인데, 하도 오래전이라 어느 잡지인지 기억은 못 하지만 고은, 이문구 선생들도 용한 집이 있다 하면 택시를 대절해서 찾아갔다고 술회한 글을 읽은 적이 있다.

사라진 후 갑작스레 아이다운 갈급으로 엄마를 데려오라 소동을 부리다 할머니 윤씨의 비통함이 서린 매운 회초리를 맞지만 오히려 반짇고리를 던지며 파랗게 까무러치는 손녀의 성격에 할머니 윤씨가 "원, 그 년 고집도"라며 경련 같은 미소를 띠며 내심 만족해 할 정도이다(1권, 84쪽). 윤씨도 비극에 휩싸인 집안을 장차 일으킬/일으켜야 할 손(孫)이라 보고 기가 강한 손녀의 기질을 내심 기뻐하는 것이다. 어릴 적 자신을 보필하는 봉순이나 길상도 자기의 성정에 맞지 않으면 매몰차게 구박하는 서희의 성정에서도 우리는 매우 '기가 센' 인물의 특징을 엿볼 수 있다. 이처럼 기 센 인물은 특히 편관(偏官)성을 띠기 쉽다. 편관성은 칠살(七殺)이라 해서 전통적 명리 해석에서는 매우 기피하던 십성이다. 지금도 어떤 간명가는 편관성을 부귀한 가문에 태어나도 본인은 평생 빈한하고 생애를 통해서 관재수가 끊이지 않거나 재산과 몸을 위태롭게 하는 십성이라 소개한다. 편관성이 강한 자기주장과 권력욕을 상징하는 십성이기에 주변과의 마찰과 갈등을 부르는 성분인 것은 맞지만 평생 빈한, 끊이지 않는 관재수 운운은 요즘 시대에는 통하지 않을 지적이다. 왜냐하면 편관성은 안정된 조직 내에서 체제를 부정함 없이 조직의 명령을 수행하는 정관성의 시대에 괄시받던 십성이기 때문이다. 즉 봉건 왕조 시대에 우대받던 정관성의 시대에 편관성은 기가 세고 자기주장이 강해 상대적으로 하대받던 십성이란 것이다.

그러나 요즘은 오히려 '편'의 시대라 할 만큼 편관, 편인, 편재는 달리 해석된다. 특히 편관성은 적절히 있으면 요즘처럼 스스로 자신의 명을 개척하는 시대에 매우 유리한 십성이다. 서희의 캐릭터를 추정컨대 서희는 이 편관성을 천간과 지지에 갖춘 '편관격'으로 볼 수 있다. 여기에 괴강살과 백호살을 다 갖추었거나 이 둘 중 하나가 있을 수 있다. 괴강살과 백호살은 옛날엔 남편 잡아먹을 살이라 했는데, 그만큼 드센 성정이라는 것이다. 성정이 드세다는 것 역시 옛날식 사고이고 요즘은 리더십과 강한 자부심, 활동력을 의미한다. 앞서 언급했듯이 강경화 장관이 괴강과 백호살을 가진 경우이다. 편관성에다 이처럼 괴강이나 백호살까지 갖추고 있으면 강한 리더십을 발휘하고 자신에게 복종하지 않는 사람에게는 박정하거나 냉혹할 수 있다. 서희에게 이러한 성격은 어릴 적부터 이미 드러난다. 조준구가 호열자로 인한 윤씨의 죽음 이후 집안을 슬금슬금 침탈하기 시작하자 서희가 품은 앙심이 서희의 성격을 잘 보여준다. 열두어 살가량의 서희가 "어디 두고 보아라. 내 나이 어리다고, 내 처지가 적막강산이라고 지금은 나를 얕잡아 보지만 어디 두고 보아라."고 이를 가는 것을 두고 서술자 스스로 "그런 앙심은 이미 아이가 가지는 성질의 것은 아니"라 하고 "조숙하고 영민하고 기승하고 오만한 서희"라 한 데서(3권, 355쪽) 편관격에 괴강이나 백호살을 갖추어서 기승한 자존/자부심에[29] 냉혹한 실행력을 갖추었을 서희를 우리는 충분히 엿본다.

서희의 이러한 성정은 그녀의 조모들에게서 내려온 이력으로 볼 수도 있다. 서희의 조모 윤씨뿐만 아니라 윤씨의 시모(媤母), 이대를

---

29) 자존심과 자부심은 비슷하면서도 다르다. 둘 다 자신을 중히 여기고 자신이 우월하다는 생각에서 공통이지만 자존심은 남에게 무시당하지 않으려는 수동적 측면, 자부심은 남에게 스스로 당당한 능동적 측면이 있는 성격 특성이라 하겠다. 자존심이 강하다고 자부심도 강하다고 말할 수는 없을 것이다. 자부심은 자기가 갈고 닦은 내/외면의 힘에서 오기 때문이다. 요즘 많이 운위되는 자존감은 이 두 가지 심리가 복합된 것이라 보면 될 듯하다.

더 거슬러 올라가 최참판을 낳은 서희의 육대(六代)조 또한 모두 남편이 일찍 요절해서 무려 삼대가 과부로 집안을 다스린 것으로 설정되어 있는데[30] 아마도 이는 삼대에 걸친 여인들의 센 기질과 그로 인한 운명을 드러내고자 한 작가의 통찰력 때문이 아닌가 싶고, 이는 조선조 말에는 가능했던 삶의 유전이라 본다. 어쨌든 이로 본다면 서희 역시도 할머니들 계통으로 내려오는 억척스런 기질과 강한 개성을 지닌 인물임을 유추할 수 있다. 특히 서희의 자질을 알아보는 할머니 윤씨는 관상학에서 이마가 넓은 사람은 조상복이 있다는 속설처럼 이마가 대단히 넓은 사람이어서인지 시집올 때 '짓덕'(친정서 가져오는 땅)도 많이 가져와서 집안을 더욱 융성케 한 사람이다. 그녀는 소유한 농토를 다 돌아보려면 침식을 해가면서 돌아보아야 할 정도로 넓은 땅을 다스리는데, 근동 어느 지주보다 관대하여 피가 나게 착취하는 일은 없지만, 부정을 감지하는 예리한 느낌에 걸려들면 어느 지주보다 가혹한 결단을 내리는 관리자이다. 이런 윤씨가 손녀인 서희를 데리고 전답을 살피는 나들이도 하는 걸로 보아 후계자 수업도 하는 여장부인 것을 엿볼 수 있다. 서희가 외모는 어머니요 성격은 그 할머니라 마을 사람들이 평가하는 데서 알 수 있듯이(1권, 34쪽), 서희의 성격은 "생김새가 여자답기보다 선비 같은"(제1권, 61쪽), 관성이 매우 강한 조모의 성격을 이어받은 것이라 할 것이다. 서희가 세부득하여 만주로 옮겨가서 어기찬 치부를 한 후 가산을 강탈한 조준구로부터 다시 그 집을 찾는 것은 편관성이 갖는 추진력,

30) 그러니까 최참판댁이라는 택호는 서희로 보면 오대조, 즉 고조부가 참판을 한 데서 유래한 것이다.

모사(某事), 괴강이나 백호가 갖는 강력한 자기중심적 대인 관리 능력이 없으면 불가능했을 것이다. 또한 서희의 치부에는 편재의 작용도 있었을 것이다. 만주에서 땅값이나 대두(大豆)가 오를 것을 미리 간파하고 제때 투자하여 곱절의 수익을 얻는 능력은 이에 말미암는 것이라 할 수 있다. 또한 재성은 자신의 목적, 즉 현실을 움직이기 위해서는 타협을 마다하지 않는 성분이기도 하다. 서희의 치부는 이로 인해 가능했을 것이다. 이에 더해 서희는 신강 체질이기도 했을 것이다. 웬만한 재산이 들어와도 꿈쩍 않는 배짱은 신강 체질이어야 가능할 터인데 아마도 서희는 원국 자체가 신강하거나 십 년마다 돌아오는 대운의 흐름이 일간을 도와주는 운이 아니었을까 짐작한다.

이렇게 본다면 작가가 명리학뿐 아니라 관상학에까지도 나름의 일가견을 가지고 있었음은 충분히 짐작할 수 있다. 작가들은 인물을 창조하는 사람들이니만큼 이런 관심은 당연하달 수도 있다. 물론 위에서 쓴 것처럼 신강 성격이나 편관격이니, 괴강 백호니 하는 내용까지 참조했을 것은 아니겠지만 오십여 년에 걸친 다양한 인물군의 운명을 조감하는 작가로서 적어도 음양오행론이라든지 신살의 성격 등에 대해서는 나름의 지식을 갖추지 않았을까 짐작해 본다. 그리고 서희의 성격과 삶을 선조대의 그것과 관련시키는 것은 한 인물의 성격과 삶의 전개가 유전적 요인과도 관련이 있음을 갈파한 작가의 자연주의적 시각을 엿보게 한다. 작가의 자전적 시집인 『버리고 갈 것만 남아서…』에서 작가는 친/외할머니, 어머니를 자세히 회고하는데 이는 이러한 사고의 반영이다. 실상 명리학에도 이러한 시각은 개입해 있는데 한 사람의 월주, 즉 태어난 월간과 월지, 그 중에서도 월지에 부모의 성격이나 영향력이 많이 담긴 것으로 중시하는 것이 그러한 예이다. 달리 말해 한 사람의 삶이나 그의 특징은 부모로부터 유전된 것도 상당한 것이라는 셈이니 잘 났거나 못났거나 우리는 자신을 있게 한 부모에게 감사함을 또한 잊지 말아야 함을 깨닫는다.

지금까지 살핀 서희의 인물은 여자이지만 대가 세고, 기가 세고, 차가운 결단력을 가졌으며 재물을 끌어모을 줄 아는 배짱에 자신이 만난 고난과 시련을 스스로 돌파하는, 그리고 종국에는 다른 사람을 돕는 도량과 품위를 가진 인물이라는 것이다. 서희의 품위는 아름다운 외모에서도 오는 것이지만, 예술가를 빙자하고 서희에게 물질적 후원을 바라며 접근한 홍성희나 배설자 류의 속물적 인간들도 결국 서희의 절제되고 내강(內剛)한 접객 태도에 제물에 나가떨어지는 장면들에서도 나타난다. 서희란 인물의 삶을 전체적으로 조감할 때, 어떤 사람이든 시련과 풍파 없는 삶을 살기는 힘든 법인 만큼, 서희처럼 삶의 초중반에 엄청난 파도를 만났으나 그것을 잘 이겨 인생 후반에 이르러 남을 돕고 고고한 삶을 사는 것은 부러움을 살만한 경우이다. 젊어 고생은 사서라도 하라는 것은 고생을 하려면 젊어 하는 것이 낫고 그것이 삶을 사는 데 보약이 된다는 이치이다. 고생 없이 안락한 삶만을 사는 사람은 남의 어려움을 잘 모르는 법이기에 또한 그렇다. 우리는 서희(西姬: 서쪽의 여자)라는 이름에 걸맞게 차가운 결단과 주체성으로 고난을 헤치고 마침내 불교적 정토인 서역(西域)에 이르렀다 할 만한 주인공을 내세운 데서 작가의 불교적 경사, 페미니즘적 문제의식도 읽는다. 서희의 '서'는 불교의 서방정토를 의미하는 서쪽을 상기케 하기 때문이다. 또한 작가 자신이 여성으로서 온갖 난관을 겪으며 한 많은 삶을 경과한 데서 페미니즘의 관점으로 서희와 같은 자기 복제적, 소망적 인물을 대하소설의 주인공으로 탄생시켰을 것이라 보는 것은 무리는 아닐 터이다.

마지막으로, 『토지』는 드라마로도 많이 만들어졌는데 이를 통해 서희의 외양을 추정해 보는 것도 흥미 있는 일이다. 『토지』는 세 번 드라마화되었었는데 1979년에 한혜숙이 주인공 서희를 맡았고, 1987년 작에서는 최수지가, 2004년 작에서는 김현주가 주역을 맡은 바 있다. 탤런트 한혜숙은 지금의 젊은 세대는 잘 모르겠지만, 차갑고 이지적인 외모의 미인이었는데 실상 세 사람 중 그래도 서희의 성격에 가장 잘 어울리기로는 이 배우가 아니었을까 한다. 최수지는 1980년대의 최상급 인기 탤런트였으나 어딘가 우수롭게 보이는 인물이어서 차갑고 강단 있는 서희에 덜 어울리고 복성스런 미인형인 김현주 또한 서희의 그러한 성격에 덜 어울린다.

서희 역 탤런트들. 왼쪽부터 한혜숙, 최수지, 김현주
(이후 다른 인물의 영상 이미지들은 '열촌 김성렬'을 입력, 필자의 유튜브를 참조해 주시기 바란다.)

요즘 탤런트 중에는 전인화가 그에 가장 어울리지 않을까 싶다. 차갑고 이지적인 금(金)형에 귀태도 갖춘 미인이기 때문이다. 서희의 아역 시절은 1987년 작의 이재은이 가장 잘 어울린다. 깜찍하고 예쁘면서도 자기중심적인 성향을 잘 드러내는 외모에다 또한 그런 연기를 했기 때문이다. 그런데 이재은이 2004년 작에서는 봉순으로 역할을 했으니 이 또한 재미있는 일이다. 봉순은 이른바 도화살을 가진 인물의 전형이라 할 만한데, 여린 심성과 정에 약한 봉순의 성격에 이재은이 맞았는지는 의문이다. 봉순의 성격도 이어지는 글에서 다룬다.

길상

서희에 이어 읽어볼 인물은 길상이다. 어린 시절 서희 집안의 종이고 동무였으나 커서는 남편, 짝이 되는 인물이다. 한자로는 '吉祥'이다. 길하고 상서롭다는 뜻이다. '西姬'라는 이름에 비하면 그야말로 이름 자체가 길하고 상서로운 이름이다. 보통 성명학자들은 이름에 너무 과한 의미를 부여하는 것은 좋지 않다 하거니와 길상은 어릴 적 절에서 업둥이로 자란 인물이라 절에서 그런 이름을 지어준 것이라 하겠지만 실상은 작가의 고안일 텐데 상당히 길한(?) 이름을 지어준 셈이다.

길상이는 어릴 적에 최씨 집안과 대대로 인연이 있는 우관선사가 최참판댁으로 보내 서희, 봉순 등과 같이 자란다. 상전과 하인 관계의 세 사람은 어릴 적에는 어린아이들답게 놀이도 같이하면서 지내지만 성장해 가면서는 삼각관계가 된다. 특히 봉순이 입장에서 그렇다. 봉순이는 어머니 때부터 이 집 하인으로 있던 차라 사실 서희에게는 연적 관계를 꿈꿀 수 없다. 그러나 길상이는 절에서 온 아이로 같은 하인 신분이니 봉순이로서야 연심을 품지 못할 이유도 없는 것이다. 길상이 또한 봉순이에게 이성으로서의 감정이 없는 것도 아니고 봉순이를 받아주지 못한 데서 오는 죄의식까지도 갖지만 끝내 봉순이에게 마음을 열지 않는다. 성장해가면서 길상이가 점점 서희에게 마음이 기우는 탓이다. 주종관계라 언감생심 그런 심정을 감히 드러내지 못한 채 결국 만주까지 동행하지만 반상의식이 엄연하던 시대에 마침내 서희와 길상을 맺어지게 한 길상의 매력은 무엇이었을까?

길상의 캐릭터는 우선 예술가적 특징과 종교적 심성이 두드러진다는 것이다. 길상은 원래 절에서 클 때부터 금어(金魚), 즉 불교화를 그리는 스님이 되고 싶던 아이였다. 그러나 서희네 집으로 오면서 그런 꿈이 막힌다. 집안의 허드렛일을 해야 하는 신분이기 때문이다. 그런 중에도 길상의 특성은 다음과 같은 장면에서 여실히 드러난다.

> 달구지 위에서 흔들리고 있는 길상은 생각에 빠져서 자신이 달구지를 타고 있다는 것을, 읍에 심부름 가고 있는 길이라는 것을 거의 잊었다. 꾸불꾸불 몰려오는 물굽이가 바닷가의 방죽을 치고 또 치는 것처럼 잇닿아 밀려오는 공상은 그에게 다시없이 감미로운 것이었다. 꼬리에 꼬리를 물고 나타나는 수많은 생각들은 마치 만화경같이 찬란하고 다양했다. 갖가지 빛깔이 있는가 하면 갖가지 소리가 들려오고 과거에서 미래까지 추억과 꿈은 마음대로 끝도 시작도 없이 그의 생각 속 넓은 공간을 비상하는 것이다. 추억의 창문에서는 어느 길모퉁이에서 들었던 소슬한 바람 소리가 들려왔고 장님이 불고 가던 피리 소리가 들려왔고 범패(梵唄) 소리, 새벽 산사에 울리던 장엄한 인경 소리가 들려왔

고 강물을 건너오는 뱃사공의 노랫소리, 추억의 창문에서 명주 수건으로 감싼 월선 아지매의 얼굴이 보였다… (3권, 91쪽)

길상이가 읍에 심부름을 가면서 온갖 상념과 감정에 빠져 있는 것을 작가가 유려한 문장으로 묘사한 대목이다. 꼬리에 꼬리를 무는 찬란하고 다양한 공상과 상념 추억들을 마치 미세한 자극에도 울리는 현(絃)처럼 떠올리는 길상의 감수성을 잘 보여주는 대목이다. 이처럼 자신의 경험을 온갖 이미지로 떠올리고, 다른 세계를 꿈꾸고, 그를 감미롭게 탐하는 것은 낭만주의자의 감성이자 예술가의 자질이다. 그러기에 길상은 항상 불화를 그리는 금어의 꿈을 버리지 못하고 있다가 북간도에서 고국으로 돌아온 후에 마침내 도솔암의 관음탱화를 그린다.

길상의 이러한 캐릭터를 보건대 길상은 우선 도화살을 가졌을 터이다. 대개 남녀를 불문하고 외모가 매력적이고 예술적 감각 또한 뛰어난 것이 도화살의 특징이다. 길상은 북간도의 용정에서부터 거리에 나가면 여인들의 눈길을 모으는 것으로 되어 있다. 잘 생겼다는 말이다. 그리고 예술가적 자질이 뛰어난 것은 이 도화살의 표징이다. 인용문에서처럼 민감한 감수성으로 모든 사물에 섬세한 현(絃)처럼 반응하는 길상의 감성은 문인, 화가, 연예인들의 그것이다. 길상이 이러한 자질을 잘 살릴 수 있는 환경을 만났다면 예술가, 특히 화가로 성공했을 것이다. 그러나 서희네 집의 하인이었던 길상의 형편에서 이는 이룰 수 없는 꿈이었고 그의 자질은 미술교사가 되는 장남 환국에게 유전된다. 이러한 길상에 비해 서희는 예술적 감성이 뛰어난 인물은 아니다. 어릴 적부터 봉순이는 수를 놓는 솜씨가 좋았지만 참을성이 없어 수놓기에 이내 싫증을 내곤 하는 반면 서희는 봉순이에 비해 솜씨는 엉망진창이고 싫증도 나고 힘에 겹지만 땀을 흘리며 꾸준히 매화꽃을 끝내고 잎도 끝내는 아이였다(제3권, 90~91쪽). 한마디로 예술적 재능은 없으나 관심은 있으며, 샘도 많고 근기가 대단해서 끝을 보는 아이였다는 것이다. 그러므로 서희는 대갓집의 후예답게 타고난 절제력과 기품을 갖춘 인물인 탓에, 그리고 반가의 후예라는 자부심 탓이기도 하지만 개방적이고 분방한 성정은 보여주지 않는다. 이러한 서희이기에 자신에게 없는 재능을 지닌 길상에게 끌렸을 수 있다.

그리고 길상의 종교적 심성은 화개살의 소유자임을 추정케 한다. 화개살은 화려한 덮개란 뜻이어서 화려한 방석에 앉을 수라 보아 종래에는 기생이나 화류계에 종사할 운으로 읽었다. 그러나 요즘은 그렇게 보지 않는다. 총명하고 사색하는 성향인데 고독함을 즐기는 경향이어서 학자나 종교인에 어울리는 성분으로 본다. 길상이 불가의 업둥이이고 자신의 예술적 재능을 관음탱화로 완성하는 데서 길상의 화개살 성향은 뚜렷하다. 또한 화개살을 가진 사람은 자존심과 의지가 강한 사람이기도 하다. 길상의 성격이 그러하다. 서희가 북간도에서 치부에 성공하여 다시 고향에 돌아올 때 그는 함께 귀국하지 않는다. 그가 만주에 남은 것은 "자아와 가족을 두고 선택한 길"(16권 382쪽)이었다. 길상의 이러한 선택에는 나름의 속사정이 있다. 길상은 서희와 결혼을 했으나, 또한 두 사람 다 서로에게 애정이 없었던 것도 아니었으나 실상은 듬직한 조력자를 얻고자 하는 서희의 실제적 계산도 있었던 것이 신분을 초월한 두 사람의 결합을 가능케 한 것이었다. 그러므로 길상에게는 상전이었던 서희에 대한 이질감, 또는 진정한 사랑으로 결합한 것이냐는 의혹이 늘 따랐던 것이다. 길상이 북간도에 남은 것은 우선 자신과 동류였던 무리들, 즉 김환, 우관, 혜관, 관수, 석이, 용이, 영팔노인 등 뜨거운 동류의식을 가지고 살았던 그들에 대한 동지의식 때문이다. 다시 말해 길상은 민초로써 비주류 의식, 민중의식이 강했던 인물인 것이다. 작가는 길상의 이런 성향을 '귀소본능'이라 표현한다. 이렇게 본다면 길상에게는 겁재가 있었을 터이다. 겁재는 함께 하되 비주류 의식이 강한 성향이다. 게다가 의지력과 자존심 강한 화개살까지를 지닌 길상인 만큼 자신의 상전이었던 서희—양반 계급의 서희—에게 일체감을 가지기란 쉬운 노릇이 아니었을 터이다. 길상이 "끝없이 인내하고 협조하는 가족들마저 낯설어져"(같은 책, 383쪽) 북간도에 남았던 것은 그의 자존심과 민초로서의 출신 성분이 서희와 온전한 결합을 저해했던 탓이라 할 것이다.

그러나 그의 서희에 대한 석연치 않은 감정은 독립운동의 배후라는 혐의로 일제에 의해 검속되어 본국으로 이송된 이후 서희의 헌신적인 뒷바라지로 차츰 해소된다. 그리고 일제의 군국주의적 폭압이 더 심해져서 지리산의 도솔암에 은신해 있을 때 서희와 완전한 일체감을 얻는다. 일생 소망하던 관음 탱화를 완성함으로써이다. 서희는 그녀의 남편이 완성한 평생의 걸작(傑作), 관음보살상 앞에서 목욕재계하고 서원하다 잠드는 것으로써 그녀 역시 일정한 거리감을 느꼈던 남편을 온전히 수용한다. 이때 길상은 소지감과 밤새워 술을 마시는 것으로 불당에서 잠든 서희를 내버려 두지만 그는 자기의 재능을 이어받은 아들인 환국이도 감동을 금치 못하는 관음탱화를 완성함으로써 예술적/종교적 비원과 부부 사이에 존재했던 거리감을 동시에 해소한다. 잠에서 깬 서희가 자신을 연모했고 자신도 무심할 수만 은 없었던 의사 박효영의 자살을 길상에게 비로소 털어놓는 것도 그들 사이에 존재했던 거리가 온전히 해소되었음을 보여주는 대목이다.

그렇다면 길상은 도화살과 화개살의 소양만으로 서희의 끌림을 얻었을까? 냉정한 서희이고 야심을 가진 서희가 그러한 매력만으로, 더구나 반상의식이 여전한 서희가 그런 점만으로 길상을 남편으로 맞았을 리는 없다. 길상은 “천성적인 고고함과 범치 못할 위엄으로 일꾼들에게 존경심과 친근감을 주”[31]는 인물이다. 요컨대 인간적 품격을 갖추었고 자기 절제력과 성실함을 갖추어 다른 사람에게 믿음과 위엄을 사는 인물이었다. 그는 용정에서 자신과 같이 서희를 위해 일한 공노인과 그의 아내, 용이, 영팔, 관수, 혜관뿐 아니라 독립지사인 송장환, 권응필 등에게 듬직하고 믿음직한 동료이자 리더격이었다. 이러한 품성이 있었기에 서희도 그를 남편으로 맞았을 터이다. 길상의 이러한 성격은 식상성과 관성을 갖춘 이의 자질이다. 식상성은 예술적 감성도 있으며 성실한 인물에게서 볼 수 있는 아이콘이요, 관성은 자기 절제력이 강한 인물의 그것이기 때문이다. 신강, 신약을 따질 때는 중간 정도의 신강 체질이라 할 것이다.

이렇게 본다면 길상이 가진 관성의 책임감과 절제력/의지적 성품과 식상성의 부지런함과 감수성, 거기에 진실한 종교적 영성과 예술가적 재능 등이 신분의 차이를 넘어 두 사람을 결합케 한 것이라 할 만하다. 아무리 신분적 질서에 금이 가는 시기라 하지만 두 남녀

31) 이상진, 『토지 인물 사전』, 29쪽.

가 맺어질 때는 이만한 인간적 특질들에 더하여 서로에 대한 끌림이 있어야 가능할 터이니, 작가의 인간에 대한 통찰과 인물들 간의 이합 집산을 펼치는 솜씨가 역시 '작가는 제2의 창조자'라는 정의에 걸맞음을 절감케 한다. 작중 인물들에 대한 이와 같은 이해는 이처럼 명리학의 렌즈를 갖다 댈 때 더욱 소구력(訴求力) 있게 다가온다.

마지막으로, 서희 역의 탤런트를 앞에서 살펴보았는데 그 파트너인 길상도 살펴보지 않을 수 없다. 1978년 드라마에서는 서인석이 길상 역을 맡았고 1987년에는 윤승원, 2004년에는 유준상이 길상을 연기하였다. 앞의 드라마들은 무난했으나 2004년 판은 색다른 인물을 만들어보려 해서인지 유준상을 길상 역으로 내세웠는데 그의 길상 역은 김현주의 서희 역만큼이나 내게는 다가오지 않았다. 가장 어울리기로는 서희에 전인화를 꼽았지만 길상 역에는 그의 실제 남편인 유동근이 어울리지 않나 싶다. 듬직하고 예술적 감성도 갖춘 사람으로 보여서인데, 이래저래 이들 부부는 잘 어울리는 한 쌍인가 보다(^^).

봉순

앞에서 서희, 길상, 봉순 등이 삼각관계에 놓인다 했지만 여기서 가장 안타까운, 슬픈 결말의 주인공이 봉순이다. 봉순은 어릴 적 두 사람과 동무로서 크지만 길상이 자기의 사랑에 끝내 마음을 열지 않자 최참판댁과 두터운 연이 있던 사람들이 모두 서희를 따라 북간도 용정으로 옮길 때 동행하지 않는다. 그리고 소리꾼, 기생의 길을 간다. 그리하여 기생이 되어, 돈으로 벼슬을 산 전 참봉과 한때 동거하다 말고 시니컬한 경성의 지식인 서의돈에게도 몸을 허하며 서희에게 사랑을 얻지 못한 양반 자제인 이상현과는 동병상련으로 동거하다 마침내 아이까지 낳는다. 하지만 이 사랑 또한 이상현의 자포자기적 생활 때문에 깨지고 아편에까지 빠졌다가 결국 평사리로 돌아와 섬진강 물에 몸을 던지는 비극을 산다.

봉순이의 삶은 강한 도화살에 귀문살이 강한 인물의 전형적 삶이라 할 만하다. 봉순이의 기질은 이렇게 묘사된다.

거리굿 한다고 음식을 차려놓고 수없이 혼신을 불러대는 봉순이, 영신이 실리기라도 한 듯이 목소리는 낭랑했으며, 눈은 흥분에 번쩍번쩍 빛나고, 손짓 몸짓이 단순한 아이들 소꿉놀이라고 할 수가 없다. 너무 진박(眞迫)하여 처연한 귀기마저 느끼게 한다.

봉순이의 이런 장난은 어미에게 큰 근심거리였다. 무당놀이뿐만 아니라 광대놀음도 혀를 내두를 만큼 기막히게 잘하는 봉순이는 서희보다 두 살 위인 일곱 살이다. 가녈가녈하게 생긴 모습이나 성미도 안존한 편인데 어떤 내부의 소리가 있었던지 광대놀음, 무당놀음이라면 들린 것 같은, 한 번 들은 것이면 총기 있게 외는 것도 그러려니와 이 아이의 목소리는 매우 아름다웠다. 아마도 그것은 숙명적인 천부의 자질인 성싶고 슬픈 여정의 약속인 듯도 하다.

"이년아 사당 될라고 이러나! 무당 될라고 이러나!"

봉순네가 머리를 쥐어박고 등을 치면,

"와 그라노. 그것도 한 가지 재준데 아아를 와 때리노."

하며 김서방댁은 언제나 역성을 들고 나왔다. 그뿐 아니라 심심하면

곧잘.

"어데 우리 봉순이 노래 한 번 안 할라나? 우리 명창 소리 한 분 들어보자."

추겨만 주면 봉순이는 반짝반짝 눈을 빛내고,

"몹쓸 년의 팔자로다. 이팔청춘 젊은 것이 님 이별이 웬일이냐아."

목청을 뽑는다. (1권, 65~66쪽)

인용문에는 봉순이의 재질이 숨김없이 드러난다. 굿놀이 광대놀이라면 어린아이인데도 희열에 잠기고 들리는 숙명적 천부의 자질을 드러낸다. 그 어미인 봉순네가 머리를 쥐어박고 등을 때려도 주위 사람이 추켜주면 눈을 반짝반짝 빛내는 아이, 그래서 서술자도 숙명적인 천부의 자질인 성싶고 슬픈 여정의 약속인 듯하다고 한다. 몹쓸 년의 팔자로다, 운운으로 넘어가는 사설은 마치 자신의 팔자를 미리 읊는 듯하다. 길상이도 옆에서 "또 지랄하네. 니 그러다가 정말 무당되겄다."라 지청구를 놓는 걸 보면 길상이가 봉순과 이루어지지 않은 것은 서희에게 기운 탓도 있겠지만 봉순의 이러한 기질을 수용할 수 없었기 때문이기도 할 것이다.

봉순의 이러한 기질은 귀문살과 도화살의 소산이다. 귀문살은 민감한 감수성과 영성의 원천이기도 하지만 이것이 심하면 노이로제, 정신이상, 의처(부)증을 일으키기도 하고 무당이 되기도 하는 요인이다. 봉순은 이러한 귀문살이 특히 강한 인물이었던 모양이다. 거기에 더해 도화살도 강하다. 다음 대목을 보자. 열대여섯 된 봉순이가 자신에게 마음을 주지 않는 길상을 원망하며 자신의 외모에 도취한 장면이다.

> 윤곽이 서희보다 뚜렷하지 않은 것 같다. 살결은 서희보다 고운 것 같고 여식답게 나붓나붓하게 생긴 얼굴이다. 아지랑이가 낀 듯 화사한 봄빛이 배어날 것만 같은, 연연하다. 풍정이 있다. 나긋한 허릿매는 한 줌이나 될까. (4권, 223쪽)

도화살을 가진 외모가 여실하게 드러나는 장면이다. 봉순이 꾸는 꿈 또한 "화창한 봄날의 바람 같고 도화(桃花)같"다(4권, 224쪽) 했으니 작가가 도화살의 특징, 달리 말해 명리학적 지식에도 일가견이 있음을 보여주는 대목이다. 진주에서 처음 기생을 할 때에 서울 바닥에 내놓아도 사내들 애간장이 탈 것이란 평을 들었으니(6권, 284쪽) 맵시나 인물도 좋은데 창까지 잘하는 봉순이다. 요즘은 이런 자질이면 가수나 탤런트로 나가 자신의 재능을 살리겠지만 이 시대에는 기생으로 나가기 쉬웠다. 더구나 봉순이, 기명(妓名)으로 '기화'는 "한분 살아보겄다 하는 갤심이 없고 누가 수만금을 한분을 줘도 그날로 댓바람에 다 써뿌리고 다음 날에는 돈이 떨어져서 있는 물건 팔아"(6권, 326쪽) 사는 성미라 어째 고생을 않겠느냐고 수양어미인 봉춘네가 탄식을 금치 못할 만큼 현실적 타산(打算)이 없다. 봉춘네가 첨언키로, 심덕은 좋고 불쌍한 것 못 보는 성미에 애시당초 사내 덕은 못 볼 것이라 하니, 서술자가 애초에 "이 아이의 목소리는 매우 아름다웠다. 아마도 그것은 **숙명적인 천부의 자질인 성싶고 슬픈 여정의 약속인 듯도 하다**"(굵은 글씨는 인용자)고 암시한 것은 작가도 봉순이와 같은 인물이 경과할 '몹쓸 팔자'를 미리 예측하고 설계한 것임을 알려준다.

그러면 앞에서 길상이도 도화살의 소유자일 것이라 추정했지만 유독 봉순이는 왜 이리 비극적 여정을 걷는 것일까? 귀문/도화가 특히 더 강하기도 했겠지만 우선 재성이 없거나 빈약했을 것이다. 위에서 언급했듯이 현실적 타산이 없고 돈을 얻어도 그날로 다 써버리는 무계획적 성향이 이를 추정케 한다. 흔히 말해 무재(無財) 사주라 하는 경우이다. 무재 사주이면 오히려 재물에 탐닉한다 하기도 하나 재물에 욕심을 내지 않을 개연성이 더 강하다. 또한 관성이 없거나, 있어도 그것이 제 역할을 못하는 운명이 아니었나 한다. 관성은 여성에게는 남자에 해당한다. 봉순이는 관성이 없거나, 있어도 힘이 약하거나 꼬인 경우일 터이다. 또한 관성은 명예심과 책임감, 자기 절제의 아이콘이다. 그리고 이러한 절제와 자제력은 교육으로부터 얻는 것이므로 관성은 학교, 교육, 학자적 자질을 상징하기도 한다. 이 관성이 제대로 있으면 자기 절제가 있을 터인데 봉순에게는 이것이 제 역할을 못했고 학교 교육의 혜택을 받을 기회도 없었음으로 하여 비극적 운명을 살았다 할 것이다. 이에 비해 길상은 자제력을 갖춘 품성이 자신의 도화살을 예술과 종교로 승화한 경우이다.

이는 우리에게도 하나의 교훈을 주는데, 어떤 사람에게나 자기 절제가 매우 중요한 요소임을 알려 준다는 것이다. 마시멜로우 테스트란 것을 요즘은 대개 다 알 것이다. 아이들에게 눈앞의 마시멜로를 15분 동안 먹지 않고 참으면 하나를 더 준다고 했을 때 유혹을 이긴 아이들을 오랫동안 관찰해보니 그렇지 않았던 아이보다 사회적으로 더 안정된 삶을 살고 있더라는 것. 요컨대 눈앞의 유혹을 참을 수 있느냐 없느냐, 즉 절제와 인내의 유무가 한 사람의 삶에 큰 요인이란 것인데 봉순이는 넘치는 끼에 이 힘은 부족했던 것이라 하겠다. 물론 봉순이도 요즘 태어났더라면 더 나은 삶을 살았을 것이다. 요즘은 도화, 귀문살이 갖는 예능적 소질이나 영기(靈氣)를 사회적으로 발산할 수 있는 토양이다. 다시 말해 타고 난 끼를 교육과 훈련으로 사회적으로 발산할 수 있는 환경이고 남자가 여자를 노리개 삼아 기롱(欺弄)할 수 있는 그런 사회도 아니기에 다른 삶을 살 수 있었을 터이다. 참으로 안타까운 봉순의 삶이라 하지 않을 수 없다. 봉순이 그런 비극을 산 데는 탕화살도 작용한 듯하다. 탕화살은 뜨거운 물이나 약물에 데인다는 살이지만 요즘은 자책이 강한 성격에 약물이나 알코올 중독의 가능성으로 읽는다. 기화 또한 그러한 삶을 살았다. 길상의 사랑을 얻지 못한 이후 기생으로 살다가 마침내 아편중독에까지 이르러 자기 삶에 대한 회한과 연민을 이기지 못하고 섬진강에 몸을 던진 것이 이러한 요인을 짐작케 하는데 어쨌거나 안타까운 봉순의 삶이다.

도화살을 언급했지만 우리 문학에서 이와 관련한 인물들이 꽤 떠오른다. 아마 우리 문학 작품 중에 도화살을 띤 인물로 첫째를 가린다면 판소리 『변강쇠전』의 '옹녀'가 아닐까 싶다. 얼굴이 춘이월(春二月) 반쯤 핀 복숭아꽃에 옥 같은 얼굴이고 가는 버들 같은 허리를 가진 여자라 하니, 전형적 도화살을 가진 인물이다. 그런데 사주에 청상살이 겹겹이 쌓여 있어 남편 잃기를 징글징글 지긋지긋하게도 한다 했다. 이는 도화살과 관계는 없고 말 그대로 청상살/상부(傷夫)살이라 할 텐데, 그러나 요즘은 이런 살은 언급을 않는다. 고신(孤辰)살, 과숙(寡宿)살 등을 거론하기는 하나 이것이 있다고 과부가 되거나 홀아비로 살지도 않는다. 어쨌거나 옹녀는 변강쇠와 합이 맞아 쾌락을 얻지만 조선조의 유교적 가치관으로는 음란이란 것은 용납할 수 없기로 장승을 베다가 땔감으로 쓴 변강쇠가 급살을 맞는 바람에 또 홀로 되고 마는 슬픈 결말이다. 「변강쇠전」은 유교적 금욕에 억압된 당시 우리 조상들의 에로티즘을 만족시키면서 한편으로 그 전통적 억압을 수용할 수밖에 없는 현실을 반영한 작품이라 할 것이다.

도화살을 띤 다음 인물은 이광수 『무정』의 박영채이다. 박영채 또한 기생이다. 어릴 적부터 사모하던 이형식의 사랑을 얻지 못하고—봉순의 사정과 흡사하다—정조를 잃게 되자 자살을 기도했으나 김병욱이란 신여성의 도움을 받아 마침내 성악가로 성공하는 인물이 박영채이다. 예쁜 인물에 음악으로 성공하는 데서 도화살의 소양을 가진 것임을 추측케 하지만 교육을 받아 다른 인물로 변신한 데서 봉순과 다른 길을 걸었다. 여성도 교육을 통하여 자신의 권리와 재능을 살리는 인물로 거듭나야 한다는 이광수의 계몽의식이 잘 반영된 인물이다.

도화살을 지닌 인물의 또 하나의 전형적 형상은 김동인 「배따리기」에 등장하는 떠돌이 뱃사공의 아내이다. 뱃사공의 아내는 바닷가 어촌 마을의 아낙치고는 외모가 예쁘고 잘 웃는 데다 마을 남자 누구에게나 친절해서 인기가 많은 여자였다. 그런데 이 여자가 남편의 동생, 즉 시동생에게도 남다르게 대접을 잘 해주니 일종의 의처증을 가진 남편, 귀문살을 가진 남편(?)이 이들을 격하게 의심하고 이로 하여 생긴 격렬한 갈등 끝에 아내는 결국 물에 빠져 자살을 하고 만다. 이런 비극을 당한 동생은 마을을 떠나버리고 그 형은 동생을 찾아 십수 년째 바닷가를 떠돈다는 것이 「배따라기」의 줄거리이다. 성격적 결함으로 인해 인간이 맞을 수밖에 없는 비극적 운명을 성공적으로 형상화한 단편이다. 아마도 중고생 시절 대부분 읽어봤을 이 단편에서 독자들은 뱃사공의 아내가 도화살을 가진 여자라는 생각을 떠올리진 못했을 것이다.

도화살을 요즘 시대의 언어로 옮기건대 남녀 공히 섹시하다는 말이 적합하다. 1970~90년대엔 섹시하다는 말은, 남녀 공히, 특히 여자에겐 금기어였다. 이 당시에 남학생이 어떤 여학생에게 '야, 너 섹시하게 생겼다' 이랬으면 뺨을 맞을 말이었다. 여성이 성적으로 매력있게 생겼다는 말이 요즘이야 좋은 말로 받아들여지지만 그때는 모욕에 가까운 말로 받아들여졌던 것이다. 요즘은 조신하게 생겼다는 말이 오히려 풍자적 뉘앙스로 받아들여지는 것이 시대의 변화상을 잘 보여준다. 그리고 도화살은 쾌락을 밝히는 경향이다. 꼭 성적인 쾌락만은 아니고 음주가무도 좋아한다는 말이다. 따라서 노래와 춤 등에도 소질을 발휘하는 것이다. 우리 한국인은 대체로 도화살이 강한 듯하다. 원래 음주가무를 즐기는 데다 요즘 BTS 같은 아이돌은 잘 생긴 얼굴에 뛰어난 가무로 세계를 주름잡고 있으니 말이다. 그러나 이러한 도화끼란 것도 어느 정도의 통제를 받지 않으면 역시 문제가 될 수 있는 것임은 유념해두어야겠다.

조준구

지금까지 살핀 인물들은 문학 용어로 프로타고니스트(Protagonist)들이다. 다시 말해 주인공들이다. 주동인물이라고도 한다. 사건을 주도적으로 이끌어가는 인물이란 뜻이다. 이제부터 살피려는 조준구는 주인공과 맞서는 안타고니스트(Antagonist)이다. 반동인물이라고도 한다. 주인공과 맞서 대립갈등을 일으키는 인물인데 조준구는 딱 이에 부합한다. 서희와 길상, 봉순들이 어린 나이에도 합세하여 격렬하게 싸운 대상이 조준구이다.

조준구는 한마디로 속악(俗惡)한 인간이다. 속물이면서 악하기도 하다는 말이다. 그는 최치수의 재종형이다. 치수의 조모—조씨 부인 오라비의 맏손자이다. 쉽게 말하면 최치수에게 외가 계통으로 육촌 형이다. 최치수보다 두 살이 더 많다. 그러나 서울의 망한 양반집 아들이라 치수의 집안에 열등감을 가졌다. 최치수가 어머니의 비밀을 눈치 채고 비뚤어진 성정으로 서울에서 기생집을 드나들고 심지어 매음까지 일삼을 때 그런 짓에는 유난한 결벽이 있어 억지로 끌려다니며 자존심을 상한 적도 있는데다가 최치수의 집에 신세 지러 내려와서도 냉랭하고 시니컬한 최치수에게 무시를 당하면서 지내야 하는 수모를 감수한다.

이러한 조준구가 처음 등장할 때 서술자는 조준구를 다음과 같이 묘사한다.

> 검정빛 양복에 모자, 구두를 신은 서울의 신식 양반 조준구는 상체에 비하여 아랫도리가 짧은 데다 두상은 큰 편이었으므로 하인들 눈에도 병신스럽게 보였을 것이며 (……) 조씨댁의 내림이 그러하였던지 생시 조씨 부인도 작달막한 몸집에 다리가 무척 짧았었다. (……) 준구는 마루에 오르지 않고 파초 그늘 밑에 서 있다가 모자를 벗고 손수건으로 얼굴을 닦는다. 모자 그늘에 가려졌던 이마는 창백하리만큼 희었다. 몸집은 어떻든 눈시울이 길고 깔끔하게 생긴 얼굴에는 귀티가 있다. (1권, 194~195쪽)

그러니까 전체적으로 보아 일찍 시류에 맞추어 양풍(洋風)을 했으나 균형이 없어 우스꽝스러운 몸매에, 긴 눈시울과 흰 얼굴에는 양반 자제다운 귀티가 있는 외양인 것이다. 매우 적실한 묘사이다. 양반집 후예여서 귀티가 있긴 하지만 욕심을 채우는 데는 염치를 가리지 않는 그의 속물적 악착함을 균형이 결여된 우스꽝스러운 외모로 암시한 것이다.

조준구가 애초 서희네 집안을 통째로 들어먹자고 내려온 것은 아니었다. 처음에는 여유와 지체를 갖춘 일가붙이에게 잠시 묵다가 간다는 심산으로 들렀으나 최치수가 붙여주자 눌러 붙어 있다가 최치수와 윤씨 부인의 잇단 흉사를 틈타[32] 온갖 간교로 먼 친척 집안을 말아먹은 것이다. "간교하나 소심"(3권, 380쪽)한 자의 기회주의적 행태였다. 물론 서희가 어렸던 것이 결정적이었다. 그는 서희의 후견인을 자처하면서 자기 사람을 만드느라 마을 사람들이 패당을 짓게 만드는 등의 계교를 부린다. 말 잘 듣는 사람은 부칠 땅을 더 주고 아니면 뺏는 식이다. 서희가 어느 정도 나이가 있어 아랫사람들을 통솔할 수 있었으면 그런 간책을 부리지 못했을 것이다.

그의 간교함은 최치수를 살해하려는 김평산의 음모를 눈치 채고도 오히려 다른 집 재산을 들어먹은 옛이야기에 실어 은근히 김평산을 부추기는 데서 단적으로 드러난다. 간교하지만 "이용하고 나면 무자비하게 버리는"(4권, 365쪽) 악랄함도 갖추었다. 서희네의 만석 살림을 들어먹는 데 앞잡이로 써먹은 하인 삼수조차 가차 없이 버리는 식이다. 평사리 사람들이 그의 가혹한 수취(收取)에 분노하여 봉기

---

32) 최치수는 김평산에게 살해되고 윤씨 부인은 호열자에 전염되어 숨진다.

했을 때 삼수가 조준구에게 이중적인 행태를 보이자 그를 일경에 고발하여 즉결 처형당하게 한 것이다. 그 봉기에 참여치 않았으나 그를 무시하고 혐오한 상민 정한조도 조준구의 앙심을 사 폭도로 몰려 죽음을 당한다. 그의 간악함은 자기를 무시하는 이들에게 특히 가혹하게 발휘된다.

도대체 이처럼 소심하지만 간교하고 가혹하며, 염치없이 자신의 욕심은 악착같이 챙기는 이런 인물은 어떤 사주를 가졌을까? 명리학으로 풀 때 우선 조준구와 같은 인물은 재성과 편인성이 매우 발달했을 가능성이 있다. 그리고 관성은 미약하다. 여기에 참고할 만한 흥미로운 연구가 있는데, 어떤 인성(人性) 요인이 청소년들에게 범죄 촉진 작용과 억제 요인이 되는가를 명리학의 십성을 활용하여 분석한 논문이다. 이 논문에 따르면 편재(사업성, 과시적, 실리성), 정재(심사숙고, 손해회피, 계획성), 편인(감정기복, 자기초월, 순발력) 등은 범죄 촉진 작용을 한다. 그에 반해 식신(창의성, 호기심, 개방성), 상관(친화력, 표현력, 낙천적), 편관(통솔력, 정의감, 명예심), 정관(도덕성, 준법성, 도덕성), 정인(인자함, 논리성, 안정성) 등은 범죄 감소 작용을 하는 요인들이다.[33]

이는 개연성 있는 분석이다. 왜 그럴까? 재성은 긍정적으로 볼 때 현실적 성향이지만 그러나 너무 현실적이 되면 도덕감각이 무뎌진다. 재성은 세상을 극하고자 하는, 달리 말해 자기 마음대로 제압하고 이기고자 하는 성분이므로 세상을 자의적으로 조종해 자기 이

---

33) 이종화, 「성격유형이 청소년의 생활만족도와 범죄에 미치는 영향: 명리학적 성격이론을 중심으로」, 광운대학교 박사논문, 118~120, 122, 130쪽 참조. 명리학이 범죄교정학에도 활용될 수 있는 사례를 보여준 논문이다.

익을 챙기려들 성향이다. 편인성은 창의적일 수 있지만 외골에 편벽한 성향이라 현실의 규범을 안 지키려 들 수도 있다. 이런 까닭에 재성과 편인성이 있으면, 있다기보다는 강하면, 규범 일탈 가능성이 있는 것이다. 그에 반해 성실하고 낙천적인 식상성, 규범을 중시하는 관성, 너그러운 정인성 등은 범죄를 억제할 수 있는 요인들이다. 이 책의 2부에서 십성에 대해 쓴 것을 참조하면 머리가 끄덕여질 것이다.

그러므로 조준구와 같은 인물은 우선 재성이 발달한 인물이라 할 수 있다. 재성은 재물에 관심이 많은 십성이다. 쉽게 말해 돈을 밝힌다. 돈을 싫어하는 사람은 없지만 돈만 밝히는 사람은 문제를 일으킬 공산이 있다. 특히 사주상 재성이 유독 많은 사람들이 있는데—네 개 이상—, 이들은 돈을 남달리 밝히지만 그러나 오히려 돈을 모으지는 못한다. 정재와 편재가 뒤섞여 혼잡될 경우에 특히 그렇다. 편재적 특성으로 한탕을 노리고 정재적 특성으로는 남에게는 인색한 기질을 발휘하기 쉽다. 이런 사람을 재다신약(財多身弱)이라 한다. 재성은 많지만 신약 체질이라는 것이다. 신약 체질일 경우 재물이 들어와도 잘 지니질 못하고 허투루 흘리기 십상이다. 또한 이런 사람은 자신이 감당 못할 재물이 들어오면 몸에 탈이 난다고도 본다. 로또 복권에 당첨된 사람들 육 칠십 퍼센트가 횡재한 돈으로 도박이나 사치한 생활, 투기성 투자, 주위 사람들과의 불화로 결국 망했다는 경우가 바로 이에 속한다. 당첨되고도 성공한 사람들은 대부분 일정한 기부를 하고 자신이 하던 일을 성실히 한 사람들이었다. 그러니 재다신약인 사람들도 어쩌다 한몫 번다면 주위에 어느 정도 나누어 좋은 일을 하면 오히려 그런 액을 피할 수 있다. 또 재성은 남자에게는 여자이다. 남자가 돈을 벌면 주색을 밝히는 것은 이런 이치이다.

조준구는 이렇게 보면 재다신약한 상의 전형이다. 만석 친척의 재산을 한탕의 욕심으로 들어먹었다. 그러나 그 재산을 지니지는 못한다. 경성으로 올라가 그 재물로 허영과 허세를 부리다 탕진하기 때문이다. 코너에 몰렸을 때 서희가 판 함정, 폐광에 남은 재산을 다 투자했다가 빈털터리가 된 것인데 이는 재다신약의 발현이다. 그러나 이처럼 허황한 욕심과 간교함으로 알거지가 된 인물이 물질적으로는 유족하게 살다가 죽는다. 어떻게? 서희가 뺏긴 집문서를 찾으면서 조준구에게 오천 원이라는 거금을 지불했기 때문이다. 오천 원이라면 요즘 돈으로 오억은 족히 될 돈이다. 왜 이토록 거금을 서희는 원수인 조준구에게 지불했을까? 서희 스스로도 그 돈을 주고 나서 왜 그런 짓을 했는지 스스로 의아해하고 한편으로 일생의 보복을 달성한 후유증으로 허탈해하기도 한다.

아마도 서희의 이러한 행위는 속물인 조준구에 대한 가장 가혹한 복수로 읽을 수 있다. 돈밖에 모르는 너 같은 인간은 돈이나 줄 테니 평생 그렇게 살아라. 그런 모멸이 담긴 복수로 읽을 수 있다는 것이다. 실제 조준구는 전당포와 고리대금업으로 그 돈을 오만원으로 불려 "풍신좋은 노신사"(12권, 252쪽)로 산다. 그러나 아내 홍씨와 서로 원수가 되어 갈라지고 식모겸 마누라인 파주댁과 살면서 미식미복을 탐하다가 중풍에 걸리자 자기가 무시하던 곱추 아들 조병수에 의탁해 자리보전을 하다 죽는다. 죽는 순간까지도 타인에 대한 의심과 울화를 버리지 못하고 죽는다. 악마 같은 인간에게는 자선을 베풀어도 근본 심성이 문제인 자는 결국 스스로 지옥을 살 수밖에 없다는 작가의 통찰이다.[34]

편재/정재가 혼잡하였다고만 해서 이런 삶을 살지는 않는다. 조준구에게는 자신을 절제하고 사회적 규율을 따르는 관성—편관성이든 정관성이든—이 결여되었을 가능성이 많다. 이처럼 재물만 밝히고 자기 억제력이 결여된 사람에 외골이면서 편벽된 편인성이 있을 경우 어떤 계기가 주어지면 비뚤어진 길로 들어설 개연성은 높다. 가령 조준구는 나라야 망하든 말든 일제가 개명한 선진국이기에 거기에 붙어야 한다는 친일론을 교묘하게 늘어놓는다. 이는 독특한 시각을 자기만의 논리로 늘어놓을 수 있는 편인성의 자질이다. 편인성은 창의성이나 기술력을 의미하기 때문에 편재 편인이 들면 요즘은 오히려 벤처를 일굴 수 있는 자질이다. 그러나 혼잡한 편재성에 편인성이 합하고 관성의 억제는 없다면 편법으로 나갈 개연성이 높아진다. 조준구는 이러한 요인들에 겁재성과, 양인(羊刃)살이나 삼형살(三刑殺) 같은 살성을 겸했을 가능성이 있다.

겁재성은 자신의 뜻대로 남을 굴복시키려는 주관성이 강하여 때로 돈을 뿌리기도 하는데 그가 마을 사람들을 장악하려고 땅을 주기도 뺏기도 하는 게 그런 성분의 발현이라 할 수 있다. 그리고 양인살은 양을 잡는 칼을 휘두른다는 격한 성향, 삼형살은 교만과 냉혹함을 표상하는 살이니 이러한 성정이 위의 요인들과 결합하면 잔악한 인물형이 될 개연성이 있는 것이다. 조준구가 양반인 자신을 멸시했다 하여 삼수와 정한조를 기어코 죽인 이유도 교만에 따른 복수심이

34) 우리가 놓쳐서 안 될 것은, 서희가 조준구에게 거금을 준 행위는 조준구와 같은 속물에 대한 모멸적 복수로 읽을 수도 있지만 그런 악당에게조차도 적선을 베풀어 연기의 업보를 끊고자 한 불교적 이치, 또는 음양론에 기반한 중용의 이치를 담으려 한 작가의 의중 때문일 수도 있다는 측면이다.

뒤섞인 탓이 크다. 이러함에도 조준구가 여명을 보존하는 것은 귀티가 나는 외양 묘사로 보아 천운이 따르는 귀인(貴人)성들을 가졌을 가능성도 엿보게 한다. 귀인성이란 천을귀인, 월덕/천덕귀인, 태극귀인, 문창성, 암록 등을 이르는데, 이런 성분이 있는 사람들은 코너에 몰렸을 때도 요행이 따라 그에서 벗어나는 행운을 얻는다고 한다. 조준구가 온갖 간교를 부려 친족의 재산을 겁탈하고 사람을 해친 악업의 결과 일패도지(一敗塗地)했음에도 서희로부터 거금을 얻어 자기 살 방편을 얻는 것은 이러한 명의 도움을 얻은 탓인지 모른다. 그렇다 하더라도 악인이기로는 같은 과인 김두수가 우연히 부산으로 가는 열차에서 조준구를 만났을 때 조롱했듯이 "개화당도 하고 광산도 하고 살인을 사주하여 만석 살림도 횡령한 그런 화려한 이력"(12권, 263쪽)의 이 인물이 돈만 챙기다가 외롭게 의심 암귀가 들어 죽는 것은 작가가 이런 인물에게 내린 벌인 듯하다. 이어서 쓸 김두수도 실은 남에게 이런 뻔뻔한 조롱은 못 할, 조준구보다 더 하면 더 했지 덜 하지는 않은 악당이다.

김두수

김두수의 원래 이름은 김거복(巨福)이다. 아비 김평산이 큰 복을 얻으라고 지어준 모양이어서 돈을 모으긴 했지만 역시 그 돈이 온갖 악행을 저질러 얻은 돈이기에 좋은 이름을 지어준 것이라고는 하기 어렵다. 성인이 된 이후 스스로 '두수'로 개명하는데 촌스러운 이름을 바꾸고도 싶었겠고 최치수를 살해한 '샐인 죄인'의 아들이란 주홍 글씨를 피하기 위한 목적도 있었을 것이다. 김두수는 아비에 많이 매인 인물이다. 아비를 많이 닮기도 했지만 아비가 최치수를 살해하는 악행을 저지르지 않았으면 그토록 흉악한 인물로까지 가지는 않고 달리 살았을 수 있을지도 모른다. 김두수의 성격과 행적은 이상진의 『토지 인물사전』이 잘 정리해 놓아 그를 일부 옮긴다.

> 김두수는 아비를 닮아 튀튀하게 나온 입술을 가졌을 뿐 아니라 커서는 '위협하듯 조그만 눈을 가진 모습'으로 그려진다. 아비의 성격을 닮아, 어릴 때부터 손버릇이 나쁘고 싸움이 잦아 함안댁의 심한 꾸짖음과 마을 사람들의 걱정을 들으며 성장한다. 최치수 살해사건으로 아비 김평산이 처형당하고, 어머니 함안댁이 목을 매서 자살하자 소나무에 머리를 짓찧고 피를 흘리며 울 만큼 상처를 받는다 (……) 양반의 자식이면서도 평사리 사람들에게 받은 능멸과 천시, 천대 때문에 고향에 대한 소외감을 적개심으로 키운다. 동생 한복과 평사리를 떠나 외가에 간 후, 한복은 돌아오지만 거복은 살인죄인의 자식이라는 오명을 지우기 위해 아편장사에 인부 노릇 등 온갖 고생을 하며 용정까지 간다. 이름을 김두수로 바꾸고 조선인이기까지를 거부하면서 일제 앞잡이에 밀정 노릇을 하며, 후에 회령 순사부장까지 된다.[35]

원한에 차서 철저한 친일파, 일제의 앞잡이가 되어 자신의 탐욕만 채우고 어두운 삶을 사는 인간이다. 김두수는 아비에 많이 매인 인물이라 했지만, 개다리양반(무관 끝자락: 필자 주)의 열등감에 사람을 해

35) 이상진, 『토지 인물사전』, 26쪽.

쳐서라도 자신의 욕심을 채우고자 한 아비와 외모는 좀 다른 모양새다. 서술자가 그 아비 김평산을 묘사하기를, 띤띤하게 부른 배에 목덜미가 살점 속에 푹 파묻힌 것 같고 빚어놓은 메주덩이 같은 머리끝이 갈수록 좁고 아래로 내려와서는 양볼이 떠룩떠룩한 비지살, 빳빳하고 숱이 많은 앞머리는 다붙어서 이마빡이 반 치나 될까 말까, 그 좁은 이마 복판에는 굵은 주름이 하나 가로지르고 있다(1권, 182쪽)고 외양 묘사를 매우 세밀하게 해놓았다. 도박을 하고, 술 마시고 자기를 공대 않는다고 남과 아내까지 예사로 치는 자의 무작스런 외양이 절로 떠오르는 묘사이다.

아비의 상과 비슷하게 김두수는 눈두덩이 부숭하고 살결은 불그레, 머리끝으로 올라갈수록 좁아진 두상을 가졌다. 조그만 눈이 위협적이고 좋지 않은 기를 풍기지만 그러나 흉악하게 생긴 얼굴은 아니요, 사기꾼 같이 뵈지도 않는다 하였다(5권, 87~91쪽). 머리끝으로 갈수록 좁아진 두상은 아비를 연상케 하지만 흉악하지도 사기꾼 같이 뵈지도 않는다 했는데, 사람을 잔혹하게 이용하고 죽이기를 예사로 하는 인물치고는 온건한 묘사를 얻었다. 그러나 이는 용정에서 서희를 돕는 공노인의 눈에 들어온 첫인상이니 한 수 접고 받아들여야 할 여지가 있다.

김두수는 어쨌거나 아비보다 더하면 더했지 덜한 악당은 아니다. 그는 일경의 끄나풀로 용정, 하얼빈, 연해주 등을 누비고 다니면서 여러 사람의 목숨을 뺏는다. 연해주에서 의병장을 하던 박재수란 인물을 밀고하여 총살당하게 하고, 줏대 없고 심약한 상의학교 교사인 윤이병도 밀정으로 써먹다가 이용가치가 다하자 살해한다. 특히 자신의 어머니를 닮은 듯하여 일방적으로 사랑하던 심금녀, 불우한

가정환경 탓에 술집에 팔려 일하던 그녀가 자신에게 굽히지 않고 오히려 독립운동에 투신하자 모질게 고문하여 심금녀 스스로 더 이상 자신을 더럽히지 않으려 벽에 머리를 찧고 자결하게 만든다. 서희를 돕는 거간꾼 공노인의 수양딸 송애도 유혹하여 몸만 탐한 뒤 버리기도 한다. 어렸을 적부터 마을에서 싸움으로 도둑질로 문제를 일으켜 그에 절망한 어머니 함안댁이 사람 되긴 글렀으니 작은아들 한복이나 믿고 살아야겠다는 탄식을 하게끔 한 인물이니, 될성부른 나무는 그 싹부터 알아본다는 속담이 여합부절로 들어맞는 인간이다.

이런 인물형의 정체를 명리학으로 풀면 어떨까? 김두수의 경우 우선 조준구보다 겁재성(劫財星)이 더 강할 것으로 본다. 겁재성은 비견성(比肩星)과 비슷한 성분으로 무리와 같이 하려는 성향이 있으나 재물을 겁탈하거나 겁탈당하는 모순적 개념의 살이라 이 책의 2부에서 언급한 바 있다. 겁재성의 이러한 모순적 개념 정의는 이 십성이 매우 강한 자기중심성을 가진 성분이어서 조직이나 체제에 대한 전복적 성향으로 이어질 수도 있기 때문에 비롯한 혼란 때문임을 십성론에서 언급한 바 있다. 체제전복적 성격은 사회개혁적 성분으로 이어질 수도 있지만 다른 흉성과 결합하거나 십성의 조합이 좋지 않을 때 문제적 인간이 될 개연성이 있다. 어쨌거나 김두수는 이 겁재성이 특히 강한 신강 사주일 가능성이 있다. 따라서 강한 자기중심적 성향에 자기가 속한 사회, 조국에 불만을 품고 친일 정보원이 되어 결국 일제 경찰의 한 직위까지 꿰어 차는 것이다.

강한 겁재성만이 그의 악당 성향을 설명할 수 있는 것은 아니다. 그는 편관을 띠었을 가능성이 있다. 일제의 앞잡이 순사부장이나마 관직을 꿰어찬 것이 이런 성향을 짐작케 한다. 편관성은 관직을 지향하고 절제력도 있는 성분이지만 이것이 사주 원국상 약한 성분으로 자리하면 오히려 관에 대한 집착은 강하나 온전치 못한 성분 때문에 겁재와 합세하여 타인을 괴롭혀서라도 자신의 욕망을 채우려는 흉성으로 발현될 수 있다. 여기에 더해 괴강과 백호살 또한 더했을 가능성이 있다. 앞의 2부에서 강경화 장관도 괴강, 백호가 있다 했는데 괴강 백호살은 긍정적으로 발현되면 자신이나 단체를 위한 과감한 결단력과 리더십으로 작용할 수 있지만 부정적으로 발현되면 잔혹성으로 발현될 수도 있는 살이다. 김두수가 윤이병, 심금녀 등을 죽이고 여자를 아무렇지 않게 성폭행하는 것은 이런저런 요소의 합이 아닐까 한다.

앞의 조준구나 김두수가 같은 과라 했지만 김두수는 특히 소시오패스, 즉 반사회적 인격장애자[36]의 성향임을 추정케 한다. 소시오패스는 다른 사람의 권리를 무시하는 무책임한 행동 양식, 즉 사기를 치거나 괴롭힘을 일삼고, 다른 사람에게 피해를 입히고도 양심의 가책을 느끼지 못하며, 성실·정직·신뢰와는 거리가 멀지만 일부는 달변의 매력을 갖추어 다른 사람을 매혹시키고 착취하기도 하며 때로 냉혹한 공격성을 발휘하는 점에서 이런 짐작을 해보는 것이다. 소시오패스는 천부적인 요인 탓인지는 명확히 검증되지 않았으나 그럴 개연성이 높고 후천적 환경에도 많이 좌우된다고 하는데 김두수는 유년부터 거짓말이나 도둑질을 일삼은 데다 '샐인죄인'의 아들로 몰린 후천적 요인 등이 소시오패스형 인물로 되게 했을 가능성이

36) 「반사회적 인격장애(antisocial personality disorder): 서울대학교병원 의학정보」, 네이버 지식백과(https://han.gl/QnBWL, 검색일 2021.10.21) 참조. 이하 소시오패스에 대한 정의는 이를 참고한 것이다.

다분하다. 그러나 김두수가 어머니인 함안댁이 자살한 현장에서 자신의 머리를 나무에 짓찧으며 괴로워한 점, 평생 고향 사람 만나기를 기피한 것, 동생 한복이에게 자신의 재산을 물려줄 생각도 하는 것 등을 보면 완전한 소시오패스는 아니었나 하는 추정도 하게 하는데, 이는 결국 후천적 환경이 한 인물의 진로에 많은 영향을 끼친다는 방증이기도 하다. 그러므로 악인의 성향을 사주상의 구성으로 풀어보는 이 글이 혹 부정적 해석을 부르는 건 아닌지 염려스럽기도 하다. 위에서 언급한 성분들 외에도 다른 요인들, 즉 여러 다른 구성 성분이 배합되어 한 인물의 성향을 결정할 뿐 아니라 후천적 환경도 문제가 되기 때문에 위의 성분들만으로 악인이 된다는 것이 아님을 이 글을 읽는 분들은 유의해주시기 바란다.

앞에서 박경리 작가의 역사의식을 논하면서 조준구와 김두수 같은 악당들이 철저한 응보(應報)를 받지 않는 마무리를 언급한 바 있다. 조준구는 앞서 언급한 대로이고, 김두수도 하녀였던 일본인 여자에게서 본 아들이 저능아에 도박과 낭비벽에 빠진 데다 그나마 지어미와 함께 일본으로 가버린 이후 연이 끊어졌으며, 정식 부인은 겁탈하여 얻은 아내라 마음을 열지 않고 아이들도 그 애비를 따르지 않아 김두수 자신도 아내와 아이들을 포기한 삶을 살았지만 여타 악행을 저지른 인물들보다 더 철저한 응징을 받지 않은 채 작품이 끝나는 것은 왜일까라는 의문을 갖는다. 소설을 마무리할 때 이 인물의 징벌을 작가가 깜빡한 것일까 할 수도 있지만 작품이 결말에 가까울 무렵 북간도의 정석이 홍이에게서 김두수가 서울로 무사히 돌아갔다는 소문을 듣고 "천하에 무도한 놈, 그놈이 살아서 돌아가다니 하늘이 무심타"(20권, 64쪽)고 한 것을 보면 작가가 김두수의 행보를 잊은 것도 아니다. 이는 역시 역사의 균형과 모순을 믿은 작가의식의 결과로 보아야겠다. 모든 모순이 없어지는 날은 작가가 언급한 대로 역사는 완성되고 언어는 피안에 도달하고 논리는 완성되는 날일 것이기 때문이다. 그리하여 작가도 김두수라는 악당이 살아남는 정도의 모순은 남겨둔 듯하다. 이에는 이, 눈에는 눈이라는 복수의 염원에서가 아니라 실상 이러한 응보는 삶의 섭리이다. 궁극적으로 의로움이 구현되고 선한 사람이 선과를 받으리라는 믿음은 사람의 본능에 가까운 것이다. 이렇게 보면 패악(悖惡)한 인간들이 모두 상응한 응보를 당하는 것은 삶과 역사의 올바른 전개를 믿은 작가의식의 선명한 반영이다. 최치수를 살해한 김평산, 귀녀, 칠성 등은 죽음을 맞았고, 주인을 배신한 김삼수는 조준구에 의해 죽임을 당했고 조준구의 아내 홍씨도 남편과 헤어지고 망했으며, 동물적 이기주의자인 임이네도 고독하고 고통스런 종말을 맞으며, 자기만 알던 봉기 영감도 마을 사람들에 의해 망신을 당하고, 친일파로 마을 사람들을 괴롭힌 우개동도 역시 지리산에 숨은 독립운동가들에게 비참한 죽음을 맞은 설정에 비하면 조준구와 김두수가 미진한 응보여서 아쉬움이 남지만, 오히려 투철한 작가의 역사의식이 이러한 잉여를 남김으로써 작품의 리얼리티를 더 높인 것으로 봄이 마땅하다.

이런 측면에서 동생인 한복의 삶은 우리가 유념해야 할 대목이다. 한복은 형과는 다르게 굶어 죽을 위기를 넘기면서도 고향 사람들의 천대와 멸시를 견디고 마침내 고향 사람들에게 받아들여진 인물이다. 성실함과 깊은 속으로 만주의 길상들에게 독립운동자금 전달을 맡기도 한다. 같은 속에서 난 형제가 어떻게 이리 다른지 혀를 차게 하는 경우이다. 그러나 살다 보면 주위에서 이런 경우를 많이 만난다. 형제라도 각각이다. 잘난 사람이 있는가 하면 못난 사람이 있고, 패악한 사람이 있는가 하면 선한 사람도 있다. 염색체의 배합이 알지 못하게 이루어진 탓일 텐데 이래서 전생이 거론되고 선업(善業)을 지어야 선과(善果)가 나온다는 이야기도 나온다. 김두수는 아비의 피를 받고 한복은 그 어머니 함안댁의 피를 받았다 할 것이다. 한복이 그 나름으로 얻은 삶의 지혜로 "악행을 하면 자손들에게 안 좋다는 얘기 그거는 빈 말이 아니더구마"(20권, 171쪽)라 한 것은 한복의 지혜요, 작가의 통찰이다. 『주역』 곤괘 문언전에 "적선지가(積善之家)에 필유여경(必有餘慶)이요 적악지가(積惡之家)에 필유여앙(必有餘殃)"이라 하였다. 선을 베푼 집안에는 필히 경사가 있을 것이요, 악을 쌓은 집안에는 필히 재앙이 생길 것이라는 말이다. 생생한 인물의 부조(浮彫)가 결국 작가의 탁월한 삶의 통찰에서 가능했던 것임을 새삼 확인케 해주는 대목이다.

이상현

이상현이란 인물은 『토지』에 나오는 이해되지 않는 몇 명의 인물 중 하나이다. 그 아버지 이동진은 지체 있는 양반으로 비록 봉건적 근왕(勤王)정신을 완전히 버리지는 못했지만 북간도에서 외롭고 힘든 독립지사로 일관한 삶을 살았건만, 그 아버지의 맏아들인 이상현은 소설이 끝날 때까지 자학과 자조하는 술주정꾼으로 북간도를 헤매기 때문이다. 이해되지 않는 인물은 또 한 명 있는데 역시 참봉이라는 말직을 지낸 아비의 아들이기는 하지만 반가의 자제랄 수 있는 경성의 지식인 서의돈이다. 이 인물도 나름의 식견을 가진 인물이긴 한데 시니컬한 독설로 주위 사람들을 불편하게 하고 천지 유랑을 일삼을 뿐 뚜렷이 하는 일도 없어 뭔 역할인지 의아하다. 사회주의 비밀결사체인 계명(鷄鳴)회의 일원이어서 1929년 무렵 일제에 검거되어 옥살이를 하긴 하나 독립지사엔 못 미치고, 의분은 있으나 그 의분을 실천으로 옮기지는 못하는, 술을 마시면 독설로 자신의 협기를 과시하려는 인물쯤으로 보인다.

두 인물이 조소적이고 방황하는 점에서는 공통적인데 특히 이상현은 그 캐릭터가 더욱 독특하다. 서희를 애타게 연모하다가 서희가 길상을 선택하는 냉정함에 좌절하여 자학과 방황에 빠진 혐의가 짙기 때문이다. 자의에 의하지 않은 조혼이라지만 어쨌든 한 집안의 가장이 한 여자에게 빠졌다가 자신의 위치를 찾지 못하고 그토록 헤매느냐는 비판을 면치 못할 인물이다. 더구나 그 아비는 북간도에서 삭풍을 맞아가며 독립운동을 하고 있는데 말이다. 고국에는 장자(長子)인 그의 무사한 귀환만을 빌고 있는 어머니와 아내, 자식들이 있다. 그럼에도 불구하고 그는 일신의 고통만 생각하는 지경에 떨어져 있는 듯 보이는 것이다. 물론 상현의 고뇌가 사랑의 패배에서 오는 그것만은 아님을 보여주는 대목이 있다. 가령 다음과 같은 장면….

> 상현은 또다시 우울해지며 술을 마신다. 김길상, 깊은 패배감이 엄습해온다. 사정없이 달려든다. 용정땅을 밟았을 때 예상을 했으면서도 김길상의 존재에서 받은 충격은 너무나 큰 것이었다. 그때 김길상의 존재는 부친 이동진의 존재로 대치된 것임을 상현은 뼈저리게 느껴졌

던 것이다. 김길상, 부친이 그의 앞에 섰던 거대한 바위였다면 김길상도 그의 앞에 우뚝 선 거대한 바위였던 것이다 (……) 이미 사랑의 적수라던지 하인 출신이라던지 그런 의미는 다 소멸하고 없었지만, 바로 그 숙적과 같은 감정이며 주종과 같은 의식이 완벽하게 무너짐으로써 상현은 자기 자신도 아주 완벽하게 무너져버렸다는 것을 자각했던 것이다. 이조 오백년의 권위의식. 그 존엄성이 흔적 없이 사라지는 순간 상현은 자신이 아무 것도 아닌, 만주 바닥을 헤매는 들개 같은 존재임을 깨달았던 것이다 (……) 상현은 자기 자신에게 실망하고 민족 앞날이 암흑인 것에 실망하고 갈 데 없는 패배주의자가 된 것이다. (12권, 160~162쪽)

위의 글로 본다면 상현의 사랑은 서희라는 인물이 아니라 길상이라는 인물에 의해 좌초한 데서 더 쓰라린 셈이다. 현상학에 따르면 우리의 인식은 '~에 대한 인식'이라는 정의가 있거니와 이것은 우리의 인식이 대상에 따른 상대적인 것임을 알려준다. 상현도, 서희도 자기 자신의 눈 간 곳에 따라 상대를 인식한다는 말이다. 사랑은 특히 그러하다. 타이밍이 어긋나서 그럴 수도 있지만, 상대가 다른 곳을 보고 있음으로 하여 사랑은 이루어지지 않거나 깨진다. 서희는 상현보다 길상을 쳐다보고 있었기에 상현의 사랑은 이루어질 수 없었던 것이다. 그 상대가 자신이 하찮다 여겼던 하인 출신이었기에 그의 양반의식, 신분적 자존감은 더욱 깊이 손상되었다. 더구나 그 하인 출신인 자가 아버지와 같은 무게감을 가진데다가, 자신을 둘러싼 정세가 절망적인 데서 상현의 좌절이 깊었던 것을 이해할 수 있다. "일제 시절, 냉소와 방탕은 일부 지식인들의 정신적 저항의 수단

이 되기도 했다. 절망과 분노, 고뇌와 갈등의 반사적 행위요 심리라 할 수 있었다. 타는 듯한 목마름, 무력감, 자포자기의 자해 행위였다."[37]라 작가가 한 에세이에서 언급한 데서 작가의 상현과 서의돈들에 대한 두둔을 엿볼 수 있고 이해되지 않는 바도 아니다. 그렇다 해도 사사건건 다른 사람의 말꼬리를 물고 늘어져 시비를 거는 서의돈은 그나마 접어줄 수 있으나, 소설로 이미 등단한 터라 문사로 입신할 수도 있었는데도 그마저 마다하고 북간도로 건너가 끝까지 주야로 술에 빠져 주사를 부리고, 그 주취에는 봉순과 동병상련의 사랑에 빠져 딸까지 낳게 했으나 그 딸조차 보살피지 못하는 자학의 감정도 얹힌 것임을 알면 그의 절망은 무책임과 무분별이 초래한 자기 학대 그 이상의 것은 아니라 생각되는 것이다.

물론 현실이 그렇듯이 소설에도 얼마든지 이해할 수 없는 인물이 나올 수 있는 것이다. 작가의 두둔이 마음에 들지 않는 바가 있긴 하지만 말이다(^^). 이처럼 이상현과 같이 자신의 자존심은 높고 그러나 현실적으로는 그 자존심을 채우지 못하는 사람은 인성과다(印性過多)형이기 쉽다. 인성은 학문적 자질, 즉 탐구심과 창의성 등을 담보한다. 인성 중에도 정인성(正印星)은 학자나 교사적 품성이고 보수적인 성향이다. 편인성(偏印星)은 외골수적이고 까칠하지만 창의성은 더 뛰어나고 직관적이어서 결정도 빠르다. 이상현은 어린 시절엔 재기 넘치고 총명한 데다 인물도 준수하여서 윤씨 부인이 손녀의 사위감으로 은근히 염두에 둘 정도였다. 운명이 그들을 맺어지게 하지는 않았지만 말이다. 이상현의 총명은 양반집 자제답게 인성을

37) 박경리, 「냉소와 장식」, 『생명의 아픔』, 66쪽.

띠었기 때문일 터이다. 그러나 두 가지 인성이 혼잡되어 있으면서 서너 개는 되는 과다형이었기에 문제가 되는 경우가 아닐까 본다. 인성과다가 되면 오히려 이 방면의 재능을 살리지 못하고 장애를 만난다. 학업이 도중에 중단된다든지 하나에 일관되게 매진하지를 못하는 식이다. 그러면서 자기를 반성하기보다 주위 탓을 한다. 상현에게는 식상도 있었을 것이다. 식상은 문학과 다른 예술에 대한 감수성, 표현력, 자유주의적 성향의 상징이다. 식상 중에도 상관성이 강했을 것이다. 인성과 상관이 만나면 작가로 입신하기에 용이하다. 탐구심과 창의성이 강한 표현력과 결합하기 때문이다. 상현은 이러한 재능을 지녔기에 소설가로 이름을 내기도 했으나 자신의 재능에 열정을 내지를 않는다. 양반 자제가 할 일인가 하는 회의, 서희와의 사랑에 대한 패배의식, 시대에 대한 절망 등이 같이 작용한 터이겠지만 인성과다에, 반항의식이 강한 상관이 작용한 혐의를 엿보지 않을 수 없다. 자학과 자조를 방조하고 중독으로 이끄는 탕화살도 있었을 것이다. 아무리 사랑에 실패하고 시대에 절망했기로소니 그렇게 자신을 학대하고 술로써 그 자조를 풀었을까. 잘생긴 얼굴에 여자가 따른 것—봉순뿐만 아니라 서울의 신여성 미인인 임명희도 애타게 그를 사모하였다—을 보면 도화살도 지녔을 인물이다. 요컨대 재주도 있고 잘생긴 인물로서 요즘 같으면 문인이나 학자로 일역을 했을 인물이다. 그러나 자학과 자조의 인물로서 젊은 시간을 다 보내버렸다. 왜 사랑의 상처를 딛고, 자신의 일을 찾아 그나마 할 수 있는 일을 하지 못했을까? 작가의 의도를 이해하지만 안타까움을 남기는 인물이다.

김훈장

『토지』에서 작가의 양반들에 대한 시선은 양가적이다. 세습적 기득권층이지만 나름의 책임감과 사명감을 가지고 사회적 책무를 실천하고자 한 계층이라는 시선과, 우월적 신분의식을 가지고 기득권이나 누리고 상민이나 하인을 천대, 수취한 계층이라는 시선이 교차한다. 이상현의 아버지인 이동진이나 서희는 전자의 양반에 해당하는 유형이다. 양반이라는 기득권과 신분 계층의 차별에 집착하면서도 품격과 사회적 책무성을 지키려 한 인물들이다. 소위 노블리스 오블리제를 실천한 인물들이다. 반면, 조준구나 김평산은 몰락 양반 또는 잔반이기도 하지만 자신의 권리 주장에는 악착같으면서도 인간적 품격이나 책임감이라고는 없는 유형이다. 이상현은 반가의 자제로서 신분제가 붕괴되는 시기에 자신의 흔들리는 정체성을 새롭게 자리매김하지 못하고 무너져 내린 경우이다.

그런데, 양반이긴 하나 몰락 양반의 끄트머리여서 자기 손에 흙을 묻혀가며 농사를 지어야 하는 구차한 처지인데도 작가가 애정 어린 시선을 보내는 인물이 있다. 바로 김훈장이다. 그는 다음과 같은 묘사로 선명한 캐릭터를 얻고 있다.

마을에서는 김훈장을 대단히 연로한 어른으로 대접하고 있었다. 호박오가리같이 쭈그러들고 거미줄 같은 주름살이 얽힌 얼굴 때문일까, 외모는 적어도 칠십을 바라보는 노인이었다. 탕건 밑에 비어져 나온 머리칼은 반백이었으며 성근 수염과 눈썹은 가늘게 무두질해놓은 모시올 같았다. 목소리도 힘이 빠져 어눌했다. 기실, 쉰에서 아직 한두 살이 떨어지는 나이임을 남은 물론 그 자신도 믿으려 하지 않았으리라. 다만 꼿꼿한 등뼈라든가, 장골 못지않게 농사일을 해내는 것을 볼 때,

"아직 환갑은 안 지났인께."

하며 나이를 어중잡아보지만 그를 노인 대접하는 데는 아무 다름이 없었다. 김훈장을 이같이 늙게 한 것은, 아들 삼형제를 하나씩 차례로 뒷동산에 갖다 묻었고 아들 삼형제를 잃은 뒤끝에 심화병에 죽은 마누라마저 그 자신의 손으로 묻지 않으면 안 되었던 불행의 탓인 듯싶다. 겨우 막내딸 하나가 살아남아서 궁색한 살림을 꾸려나가고 있었으나 삼대조(三代祖)가 미관말직에 있어본 후로는 집안에서 한 번도 등과의 영예를 가지 못하였던 향반 김훈장은,

"이대로 문을 닫는다면 무슨 낯으로 조상을 대하겠는고."

하며 늘 탄식하였다. 속마음은 어떻든 하나 있는 딸자식은 비리 오른 강아지만큼으로 치부했으며 일구월심 어디서 양자를 데려오느냐, 누구에게 선영을 맡길 것이냐, 나머지 인생은 그 일을 위해 있는 것 같았고 오직 그것에만 그의 마음이 쏠려 있는 듯 보였다. (1권, 176~177쪽)

『토지』의 다른 인물들도 그렇지만 어쩌면 이렇게 생생하고 곡진한 인물 묘사인지! 스스로 농사일을 하고 동네 아이들에게 글을 가르치는 게 업인 김훈장의 역정은 기막히게 불우하다. 아들 삼형제를 잃고 아내까지 보냈으니 말이다. 부모는 산에 묻지만 자식의 죽음은 가슴에 묻는다 하여 참척(慘慽)의 슬픔이란 말이 있지만 아들 삼형제를 내리 잃었으니 참담한 불운이다. 그런 불행 탓에 겉늙어버린 외양, 그러나 기백이 남은 등뼈, 딸은 짐짓 무시하고 양자를 들여서라도 가문을 유지하는 것이 사명인, 기껏 향반 끝이지만 유교적 가치관

이 골수에 스민 인물이 책에서 툭 튀어나올 듯 생생하다. 작가가 눈여겨 두었던 하나의 모델이 있었는지 모른다.

김훈장은 동네 사람이 아내를 업는 것도 금수의 짓이라 흥분하고 동학당은 불충이요 의병은 의로운 장부로 찬양하는 완고한 유가(儒家)이다. 그의 물색없는 완고를 동학당인 목수 윤보가 놀려먹지만 아랑곳 않는 인물이다. "상반 사이를 가로 지르는 울타리가 하늘 꼭대기에 닿을 만큼 높지만 그러나 농사짓고 글 가르치고 동네축문은 도맡아 쓰고 사람들의 대소사 의논을 다 받아주는" 덕분에 동네 사람들이 그를 칭송한다(12권, 393쪽). 삼대조가 겨우 미관말직이었으니 지체 있는 반가의 후손이랄 수는 없지만 지조 있고 청빈한 선비의 전형으로 작가는 김훈장을 내세웠다. 어려운 환경과 삶의 역정에도 불구하고 고지식하게 자신의 신념과 사람의 도리를 지킨 인물인 것이다. 그러기에 용정에 있던 길상이 평하기를, "아무리 환경이 바뀌어도 변성이 안 되는 사람으로 김훈장과 최서희"를 꼽을 정도이다(7권, 199쪽). 그에 따른 보상이랄까, 윤보 등과 의병에 가담한 후 간도로 피신, 거기서 서희의 후원에 의지해 고단한 삶을 끝내지만 자신의 숙원인 대를 잇는 과업은 훌륭하게 이룬다. 먼 일족 중에서 얻은 양자인 김한경이 명민치 못하고 고지식하나 고향에 남아서 얻은 아들이 경위 바르고 착실한데다, 독학으로 이룬 학식도 높아 동네 사람들마다 칭찬하니 김훈장은 필생의 소원을 훌륭하게 이룬 셈이다. 이로 보건대 작가는 농민혁명이었던 동학을 지지하는 첨단의 사관을 가졌지만 양반이면서도 양반의 도리를 제대로 하는 사람에겐 부정적이지는 않았다 하겠다.

완고한 유가의식에 고지식한 선비였지만 사람들에게 덕을 베풂으로써 칭송을 받은 김훈장은 명리학으로 볼 때 전형적 정관형의 사람이다. 정관성은 관료, 학자, 교사 등에 적합한 체질로 체제와 규율에 순응하며 그 체제 내에서 인정받기를 추구하는 사람이다. 명예심과 책임감이 강한 사람이며 그만큼 자신에게도 엄정하고자 한다. 신분제가 완강했던 조선 시대에는 이처럼 체제와 규범에 충실한 정관성을 으뜸으로 쳤다. 한미한 향반으로 가진 재산도 없는 김훈장이지만 오로지 깐깐한 지조와 청빈한 선비적 삶을 산 것은 김훈장에게 이러한 정관성이 편관성과의 혼잡도 없이 두어 개 천간 지지에 딱 박혔기 때문일 것이다. 특히 타고난 유전적 요소를 상징하는 월지(月支)에 하나가 자리했을 가능성이 높다. 이곳은 당자의 일간, 즉 아신(我身)에 큰 영향력을 미치는 자리이기 때문이다. 명예와 지조를 중시한 김훈장은 정인성도 띠었을 것이다. 정인성을 띠면 학문/학자적 탐구와 수양을 중시하고 성품이 어질다. 특히 정관과 정인성이 서로 상보하는 위치에 자리 잡고 있으면 관인상생(官印相生)이라 하여 서로 시너지 작용을 일으켜 이름과 명예를 얻는 격으로 본다. 요즘도 교사를 훈장이라 일컫거니와 김훈장은 꼬장꼬장한 선비로서, 요즘에 살았더라면 실로 융통성 없지만 고지식한 교사의 길을 걷는 '꼰대' 또는 학자로 인정받았을 것이다.

여기서 꼰대란 말을 굳이 불러낸 것은 요즘 이 말이 잘못 쓰이고 있는 것 같아서이다. 요즘 들어 꼰대는 자기주장만 하고 아랫사람의 사정은 아랑곳없는 사람을 칭하는 어휘가 되었다. 상하의 소통을 중시하는 민주사회이고, 정보나 지식도 아랫사람들이 오히려 더 능하게 다루는 능률 중시의 디지털 사회이다 보니 윗사람의 권위만 내세우는 사람은 이제 '라떼는 홀스'[38]를 외치는 꼰대로 치부된다.

그러나 실상 꼰대라는 호칭에는 단지 일방적 권위와 억압을 가하는 뉘앙스만 배어 있는 것은 아니었다. 그것은 지켜야 할 질서나 예의를 강조하는, 다시 말해 인성교육의 측면에서 아랫사람을 염려하고 훈육하려는 윗사람의 책임감이라는 뉘앙스도 담긴 말이었다. 그러기에 예나 그제나 학생들이 '야, 누구누구 꼰대 있잖아, 그 사람 말이야' 운운 할 때는 고지식한 교사적 품성을 가진 그 분에 대한 친밀감도 어느 정도는 담긴 표현이 꼰대였다. 그러나 요즘 꼰대라는 말은 눈치 없이 자기 권위만 내세우는 사람으로 누구나 기피하는 사람의 대명사가 되어버렸다. 아랫사람의 정서나 상황은 고려 없이 자기주장만 강요하는 윗사람은 되어선 안 되겠지만 후배나 아랫세대에게 필요한 인간적 소양을 가르치기 위해 잔소리 하는 사람도 필히 있어야지 않나? 누구나 싫은 소리는 회피한다면, 속된 말로, 그러면 소는 누가 키우나?(^^)

요컨대 학교건 사회건 꼰대는 있어야 한다. 요즘 교사들은 너무 민주적이고 탈권위적이어서 학생들을 너무 유하게만 대하는 것이 아닌가 싶은 것이 나의 우려이다. 수년 전 '길 위의 인문학'이란 프로그램을 지도하느라 포천 시내의 모 중학교 1년생들을 데리고 원주의 박경리 문학관을 찾은 적이 있었다. 문학관을 관람하고 기념관의 마당에서 지도교사로 온 선생님 두 분과 도시락을 먹었다. 교사들의 도시락은 김밥을 사서 간 나의 도시락에 화려해 보였다. 반찬이 여러 가지였고 디저트도 있는 도시락이었는데 아마 학교의 경비로 지급

38) 요즘 나이든 이들은 생경할 수도 있다. 커피 종류인 '라떼'는 '나 때'의 음 차용, '홀스'는 Horse(말)이라는 뜻을 차용해 '나 때는 말이야'를 외치는 기성세대를 풍자하는, 요즘 젊은이들의 만화적 상상력이 만든 조어이다.

된 모양이었다. 그런데 우리들 주위를 학생들 몇이 얼쩡거렸다. 도시락을 싸오지 않은 학생들인 듯했다. 이들에게 선생님들이 너희들 이것 좀 먹어볼래, 한마디 하기가 무섭게 아이들이 와락 달려들더니 선생님들의 도시락에도 손을 대고 과일이 담긴 컵은 통째로 들고 가버렸다. 심지어 선생님들이 맛 보라고 내 앞에 놓아준 과일 몇 조각조차 그냥 들고 가버렸다. 어이가 없었지만 전혀 불가측의 일이었던지라 아이들 버릇이 이래서 되는지 그저 혀만 찼던 경험이 있다. 옛말에 엄부(嚴父)하에 불효가 없다 했거니와 이를 낡은 가부장적 훈도 방식으로만 돌릴 일은 아니다. 엄한 부친은 스스로에게 엄하면서 자녀를 훈육했기에 자녀들도 다 바르게 자라는 경우가 많았다. 요즘처럼 민주화 남녀평등화 디지털화 시대에 케케묵은 소환인 듯 싶지만 요즘 십대들의 범죄가 자꾸 늘어나고 심지어 이십대가 노인을 구타하거나 살해하는 경우 조차를 보면서 기성세대의 너무 유하기만 하고 방임적인 인성교육 방식에 그 탓이 있는 것은 아닌지 우려스럽다.

이용

앞에서 김훈장이 작가의 애정을 받은 인물이라 했지만 작가가 그야말로 드러나게 애정을 표한다 싶은 인물이 이용이다. 이용은 이 대하소설의 첫 장면에서부터 등장한다. 1987년의 한가위에 마을 사람들이 농악을 울리는 장면으로 시작하는 이 소설의 도입부 첫머리에 이용은 삼십대 중반의 나이에서는 좀 처지는 "장구 멘, 하얀 베수

건 어깨에 걸고 싱긋이 웃으며 큰 키를 점잖게 가누어 맴을 도는",
"누구니 누구니 해도 마을에선 제일 풍신 좋고 인물 잘난 사나이,
마음의 응어리를 웃음을 풀며 장단을 치"(1권, 27쪽)는 인물로 등장한
다. 도입부에서부터 긍정적인 묘사가 두드러진다.

최치수를 통해서도 이용은 고평을 얻는다. 마을의 농사꾼이자 소
작인이지만 어린 시절 같이 컸던 이용을 조준구와 같이 있던 자리에
서 조우하자 다음과 같이 평한다.

> 사람이 존엄하다는 것을 용이 놈은 잘 알고 있지요. 그놈이 글을 배웠더라면 시인이 되었을 게고 말을 타고 창을 들었으면 앞장을 섰을 게고 부모 묘소에 벌초할 때마다 머리카락에까지 울음이 맺히고 여인을 보석으로 생각하는, 그렇지요, 복 많은 이 땅의 농부요. (2권, 21쪽)

조준구가 "농사꾼치고는 잘 생겼구만"이라 하자 "조상은 상놈이
아니었던 모양"이라 덧붙인다. 최치수가 속물인 조준구를 조롱하려
고 이용을 과찬한 혐의는 있지만, 작가 스스로도 "조선의 전형적인
농군인 용이가 가진 품위와 인간애를 일본인들은 전혀 모를 것"[39]이
라 할 정도로 이용은 작가의 애정을 듬뿍 받는 인물이다.

이용이 작가에게 깊은 사랑을 받는 이유는, 배우지 못했으나 사
람의 도리를 천성적으로 아는 사람인 때문일 것이다. 이용이 최치
수의 살해 모의에 가담하는 칠성과 최치수의 집 근처를 지나면서
나누는 대화에 그의 인성이 잘 드러난다. 같은 농꾼인 칠성이가 최

39) 송호근 대담, 「삶에의 연민, 한의 미학」, 57쪽.

참판네도 처음부터 만석꾼이냐, 조상 적에 백성들 피 빨아 모은 재물 아니냐, 그 많은 땅떼기, 터럭지 하나만 뽑아줘도 우리네는 평생 살 거라 하자 "내 거 아니믄 개똥같이 볼 일이지. 재물 많다고 속 편한 것도 아니더마"라 한다. 다시 칠성이가 김평산의 대접 못 받는 이유가 돈 없는 탓이라 하자 "내 생각에는 가난해서 양반 대접 못 받는 게 아니고 도리를 안 지키서 대접을 못 받는다 싶은데?"라 한다(1권, 96~07쪽).

한 마디로 마음보가 반듯한 사람인 것이다. 이제는 독자들도 이 사람은 관성이 제대로 박힌 사람이구나 할 것이다. 그렇다. 이용은 농사꾼이지만 마음이 바른, 달리 말해 정관성이 제대로 자리한 사람인 것이다. 여기에 시속말로 점잖은 사람이다. 그는 자신의 이해를 따져 변심하는 사람이 아니다. 무당의 딸과는 안 된다는 부모의 강요 때문에 월선과는 맺어지지 못하고 강청댁과 억지 결혼을 하였으나 강청댁을 버리지 않는다. 질투가 강한 강청댁이 아이가 없는 탓에 더 강짜를 부리지만 그녀가 호열자로 세상을 뜰 때까지 돌본다. 이런 점을 보면 인성(印星)도 갖추었을 것이다. 최치수가 글을 배웠으면 시인이 되었을 것이라 하니 식상성도 갖추었겠다. 강청댁이 바가지를 긁어도 말이 없고 심하다 싶으면 슬쩍슬쩍 농으로 돌려버리는 용이를 마을 사람들은 이름대로 사람이 용해서 그렇다 하지만 그러나 실상 "강청댁이 뭐라 하건 용이는 자기 고집을 꺾은 일이 없"는 남자다(1권, 143쪽). 이런 면에서는 과묵하면서도 고집 센 남자이니 무토(戊土) 일간을 띤 사람인가 싶다. 무토 일간은 자기 속을 잘 드러내지 않으면서도 고집 센 면이 있기 때문이다. 그리고 사주 어디에 간여지동(干與支同) 간지를 하나쯤 가졌는지 모른다. 간여지동이란 천간지지가 같은 오행으로 구성된 된 것으로 가령 을묘(乙卯) 같은 경우이다. 천간 지지가 모두 음목(陰木)으로 이루어진 경우인데, 이처럼 천간과 지지가 같은 경우 고집이 세고 자존심이 강하다. 월선이 용정에서 암에 걸려 경각을 다툴 때에도 퉁포슬의 산판에서 일하던 이용은 쉽사리 나타나지 않아 주변 사람들을 애태운다. 그러다가 문득 나타나 월선은 그의 품에 안겨 평화로운 임종을 맞는데, 그때 옆에 있던 길상이 이용의 심정을 짐작하기로, 사랑하는 사람을 "마지막 보내는 순간까지 받을 수 있는 고통을 다 받아보자는 심산"(8권, 250쪽)으로 그렇게 버틴 것이 아니냐는 것이다. 이용의 우직하고 깊은 심성을 알기에 가능한 짐작이라 하겠다. 그는 월선이 하는 국밥집에 의탁하고 편하게 기거할 수도 있었지만 이미 임이네와 부부로 살고 있는 만큼 이른바 두 집 살림을 하지 않으려 한 듯하다. 연이 닿지 않아 한 지붕 밑에 살지는 못하였으나 신세는 지지 않으려는, 또 임이네의 탐욕으로부터 월선을 보호하려는 이 남자의 우직한 사랑이 퉁포슬 산판의 노역을 선택케 하고, 월선과 부부의 연을 맺지 못한 죄책감이 마치 수행과도 같은 고통을 자청케 한 것으로 보인다.

그러고 보면 이용은 여자들에게 인기가 있는 사람이지만 처복은 없는 사람이다. 그는 "과부라든가 내외간의 정분이 없는 여자에게 야릇한 심화를 일게 할 만큼"(1권, 105쪽) 잘난 남자라 하니 도화살이 강할 법하다. 그러니 월선, 강청댁, 임이네까지 세 여자와 관계하지 않을 도리가 없다. 그 중에도 월선과는 참으로 애틋하고 질긴 연을 잇지만 부부의 연을 맺지는 못한다. 이렇게 처복이 없는 사람은 재운이 없다. 재(財)는 돈이요 남자에게 재는 여자를 상징하는데 이용에겐 재성이 없는 것으로 보이는 것이다. 그러고 보면 그는 물욕이 없는 사람이다. 그는 월선이 남긴 돈을 그녀의 유언에 따라 홍이의 후견인역으로 차지할 수 있었지만 임이네가 그 돈을 악착같이 탐하자 길상에게 독립운동 자금으로 주어버린다. 이처럼 물욕이 없는 것은 재성이 없기 때문이고 따라서 처복도 없었던가 싶다.

그는 관과 인으로 구성된 사람. 그 중에도 어질고 인간미 있는 정인성의 사람일 것이다. 관과 인이 있는 만큼 인간됨이 바르고 어질다. 그러기에 그는 무당의 딸인 월선이와 부부의 연을 맺지는 못하였지만 그녀에게 변함없는 애정을 바쳤다. 이용의 변치 않는 사랑을 얻은 월선이는 오직 이용이라는 남자 하나만의 사랑으로 행복하였던 인물이기에 이역 땅 북간도에서 죽지만 "한을 남기지 않은 채 완벽히 삶을 마감"[40] 한다. 아들 홍이가 그의 아버지를 "열사도 우국지사도 아니었던 사내, 농부에 지나지 않았던 한 사나이 (……) 거짓 없이 사랑하고 인간의 도리를 위하여 무섭게 견디어야 했으며 자신의 존엄성을 허물지 않았던 감정과 의지의 빛깔을 지닌" (13권, 95쪽) 인물로 회억하는 것도 이런 이유 때문이다.

작가는 이용·이홍 부자를 두고 "여자를 부리지 않는, 여자에 대한 연민에는 부자간에 공통적"(20권, 48쪽)이라 하여 그 시절에 이미 페미니스트였다 할 두 인물을 고평한다. 물론 이러한 캐릭터도 두드러지지만 두 사람은 사람에 대한 신의를 무던히 지킨 인물들이다. 이홍도 한때 생모인 임이네로 인한 고뇌 때문에 방황도 하지만 김훈장의 손녀딸 허보연과 결혼 한 이후로는 가정에 충실하며 자기가 번 돈으로 어려운 사람을 돕고 적으나마 독립운동에도 기여한다. 작가가

---

40) 한점돌, 「박경리 '토지'의 문학사상 연구: '토지'와 동학사상의 관련 양상」, 389쪽.

조선의 전형적인 농군인 용이가 가진 품위와 인간애를 일본인들은 전혀 모를 것이라 상찬한 것은, 큰 위인도 아닌 상사람이고 현실적인 계산은 부족해 생활력은 부족했지만 사람의 도리와 사랑을 아는 반듯한 사람에다 풍류를 아는, 달리 말해 인간미 넘치는 이 땅의 농민이기에 그러했을 것이다.

송관수

송관수는 백정의 딸인 아내를 만난 탓에 온갖 수모를 당하면서도 사람 사는 세상을 만들어 보려 몸부림치다 이역만리에서 호열자로 허망한 죽음을 맞는 인물이다. 특히 아들 송영광이 백정의 아들이라는 신분 때문에 좌절 방황하는 것을 보고 가슴을 치던 중에 쓸쓸한 죽음을 맞는지라 그 애잔함은 더하다.

그는 작품이 어느 정도 전개된 4권부터 등장한다. 길상이 주재하는 마을 청년들의 모임에 처음 등장하여 그 존재를 알린다. 눈이 조그맣고 얼굴빛은 까무잡잡하다. 어미와 함께 떠돌다가 평사리 윗마을에 정착한 인물로 그의 근본을 아는 사람은 별로 없으나 그의 아비가 장돌뱅이 혹은 갖바치였다 하는데 그 아비가 동학당이어서 동학당 얘기가 나오면 기를 쓰고 그들이 옳았음을 강조하고 조그마한 눈에 열정이 타오르는, 양반들에 대한 비판은 신랄하고 가혹한 인물이다(4권, 242~243쪽).

그는 윤보의 주동으로 조준구가 차지한 최참판댁을 습격할 때에 적극적 가담자가 된 이후 진주의 백정 집에서 은신하다 그 집의 딸과 인연을 맺는다. 추적하는 사람이 없음을 알게 된 후 진주 성내를 활보하는데, 그를 아는 사람들에게는 주먹깨나 쓴다는 것, 노름솜씨가 대단하다는 것, 가끔은 막일도 하는데 소매통(인분통: 필자 주) 실은 소달구지도 끌고 다닌다는 정도로 알려진다. 한 가지 소문난 일화는 순사의 뺨을 치고 구류를 산 일이다. 그가 장바닥에서 소매통을 들고 나오는데 조선인 순사가 이게 뭐야라고 소리치자 보믄 모르시오라고 불퉁스레 대꾸한 탓에 조선인 순사가 지게다리를 걷어차 인분이 쏟아진다. 그 인분을 손으로 말없이 쓸어 담다가 갑자기 일어나기가 질린 순사의 뺨을 후려친다. 자연히 주재소로 끌려가는데, 일본인 순사주임이 식민지에 나온 따라지 일본인 치고 다소 양식이 있었던지 혹은 배짱을 숭상하는 일본인 기질 탓이었는지 구류만 살고 나와 대단한 성깔로 소문이 퍼진다(6권, 300~301쪽).

이처럼 한 성미 하는 송관수는 실상 노름꾼은 아니었다. 단지 수면 아래로 숨어 동학당의 잔류 세력으로 일하는 자신의 신분을 숨기기 위해 일종의 기만술을 쓴 것일 따름이다. 동학당의 세를 회복할 수 없음을 알게 되자 그는 형평사 운동에도 관여하고, 마침내 부산의 부두노동자가 되어 노동운동도 한다. 요즘으로 말하면 진보적 운동가였던 셈인데, 그러나 그가 지식인들의 사회주의 노선을 온몸으로 따랐던 것도 아니다. 그는 김훈장 같은 딸깍발이 선비조차 싫어했을 정도로 이론과 지식을 내세우는 지식인들을 불신한다. 그는 그저 신분으로 사람을 차별하고 억압하는 세상에 대한 반항심으로 그러한 활동에 투신했을 뿐이다. 조준구에게 억울한 죽음을 당한 정한조의 아들 정석을 북간도로 데려갈 때에 석이에게 미리 다짐을 두는 장면에 그의 내심이 잘 드러난다.

아배 원수를 갚겄다는 그따우로 시시한 생각이믄 애시 날 따라나설 엄두도 내지마라. 한평생이 잠깐인데 무덤 속에 묻히서 다 썩어부린 세월까지 뒤비시가지고 살아줄라 카는 것은 어리석은 짓이라. 사나아라 카믄 원한도 크기 가지야 하고 인정도 크기 가지야 (……) 조준구 한 놈 직이서 아배 원수를 갚는다고 머가 해결되겄나? 달라지는 것은 쥐뿔도 없일 기라 그 말이다 (……) 세상이 달라져야 하는 기라, 세상이. 되지도 않을 꿈이라 생각하겄지. 모두가 그렇기 생각한다. 천한 백성들은 그렇기 자파하고 살아왔다. 그러나 꿈이라고 할 수는 없제. 세상이 한 번 바뀔 뻔했거든. 지난 동학당 난리 얘기는 니도 많이 들었을 기다. 왜놈만 병정을 몰고 안 왔이믄……. (6권, 336쪽)

그는 타고난 역도이자 이상주의자이다. 이상주의자가 아니었으면 세상의 변혁을 꿈꾸지 않았을 것이다. 그의 꿈은 헤겔의 주인과 노예의 변증법을 예증하는 사례에 딱 부합한다. 노예로 살던 자들이 왜 이러한 부당한 대접을 받아야 하느냐는 인식을 획득, 가열한 인정 투쟁을 벌이게 되고 마침내 주인과 노예의 자리가 뒤바뀐다는 것이 주인과 노예의 변증법인데 송관수는 그러한 인정 투쟁에 타고난 본성으로 진입한 인물이다. 근대사는 바로 이러한 인정투쟁의 전개사라 할 수도 있는데, 서술자는 다음과 같은 구절로 이러한 역사를 요약한다.

반역의 피는 모든 상민들의 피다. 반역의 피는 억압된 상민들의 진실이요 소망이다. 수백 수천 년의 소망이다. (8권, 62쪽)

송관수는 그러므로 이러한 역사를 살아온 상민, 민중의 전형이라 할 인물이다. 이런 인물을 명리학으로 풀게 되면 어떨까? 우선 그에게는 겁재가 강할 것이다. 겁재는 조준구나 김두수에게도 있을 것으로 추정했지만 강한 주관성이 비주류의 기질로 드러날 수 있는 가능성이 다분한 십성이다. 승부사 기질도 강한 점에서 단순히 유대 관계를 좋아하는 비견과 다른 점이 있다. 여기에 울컥하는 양인살 또한 있었을 것이다. 소매통을 엎은 형사의 따귀를 올려붙인 것이 이를 증명한다.

비주류의 성향, 또는 개혁적 성향이면서 배우지 못했음에도 남을 설득하는 언변이 있는 것은 상관성을 띠기도 한 탓일 것이다. 상관성은 정관성을 해친다고 하는 성분인 만큼 기존의 체제에 비판적이거나 혁신적인 성격을 띠기 쉽고 재치 있는 언변도 두드러지는 십성이다. 혁신적인 아이디어를 잘 제시하는 점에서 기획 능력이 뛰어나고, 체제 외적 성향에서는 NGO 단체에 맞으며, 언변과 재치에서는 변호사나 개그맨 등에도 맞는 것이 상관의 성향이다. 이렇게 볼 때, 송관수는 배워서가 아니라 타고난 겁재와 상관의 본성으로 체제의 변혁을 기도한 인물이다. 윤보의 주동으로 조준구를 습격할 때에 조준구의 행방을 결사적으로 찾은 것도 그였고, 부산항의 노동운동을 성공으로 이끌지는 못했으나 어느 정도 성과를 거두게 한 것도 송관수의 주도 덕분이었다.

근대사는 바로 이러한 겁재와 상관성의 역사라 할 수도 있다. "껍데기는 가라/동학년 곰나루의 아우성만 살고/껍데기는 가라"고 외친 신동엽의 시는 바로 겁재와 상관성의 시현(示顯)이 아니고 무엇이겠는가. 이러한 외침이 동학 이후 백여 년 이어진 끝에 오늘날 우리가 향유하는 민주주의는 뿌리내릴 수 있었다.

송관수의 성격으로 볼 때 장성살도 추정할 수 있다. 장성살이란 것은 말 그대로 장군감의 기질이란 것인데, 선봉에 서야 직성이 풀리고 승부욕도 강한 탓에 집에서 둘째로 나도 장남의 역할을 맡는 경우가 많은 것이 장성살을 가진 이의 특징이다. 야구선수 류현진이 이 살의 소유자로 듬직한 성격과 체구에 차남인데도 집안의 기둥 역할을 하고 있음은 앞에서 십성을 정리할 때 소개한 바 있다. 송관수가 '사나이라면 원한도 인정도 크게 가져야 한다'고 설파하는 것은 이러한 장성살의 발현 탓이라 할 것이다. 장돌뱅이의 아들로 나서 백정의 딸인 아내와 살지만 드센 기질로 굽힘없이 나름의 변혁 운동에 헌신한 것은 그의 양인살과 장성살이 빚어낸 과단성과 승부욕, 선봉장의 기질이 작용한 탓이라 해야 할 것이다.

그러나 앞에서 밝혔듯이 송관수는 이역만리 북간도에서 허망하게 삶을 마친다. 진주의 부잣집을 습격하여 군자금을 강탈하고 만주로 피신하였으나 그는 이곳에서 피폐해진다. 일제의 기세는 더 승천하여 앞날이 보이지 않는 데다 특히 장남인 송영광이 부모의 신분 때문에 엇나간 탓에 더욱 좌절한다. 재주도 있고 잘 생겨 아비가 기대를 걸었던 송영광은 고보에서 강혜숙과 연애에 빠지나 백정딸의 자식이라는 이유로 여학생의 부모에게 호되게 경을 치고 퇴학까지 당한다. 그때부터 동경으로 가 노동자로 자포자기의 생활을 하던 중 일본 깡패와 싸움이 붙어 다리를 다쳐 불구가 된다. 그리고는 색소폰을 익혀 악극단을 따라다니는 떠돌이 생활을 한다. 이런 아들 탓에 송관수는 마침내 백정 아내를 잘못 얻었다는 주정까지 부리다가 어느 날 목단강 주변에서 호열자에 걸려 덧없이 세상을 떠난다.

송관수의 삶은 그야말로 풍진세상을 사는 우리에게 한 가지 사념을 부른다. 그렇게 대의를 위해 한평생을 바쳤으나 덧없는 죽음으로 삶을 마감하느냐는 것. 특히 조준구나 김두수와 비교하면 그렇다. 조준구와 김두수는 자기밖에 모르는 짐승 같은 삶을 살고 그에 부합한 응보를 받긴 했으나 어쨌거나 살아남았다. 그런데 송관수는 너무 덧없다. 세계의 부당한 억압과 모순을 바꾸어보려고 그토록 노력했으나 만리이역에서 호열자로 떠나버렸으니 말이다. 그러나 실상 우리가 사는 세계에 이러한 경우는 비일비재하다 할 것이다. 거대한 역사의 수레바퀴 아래서 한낱 미물처럼 그 바퀴에 깔려 압사한 사람은 수다하다. 아들 송영광이, 본시 인생이란 따지고 보면 아름다울 것도 없는, 으스스하고 을씨년스런 것일 따름인데 왜 사람들은 온갖 허울 좋은 명분을 만들어 빈껍데기를 따르느냐고 역사 허무주의에 빠져 이홍의 앞에서 한탄하는 것도(16권, 58쪽) 인과응보가 작용하지 않는 역사의 이러한 모순에 대한 비탄이다. 이것은 아비가 그토록 힘겨운 삶을 살았는데도 전혀 보상이 없는 삶을 살아야 했던 것, 그 자신 전락한 자식이 되어 특히 어머니에게 죄의식을 금치 못하는 송영광만의 비탄일 수는 없다.

『토지』에 송관수처럼 허탈한 최후를 맞는 인물은 한둘이 아니다. 윤씨 부인을 비롯해 호열자로 허망하게 죽는 평사리 사람들, 뼈대 있는 양반 이동진을 비롯한 숱한 독립지사들, 딸깍발이 김훈장, 김두수에 대항한 심금녀도 다 허망한 최후를 맞는다. 길상은 결말부에 다시 일제에 의해 옥에 갇힌다. 작품 초반부터 호열자로 윤씨 부인, 문의원, 봉순네 등도 덧없이 죽는다. 굳이 역사를 들먹이지 않아도 사소한 갈등과 대립으로 가슴에 한을 품고 삶을 마감하는 사람은 부지기수다. 이야말로 우리가 사는 삶의 실상이다. 인과응보가 쉽사리 드러나지 않는 이러한 모순으로 하여 한이 쌓이고 팔자도 운위된다. 그러나 작가는 삶의 모순이 사라지는 날 역사는 완성되고 언어는 피안에 도달하고 논리는 완성될 것이라 하였다. 작가의 이러한 시선이 안타깝고 허망한 삶들도 다수 등장시킨 것이고 김두수와 같은 야차도 잔명을 잇게 한 것이다. 그러므로 인과응보가 전적으로 구현되지만은 않는 삶의 이러한 실상을 냉철하게 옮긴 것은 오히려 경탄을 금치 못할 작가적 통찰이다.

역사는 '갈 지(之)' 자 걸음을 한다. 종종 역사의 밤은 어둡고 길은 보이지 않는다. 그렇다 해도 우리는 걸어야 한다. 걷다 보면 가끔 환한 별빛이 우리들 머리 위에서 빛날 때도 있다. 그 별빛을 따라 걷다 보면 모순이 해결되고 논리가 완성된 세계에 이를 수 있다. 그 걸음은 우리의 실존적 결단에 달린 것일 따름이다. 또한 그러한 결단들이 모여 찬란한 역사적 순간을 부르고 역사를 진전케 한다. 역사뿐만 아니라 개인의 삶 또한 그러하다. 때로 별은 사라진 듯하고 사위가 깜깜한 순간을 만날 때도 있다. 그러나 삶과 역사는 음과 양이 교차한다. 어두운 시간은 끝나고 환한 아침이 찾아온다. 물론 환한 대낮이 다하면 어두운 밤도 찾아온다. 삶의 이러한 원리를 알면 일희일비할 일이 아니다. 자기에게 주어진 삶을 수락하고 사랑할 것, 공동체의 선과 평화/조화로운 삶에 책임감을 가질 것, 이것이 우리에게 주어진 선택이다. 『토지』의 인물들을 명리학으로 풀어보기는 이러한 소회로써 마무리한다.

제4부
문학과 명리학의 만남 (2)
—명리학으로 읽는 작가/작품론

운명을 알고, 살고, 넘어선 작가 박경리

1

박경리는 앞에서 『토지』로 많은 지면을 할애하였다. 그러나 『토지』라는 방대한 걸작을 생산했을 뿐 아니라 우리 문학사에 큰 족적을 남긴 이라 개별 작가론으로도 살펴볼 만하다. 이런 고찰은 앞의 『토지』를 더 폭넓게 이해하는 데 도움도 될 터이다.

박경리의 삶은 '범인이 따를 수 없는 초절의 경지를 살았다'는 표현이 맞지 않을까 한다. 작가는 소박을 당한 어머니 밑에서 성장했고, 남편을 6.25전쟁 통에 잃었고, 나이 어린 아들 역시 그 몇 년 뒤 잃었으며 사위 김지하로 인한 탄압과 옥살이 수발을 감당하는 등의 모진 세월을 살았다. 그러한 고난을 통과하면서 평생을 육체의 고통과 싸우며 명작을 생산하였다. 그러한 세월 동안 작가는 원체 나다니기를 싫어하고 결벽증, 자존심 때문에 사람 관계가 힘들어 혼자 있기를 좋아했다. 혼자서 책상 하나 원고지, 펜 하나로 사마천

을 생각하며 살았다고 한다.[1)]

그러나 그 엄혹한 세월을 살고도 오히려 작가는 우리 문학사와 정신사, 문화사에 걸쳐 불세출의 업적을 남겼다. 2008년, 작가가 타계했을 때 문인장이었으나 국민장이나 다름없을 정도로 온갖 명망가와 풀뿌리 시민들에 이르기까지 추모를 아끼지 않은 것은 운명과 맞선 작가의 지난한 투쟁과 그로써 꽃피운 탁월한 예술에 대한 숭모의 염의 표출이었을 터이다.

작가는 자신의 삶이 어떠할 것이라는 것을 어느 정도는 예감했던 듯하다. 시 「나의 출생」에서 작가는 자신의 생년월일시를 밝히고 그것이 표징하는 삶의 비의를 스스로 드러내고 있어 흥미롭다. 작가는 "계집아이의 띠가/호랑이라는 것도 그렇거니와/대낮도 아니고 새벽녘도 아니고/한참 호랑이가 용을 쓰는/초저녁이라/팔자가 셀 것을 말해 뭐하냐/어릴 적에 나는/그 말을 종종 듣기도 했고/점쟁이는 팔자가 세니/후취로 시집보내라 그랬다는 것이다/그러나 어머니는/딸이라 섭섭해 한 적은 없었다고 했다"며 자신의 사주와 관련한 일화를 풀어 놓는다.[2)] 그리고 어머니가 자신을 낳기 전에 "두 눈이 눈깔사탕같이 파아랗고 몸이 하얀 용이 나타난" 태몽을 꾸었다고도 했다. 범상치 않은 사주풀이요 태몽이다. 작가는 아마도 이러한 사주와 태몽을 삶의 고비마다에서 의식하지 않았겠는가. 작가가 밝힌 연월일시로 그 비의를 풀어보자.

1) 고독을 벗하며 혼자서 원고와 씨름한 고투의 흔적은 시 「옛날의 그 집」, 『버리고 갈 것만 남아서 참 홀가분하다』, 마로니에북스, 2008에 잘 드러나 있다.

2) 위의 책. 앞으로 인용하는 시는 모두 같은 시집 소재. 다시 인용시는 『홀가분』으로 약함.

2

작가는 을축 일주이다. 을(乙) 일간은 생긴 형상대로 새처럼 자유롭게 살려는 성향의 소유자들이 많다. 그리고 끈질긴 생명력의 소유자들이다. 따라서 을축 일주로 태어나면 인동초(忍冬草)의 형상으로 인내심과 지구력이 대단하고 고독을 생명력으로 삼아 우여곡절 끝에 목표를 이루는 사람으로 본다.[3] 특히 을축 일주는 지장간에 탕화(湯火)살이 있어 신경과민에 수시로 비관하여 고립을 자초하기 쉬운 성격이기도 하다. 나는 어느 글에서, 작가가 원주에서 서울로 나들이를 가 사나흘을 머물러도 사람 만나는 게 번거로워 결국 숙소에만 칩거하다가 이런저런 만남을 다 접고 원주로 서둘러 돌아온다는 회고를 본 적이 있다. 그만큼 결곡하고, 번거로운 관계를 싫어하는 작가의 캐릭터를 잘 보여주는 일화이다. 「옛날의 그 집」이란 시에서 작가는 빈 창고같이 휭덩그레한 큰 집에서 때로 이 세상의 끝으로

3) 이 책의 일주 해석은 명리학자이자 정치학박사인 안태욱의 『일주 분석』에 많이 힘입었다. 인터넷판으로 구한지라 서지사항을 밝히지 못함을 양해 바란다.

온 것 같이 무섭기도 했지만 사마천을 생각하면서 살았다고 했는데[4] 이처럼 고독을 일생 벗했던 이유는 작가의 천품에 말미암음이 클 터이다. 이러한 성격은 작가가 회고하는 할머니들로부터의 내림인 듯하다. 작가는 「외할머니」, 「친할머니」라는 시들에서 할머니들을 회상하는데 이 시들은 자신의 정체가 어디에서 기원하는가를 밝히려는 의도가 읽힌다.

작가의 외할머니는 몸매가 깡마르고 자그마했고 약간의 매부리코에 말씨는 어눌, 돈을 셈할 줄 모르고 장에 가서 물건 흥정도 못하는 사람이라 했다. 노름에 빠진 아들의 뒷수발로 평생을 보내다시피 해 작가의 어머니, 즉 딸에게 엄청 원망을 들은 가부장적 유습하의 여인이기도 하였다. 늘 코끝에 눈물방울이 달리는 이 할머니의 눈은 그러나 이상하게 푸른 빛이 감돌았다 한다. 여기서 인상적인 것은 할머니의 푸른 빛 도는 눈인데 이는 태몽에 나타난 백룡의 눈이 푸른 빛이었다는 것을 상기케 한다. 외할머니는 아마도 작은 체구에 현실적 생활력은 부족하고, 노름꾼 아들의 뒷바라지에 전심하다가 박복한 말년을 보낸 탓에 한이 많은 여인이 아니었을까 짐작된다. 코끝에 자주 눈물이 달렸다는 것이 그러한 사정을 짐작케 하지만 그러나 자기만의 옹색한 세계를 산 탓에 그걸 한이라고도 의식해 본 적 없는 여인의 억눌린 영혼이 발산하는 영기(靈氣)가 눈의 푸른 빛으로 드러난 것이 아닐까 싶다. 작가의 월지는 해(亥)인데 이는 천문(天文)살이라 하여 영력(靈力)을 가진다는 살이다. 아마도 작가는 외곬의 성격에, 억눌린 한평생을 살았던 할머니의 한과 영성(靈性)이

---

4) 아마도 원주 단구동에서 집필하던 시기인 듯하다.

자신에게 유전된 것으로 보지 않았을까 한다.

작가의 친할머니 역시 과묵하고 고립적 성격이었던 모양이다. 작가는 「친할머니」란 시에서 외할머니보다 두 배도 더 되는 분량을 할애하여 친할머니를 회상한다. 일제 강점기의 가부장제 시기인 만큼 친가와 더 가까웠으니 그랬겠지만 친할머니의 캐릭터가 어린 작가에게는 훨씬 더 인상적이었던 것 같다. 친할머니는 옷매무새를 품위 있게 다스려서 장날에 지게를 진 머슴을 앞세우고 출타하면 그 뒷모습이 훤칠했다 한다. 그러나 그 성격은 참으로 과묵하고 냉랭했던 것이 다음과 같은 묘사에서 드러난다.

> 탐탐찮은 사람이 와서
> 할머니 안녕하십니까 하면
> 들은 척 만 척 거들떠 보지도 않았고
> 그저 그만그만한 사람이 인사를 하면
> 물끄러미 쳐다만 보았다
> 반가운 사람이 그새 편안했습니까
> 그러면 비로소
> 보일락말락 미소 머금으며
> '편코'
> 그 말 한마디로 끝이었다
> 말수가 적고 표정이 없는 노인이었다

동네 사람들이 먼저 인사를 챙기는 것을 보면 마을에서 대접받는 반가의 여인인 것을 짐작케 하는데 여기서 떠오르는 것은 『토지』의 윤씨 부인이다. 작가의 친가가 최참판댁처럼 떠르르한 가문인 것은 아니었겠지만 양반의 체통을 중시한 반가였던 것은 충분히 짐작된다. 시에 나타난 친할머니의 양반가 여인으로서의 기품, 권위의식 등은 윤씨 부인의 이미지 어느 한 모에 스며든 것으로 보인다. 작가는 남이 싫어하는 짓도 안하고, 내가 싫어하는 짓도 하지 않으며 나를 반기지 않는 친척이나 친구 집에는 발걸음을 끊는 자신의 결벽증/자존심 때문에 사람 관계가 어려웠고 살기가 힘들었다 고백하는데(「천성」), 이는 그야말로 천성으로서 할머니의 과묵하고 냉랭한 성격의 내림이라 추정치 않을 수 없다. 친/외가를 합한 이러한 내림은, 고독과 시련을 터전으로 성장하는 삭풍한설 속 인동초의 표상인 을축 일주 속에 고스란히 숨어 있다. 필자는 『토지』를 논하면서 서희의 성격이 할머니로부터 유전받은 것이라 했는데 작가 자신의 회고를 볼 때 작가 또한 할머니들의 내림을 많이 받은 것을 의식하고 있음을 볼 수 있고 이런 자의식은 서희의 인물 부조(浮彫)에 일정 부분 작용했을 것임을 짐작케 한다.

친할머니와 연관하여 또 하나 흥미로운 것은 작가가 어린 시절 어머니를 버리고 재혼한 아버지의 집에 갔다가 아버지가 재취한 여자와 시비가 붙었을 때 할머니와 아버지가 어린 작가를 역성든 일화이다. 아버지의 여자는 말다툼 끝에 어린 작가의 얼굴에 부채를 집어 던졌는데 이를 큰 집에 가 울면서 일렀더니 할머니는 "그년이 누구를 때려"라고 일갈하고, 아버지는 후취를 매질하고 양복장 서랍을 꺼내어 마당에서 불을 지를 정도로 노했다는 것이다. 그리고 할머니가 타계하자 아버지는 큰 집이 화재를 당했을 때 그 집의 딱 하나 남은 유물이 된 귀목장을 작가에게 주었다 한다. 지금도 그 나비장은 내 곁에 있다고 쓰는 작가의 회상에는 자신이 집안의 장자 역할 또는 전통을 이어받았다는 자부심이 드러난다.

작가가 이처럼 외할머니, 친할머니를 자신의 시로 회억한 것은 자신 속에 내림한 핏줄의 연원을 생각한 때문일 것이다. 다시 말해 외할머니의 외골수적 삶과 한, 친할머니의 기품과 권위, 두 여인에 공통인 고독과 고립적 성격 등에서 작가는 자신에게 운명적으로 흘러든 삶의 근원을 돌아보았을 것으로 보는 것이다. 그런데 이러한 회상에서 친조부, 외조부의 회상은 싹 빠져 있는 것이 또 하나 특기할 점이다. 아마도 작가 자신 여성으로서 거친 세파를 헤치고 한 명의 주체가 되려 했고 또 되었기에 가부장적이며 남존여비의 의식을 가졌던 조부들은 회상하기가 꺼려지고 혹 다 일찍 타계하여 딱히 회상할 만한 추억이 없었는지도 모른다. 「나의 출생」에서 "어머니는 딸이라 섭섭해 한 적은 없었다고 했다"란 구절은 이런 점에서 의미심장하다.

3

박경리의 삶과 관련한 또 한 명의 절대적인 존재이자 여인은 작가의 어머니이다. 작가의 명반을 볼 때 월지에 정인이 딱 박혀 있다. 정인성은 그 성격 특징으로는 학문 탐구, 선비적 취향, 어짊, 올곧음 등을 들 수 있고 친족 관계로는 어머니를 표상한다. 이 정인성이 특히 어머니 자리인 월지에 딱 박혀 있으니 작가는 어머니와의 관계가 남다르다 할 것이다. 아닌 게 아니라 작가의 어머니는 남편에게 소박을 당한 후 어린 작가를 양육하고 제대로 키우는 데 일신을 바친 삶을 살았던 모양이다. 작가는 남다른 모녀 관계가 어머니의 이름에 조차 각인된 것임을 비친다. 어머니의 이름은 용수(龍守)였다 하는데 (「나의 출생」), '용을 지킨다'는 뜻이다. 작가의 태몽이 용꿈이었으니 어머니는 용인 딸을 지키라는 운명이었을까? 이것을 웃고 말 수 없는 것은 여자의 이름으로 어울리지 않는 이름을 갖게 된 그 내력이 또한 별나기 때문이다.

당초 어머니의 이름은 '선'이었다 하는데 바로 위에 일찍 죽은 오빠의 이름이 용수였고 어찌 된 일인지 어머니가 호적상으로 그 이름을 물려받았다는 것이다. 그러니 용을 키우고 지킬 일을 운명적으로 타고났다 할 것인지? 그러나 그 어머니를 소녀 적의 작가는 연민하면서도 경멸했다 한다. 남편으로부터 소박을 맞았으면서도 그 남편만을 바라보는 유교적 인종의 여성상이 싫었기 때문이다. 딸의 마음 한편은 이러했음에도 딸이 여고까지 다니도록 뒷바라지한 어머니는 일본인 교사가 훌륭한 어머니라 칭찬할 정도로 딸의 교육에 정성을 다했고 매무새 또한 정결했던 모양이다. 자신의 불효를 회한하는 딸은 그 어머니의 사후 삼십여 년을 꿈속에서 찾아 헤매었고 꿈에서 깨어나면 "아아 어머니는 돌아가셨지/그 사실이 얼마나 절실한지/마치 생살이 찢겨 나가는 듯했다"(「어머니」)고 쓴다. 어머니에 대한 이러한 애정과 추모는 작가가 『홀가분』에 남긴 많지 않은 시편 중 세 편이나 차지하고 있는 데서도 그 남다름을 알 수 있다. 이 시들에는 어머니의 외관이나 성품 등이 흥미롭게 묘사되어 있지만 필자에게 특히 인상적인 것은 어머니가 대단한 이야기꾼이었다는 점이다. 노래도 모르고 춤도 모르고 농담 한마디도 못하는 숙맥이면서 "구성진 입담에다가 비상한 암기력"의 소유자인 어머니는 동네 사람들이 물맞이하러 갈 때 초대받는 이야기꾼이었다는 것이다(「이야기꾼」). 이야기꾼으로서의 작가의 내림은 그러니까 어머니로부터 왔던 셈이다. 그러한 내력은 온갖 고담책을 사서 소장하고 그것을 좋아한 '고담 마니아' 친할머니로부터 물려받은 내림이었다 할 수도 있다(「친할머니」). 어쨌든 작가적 천분은 모계로부터 흘러왔다 할 것인데 이것은 인수성이 월지에 딱 찍힌 데서 알 수 있는 일이다,

그러나 작가적 천분은 인수성만으론 구성되지 않는다. 작가로서의 천분은 연간과 시간에 찍혀 있는 상관이 큰 역할을 한다.[5] 상관(傷官)은 관을 해친다 하여 전근대적 습속에서는 크게 기피하였던 십성이다. 특히 정관 옆에 있으면 남자의 경우는 관리로서의 입신에 매우 불리하다 하였고 여자의 경우는 남편 복이 없다고 보아 흉성으로 쳤는데 관직 출사를 으뜸으로 알고 부창부수(夫唱婦隨)를 예찬했던 유교적 가치관으로는 응당 그럴 법한 해석이다. 그러나 다원적 가치가 통용되는 현대사회에 이러한 해석은 재고되어야 할 필요가 있다. 상관은 그 자유로운 정신과 날카로운 감수성의 측면에서 오히려 긍정적으로 평가될 필요가 있는 십성인 것이다. 특히 작가들에겐 흔히 발견되는 십성이 상관이고 인성과 결합할 때 특히 작가로서의 자질이 배가된다. 학문/학자적 탐구 정신에 자유로운 창조적 상상력이 더해지기 때문이다. 특히 작가의 사주상 을축 일주는 병화를 보면 매우 길한 구조가 되므로 병화 상관은 더 길하게 작용하는 요소이다. 작가는 연월일지에 일간을 도와주는 수목 성분이 든든히 받쳐주고

---

5) 작가의 출생시는 어머니에 의하면 술시나 해시 무렵이라 했지만 초저녁이었다 하니 술시였을 것으로 본다. 술시가 맞는 시간대인 것은 그럴 때 시간에 상관이 뜨기 때문이다.

있어[6] 신강 사주라 할 만한데 38세부터 들어오는 식상운이 작용하여 작가로서 대성한 것으로 본다.

4

그런데 작가에게는 의외로 재성이 꽤 강하다. 작가의 성격으로 보건대 재성이 강한 것은 의외이다. 작가는 일평생 재물을 추구하지 않았고 텃밭에서 노동의 결과로 일군 작물들을 먹고 나눈 사람으로 재물을 탐한 사람이라 할 수 없기 때문이다. 이런 의문도 작가가 쓴 「어머니가 사는 법」이란 시를 보면 이해가 된다. 이 시는 홀로된 삶을 살면서도 검약한 가운데 나름의 품위를 지키며 주변의 신망을 얻었던 어머니를 회억한 시로, 『홀가분』에서 분량이 가장 길다. 이 시의 서두에서 작가는 어머니를 다음과 같이 회고한다.

> 내 것 아니면 길가 개똥같이 보인다
> 단단한 땅에 물 고이고
> 오늘 먹으면 내일 걱정을 해야 한다
> 항상 하던 어머니의 말이다
> 또 한마디 하는 말이 있었다
> 자식을 앞세우고 가면 배가 고파도
> 돈을 지니고 가면 배가 안 고프다

---

6) 일지의 축은 토이지만 물이 많은 토여서 수성분으로 본다.

홀몸으로 집안을 건사해야 했기에 탐욕하지 않으면서도 현실적인 어머니의 재물관이 잘 보이는 대목이다. 어머니는 여자의 몸으로 미래를 대비해야 했기에 검약하면서도 재물을 중히 여겼던 모양이다. 이 시의 중반쯤에는 이처럼 현실적이지만, 절에 시주하는 것은 아끼지 않고 나눌 때는 나누며 사람의 도리에 철저했던 어머니에 대한 언급도 나오는데 이는 작가에게도 천성이자 생활의 태도로 내림이 된 듯하다. 작가가 "인색함은 검약함이 아니다/후함은 낭비가 아니다/ (……) 사람 됨됨이에 따라 사는 세상도 달라진다"(「사람의 됨됨이」)고 한 것은 어머니로부터 얻고 배운 교훈일 것이다. 작가가 나름의 성재(成財)를 하였으나 말년에 토지문화관에 창작실을 내어 후배 작가들에게 나눔의 덕을 베푼 것은 잘 알려진 사실이고 뿐만 아니라 후배들에게 자신이 지은 작물과 산에서 거둔 나물들을 나누어 주기를 즐긴 것은 여러 사람의 회고를 통해 볼 수 있다. 그러니까 작가의 재성은 일단 현실적인 삶의 자세를 암시하는 것이라 볼 수 있다. 이는 작가가 "소설이란 삶과 생명의 문제이며 삶이 지속되는 한 추구해야 할 무엇"이지만 "소설이 인생보다 크고 소중한 것은 결코 아니"라[7] 한 데서도 확인된다. 예술지상주의도 아니고 탐미주의도 아닌, 삶에의 연민이 우선이라는 작가의 문학관은[8] 철저한 리얼리즘이요, 그 리얼리즘은 가련한 생명을 향한다. 또 작가는 편재성이 천간 지지에 자리한 편재격이다. 편재성은 돈을 벌고자 하지만 돈 자체가 목적이 아니라 그것으로 풍류를 누리거나 다른 이를 돕고

7) 박경리, 송호근 대담, 「삶에의 연민, 한의 미학」, 『작가세계』 6(3), 1994.8, 63쪽.
8) 위의 글, 64쪽.

자 하는 성격이 강한 십성이다. 편재가 격을 이룬 사주 구성인지라 문학적 성공으로 성재하였으나 다른 이를 돕고자 하는 성향도 강했을 것임을 충분히 유추할 수 있다.

5

그런데 작가의 파란만장한 삶은 사주 어디에 새겨져 있을까? 우선 남편과 일찍 사별하였는데 이는 무관(無官) 사주와 무관치 않아 보인다. 을축 일주의 지장간에 남편이 숨어 있지만 이는 그야말로 곳간에 갇힌 남편이라 제 역할을 못하는 배우자이다. 배우자의 부재는 여인에게 아무래도 결손이 되거니와 작가 스스로 밝혔듯 저녁 무렵 어슬렁거리는 호랑이격의 사주는 여성에게, 특히 가부장적이며 유교적 가치관에 매몰되었던 한국사회에서는 불리한 운명이었다. 그러나 필자가 보기에 호랑이띠라는 요인에 매인 이런 해석보다는 실상 작가의 파란은 일지와 시지가 이루는 축술(丑戌) 형살(刑殺)에 많이 기인하지 않는가 한다. 축술미 삼형살은 자신에 대한 과한 자존감으로 대인관계에서 불리를 자초할 수 있는 요인인데 작가 스스로 팔자가 세다면서도 고독을 택한 것도 이러한 요인이 작용하지 않았을까 본다. 그러나 이러한 형살은 군·검·경처럼 강한 직업에 종사하거나 활인업, 요컨대 작가, 의술, 종교, 상담업 등에 종사하면 오히려 대성할 자질로 본다. 이런 작용 탓인지, 작가는 축술미 삼형살을 완전히 구성하는 미(未)운이 드는 1955년에 작가로 데뷔하였고, 을미(乙未) 대운이 드는 38세 이후 문학적 성가를 얻기 시작하였다. 이렇게 본다면 작가의 '팔자 센' 삶은 남편을 일찍 여윈 것, 작가의 능력이나 기질이 남다른 데 기인한 것이라 할 수 있다. 전자의 요인은 여성에게는 남편 자리가 비고 자식에게는 부모 자리가 비면 고달픈 삶이 되기 쉬운 이치다. 요즘 여성들은 자립적인 경우가 많아 이런 해석도 정합성이 덜 하겠지만 남자나 여자나 자신의 짝이 없다는 것은 결손 사항임은 분명하다. 후자의 요인은 우리 사회가 1990년대까지만 해도 남성우월주의였기 때문에 능력 있는 여성은 그만큼 드센 역풍을 맞을 수밖에 없었음을 의미한다.

앞서 말했듯 작가가 자신의 이러한 삶을 어느 정도 예견했을 것임은 「나의 출생」이란 시에서 자신의 생년월일을 밝히고 태몽까지를 밝힌 데서 확인된다. 그러므로 작가의 삶이야말로 운명을 알고, 그것을 철저히 산 전형적인 경우이다. 그리고 작가는 그러한 삶의 종착지점에 이르렀을 때 마침내 모든 것을 버리고 가지고 갈 것 하나 없어 홀가분하다 하였다. 실제로 작가는 모든 유품을 기념관에 기증하였고 가진 것들을 후배 작가들에게 아낌없이 나누어 주었다. 자신의 운명을 마침내 초월한 삶이라 할 것이다. 이 책의 제목이 '운명을 알고, 살고, 넘어서기'인데 박경리론에 이런 제목을 붙인 것은 작가야말로 이러한 삶을 산 전형적 인물로 보았기 때문이다. 작가는 시 「비밀」에서 삶의 절실한 그 무엇이 행복, 애정, 명예, 권력, 재물 이런 것들은 아니었다 하면서 무엇인지 알지 못하는 그 어떤 비밀 때문에 현기증 나고 가끔 머릿속이 사막같이 텅 비어버리는 시간을 견뎌왔다 했는데 그 비밀이야말로 자신의 운명을 가리킴이 아니었을까.

안타까운 마광수

지난 일이지만 2017년 9월, 마광수 교수가 스스로 자신의 삶을 접었다. 동도(同道)를 걷는 사람으로 안타깝기 그지없던 일이었다. 그의 사진만 보더라도 그의 온순하고 천진한 성품을 쉽게 짐작할 수 있다. 그의 얼굴은 유약, 심약, 문약 등의 단어만 줄줄이 떠오르게 할 뿐 냉정, 근엄, 권위 등의 기질과는 전혀 멀어 보인다. 이 풍진세상에서 딱 문학이나 할 수밖에 없는 천진함과 순진함, 유함만이 흘러넘친다.

초나라의 굴원이 「어부사(漁父辭)」에서 창강의 물이 맑으면 갓끈을 씻고 물이 더러우면 발을 씻어야 한다고 했건만, 그는 세속의 오탁과는 어울리지 않는 사람이었다. 그의 천진함을 받아들이지 못한 우리 사회의 완악(頑惡)한 습속이 딱하고 개탄스럽다.

그렇다 해도 그의 천성, 타고난 성품 또한 그의 비극의 한 원천일 것이다. 명리학을 공부하면 성격이 그의 운명이라는 말을 절감한다. 명리학은 자신의 성격이나 타고난 자질을 알게 해준다. 이런 측면에서 마광수 교수의 사주를 추명해 보았더니 마 교수는 인성(印星)이 매우 강하다(그의 사주는 인터넷 생년월일을 참고한 바 51년생이면 음력생일을 사용했기가 쉬워 음력으로 대입한 결과 양력은 5월 19일로 나왔다. 그러나 이때는 써머타임을 실시한 해여서 그의 성격으로 짐작해 볼 때 5월 18일과 19일에 걸친 시간, 엄밀히는 5월 18일 밤 11시가 되기 전으로 추명되어 다음과 같은 사주를 얻었다. 만약 5월 19일이라면 사회/동료 관계에 신경 쓰는 비견이 일지에 있어 개인주의적이고 자유주의적인 그의 성향과는 맞지 않는다고 보았다). 4주를 봐야겠으나 3주로도 추명할 수 있게끔 마 교수는 그 성격과 명의 흐름이 뚜렷했다.

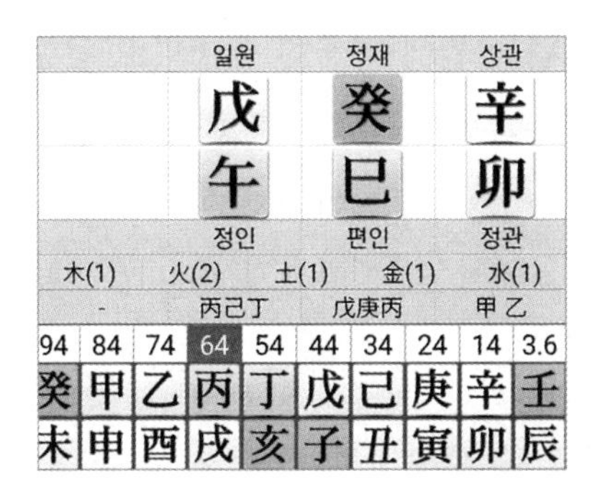

	일원	정재	상관
	戊	癸	辛
	午	巳	卯
	정인	편인	정관

木(1)	火(2)	土(1)	金(1)	水(1)
-	丙己丁	戊庚丙	甲 乙	

94	84	74	64	54	44	34	24	14	3.6
癸	甲	乙	丙	丁	戊	己	庚	辛	壬
未	申	酉	戌	亥	子	丑	寅	卯	辰

마 교수의 원국에서 두드러지는 인성은 학문, 교육, 연구 등의 적성으로 본다. 그 중에도 마 교수는 태어난 달이 편인성이다. 편인성은 옛날에는 예민하고 까탈스럽고 외골수적 자질로 보았으나, 요즘은 창의성을 발하는 소양으로 본다. 즉 창의적 소양이나 끼가 있어서 문학이나 예술 쪽에 적합한 성향이다. 문인 예술가들 중에 예민, 까탈, 외골수인 사람이 많으니 앞의 해석도 틀린 것은 아니다. 또한

인수성은 혈친 관계로는 어머니와 연이 깊음을 말하는데 마 교수는 일지에도 정인성이 있을 뿐 아니라 천간의 계수가 무계 합화(合火)하여 또 인수성으로 바뀌니 마 교수의 성격은 온통 강한 인수성, 즉 어머니와 깊이 묶여 있음을 알 수 있다.

인성이 너무 강하면 상상 또는 공상이 강하고 자유주의적이어서 문학/예술 쪽에 장기가 있는 반면에 우유부단할 수 있고 어머니에게 의존하는 경향이 생기기 쉽다. 이러한 성정을 살피게 되니 그의 이혼 경력이 떠오른다. 그가 이혼한 것은 『즐거운 사라』, 『가자, 장미여관으로』 등의 책으로 필화에 시달리던 시기였는데 나는 이때 그의 필화와 관련된 소동을 부인이 못 견뎌 이혼했나 이 정도로만 짐작했으나 지금 생각해 보니 아들에 집착한 어머니로 인한 고부간의 갈등도 개입하지 않았나 추측된다. 이혼 후 마 교수는 어머니에 더 깊이 의존하게 된 것으로 보이고 어머니가 돌아가신 것이 2014년쯤이라 하니 마 교수에게 이야말로 우울증을 더친 결정적 요인이었을 것이다. 어머니가 더 살아계셨으면 마 교수도 의지처가 있어 여명을 더 이었을 텐데 하는 추정을 한다. 이로 보면 그가 패티시즘에 빠져 여성의 고운 손톱에 집착한 것, 문란하고 자유로운 섹스를 예찬한 것도 라캉의 정신분석에 기대면 어머니로부터 완전히 분리되지 못한 거울 단계의 환상적/유아적 상상력의 산물이라 하겠고, 제자인 김응교 시인이 회고했듯 그는 이러한 상상을 실천할 인물은 전혀 못되고 그저 상상 또는 공상만의 세계에 머물렀을 뿐인 사람이었던 것 또한 알 수 있다(「제자가 본 인간 마광수」, 한겨레, 2017.0.13).

마 교수는 강한 인성에 더해 상관성까지 갖추고 있어 튀는 표현력을 금치 못한다. 여기에 정관까지 있어 다른 사람도 다 자기와 같은 줄로만 아는 순수한 성격이라 자신의 생각을 있는 대로 털어놓는다. 특히 무오 일주는 자신의 속생각을 잘 숨기지 못한다. 학생들이 사회운동으로 시대를 바꾸려는 열정이 비등했던 1980년대 말에 "요즘 운동권이 영웅주의에 빠져 있다"고 종종 발언해 제자들의 반발을 산 것도(앞의 김응교 글 참조) 주위의 반응은 별로 고려 않는 자유로운 그의 성향을 잘 보여주는 사례다. 제자들은 그의 생각을 알아주리라 생각했으나 자신의 생각이 너무 앞선 것을 스스로 알지 못한 것이다. 사주를 좀 더 깊이 보면 그는 유약하게 보이는 외관과는 다르게 양인성을 갖추었고 게다가 일지에 십이운성 중 제왕성이 있어 자신의 아집도 강하다. 아마 이러한 기질이 그의 천진한 외골수적 성격과 어울려 학과 복귀 후 교수들에게 배척을 당해 그에게 고통을 준 또 다른 원인으로 작용한 듯하다.

그에게 도움이 될 오행 성분은 지나친 화(火)를 식혀줄 수(水)인데 64세부터의 대운에 수와 상극인 화가 오히려 집중적으로 들어오니 그의 심화가 극단적으로 끓었을 터이다. 게다가 년운에 또 정(丁)화가 들어오니 온통 불바다이다. 특히 연지 묘를 충하는 유(酉)가 연운과 월운(그가 사망한 9월)에 겹쳐 들어와 충을 한다. 충 중에서도 묘유충은 그 충격이 센 충인데, 두 개의 묘유충이 동시에 발생했으니 무언가 그를 뒤흔들 사건/사고가 생겼을 법하다. 그가 이 시기를 잘 넘겼으면 하는 뒤늦은 안타까움을 갖지만 아마 그의 마지막 의지처였고 존재 이유였던 어머니의 사망이 그를 더욱 못 견디게 만든 듯하다. 안타깝기 그지없는 마 교수의 명이다.

공지영과 『즐거운 나의 집』의 인물 간 생극 관계

가족 해체/붕괴라는 말들이 문학과 사회 양면의 이슈가 되던 시기에 나는 공지영의 자전적 장편 『즐거운 나의 집』(2007)을 강의한 적이 있다. 이혼하고서도—그것도 세 번이나—자신만의 삶을 꾸려나가는 작가인 여자 주인공과 그녀의 딸이 함께 삶의 주체로 서는 스토리가 바뀌는 시대를 반영하고 있음을 학생들에게 전하였다.

그런데 명리를 공부하고 나니 이 소설이 다른 관점에서 눈에 들어왔다. 우선 위녕이라는 화자 주인공의 성격이 그랬다. 고3 수험생인 이 친구는 부모와의 관계, 친구와의 관계들에서 개인주의적이고 자유로움을 선호한다. 애초에는 부모의 이혼으로 아버지의 집에 살았으나 새엄마에 대한 반항과 이로 인한 아버지와의 갈등, 엄마에 대한 그리움으로 고2 무렵 결국 엄마의 집으로 와서 살게 된다. 질서와 절제가 일상적이던 아버지의 집에서 엄마의 집으로 돌아오니 모든 것이 다르다. 엄마는 술을 마시고 돌아와 수험생인 딸과 춤추자 하고, 술도 권하고, 모든 것은 네가 선택해라 한다. 그러나 말은 그리하지만 실상 엄마도 결국 세상에 가장 쉬운 길이 공부해서 대학가고 취직해서 살아가는 것이라 말하는 공부주의자(?)이다. 그러나 엄마는 그리 억압적이지는 않다. 네가 선택하라 해놓고 공부를 권하는 자신의 모순을 자의식하는 엄마이기에 대화로 권유할 따름이다. 이런 엄마의 딸답게 위녕은 이혼한 엄마가 다른 남자와 교제해도 너그러이 관용한다. 아니 관용하는 정도가 아니라 그 아저씨와 아예 친구가 된다.

이처럼 개인주의적/자유주의자인 성격의 아이는 십성론에서 말했듯 식상이 발달하거나 많다. 식상은 자신을 표현하고 드러내는 십성이다. 예술, 방송, 연예인, NGO 종사자, 기획자 등 자유롭고 창의적인 업종에 어울려서 딱딱한 조직에는 어울리지 않는다. 이런 아이들을 공부하라고 강압적으로 다그치면 엇나간다. 가출하거나 부모 몰래 딴 짓(방향)으로 나간다. 그리하여 위녕은 자신의 뜻대로 지방의 교대를 선택하여 남모르는 고민을 가진 아이들을 지도하고 끌어주고자 하는 업무, 교직에 종사하고자 한다. 일종의 상담사로서의 교사를 희망하는 것이다. 자유로운 직업, 매이지 않는 분야에 종사하고자 하는 식상의 성격에 맞는 선택이다.

그럼 엄마는 어떤가? 이 엄마는 실상 작가의 분신이다. 이 소설은 자전적 성격이 짙은 소설이기 때문이다. 작가인 엄마는 술 마시고 들어와 고교생인 딸과 춤추자 할 뿐만 아니라 종종 한 잔을 권하기도 한다. 참으로 멋쟁이(?) 엄마이다, 너의 행복이 가장 중요하니 너 자신을 무엇보다 존중하고 사랑하라는 엄마이다. 이 엄마는 무엇보다 세 번이나 이혼한 엄마이다. 리버럴리스트이며 낭만주의자이며 전위적인 엄마이다. 작가 자신의 캐릭터가 많이 반영된 인물이자 소설이다. 그래서 공지영 작가의 사주를 살펴보았다.

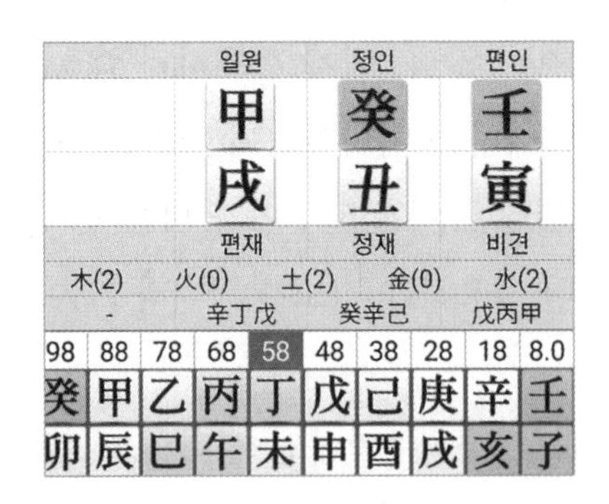

인터넷 인물 정보에 소개된 생일인데 시간은 알 수 없어 역시 사주가 아닌 삼주를 보게 되었다. 우선 일주의 지장간에서 상관견관 구조가 드러난다. 지장간은 전문적인 내용이라 II장의 명리학 기초 이론에서 밝히지 않았는데 모든 지지, 즉 자축인묘진사오미…, 12지지에 배속된 천간의 성분들이다. 다시 말해 공 작가의 일지 술(戌)에는 신(辛)－정(丁)－무(戊) 이 세 가지 천간이 배속되어서 일주의 성격을 규정하는 데 큰 영향을 미친다. 공지영 작가는 술 : 편재 속에, 신 : 정관－정 : 상관－무 : 편재의 성격을 감추고 있다. 여기에 정관이 상관을 만나는 상관견관(傷官見官) 구조가 숨어 있다. 앞서 기술했듯이 상관이 정관을 극제하면 자유주의적 성향을 띠기 쉽다. 그리고 천간에 계수와 임수, 즉 정인과 편인을 띠고 있으니 독창성을 가지고 글로써 일하는 직업을 갖기 쉬운 것이다. 게다가 월지의 축(丑)도 수성분, 즉 인성에 속하는지라 자유직으로서의 소설가는 공 작가에게는 어울릴 수밖에 없는 직업임을 알 수 있다.

그리고 공지영 작가에게는 비겁(比劫)이 있어 남과 같이하려는 정신 또한 강하다. 비견/겁재는 남과 더불어 하는 정신, 주관(체)성, 리더십 등을 표징한다. 인성도 강한지라 작가는 신강한 사람이다. 그리고 박경리 작가와 마찬가지로 호랑이띠다(^^). 게다가 공교롭게도 박경리처럼 축술 형살도 있어 활인업, 작가로 입신하면 좋은 구조이다. 이런 성분이 있기에 문학을 하면서도 강력한 대사회적 발언을 하는 참여형 작가가 된 것이라 본다. 적어도 2010년대 중반까지 우리 문학은 탐미적이거나 순문예적인 경향이 주를 이루었는데 공지영 작가는 마치 이를 거스르듯 현실 참여적 성향을 드물게도 꾸준히 실천한 작가이다. 데뷔작 「동트는 새벽」(1988)의 현실 참여적 성향도 타고난 신강한 자아의 반영이라 할 수 있다. 어쨌거나 공지영 작가는 자유주의자에 낭만주의자의 성향인 것이 상관견관과 인성이 두드러진 삼주에서 명백히 드러난다. 이러한 성향이 수험생 딸과 춤추고 같이 한잔하고 이혼했지만 여전히 낭만적 연애를 꿈꾸는 소설가의 형상으로 나타난 것이라 하겠다.

소설 속 위녕의 아버지를 살펴보자. 소설에 따르면 공지영의 첫 번째 남편, 위녕의 아버지이니 위기철 씨로 보이는 이 인물은 약속 없이 불쑥 나타나는 걸 싫어하고 계획대로 가야 하는 사람이며, 정갈한 집, 즉 희고 깔끔한 실내, 각이 맞게 정돈된 쿠션들, 빈틈없는 가구의 배치 등 엄마의 집과는 다른 분위기 속에서 안정감을 찾는 사람이다. 이러한 성향은 강한 관성의 반영이다. 앞서 언급했듯이 강한 자기 절제, 융통성 부족한 깐깐함 등, 달리 말해 선비/관료/교사적 성격이 관성(官星)의 성격인데 위녕의 아빠는 이것이 발달한 사람으로 보인다. 한편 그도 인성이 강할 것이다. 관과 인이 발달하면 명예를 중시하는 사람이며 그쪽으로 성공한다. 위기철 씨는 저술가로 이름을 알린 이다. 아마 공, 위 두 사람이 한때 맺어진 것은 서로의 관성과 인성을 추구하는 부분, 즉 학자/작가/저술가 등이 갖춘 낭만성, 창의성, 염결성 등에 한때 끌린 탓이고 헤어진 것은 관을 극하는 식상성의 성격, 즉 규범과 틀, 관성과 잘 어울리지 않는 공 작가의 성격이 결혼 후 결국 맞부딪히면서 헤어진 이유가 된 듯하다. 이렇게 보는 것은 식상은 관성을 극제(剋制)하기 때문이다. 지장간에 이미 견관상관이 내장되어 있지만 아마 공 작가의 시주(時柱)에는 식상이 강하게 자리 잡고 있지 않을까 본다. 아빠의 강한 정관성, 엄마의 강한 식상성의 성격은 이런 묘사에서 명료하게 드러난다.

> 아빠네 집이 각이 반듯반듯 잡힌 책장을 가지고 있고 액자마다 윤이 난다면 엄마네 집안은 소파도 둥글고 쿠션도 둥글고 책상도 삐뚜름하게 놓여 있었다. 이건 비단 인테리어만의 문제가 아니라 내게는 마치 헌법이 전혀 다른 국경을 넘는 일과도 같았다. (『즐거운 나의 집』, 푸른숲, 2007, 31쪽)

이런 요인으로 하여 이들에게 갈등이 생겼을 개연성이 높다. 이들이 길게 가려면 서로의 이러한 특성을 잘 알고 맞추려 노력했어야 할 것이다. 그러나 쉽지도 않았을 것이 너무 젊은 시절의 불같은 선택이어서 상대방의 진정한 성격을 알았을 때는 이미 시간이 한참 지났을 때가 아닐까 싶다.

위녕이 교사의 길을 걷기로 한 것도 부모의 성향을 이어받은 셈이다. 상담 교사, 즉 자유로우면서 봉사를 업으로 하는 교사의 직이라는 것은 아버지와 어머니의 성향을 반반씩 이어받은 결과로 볼 수 있다는 것이다. 그러나 이러한 선택은 위녕이 스스로 자신의 판단하에 한 것이다. 너의 행복이 가장 중요하니 너 자신을 무엇보다 존중하고 사랑하라는 엄마의 철학이 반영된 결과라 하겠다. 다시 말해 스스로의 판단으로 자신의 삶을 책임지는 주체적 결정을 엄마가 도운 것이다. 엄마의 삶도 그러하다. 엄마 자신, 세 번의 이혼에 따른 주위의 따가운 시선과 무엇보다 세 명의 남편과 헤어지는 아픔과 쓰라림을 감내해야 했다. 그럼에도 자신의 운명을 수락하고 자신의 길을 걷고자 하는 사람이다. 엄마가 이처럼 위녕을 잘 돕는 것, 잘 지도하는 것은 엄마의 일간은 목(木)이지만 딸의 일간은 화(火)여서 목이 화를 생하는 관계에 놓여서일 수 있다. 아마도 위녕의 개인주의적이고 자유주의적 성향은 식상이 강한 탓이기도 하지만 일간이 화여서 자유주의적이면서 개성적인 캐릭터의 소유자가 되었을 수도 있겠다. 모녀의 관계는 이처럼 화해롭지만 그러나 세 번이나 이혼한 엄마가 걷는 길이 쉬운 길은 아니다. 특히 점점 성장하는 아이들의 방황과 반항이 만만치 않다. 특히 초등학교 고학년인 둘째 아이 둥빈이 서서히 엄마에게 반항과 원망을 드러내기 시작한다.

삶은 어느 누구에게도 만만치 않다. 하나의 과제, 고뇌가 끝나면 그것으로 끝이 아니고 다른 과제와 고뇌가 따른다. 유/무명이 문제가 아니고 빈자든 부자든 젊던 늙었던 자신이 죽을 때까지 우리는 저마다 타고난 과제와 고뇌를 끌어안고 가야 한다. 소설 『즐거운 나의 집』도 그래서 즐겁지만은 않은 온갖 사연으로 얽혀 있다. 그러나 집은 우리의 최초이자 최후의 보금자리이기에 즐거운 곳이고, 즐거워야 하는 곳이다. 이 집을 베이스캠프 삼아 우리는 거듭된 출정의 에너지를 얻는다. 제목이 '즐거운 나의 집'인 것은 그래서일 것이다. 공지영의 소설이나 에세이에는 우리가 무릎을 치게 되는, 삶에 대한 날카로운 통찰이 배인 명구들이 많다. 이 소설 중에도 집에 대한 빼어난 규정이 있어 마지막으로 한 대목 인용한다.

누가 그러더라구, 집은 산악인으로 말하자면 베이스캠프라고 말이야. 튼튼하게 잘 있어야 하지만 그게 목적일 수도 없고, 또 그게 흔들거리면 산 정상에 올라갈 수도 없고, 날씨가 나쁘면 도로 내려와서 잠시 피해 있다가 다시 떠나는 곳, 그게 집이라고. 하지만 목적지 자체는 아니라고, 그러나 그 목적을 위해서 결코 튼튼하지 않으면 안 되는 곳이라고. 삶은 충분히 비바람 치니까, 그럴 때 돌아와 쉴 만큼은 튼튼해야 한다고. (271쪽)

신경숙의 『엄마를 부탁해』와 인수성(印綬星)의 행방

사주명리의 십성 중에 인성(人性)과 관련하여 중요한 의미를 가지는 것이 인수성(印綬星)임은 수차례 언급하였다. 인수성, 혹은 인성(印星)은 도장 '인'자가 의미하듯 도장 또는 인증이 요구되는 글 혹은 서류, 달리 말해 일체의 문자 행위와 관련된 아이콘이다. 그러므로 인성이 한 개인의 사주 원국에 적절히 드러나면 그 사람은 글, 서류 또는 문자 행위와 관련이 높을 사람이다. 인수성은 또한 사람과의 관계, 육친(六親: 친족)의 관점에서 보면 어머니에 속한다. 어머니인 만큼 인수성이 있으면 어머니와 관계가 깊고 어머니의 보살핌이 깊음을 의미한다. 또한 어머니는 나를 생해 주는 존재인 만큼 인수성이 있으면 나(自我/我身)가 성장하는 데 중요한 도움이 된다. 그리고 인수성은 어머니와 같은 따뜻함이 내게 있음을 의미하니 인수성, 특히 정인성이 있으면 마음이 따뜻하고 어진 사람이 된다. 반면 인수성이 없으면 까칠하고 까탈스러운 사람이라 본다. 그러나 인수성이 너무 많으면 오히려 어머니의 넘치는 사랑에 의해 모자멸자(母慈滅子), 즉 어머니에 너무 기대는 마마보이처럼 될 수도 있음은 마광수 교수를 논할 때 언급한 바 있다.

생극 관계로 볼 때 재는 인을 극한다. 즉 재물은 학문이나 학자적 어짊 등을 해친다. 탐재괴인(貪財壞印)이라는 용어가 있는데 재물을 탐함으로써 인성, 즉 학문을 무너뜨리는 경우를 말한다. 돈에 너무 집착하면 학문적 성취를 이루기 어려운 것이 사실이다. 학문적 성취는 오히려 넘치는 재물이 있을 때는 어렵다. 딴 생각이 나고 게을러지기 쉬운 탓이다. 그러나 요즘의 학문적 명성은 어느 정도의 재물로도 보상이 되므로 이때의 인은 인(仁)으로 바꿔 이해하는 것이 옳지 않을까 한다. 달리 말해 재물을 너무 탐하면 마음의 어짊을 잃게 된다는 것이다. 부자가 천국에 들기는 낙타가 바늘구멍을 통과하는 것보다 더 어렵다는 예수의 말씀도 있지만 재물이란 것은 생길수록 사람을 더 갈증나게 만드는 요인이다. 하나를 가지면 또 다른 하나를 갖고 싶은 것이 인지상정인 때문이다. 미국의 빌 게이츠나 워렌 버핏처럼 자신의 가진 재물의 대부분을 사회에 내놓은 사람은 그러므로 드물고 귀한 경우이다.

인수성의 성격에 비추어 볼 때 가장 참고할 만한 문학 작품이 신경숙의 『엄마를 부탁해』(2007)이다. 신경숙은 2015년 표절 사태를 겪은 후 한동안 절필하고 있다가 2019년 여름 『창작과 비평』을 통해 다시 창작을 재개하였다. 아직도 비판적인 시각이 있지만 4년이면 작가도 충분히 힘들었을 시간이고, 무엇보다 이 작가의 능력이 더 이상 묻히는 것은 안타까운 일이다. 그녀가 쓴 『엄마를 부탁해』는 미국에서도 10만 부나 팔리고 전 세계 32개 국어로 번역되었을 만큼 호평을 얻은 소설이다. 이 소설이 외국에서도 이처럼 대단한 호응을 얻은 것은 그만큼 어머니의 존재를 잘 파악하고 어머니가 우리 삶에 가진 의미를 잘 옮겼다는 말이겠다. 물론, 작중 어머니의 위상이 너무 과장되었다, 어머니는 이렇게 무오류의 존재인가라는 비판도 있었지만 작가 자신은 자기가 느낀 어머니 그대로를 담았을 뿐이라 하니 왈가왈부하기도 어려운 노릇이고 실상 사모곡으로서 이처럼 곡진한 소설도 우리 소설사에는 없었다.

『엄마를 부탁해』는 딸, 아들, 남편, 엄마 자신, 이 네 명의 시선으로 엄마를 묘사한다. 다양한 시선으로 엄마를 입체적으로 조명하는 것이다. 사람마다 다른 관점을 가졌다는 것을 인정하고 대상을 다양하게 바라보고자 할 때 이러한 다주인공 관점이 쓰인다. 먼저 딸의 시선으로 본 엄마. 딸은 하는 일이 소설가인 것으로 보아 작가 자신의 면모가 많이 배어 있을 인물이다. 소설은 이 딸이 엄마의 실종을 놓고 자신에게 대화하는 이인칭 주인공의 시점으로 시작한다. 엄마는 자식들이 모두 서울에서 살아 부모의 생일을 하루에 같이 챙겨주려는 자식들의 뜻에 따라 서울역에 내렸다가 아차 하는 순간 남편을 놓쳐 실종이 된다. 그리고 실종된 엄마는 이미 뇌의 손상에 따른 두통을 혼자서만 참다가 치매 상태에 이르러 길을 잃어버린 것임이 밝혀진다. 그리고 이인칭 주인공인 딸은 엄마가 곁에 있을 때 까마득히 잊고 있었던 엄마의 일들을 새삼 꼼꼼히 떠올리며 자책한다. 엄마가 서울역에 도착했을 때 아무도 마중 나가지 않은 오빠들을 나무랄 때 '그러면 너는?'이라 받아치는 오빠들의 비난도 삽입한 것을 보면 화자의 자책이 만만치 않음을 알 수 있다. 이인칭 주인공을 등장시키는 것은 이처럼 화자 자신이나 타인과 대화하는 방식으로 화자 자신을 솔직하게 검증하고자 하는 의도로 쓰이는 경우가 많다.[9] 이런 대화체 방식으로, 작가인 딸은 엄마가 자식들과 함께 할 때 얼마나 활기찼는지 자신이 얼마나 엄마에게 의지했는지를 밝힌다. 그녀는 부엌과 논밭만을 오가는 듯한 엄마에게 한때 이렇게 물은 적이 있다. “엄마는 부엌이 좋아?” 그럴 때 엄마의 대답.

> 부엌을 좋아하고 말고가 어딨냐? 해야 하는 일이니까 했던 거지. 내가 부엌에 있어야 니들이 밥도 먹고 학교도 가고 그랬으니까. 사람이 태어나서 어떻게 좋아하는 일만 하믄서 사냐? 좋고 싫고 없이 해야 하는 일이 있는 거지. (『엄마를 부탁해』, 창비, 2007, 73쪽)

엄마의 실존적 삶의 태도랄까, 이 대목은 엄마가 직접 한 말이기보다 작가 자신이 엄마를 대변한 듯 보이지만 여기서 우리는 엄마란 존재의 정체를 깨닫는다. 다시 말해 자식을 먹이고 키우고 가르쳐 한 인간으로 성장시키는 데 엄마라는 존재의 역할이 있다는 것, 그것은 좋고 싫고를 떠나 엄마라는 존재가 떠안은 희생과 헌신의 본질이라는 것, 그리하여 화자는 자식들이 엄마라고 부를 때는 친근감만이 아니라 ‘엄마 나 좀 돌봐 줘, 엄마 내 편이 되어 줘’라는 부탁이 항상 담겨 있다는 것, 엄마는 힘이 세고 엄마는 거칠 것 없고 좌절을 겪을 때마다 내 옆에 있는 존재라고 생각한다는 것이다.

그리고 그 엄마는 온갖 정성을 바쳐 키운 장남이 고졸 9급 공무원

---

9) 필자는 소설 창작이론 중 시점 이론의 문제와 그 수정을 위해 「시점론의 반성과 재정립」(『한국문예창작』 36, 2016.4)을 썼고, 이인칭 소설의 정체를 밝히기 위하여 「이인칭 서사의 정의, 분류 및 서사효과 연구」(『한국문예창작』 44, 2018.12)를 썼다. 이인칭 소설에 관심이 있는 이들은 두 번째 글을 참조하기 바란다.

으로 서울 생활을 할 때 그 밑의 동생들을 맡기게 되자 "형철아 내가 미안하다"고 눈물을 흘린 어머니이고, 그 자식이 서울에 첫 집을 장만했을 때 팥죽을 한 찜통 끓여와 고시래를 하고 문패를 달라며 봉투에 든 돈을 쥐어주며 "엄마가 미안하다. 니가 집을 사는디도 아무 것도 못혀줘서 미안하다"는 엄마이다.[10] 이런 에피소드는 아들이 주인공인 방식으로 묘사된다. 그리고 소설이 진행되어감에 따라 엄마는 가부장적인 아버지에게 별 원망 없이 순종했음이 아버지의 눈으로 그려지며, 없는 시어머니 대신 더 혹독한 시어미 노릇을 한 손위 시누라든지 아들마냥 챙겼던 시동생의 자살에 따른 충격을 혼자서 견딘 것과, 모든 살아있는 것들을 잘 생육한 손길 등을 어머니 자신의 관점으로 옮긴다. 이런 스토리 속에는 항상 우리들 농촌의 시속을 풍성하고 정겹게 바라보는 작가의 시선이 스며있다. 그리하여 이 소설은 화자인 작가가 남편을 따라 로마에 들르게 되었을 때 그곳의 바티칸 대성당에서 죽은 예수를 껴안고 슬퍼하는 성모를 조각한 피에타 상 앞에서 그녀의 엄마를 성모에 대입한다. 그리고 그 성당을 떠날 때 성모에게 기도한다. "엄마를 부탁해".

지금까지 살핀 바 이것이 더할 것도 뺄 것도 없는 엄마의 성격, 인수성의 성격이다. 달리 말해 인수성은 어머니의 사랑, 자애로움, 희생과 헌신의 아이콘이다. 그러나 이처럼 사랑과 자애로움의 상징으로서의 어머니를 말하면 어머니를 그처럼 신화화하지 말라고 반박하는 시류도 있다. 요즘 결혼을 기피하는 젊은 여성들은 특히 그럴

---

10) 2장 제목은 '미안하다 형철아'. 여기서 화자는 삼인칭 주인공인 자기 오빠를 내세워 엄마가 아들에게 얼마나 끔찍한 모정을 발휘했는지를 보여준다.

것이다. 여성들에게 신화화된 모성을 강조하는 것은 여성들의 희생을 강요하는 것이라 반발할 수 있다. 아닌 게 아니라 여성들도 사회 진출이 활발하여 직장 생활을 하는 마당에 여성들에게만 엄마 노릇에 충실하라는 것은 부당한 요구가 된다. 나는 자식을 키우는 게 여성만의 일은 아니라고 생각한다. 남녀가 같이 일하니 남편도 육아에 적극 참여해야 함이 옳다. 가사에도 남자가 마땅히 같이 참여해야 한다. 그리고 아이들을 키우는데 돈도 많이 드니 아이들을 키우는 것이 벅찬 것도 사실이다. 나는 이런 것들을 인정하고 남자들이 여성을 돕고 이해해야 한다고 생각한다.

그러나 모든 여성은 아이를 낳고 자신의 아이를 사랑과 정성으로 키우는 한 명의 엄마가 되는 것도 의무라고 생각한다. 이는 OECD 국가 중 출산율 꼴찌라는 우리나라의 미래를 생각해서만 하는 말은 아니다. 후손을 낳고 생명이 지속하도록 하는 것은 모든 산 것의 본성이요 본질이기 때문이다. 어떤 자연 다큐멘터리를 보더라도 새끼 낳기를 거부하고 그것을 기피하는 산 것은 없다. 자신의 새끼들을 낳아 생명을 유지하고 번성케 하려는 것은 모든 산 것들의 본능이다. '생육하고 번성하는 것'은 의무도 아니고 그냥 본성이다.

이런 점을 생각하면 엄마가 가진 인수성의 성격은 요즘의 타산적 세태, 편리만을 생각하는 세태에 묻혀 너무 우리에게 홀대받는 것이 아닌가 생각된다. 엄마는 직업이 있건 말건, 돈이 있건 없건 우선 자식을 낳고 자식을 사랑과 헌신으로 키우는 존재이다. 이 지점에서 나는 신경숙 소설의 제목 『엄마를 부탁해』를 다시 생각한다. 엄마를 누구에게 부탁한다는 걸까? 물론 성모에게, 엄마의 상징인 성모에게 치매가 되어 어디선가 헤맬 엄마를 부탁한 것일 수도, 이미 저승에 있을 엄마의 안위를 부탁한 것일 수도 있겠다. 그러나 나는 엄마와 같은 헌신과 희생, 즉 인수성의 존재가 희미해지는 이 시대를 부탁한 것일 수도 있으리라 본다. 앞에서도 썼듯이 인수성은 재에 의해 억눌리고 극을 당한다. 모든 것이 돈으로 통하고 물질을 밝히는 이 시대에 우리는 인수성을 손상당하고 있다. 신경숙이 부탁한 것은 우리 시대 인수성의 행방은 아니었을까?

바람직한 중독자

—은희경의 「지도중독」

1

은희경은 데뷔했을 당시, 그리고 그 후로도 한동안 냉소와 위악의 작가, 또는 냉소와 조롱기 가득한 작가로 규정되었다. '나는 열두 살 이후로 성장할 필요가 없었다'는 『새의 선물』(1995) 주인공 열두 살짜리 진희의 당돌한 선언과 삐딱한 세상 보기가 이런 인상을 각인시킨 주요인이었다. 그 이후로도 작가는 사랑도 환상에 불과하다는 것, 하늘 아래 새로운 것은 없다는, 요즘이야 보편적 상식이라 할 시니컬한 세계 이해를 2000년 전후로 일관되게 작품에 담아 그런 인상을 강화시켰다. 그러나 실상은 그만큼 세상에 대한 기대와 사랑이 컸기에 그에 답하지 않는 세상에 대한 작가의 반발이 그러한 형식으로 표출된 것임은 이제 누구나 안다. 아마도 한때 작가에 대한 그러한 인식은 작가의 외모에서도 비롯되지 않았나 짐작한다. 문단 생활 같은 것은 외경했던 학삐리인 나로서는 작가들을 접할 기회란

내가 속한 학과행사 중 하나인 '작가와의 대화'에 그들이 응할 때였다. 은희경 작가도 그렇게 해서 만났지만 뚜렷한 첫인상은 매우 말랐다는 점이었다. 사진이나 영상으로 볼 때는 통통하다(?)는 인상이었는데 막상 보니 신경질적으로 보일 정도로 마르고 왜소한 체구였던 것이다. 아하, 역시 저처럼 예민한 몸에서 치밀한 문장과 감수성이 발휘되는 것이군 했지만 학생들과 만난 자리에서 작가는 "~했답니다" 투의 동화적 내레이션에 넘치는 재치를 담아 교실을 폭소로 몰아넣었다. 내가 받았던 외모 관련 인상, 그리고 작품 내용이 버무려져 냉소/위악 등의 평이 만들어지지 않았나 짐작해 보는 것이다.

2

은희경의 소설은 독특한 문제의식, 치밀한 구성과 문장, 작품 속에 등장하는 다양한 정보 등에서 매우 유니크하다. 지금은 많이 알려진 황제 다이어트의 메커니즘, 메줏덩이같이 생긴 빌렌도르프의 비너스 등은 그녀의 단편 「아름다움이 나를 멸시한다」에 소개됨으로써 대중화되지 않았나 싶다. 「지도중독」(2005) 또한 은희경의 이러한 장점이 유감없이 발휘된 단편이다. 우리의 삶에 가득한 아이러니는 우리를 당혹케 하는 경우가 많지만 그것이 오히려 우리가 사는 세계를 풍성하게도 한다는 전언을 담은 소설이 「지도 중독」이다.

이 작품의 화자 주인공 M은 번화한 도시의 삶에 만족하는 평범한 젊은이다. 재치 있는 블로거인 친구 B의 묘사에 의하면 북한산 등반은커녕 그 앞을 지나는 버스 한 번 타본 적 없고, 잔디 잘 깔린 집을 동경하고 친구들과 도심의 생맥주 한 잔을 즐거워하며, 유기농 채

소, 명품, 포도주, 영화 등을 선호하는, 한 마디로 문명화된 도시의 일상에 길든 인물이다. 그는 B의 에니어그램 식 분류에 의하면 9번 유형이다. 자기 주관이 약하고 "분리된 자아가 되는 것, 즉 다른 사람에 대항해서 자신을 주장하는 개인이 되는 것이 가장 두려운"(「지도중독」, 『아름다움이 나를 멸시한다』, 창비, 2007, 147쪽) 소시민적 인물형이 M이다.

M의 이러한 성격을 보건대 에니어그램 식 분류로는 9번 유형이겠지만 명리상으로 보건대 신약 사주이다. "나로 말하자면 돌출행동은 하지 않는", 삶에서 일어나는 일은 그저 받아들이는 것이 좋은데 왜냐하면 거기에 대해서 할 수 있는 일이 별로 없는 것이라 생각하는(같은 책, 152쪽) 사람인 점에서 M은 주관/주체성이 약한 신약형이다. 마침 그는 물만 갈면 설사를 하는, 실제 신약한 체질이기도 하다. 그러나 그에게는 많지는 않지만 비견성이 한 개쯤은 있을지 모른다. 비견성이 있는 사람은 다른 사람과의 유대를 중시하고 그런 만큼 다른 사람과의 관계는 아끼는 성향이기 때문이다. 한편 그는 학원강사로 일하고 있으니 관성, 즉 교육자적 자질이 있을 사람이다. 학원강사를 천직으로 할 사람이라면 편재성이 강해 돈벌기에 관심이 있는 현실적 인물일 수도 있겠다. 물론 요즘은 정규직 교사가 워낙 되기 어려우니 어쩔 수 없이 택한 일일 수도 있겠지만, 어쨌거나 M은 우리가 현실에서 일상적으로 만나는, 모나지 않게 고만고만한 하루하루를 사는 평범한 젊은이다. 그런데 이 신약하면서 민주적 소시민인 M이 문득 캐나다의 험지 록키산맥으로 트래킹을 떠나게 된다. 자신이 기획한 것도 아니고 캐나다로 이민 간 친구 Y가 유혹한 여행에 끼게 된 것이다. 너와 함께 꼭 이런 여행을 하고 싶었다는

우정어린 초대에 넘어간 간 것인데, 막상 현지에서 만나 보니 갑자기 팔을 다쳐 운전을 못하게 된 그 친구가 자신의 편의를 위해 계략적 초청을 한 혐의가 있다. 아닌 게 아니라 그 친구의 학창시절 별명은 '잔머리'였다. 모든 보통사람들처럼 친구를 좋아하고 귀가 얇은 신약형의 M은 자의반 타의반의 여행길에 오른다. 이 여행에서 그는 매우 독특한, 보통사람과 다른 한 명의 기인 P 선배를 만난다. 이 인물이야말로 이 소설의 진짜 주인공이다.

P는 M과 Y의 대학 선배이다. 그도 캐나다에 살고 있는데 멘사 클럽에 들 정도로 머리가 좋으면서도 대학 다닐 시 도서관에서 갑자기 일어나 소리를 지르고 난동도 피운 적 있는 괴팍한 인물이다. 지금은 캐나다에서 나름의 사업을 추진 중이다. Y는 P 선배의 사업적 도움이 필요해 이 여행을 꾸민 혐의가 있어 보이지만, 선배가 하는 일마다 실패해서 가족들도 다 떠나고 사회부적응증으로 정신과 치료도 받은 적이 있다는 뒷담화를 한다. M이 본 P 선배의 첫인상은 강인하고 음울하게 느껴지는, 90킬로그램은 너끈히 넘어 보이는 큰 덩치에 한쪽에는 불길이 이글이글 타오르고 한쪽에는 검은 물이 깊이 고여 있는 분위기를 풍기는 사람이다.

3

M이 본 P 선배의 가장 눈에 띄는 특징은 지도에 집착한다는 점이다. 그는 자동차를 타고 가는 내내 낡아서 종이가 들뜨고 귀퉁이가 심하게 닳은 지도를 줄기차게 들여다본다. 몇 시간 동안 차선을 바꿀 필요 없는 고속도로를 달리는데도 줄창 그 지도를 들여다보면서 그

러나 길에 대해서는 한 번도 뭐라지 않는다. 과묵하면서도 빙하기, 간빙기, 선캄브리아시대, 쥐라기 등의 역사나 로키산맥의 형성, 인간 진화의 역사 등에 대해서는 줄줄 꿴다. 텐트를 치고 야영할 때에는 혼자서 밤을 밝히다시피 하며 맥주만 들이켠다. 그는 텐트 안에서 자지 않고 알몸으로 침낭 안에서 자는 비박을 즐긴다. 이때도 손에서 지도는 놓지 않는다. 한 마디로 전형적 괴짜인 것이다.

무엇보다 그의 성격 특성을 잘 드러내주는 것은 다음과 같은 대목이다.

> P 선배는 모든 일을 자기 방식대로 철저히 혼자서 하기를 원했다. 행선지에 대한 다른 의견을 내거나 방위에 대해 아는 척하거나 심지어 찌개를 끓일 때 옆에서 파를 썰어주는 것조차 싫어했다. 자신의 머릿속 지도대로만 움직이는 사람이었다. 그렇지만 한 치의 오차없이 정확하게 정해진 길로만 간다는 뜻은 아니었다. 오히려 누구나 알 수 있는 상식에 대해서 어이가 없을 정도로 무지했으며 전혀 예측할 수 없는 까다로운 방식으로 문제에 접근하곤 했다. 마치 옆집에 가기 위해서 먼저 '옆'과 '집'의 의미가 무엇인지 『브리타니카 백과사전』과 『옥스퍼드 어휘사전』과 『조선왕조실록』을 찾아보는 식이었다. (……) 만약 누군가 P선배를 추종하고 싶어한다 해도 머릿속을 종잡을 수 없는 그에게 아부하기란 쉬운 일이 아니었을 것이다. (173쪽)

한마디로 외곬이고 자기만의 사고 방식을 고집하는 사람이다. 아니, 고집도 아니다. 타고난 성격이요 남의 눈을 의식하는 것 자체를 모르는 사람이다. 요즘 젊은이들의 속어로 '아싸'[11]가 될 수밖에 없는 성격이다. 이런 인물은 신강 사주라 할 수 있다. 신강은 비겁성이 많거나 인수성이 많은 경우, 아니면 이 둘이 같이 많은 경우이다. 신강 사주 중 바람직한 것은 둘이 적당히 섞인 경우이다. 이런 경우는 주체성이 있으면서도 주위와 잘 융화한다. 그러나 비겁만이 많으면 독단적이기 쉽고 어디서나 보스 노릇을 하려 지갑을 흔들면서 허풍을 떨 가능성이 있다. 인수성만이 많으면 글이나 학문에 소질이 있지만 그 편향성 때문에 오히려 학문이 지체되고 생각만 많을 수 있다. P 선배와 같은 인물은 인수성이 강하면서 그 중에도 편인성이 강한 인물이라 하겠다. 편인성은 외골수에 독특한 사고를 하는 인물에게 많다. 트럼프 대통령이 편인성이 강한 인물이다, 그는 비겁이 3개, 인수성이 3개로 매우 신강한 사람이다.[12] 그 중에도 편인성이 한 사람의 성격 구성에 큰 역할을 하는 월지(月支)에 딱 박혀 있어 매우 독특한 성격을 가졌다. 좋은 표현으로 독특하다 하겠지만 매우 편향적이고 자기만의 방식을 고집한다. 강한 비겁과 편인성이 결합한 리더십 탓에 배신하는 부하도 많고 여러 가지 트러블도 많았다. 역대 미국 대통령 중 동맹과 가장 많은 불화를 일으킨 사람이 트럼프 대통령이라 해도 과언이 아닐 것이다. 주독 미군을 감축할 정도로 독일과는 척을 졌고 프랑스의 마크롱 대통령과도 한때 불화를 일으켰으며 메이 영국 전 총리와도 사이가 좋지 않았다. 단지 자신을 철저히 받들어 모시는 아베 전 총리와는 그야말로 혈맹의 우정을 과시한 바 있다.

11) 아웃사이더.

12) 트럼프 대통령의 사주는 명리인물론에서 자세히 다룬다.

P 선배는 트럼프와 같이 권력적 성향은 아니지만 매우 독특한 사고와 삶의 방식을 고수하는 점에서 편인성이 매우 강한 사람으로 보이는 것이다. 흔히 머리가 좋은 사람에게서 보이는 편벽성이라 할 수도 있다. 그러나 그에겐 폭력적인 면은 전혀 없다. 술을 많이 마시긴 하지만 Y가 경고한 주사(酒邪)도 없다. 비주류 지향적인 겁재성이 하나쯤 있고 인수성이 많은 신강형 사주의 사람이라 할 만하다. 이런 P 선배는 지도에 머리를 박고 있음에도 불구하고 자신은 남이 안 가본 길을 가는 것을 좋아한다고 한다. 또한 올바른 길이란 없다, 인간은 그저 찾아다녀야 할 뿐이라고도 한다. 지도에 중독된 듯 보이는 사람치고는 매우 아이러니한 발언인 것이다. 그러니 그의 지도중독은 오히려 남이 안 가는 길을 궁리하기 위한 골똘한 계측법인지도 모른다.

4

이쯤에서 노자가 말한 도가도비상도(道可道非常道)란 구절을 떠올린다. '길이라 이름 붙일 수 있는 길은 이미 길이랄 수 없다, 또는 도(道)라는 것은 정형화/유형화될 수 없다'라는 의미로 노자의 초속(超俗)한 세계관을 보여주는 대표적 문장이다. 이 구절에 비추어 보면 P 선배는 남들이 길이라 부르는 곳 이외의 곳을 탐사하기 위해 지도를 그토록 골똘히 들여다보는, 노자적 사유의 수행자라 할 만하다. 아닌 게 아니라 P 선배는 앞에서도 언급했듯 지도에 나온 길대로 가야 한다고 간섭을 하는 사람은 아니었다. 그저 지도를 골똘히 들여다보기만 하는 사람이다. 필자는 이 책의 도입부에서 사주팔자라는 지도의 완성은 개개인의 실존적 선택과 실천으로 완성시켜야 한다고 쓴 바 있는데, P 선배라는 인물의 행태는 이를 실천하는 방식이라 할 만하다. 다시 말해 그의 지도중독은 그가 선택해야 할 자신만의 고유한 길을 찾기 위해 세상의 길이란 길은 다 익히고자 하는 열정의 소산이 아닌가 보는 것이다. 이런 분석을 증명하듯 P는 "모두들 다른 존재가 되는 것, 그것이 진화"라 한다.

> 인간들은 다르다는 것에 불안을 느끼고 자기와 다른 인간을 배척하게 돼 있어. 하지만 야생에서는 달라야만 서로 존중을 받지. 거기에서는 서로 다르다는 것이 살아남는 방법이야. 사는 곳도 다르고 먹이도 다르고 천적도 다르고, 서로 다른 존재들만이 평화롭게 공존하는 거야. (181쪽)

즉 다양성을 인정하는 것, 다양한 타자의 주체성을 인정하는 것. 이것이 진화라는 것이다. 친구 B의 표현을 빌면 "다양화는 경쟁을 감소시키고 많은 종들이 공존하도록 만드는 자연의 생존방법"(178쪽)이다. 따라서 같은 종이 같은 종을 잡아먹는 것이 다양화의 종말단계라 한다. 그렇다면 자신의 이익을 위해 같은 종인 인간이 인간을 이용하고 잔인하게 무수히 죽이는 지금 이 시대는 어떤 단계에 이르러 있는 것일까?

알고 보니 P 선배는 그저 남과 다른 방식의 삶을 사는 존재였을 뿐이다. M이 그토록 두려워하면서도 마주치기를 원했던 로키산맥의 곰은 실상 조우했을 때 무심하게 M들을 바라보았을 뿐 노란 민들레를 뜯어먹고는 유유히 사라진다. 자연상태로의 존재, 그 아름다움과 천연함, 그 위엄에 M은 압도된다. 그리고 여행이 끝나고 한국에 돌아왔을 때 그는 P 선배가 바로 로키의 곰과도 같은 존재였음을 깨닫는다. P 선배야말로 괴짜이지만 다양한 종 중의 개성적인 한 명으로 자신만의 방식으로 실존을 구현할 뿐 남에게 해를 끼치지 않는 평화로운 존재였던 것이다. 원래 여행은 길을 찾아 나서는 방식이고 이에 따라 소설은 여행의 한 방식이라 유비되지만, M이 여행에서 찾은 '길'은 P 선배라는 독특한 인물의 사유와 삶의 방식이었고 이는 또한 작가가 우리에게 권하는 길이기도 했던 셈이다.

괴짜여서 자신의 지도만 고집할 듯하지만 의외로 열린 시각을 가지고 평화와 공존을 지향하는 사람, 대자연 속의 비박을 즐기고 새벽까지 혼자서 캔맥주를 끝없이 뜯어 마시는, 과묵하여 위협적인 듯하나 오히려 순박하고 평화를 추구하는 사람—무리를 떠나면 불안하여 무리에 섞이려 하면서도 타자를 의심하고 공격조차 서슴지 않는 오늘날의 신약한 도시인들에게 작가는 진정한 삶 또는 길찾기 중독자를 제시하고 팠던 것으로 보인다.

김영하, 아직도 '나는 나를 파괴할 권리가 있다' 할까?

1

김영하는 문학 마니아가 아니라도 이제는 한국인 다수가 알고 또 사랑하는 작가이다. 정치평론가 유시민 등이 출연하는 알쓸신잡이란 토크쇼의 한 패널로 참여하기도 해서 그의 대중적 성가는 이미 인증된 바 있다. 그의 소설은 미량의 마약 성분을 섞어 놓은 것처럼 일단 손에 잡으면 뗄 수 없는 중독성이 있다. 속도감과 박진감 넘치는 스토리 전개, 독특한 소재 등이 그런 중독을 가능케 하는 원인이다. 그러나 그는 소설의 재미에 빠진 독자가 후련히 마지막 페이지를 넘길 즈음 반드시 풀고 넘어가야 할 수수께끼를 던진다. 다시 말해 결말이 알쏭달쏭한 것인데 여기서 그는 이 소설이 말하고자 하는 게 대체 뭐야라는 예상치 못한 문제 풀이의 고민을 독자에게 반드시 떠안긴다. 이를테면 김영하는 재미라는 표피 속에 고민해야 할 문제거리를 교묘히 포장하는 소설이라는 당의정을 가장 효능감 있게,

요즘 시속의 말로는 '가성비' 있게 쓰는 작가인 것이다. 이런 이유로 필자 역시 김영하 마니아라 할 정도로 그의 소설을 좋아하는 독자 중 한 명이다. 그러나 이 글에서 나는 김영하 소설에 나름의 문제 제기를 하려 한다. 그의 출세작이라 할 『나는 나를 파괴할 권리가 있다』(1995)로부터 문제 제기의 기원을 제시한다.

2

『나는 나를 파괴할 권리가 있다』는 1996년 제1회 문학동네 신인작가상을 받은 중편이다. 김영하는 1995년 계간지 『리뷰』에 「거울에 대한 명상」으로 데뷔하였으나 실제 그를 알리게 한 출세작은 이 소설이다. 발표 당시 그 형식과 파격적 문제의식이 너무 낯설어 판타지 소설, 전위적 소설이라고까지 평가되었다. 형식의 낯섦은 그의 군더더기 없는 문체와 스피디한 사건 전개, 미술 작품을 중요한 라이트모티프로 활용한 기법 등이고, 파격적 문제의식이란 나를 파괴하는 것—자살도 하나의 권리 아니냐는 첨예한 주장이 그것이었다. 김영하의 이러한 문제 제기가 있을 때까지 우리 소설사—뿐만 아니라 문학사를 통틀어서도, 이러한 주장을 한 작가나 작품은 없었다. 이 소설이 나오기 전까지 삶은 어쨌거나 이어져야 하는 것이고 그럴 가치가 있는 것이라는 메시지는 어느 작가에게나 공통이었다. 따라서 온갖 험난한 곡절과 시련에도 불구하고 소설의 결말은 흔히 아기, 생명의 탄생으로 귀결되곤 했던 것이다. 그런데 김영하의 이 소설은 그러한 전통을 하나의 클리셰인 양 단칼에 자르듯 거부한 점에서 실로 파격적이었다. 자살이 너무 빈번하고 심지어 인터넷에 동반

자살 사이트까지 있는 지금에야 그리 놀라울 스토리도 아니라 하겠지만 당시로서는 그야말로 너무도 문제적인 문제 제기였기에 평론가들조차 선뜻 이해를 못하여 판타지 소설로 치부하기까지 했던 것이다.

이 소설은 제목에 걸맞게 죽음으로 넘치는 스토리인지라 죽음을 예찬하는 소설이라 해도 과언이 아닐 정도이다. 소설의 시작은 다비드의 그림 〈마라의 죽음〉이고 끝은 드라클루아의 〈사르다나팔의 죽음〉이다. 중간에는 아시리아의 장군 홀로페르네스의 머리를 베어든 클림트의 〈유디트〉가 등장한다. 그리고 유디트, 미미 등의 등장인물들은 자살을 택한다. C나 K등 죽지 않은 인물들도 유예하고 있달 뿐이지 언제든 스스로 자신을 파괴할 가능성이 충분한 존재들이다. 낭자한 죽음을 라이트모티브로 삼은 이 소설에서 우리는 작가가 얼마나 파괴/죽음에 몰입하고 있는가를 알 수 있다. 이러한 몰입 자체도 충격적인데 작가는 더욱 충격적이게도 우리 소설사상 유례없는 자살가이드라는 인물을 등장시켰다.

이 소설은 액자소설 형식인데 외부 액자의 주인공이 바로 자살가이드라는 직업(?)을 수행하면서 소설을 쓰는 '나'이다. 자살가이드인 '나'가 하는 작업은 소설가가 하는 작업과 동일한 궤적을 보인다. 도서관에서 신문이나 잡지를 검색하면서, 혹은 길거리를 배회하면서 대상 인물을 점찍는 것이 그렇다. 일단 인물을 찍으면 자살로 안내하고 그것을 소설로 옮기는 것이 다를 뿐, 그 이전의 행적은 소설가가 취재를 하는 단계와 흡사하다. "이 시대에 신이 되고자 하는 인간에게는 단 두 가지의 길이 있을 뿐이다. 창작을 하거나 살인을 하는 길"13)이라는 화자 주인공의 술회는 이 점에서 자신을 정확히 정의한다. 그는 살인과 창작을 동시에 하는 인물로 신의 영역을 넘보는 자이다. 이 인물의 이러한 가공할 캐릭터는 그러나 실은 작가 김영하의 데칼코마니라 할 측면을 갖는다. 김영하 역시 창작을 하고, 실제 살인을 저지르는 건 아니지만 소설 속에서 살인을 저지르고 있기 때문이다. 물론 그렇다 하여 우리는 작중인물이 작가의 경험적 자아의 등가적 반영물이라는 초보적 오해를 하는 것은 아니다. 그럼에도 불구하고 이런 추론이 가능한 것은, 이 소설이 프랑스에서 출간되었을 때 한 편집자로부터 이 소설은 혹시 당신 내면의 살인 충동을 표현한 것이냐는 질문을 받았을 때 무언가 들켜 버린 것 같았다는 작가의 고백이 2005년에 나온 2판 1쇄의 작가 후기에 실렸기 때문이다.

이러한 추론은 이 소설이 발표되었을 당시는 가능하지 않았다. 사람이 스스로를 파괴할 권리도 있지도 않으냐는 담론의 제기 자체가 너무 파격적이어서도 그랬지만 무엇보다 이제 막 신인으로 등장한 김영하에 관한 정보가 전무했던 상황이기에 그랬던 것이다. 그러나 이제 그의 급진적 허무주의[14]는 이제 그 배경을 알 수 있는 자료가 나와 있어 충분히 이해 가능하다. 우선 예의 후기에서 작가는 이 소설의 퇴폐적이고 자기 파괴적인 택시운전사 K처럼 이 소설을 쓸 무렵 중고 스텔라를 타고 경부고속도로를 과속으로 달리다 중앙분리대를 들이받고 몇 바퀴 회전한 사고를 낸 적이 있었음을 고백한

13) 김영하, 『나는 나를 파괴할 권리가 있다』(2판 1쇄), 문학동네, 2005, 17쪽. 이후 인용은 본문에 표시하고 제목은 『나는 나를』로 약함.

14) 남진우, 「나르시시즘, 죽음, 급진적 허무주의: 김영하의 소설에 대해 말하고 싶은 두세 가지 것들」, 『숲으로 된 성벽』, 문학동네, 2010에서 쓴 용어이다.

다. 골초였고 매일 밤 술을 마셨고 때로 며칠을 달아 마셨다고도 한다. 그때 그의 정신적 풍경은 "영원히 변치 않을 것 같은 시스템을 저주했고 정치적 무관심을 적극적으로 옹호했고, 일하지 않을 권리 게으를 권리를 찬양"하던 상태, "국가가 하는 모든 일에 저주를 퍼붓고 (……) 다음 세대에게는 더 나은 나라를 물려주자는 구호는 엿이나 먹으라고 생각"할 정도로 황폐하고 자포자기적 지경이었다는 것이다. 그는 왜 이러한 좌절에 빠져 있었을까?

3

이런저런 대담들을 참조하면 그의 충격과 좌절은 1990년을 전후한 시대 상황에 말미암은 것임을 짐작할 수 있다. 그는 대학을 다니던 1980년대 후반 열혈 운동권 학생이었다는 것, 심지어 1989년에 한국뿐만 아니라 전 세계를 놀라게 한 임수경 방북 사건에 연세대생이던 자신도 남학생 대표로 동행할 뻔했으나 여권발급 문제가 이상하게 꼬이는 바람에 좌절되었을 정도로 선봉을 달리던 운동권 대학생이었다는 것이다. 이랬던 그가 만난 충격으로 두 가지 역사적 전변(轉變)을 들 수 있다. 우선 1890년대 말 공산권의 붕괴가 그것이다. 인민의 행복과 낙원을 지상 이념으로 내세웠던 공산주의가 공산당 간부의 특권화와 부패로 자기들 잇속만 채우다 마침내 붕괴된 것은 이념의 허구, 인간 욕망의 어두운 허방을 보여준 점에서 당대 지식인에게 엄청난 충격이었다. 당시 전두환 노태우로 이어지던 군사독재에 대항하면서 은근히 공산주의를 동경하던 지적 풍토마저 없지 않던 1980년대 후반 한국의 지식인층과 운동권에 던져진 충격은 특히 켰다. 또 하나의 충격은 1990년대 초반, 삼당 야합의 문민정부가 들어선 것이다. 김영삼이 그때까지 투쟁의 대상이던 노태우 정권과 손잡고 문민정부라는 명목을 내세워 집권에 성공한 것이다. 그러나 노태우의 민주자유당, 김영삼의 통일민주당, 김종필의 신민주공화당이 손잡은 것은 말이 좋아 합당이지 무슨 수를 써서라도 김대중을 꺾고 권력을 쥐려했던 김영삼, 퇴임 이후의 안전 보장이 절실했던 노태우, 권력자의 위상 유지가 필요했던 김종필 등의 휼계(譎計)에 의한 야합이었다. 이 야합이 문제였던 것은 그때까지 이룬 민주화 투쟁의 역사를 일거에 무화하고 한국의 정치적 갈등을 지역색에 기반한 그것으로 더욱 공고히 한 데 있다. 다시 말해, 배신과 지역적 담합을 문민화의 이름으로 자행함으로써 그 이전까지의 전통적 덕목이던 지조, 우의, 신뢰 등의 가치가 정치 게임의 술수에 의해 공공연히 훼손되고 부정되었다는 것이다. 물론 그 이전의 정치인들에게 허언과 변절이 없었다는 것은 아니지만, 노태우로부터 먼저 합당의 제의를 받았으나 절조를 지키기 위하여 이를 거절한 김대중이 오히려 결과적으로 호남이란 지역과 함께 따를 당한 모양새가 되었음을 생각한다면 이는 인간에 대한 믿음과 한국사회의 가치관에 부정적 음영을 드리운 역사적 훼절이라 하지 않을 수 없었다. 김영삼은 이러한 훼절의 대가인지 역대 대통령 중 그 평판이 하위권을 면치 못하고 있지만[15] 삼당 합당은 공산권의 붕괴로 스트레이트 펀치를 맞은 지식층에 결정적 어퍼컷을 먹인 꼴이 되어 더 문제였다. 삼당 합당 이후, 사회 변혁에 투신했던 386세대가 김영삼과 김대중의 진영을

15) 이른바 IMF구제금융 사태를 부른 경제적 실정도 그의 평가를 깎아내린 큰 요인이다.

따라 이합집산한 것, 심지어 일부는 안기부의 직원으로까지 포섭되면서 정의를 위해 사회 변혁에 복무한다던 운동권의 깃발은 허공을 부유하는 낡은 신문지 쪽처럼 돼버렸기 때문이다.16) 자본주의가 최후의 이념적 승자가 되고, 이기면 그만이라는 게임의 법칙이 확산되면서 흔들리기 시작한 정신과 가치관의 혼돈은 1990년대 초반의 소설가소설이나 후일담 소설의 확산을 부른 시대적 배경이다.17)

4

김영하의 『나는 나를』도 바로 이러한 시대적 분위기의 소산이었다. 독재와 불평등, 민족의 분단을 극복하고자 저항했던 열정이 생존과 출세의 욕망으로 변절하는 것을 지켜보아야 했던 젊음의 충격과 좌절이 그의 자포자기와 퇴폐의 배경이었던 것이다. 당대의 용어로 하면 '환멸과 상실'이 그의 정동Affect이었던 셈이다. 이를 재미있게 증언하는 자료가 하나 있다. 작가가 2013년 『씨네 21』에 쓴 칼럼 「앞에서 날아오는 돌」에 의하면 그는 1989년에 이미 사회 변화에 쓴 침을 삼키고 있었다.

---

16) 1990년 발표되어 포스트모더니즘 논쟁을 일으킨 하일지의 『경마장 가는 길』이 허공에 떠도는 신문지를 표류하는 기표의 이미지로 삽입한 것은 참으로 시사적인 상징 조작이었다.

17) 과도적 시기에 문학/인의 존재란 무엇이냐를 회의하고 묻는 양식이 소설가소설이다. 주인석 「소설가 구보씨의 하루」, 구효서 「깡통따개가 없는 마을」, 장정일의 「아담이 눈 뜰 때」 등이 이 시기의 대표적 소설가소설이다. 반면에 운동권이었던 젊음의 패잔과 방황을 다루는 소설이 후일담 소설이다. 공지영 『고등어』, 박상우 「샤갈의 눈 내리는 마을」, 방현석 「존재의 형식」, 넓게는 신경숙 『외딴 방』, 황석영 『오래된 정원』까지를 포괄한다. 두 양식은 그 성격이 포개지기도 한다.

> 때는 1989년이었다. 87년 6월항쟁으로 대통령 직선제가 도입되었지만 정작 그 선거로 인해 뽑힌 것은 노태우였다 (……) 베를린 장벽이 무너지면서 학생운동이 기대고 있던 한 축, 동구권 사회주의 국가들이 도미노처럼 무너지고 있었다. 반면 한국 자본주의는 88올림픽 이후 호황을 구가하기 시작하는 그런 무렵이었다.

이 글이 재미있다는 것은 작가가 자신의 사주 이야기를 하고 있어서이지만 이는 조금 더 뒤에 다루기로 하고, 우선 그의 당시 심경을 엿보기로 하자. 김영삼의 삼당 야합이 있기 전 그는 노태우가 민주화 투쟁의 열매를 따 먹은 아이러니에 분노하고 자본주의가 기승하기 시작하는 1980년대 말의 시대적 분위기에 이미 좌절하고 있음을 볼 수 있다. 여기에 김영삼의 삼당 야합으로 운동권이 현실 권력과 야합하고 살길을 찾아 뿔뿔이 이합집산하는 세태를 목격했으니 국가가 하는 모든 일에 저주를 퍼붓고 더 나은 미래를 다음 세대에 물려주자는 구호에 엿이나 먹으라고 비난한 것은 하루 이틀에 생긴 좌절과 분노가 아니었던 것이다. 죽음을 유도하는 자살가이드, 타나토스의 충동을 수행하는 액자 바깥의 주인공 화자는 이 점에서 정확히 작가의 내면을 보여주고 있는 셈이다. 더구나 이 인물은 소설가이기도 하지 않은가. 그러므로 작가의 경험적 자아를 작중인물로 치환하여 텍스트를 읽는 방식을 여기서는 초보적인 독법이라 할 수 없다는 것이다. 실상 넓게 보면 이 소설의 작중인물들은 모두 작가의 분신이다. 등장인물들은 작가의 자아를 조금씩 나누어 갖고 있다. 자살가이드인 화자 주인공뿐 아니라, 여고 시절에 이미 가출하여 자학적 삶을 사는 유디트, 행위예술가로 자신의 누드로써 삶과 예술의 한계에 저항하는 미미, 음울하고 냉정한 아티스트인 C, 이유는 분명치 않지만 스피드와 도박으로 삶을 견디는 K 등은 모두 자기 자신이나 주변 세계를 파괴하고픈 타나토스적 충동에 시달리는 점에서 작가의 경험적 자아를 일정 부분씩 나누고 있는 셈이다. 여자와 남자, 자살가이드, 노래방도우미, 비디오아티스트, 택시운전사, 행위예술가 등의 외피를 입고 있지만 이들의 자포자기적이고 음울한 자기 파괴적 충동은 정확히 당시 작가의 내면을 분할, 반영하고 있다 할 것이다.

5

여기까지가 필자가 읽은 이 소설의 파격적 문제의식의 기원이다. 그렇다면 이 소설의 어떤 점에 필자는 문제를 제기하고 싶다는 말인가? 아니, 실은 이 소설 자체가 아니라 김영하 소설 전반의 문제의식에 대한 문제 제기라 하는 게 맞겠다.

필자는 앞서 김영하 소설은 미량의 마약 성분을 가진 것처럼 독자를 흡인한다고 말했다. 그런데 그 흡인력은 모든 마약이 그렇듯이 유해 성분을 가지고 있다. 소설에 유해 성분이 있다고? 소설은 재미에다 교훈을 첨가한 꽤 유익한 당의정이 아닌가? 그러나 김영하의 소설 속에 담긴 약 성분은 늘 그렇게 유익하지만은 않다는 것이 문제이다. 왜인가? 그의 소설은 매번 어둡고 차가운 세계상을 제시하고 있기 때문이다. 첫 단편 모음집인 『호출』에 도저한 배신과 상처들, 혁명이 삶을 바꿀 수 있다는 소문을 깨뜨리고자 한 『검은 꽃』, 남파된 북한 고정간첩을 중심으로 전개되는 남한의 추하고 비루한 일상을 진열한 『빛의 제국』은 그래도 그의 후일담적 좌절과 조소(嘲笑)를 담은 전언으로 이해할 수 있지만, 가장 최근 그의 단편집인 『오직 두 사람』에서도 그의 어둡고 시니컬한 세계 재현은 끝나지 않고 있다.

이 단편집에 실린 「아이를 찾습니다」는 실로 끔찍한 이야기이다. 어느 날 마트에서 아이를 유괴당한 한 부부의 가정 붕괴는 실로 어이없고 인과성 없는 이 세계의 모순을 그대로 보여준다. 그저 아이를 탐낸 한 독신 간호사가 저지른 유괴에 죄 없는 가족이 풍비박산 난 것이다. 아이를 찾고자 백방으로 애쓰는 중에 남편은 실직하고 아내는 정신병에 걸린다. 그 간호사는 자신이 암으로 죽게 되자 아이를 슬그머니 돌려보낸다. 그러나 서너 살에 유괴되어 중학생이 된 아이는 이미 이 부부의 아이가 아니다. 친부모집의 찌든 환경에 겉돌던 아이는 가출을 하고 장성하여서야 겨우 소식을 전한다. 그 소식 전하기는 잠시의 동거로 자기가 내지른 아기를 아버지에게 그 동거녀가 맡기고 달아나는 방식이다. 참으로 아무런 온기나 희망이 없는 세계이다. 아니, 아기, 새로운 생명을 할애비가 어느 시골집에서 키우기로 하였으니 미래가 있는 소설이랄까? 한 가정이 죄도 없이 우연한 재앙으로 파괴되는 이 소설은 너무나 리얼하고 개연성 있어 오히려 두렵고 끔찍하다. 그러나 묻게 된다. 작가는 왜 이런 소설을 썼을까? 이 질문은 김영하의 소설이 안기는 속도감과 리얼함에 빠져 있다가 문득 받아들여야 하는 수수께끼 풀이와는 다르다. 가령 그의 초기 단편 「호출」에서 어느 섹시한 여인의 백에 던져 넣었다던 삐삐가 주인공 자신의 주머니에서 울리는 것이나, 이상문학상을 받은 「옥수수와 나」의 주인공 소설가가 결말부에 독약인지 비타민인지 모르는 알약을 삼키고 "나는 옥수수가 아니다"를 주문처럼 외우면서 실신에 빠지는 결말과는 다르다는 것이다. 이런 소설들은 현대인들의 자기 중심적 나르시시즘이나, 상업적 욕망과 예술의 본질 사이에 납작하게 끼인 소설가의 곤경을 통렬하게 풍자하는 문제의식이 있다. 그러나 「아이를~」의 세계는 작가가 아직도 『나는 나를』을 쓸 때의 음울한 파괴의 충동 또는 그 세계관의 여전한 연장선상에 있는 것으로 보인다. 그렇다는 것은 이 단편집의 마지막에 실린 「신의 장난」을 보면 더욱 뚜렷하다. 신입사원 연수과정인 방 탈출 훈련에 투입된 네 명의 남녀는 끝이 없는 미로에서 헤어나지 못한다. 씻지도 갈아입지도 못하여 몸에서 냄새가 나고 점점 동물적으로 변해 가지만 방을 열면 또 하나의 막힌 방이 나타날 뿐이다. 신입사원 연수 훈련이 이럴 수가 있을까? 남녀 네 명은 실수로 회사 측이 그들을 잊어버린 것이 아닐까 하는 의문도 갖지만 그들은 결말부에 이르러서도 탈출하지 못하고 절망한다, 영화 〈큐브〉에서 모티브를 얻은 듯한 이 소설은 "신도 우리를 귀여워하다가 가끔은 귀찮아 하기도 하고 어느날 훌쩍 사라져 버리는" 무책임한 교회 집사 같은 존재가 아닐까를 의심하는 데서 결국 우리가 사는 세계란 신이 저지른 장난이 아닌가 싶게 인과성도 필연성도 없는 부조리한 그것임을 전하려는 하나의 알레고리임을 알게 된다. 아마도 이 알레고리는 김영하의 세계 재현의 압축판이 아닌가 한다.

6

나는 작가의 이러한 세계 읽기에 적극적 반기를 들지 않는다. 실제 이 세계는 그리 인과가 상응하는 세계도 아닌 듯한 순간을 너무 많이 보여주고 우리는 따뜻하고 사랑스러운 순간보다 우연에 찬 불행과 음울한 어둠을 종종 만나기 때문이다. “저는 인간들은 (……) 어리둥절한 채 서로에게 상처를 입히고, 죽지 않으려고 발버둥치다가 결국은 죽어 사라지는 존재라고”18) 본 그의 세계 이해는 일말의 진실을 담았다. 그러나 『나는 나를 파괴할 권리가 있다』에서부터 시작한 작가의 이 우울하고 차가운 전언은 이제 그 차가움으로 우리를 질리게 하는 면이 있다. 그리하여 설사 그것이 자연의 세계를 제대로 파악한 합당한 인식이라 해도 그러한 세계 읽기에 집념하여야 할까, 라는 질문을 금할 수 없다.

나의 이러한 문제 제기는 물이 반쯤 남은 컵을 두고 낙관/긍정론의 효용과 비관/부정론의 교훈을 가르치고자 하는 어리석은 문제의식의 측면이 있다. 삶을 두고 낙관하든 비관하든 그것은 당자의 선택이다. 낙관론자가 반드시 바람직한 것도 아니고 비관론자가 늘 틀린 것도 아니다. 문학은 안이하고 진부한 삶을 질타하고 일깨우는 방부제의 효용을 분명 가진다. 그런 점에서 김영하의 어둡고 차가운 소설 세계에 대한 문제 제기는 공연한 시비인 것 같다. 작가가 세계를 받아들이는 태도와 자세는 작가의 자유이자 개성이지 꼰대스런 훈수가 통할 영역이 아니라 할 것이다. 그러나 작가의 태도와 자세는 그의 세계에만 머물지 않는다. 다 아는 바와 같이 그것은 독자의 정신에 영향을 미친다. 특히 많은 독자 대중이 그의 책을 접하는 작가임에랴. 작가 스스로도 『나는 나를』이 나온 지 몇 년 후에 한국

18) 김영하, 김수이 대담, 「존재·삶·글쓰기」, 도정일 외 13인, 『글쓰기의 최소원칙』, 룩스문디, 2008, 308쪽.

과 일본에서 자살청부업자가 나타난 것에 대한 놀라움을 예의 후기에서 밝히고 있지만 그런 현상은 그저 작가의 예지력을 보여준 것일까, 작가가 끼치는 영향력의 단면일까? 단언할 순 없지만 후자의 측면도 분명 부정할 수 없을 터이다. 그는 『나는 나를』에서 "압축할 줄 모르는 자들은 뻔뻔하다"(11쪽) 했지만 생을 너저분하게 연장하고 싶어 사는 사람들이 어디 있으랴. 모두 자기의 삶은 소중하고 아끼고 싶어 한다. 그래서 너저분하게도 사는 것이다. 물론 데뷔작이고 당시의 자포자기적 심정을 이해 못 할 바 아니지만 그의 이러한 세계관이 여전히 지속되는 감을 주는 그의 소설 세계는 우려를 표하지 않을 수 없게 한다.

김영하는 일찍이 그의 두 번째 단편집 『엘리베이터에 낀 그 남자는 어떻게 되었나』의 표지에 자신은 매캐한 담배 연기 같은 미량의 독을 가진 소설을 써서 독자를 중독시키고 싶다는 바람을 적은 적이 있다. 이 글의 도입부에서 필자는 김영하의 소설이 약간의 마약 성분을 가진 것 같다고 썼지만 그 마약 성분은 담배의 그것과 흡사하다. 과연 담배는 일정한 각성 효과, 위안의 효과로써 우리가 쉽게 끊지 못할 중독성을 가졌다. 그러나 그것이 부지불식간에 몸을 해치고 더구나 타인의 건강까지를 해치는 중독제임은 이제 누구나 안다. 김영하는 지금 한국사회의 문학/문화계에서 큰 영향력을 지닌 작가가 되었다. 실상 그의 영향력은, 그의 데뷔 이후 2010년대 중반까지 파괴와 해체를 마치 하나의 화두인 양 지속한 문단의 흐름에도 작용했다 할 측면이 있다. 이러한 영향력을 발휘한 작가가 아직도 담배 연기와 같은 중독성을 가진 소설을 계속 쓴다는 것은 어떨까? 더구나 스스로를 파괴하고 아이도 낳지 않으려는 젊음이 자꾸 늘어나는 세태이다.

역시 베스트셀러가 된 그의 에세이집 『여행의 이유』 또한 김영하다운 문장과 기발한 안목이 번득였던 책이다. 기억에 남는 그의 여행 이유는 기대를 배반하는 여행의 이러저러한 돌발성 때문이라 한 대목이다. 작가야말로 우리는 우리 자신을 파괴할 권리가 있다는 매우 퇴폐적인 선언으로 한국사회에 이름을 알리는 존재가 되는 아이러니를 경험했고, 그 이후로도 그의 삶은 여행에서 만나는 것과 같은 돌발적 행/불운을 충분히 경험했을 터이다. 그럼에도 불구하고 어둡고 차가운 세계의 면모만을 일관되게 부각시키는 것이 그의 '경건한 허무주의'[19]에 합당한 자세일까? 경건한 허무주의라면 오히려 허무주의이되 삶에 대한 경건함을 잃지 않겠다는 지향일 텐데 이는 삶과 세계의 미래를 부정하는 자세는 아닐 것이다. 그러하다면 이제 그의 남다른 안목과 역량이 가끔이나마 따뜻한 봄바람에 실린 꽃내음이나 숲의 향기, 새소리를 실어 보내기를 기대하는 것도 어리석은 바람은 아니지 않겠는가.

7

이제 2013년 『씨네 21』에서 스스로 그의 사주를 언급한 글을 살펴보자. 작가가 그의 사주에 대해 자세히 언급하는 경우는 드물어 이 글은 흥미를 자극한다. 글 제목 '앞에서 날아오는 돌'이라는 것은

---

19) 허무주의는 위험하지만 경건한 허무주의는 문학인에게 필요한 자세라고 위의 대담 「존재·삶·글쓰기」에서 밝힌 바 있다.

자신의 운명을 말한다. 그는 예의 1989년 한 여대 앞 점집에서 신통한 '남자 점쟁이'에게서 자신의 사주를 봤다고 한다. 사실 사주 간명은 점의 영역은 아니니 점쟁이란 말은 어폐가 있지만 어쨌든 그는 자신의 미래가 궁금했던 모양이다. 머리를 길게 땋은 그 도령이 뽑은 결과는 이랬다.

"당신은 나무입니다. 나무라서 물을 가까이 하는 게 좋습니다. 그런데 이 나무를 바위가 짓누르고 있습니다. 그러니 어떻겠습니까? 화가 나겠지요. 당신은 지금 세상에 대해 무척 화가 나 있습니다. 그런데 나무는 자라게 마련이고 바위는 부서지게 마련입니다. 그러니 나이를 먹을수록 부드러워지고 유순해질 겁니다."

나무와 바위의 비유는 근사했다. 나는 언제나 비유와 대구로 이루어진 수사에 잘 설득되곤 했다.

"그럼 저는 앞으로 어떤 일을 해야 되겠습니까?"

"사주에 말씀 언자가 두 개나 들어 있으니 말과 글로 먹고 살게 될 겁니다. 그쪽으로 가면 40년 대운입니다."

과연 그는 시간이 지나면서 도령의 예언대로 먹고 살게 된 것을 확인한다. 시간이 흐르면서 그는 자신을 누르는 바위의 압력도 느끼지 못하게 되었고 그 무엇에도 크게 분노하지 않는 인간이 되었다 하니 이 또한 적중했다. 김영하의 사주가 어떻게 구성되었기에 이런 간명이 나온 것일까?

	일원	편인	정재
	乙	癸	戊
	酉	亥	申
	편관	정인	정관
-	庚 辛	戊甲壬	戊壬庚

木(1)	火(0)	土(1)	金(2)	水(2)

99	89	79	69	59	49	39	29	19	9.0
癸	壬	辛	庚	己	戊	丁	丙	乙	甲
酉	申	未	午	巳	辰	卯	寅	丑	子

그의 양력 생일 1968년 11월 11일을 넣으면 이러한 명반이 나온다. 시간은 알 수가 없으니 삼주로 보기로 한다. 작가 사주를 전문으로 보고 책까지 낸 '봄꽃 여름숲…'이라는 블로거는 도령의 예언에 말씀 언자가 두 개나 들었다는 것을 참고해 시지에 나무 묘(卯)를 배정하여 기묘(己卯) 시로 보았는데 이도 크게 틀리지 않은 추정으로 보지만 삼주로 보아도 상관없다.

작가의 일간 을유(乙酉)는 다정다감해도 냉정하며, 온유한 듯 하면서도 예민한 기질을 갖고 있는 특징을 나타내니 작가의 차갑고도 첨예한 소설 세계는 이러한 기질과 관련이 있는 듯하다. 또한 아신(我身)인 을(乙)목은 원래 자유지향성이며 생명력이 강한 성분이어서 작가와 어울린다. 그를 누르는 바위 두 개란 일지의 지장간에 들어 있는 경(庚)과 신(申)을 이른 것이다. 경과 신은 둘 다 금속 성분이고 일간에 관살로 작용하니 나를 누르는 바위라 할 만하다. 관(官) 성분은 명예와 입신 욕구를 상징하고 이러한 욕구를 충족시키기 위해서는 세계의 기준에 나를 맞추어야 하니, 즉 세계가 나를 극하도록 두어야 하니 스트레스가 심하다. 그에게 관 성분은 년지에 또 하나 있어 그 압력이 대단하다. 그러나 이러한 관의 압력은 작가의 멋진 대운이 잘 흡수한다. 25세부터 찾아오는 약 이십여 년의 목(木)운이 그의 자아를 튼튼하게 해 줄 뿐 아니라 연이어 또 삼십 년 가까운 화(火)운, 즉 식상운이 찾아와 원국의 인수성과 합하여 그의 창작욕을 만개토록 해주고 동시에 금을 극제하므로 바위의 압력이 사라질 밖에 없는 것이다.

작가는 같은 글에서 "운명이 정해져 있다는 운명 예정설 따위를 믿을 게 아니라면 믿을 수 있는 건 하나밖에 없다. 우리에게 자기실현적 암시가 필요한 꼭 필요한 인생의 순간들이 있다는 것"이라 했는데, 아마 도령을 찾을 무렵, 즉 1989년 무렵의 김영하는 자신의 삶에 대해 골똘히 고민하고 있었음에 틀림없다. "학생운동이 기대고 있던 동구권 사회주의 국가들이 도미노처럼 무너지고 한국 자본주의는 88올림픽 이후 호황을 구가하는" 그런 무렵이었기에 그가 내심 크게 좌절하고 충격 받았을 것임은 앞에서 쓴 바 있다. 그리고 우연히 들른, 아니 작가들 모두 운명에는 관심이 많은 만큼 작심하고 찾은 그 간명가에게서 그는 운명의 지도를 훌깃 엿본 듯하다. 이 이야기를 하는 이유는 작가 김영하도 이제 데뷔한 지 벌써 25년 정도가 지난 중견이 되었다는 점 때문이다. 그의 데뷔 당시에 『나는 나를』이나 『호출』이 준 강력한 인상이 아직도 깊이 각인되어 있어 그가 벌써 이러한 경력의 소유자가 되었다는 것이 잘 믿기질 않는다. 일관되게 날카롭고 차가운 소설 세계를 견지하면서도 전복적 시선의 새롭고 놀라움이 여전한 탓이 클 것이다. 그러나 25년 차의 작가가 된 만큼 이제 담배 연기와 같은 미량의 독성은 작가 스스로 자의식 할 단계가 되지 않았나 한다. 그것도 자꾸 쌓이면 몸에 좋지 않다는 것은 자명하다. 나이가 들면 담배를 끊는 것은 미래를 걱정하기 때문이다. 그가 여행에서 만난 호운을 자주는 아니더라도 가끔씩 전해 준다면 독자들도 기쁘지 않겠는가.

‘먹설’ 작가 김숨의 따뜻한 「국수」

작가 김숨은 유니크한 문제의식과 개성을 지닌 작가이다. 이름부터 독특하다. ‘숨’은 필명이다. 본명은 김수진. 작가 본인은 별 의미 없이 지은 필명이라 하나, 숨쉬는 것은 우리에게 원초적/본능적 행위이기에 뭔가 절박한 이미지를 갖는 것이 사실이다. 독특한 필명에 어울리는 개성적 작품 세계를 선보여 온 것이 김숨 작가이다.

김숨은 1997년 등단한 이후 『투견』(2005), 『침대』(2007)까지의 초기작 시대에는 그로테스크한 이미지의 작가라는 평을 많이 들었다. 작품의 인물들이나 분위기가 우울하고 괴기한 이미지를 강하게 풍겼기 때문이다. 그렇던 김숨이 따뜻한 이야기를 쓰면서 자신의 본령을 찾았다고 할 것이 내가 보기엔 「국수」를 발표하면서부터라 본다.

「국수」는 서울에 사는 의붓딸이 지방에 사는 혀암에 걸린 계모를 찾아 한 그릇 국수를 끓여주는 이야기다. 그 국수는 그냥 국수가 아니라 반죽을 해서 직접 밀고 칼로 써는 그야말로 ‘칼국수’이다. 이 칼국수를 만드는 동안 주인공 화자인 ‘나’를 통해 나와 계모 사이에 얽힌 온갖 사연이 풀려져 나온다. 만드는 것은 칼국수이지만 국수와 함께 과거의 사연이 줄줄이 뽑혀져 나오는 셈이다.

화자 나이 열넷이던 때 시집와서 지금은 일흔 둘이 된 의붓어미. 약 삼십 년 동안을 박복한 후실로 살아온 그녀가 이제는 혀암에 걸려 고통스러워한다. 그런 계모를 위해 이제 의붓딸이 국수를 끓인다. 그녀가 끓여주던 "담담 심심한 듯 은근히 구수한, 허기를 가만히 흔들어 깨우는" 국수를. 사실 그녀의 국수는 스스로의 삶을 닮은 듯 고명도 없고 고기국물도 아닌 멸치 국물에 양념장만 얹어주던 국수였다. 그러나 이제 의붓딸은 그 국수맛에 '길들여졌다'. 그리하여 딸이 이제 "손가락 마디들이 구근처럼 불거지도록" 반죽을 꾹꾹 눌러가며 그 국수를 스스로 만든다. 그 국수를 만드는 "노란 민무늬 장판지와 회색 싱크대, 보라색 꽃무늬 벽지, 하도 오래되어 백 살 노인네만 같은 냉장고와 취사와 보온 기능뿐인 밥솥이 있는" 누추한 부엌은 우리들 누구에게나 익숙한 곳이다. 아니, 작으나마 단정한 아파트에서부터 삶을 시작한 요즘 젊은이들은 잘 모르려나? 어쨌거나 이 부엌에서의 국수 만들기를 작가는 섬세하고 치밀하게 묘사한다.

큼직한 양푼을 찾아 밀가루를 붓고 소금을 물에 녹이고 그 물에 밀가루를 부어 손가락에 들러붙는 밀가루를 쓸어가며 그 반죽을 "꾹……꾹" 치대는 시간을 작가는 길고 치밀하게 묘사한다. 반죽을 하고 숙성되기를 기다리는 긴 시간은 그녀와 의붓어미가 살아온 인고의 시간이며, 보은(報恩)의 시간이며 사랑이 숙성하는 시간이다. 주인공 화자는 어린 시절 어머니의 자리를 대신하여 들어온 그녀를 한동안 미워했었다. 그녀는 계모가 만들어준 누추한 국수를 숟가락으로 토막토막 내는 것으로 그녀에 대한 부아를 표하곤 하였다. 그러나 삶의 고단함을 겪어내는 사이에 그녀와 계모는 삶의 동지가 되고 어느덧 그녀는 의붓어미의 국수에 길들여졌다. 아이를 거듭 유산하면서 그녀는 의붓어미의 삶에 더욱 가까워졌다. 그리하여 그녀는 암에 걸린 계모를 위하여 한 그릇 국수를 끓이는 것이다. 이제 그녀는 계모의 삶이 수천 마리의 나비를 품고 있다가 날려 보내는 고목의 밑동과 같은 삶이었음을 안다. 그런 의붓어미를 위해, 이제는 국숫발을 감당하지 못하는 어미를 위해 화자는 국숫발을 숟가락으로 뚝뚝 자르는 것이다.

우리 소설사에서 나는 이처럼 누추한 삶이 곡진하게 떠받들려진 소설을 보지 못했다. 또한 누추하고 고단한 삶들이 이처럼 감동적으로 서로를 대접하는 소설도 보지 못했다. 특히 김숨이 이 소설을 발표하던 2011년 무렵은 시니컬하고, 어둡고, 차가운 소설들이 기승하던 시절이었다. 김숨 자신도 그런 시대 분위기에서 그로테스크한 소설을 많이 썼던 작가였다. 그러나 이 소설을 쓰고 난 이후 그녀의 소설 세계는 변하였다. 2015년의 이상문학상 대상작인, 삶의 아픈 근원을 더듬는 「뿌리 이야기」도 그 연장선상에 있는 작품이다.

김숨의 문제의식도 발군이거니와 나는 작가의 음식 만드는 과정의 묘사에 늘 감탄한다. 서민들의 부엌과 그 부엌에서 만들어지는 먹거리, 그것이 만들어지는 과정을 작가는 얼마나 정밀하고 생생하게, 그리고 치열하게 묘사하는지! 김숨의 소설 속 음식물들은 너무나도 정밀하고 핍진한 표현을 얻어서 마치 내 눈앞에 그 음식물이 펼쳐져 있는 기분이 들게 하곤 한다. 「아무도 돌아오지 않는 밤」에서 시아버지가 탐닉하는, 들통 속의 오리뼈 곤 국물의 그 진하고 느끼한 공감각적 정동을 김숨만큼 곡진히 묘사할 수 있는 작가가 있을까? 「간과 쓸개」의 베란다에서 전어 굽기에 열중하는 아버지, 그 생선 냄새와 연기로 매캐한 집안을 김숨만큼 생생하게 재현할 작가가 있을까?

이래서 나는 김숨을 '먹설'의 작가로 호칭하고프다. 먹방에서 착안하였으니 좀 민망한 표현일지 모르나, 우리네의 누추한 부엌과 그 부엌에서 만들어지는 먹거리에 그처럼 애정을 가지고 탁월하게 문자로 재현한 작가도 없지 않을까 해서 나 스스로 붙인 호칭이다. 누추한 부엌과 음식에 이처럼 천착하는 작가이니만큼 김숨은 따뜻한 작가일 시 분명하다. 그리고 작가의 이러한 마음씀을 나는 진작 직접 경험한 바 있다.

내가 재직하던 대학의 학과에서는 매년 한 명의 작가를 초대하여 '작가와의 대화' 시간을 가졌는데 어느 해 나는 네 명의 작가에게 이메일로 청빙의 글을 보내었다. 한 명에게 메일을 보내 답이 없으면 다른 이에게 메일을 보내는 식이었다. 그 전까지는 출판사 등을 통하여 작가의 전화번호를 얻어서 직접 통화로 초빙하곤 하였었는데 이제는 출판사에서도 이메일 주소밖에 알려주지 않는지라 그 방법밖에 없었다. 요즘 들어 유명 작가들은 대행사를 통해 초빙을 허하는 추세이고 강의료도 고액이어서 작가들에게 괜한 폐를 끼치지 않으려고 몇 십만 원밖에 되지 않는 우리 학교의 특강료까지 밝혀가면서 보낸 그 메일에 "지금은 시간이 없어 응하지 못해 죄송"하다고 답신을 보내온 작가는 김숨뿐이었다. 한꺼번에 부친 메일이 아니라 한 명 한 명 반응을 기다리며 쓴 메일인지라 김숨의 답신은 고마웠다. 그때 나는 김숨이 따뜻한 마음을 가진 작가였음을 알았다. 아마 그녀가 사회복지학을 전공한 것은 그래서 우연이 아니었을 것으로도 생각한다. 어느 인터뷰(「눈 먼자가 나무를 바라보는 심정으로」, 『문학동네』, 2018년 봄)에서 간병인이나 요양보호사 등의 일에 깊은 관심을 가지고 있다고 한 것은 그녀의 따듯한 심성을 반영한 말이 아닐까 한다. 그리고 「국수」는 작가의 그러한 캐릭터가 가장 잘 반영된 소설이라 본다. 명리학에서는 을묘(乙卯)일주가 외유내강에다 다른 사람에 잘 감응하고 연민하는 심성을 가졌다고 보는데 나는 김숨이 사주의 어느 한 기둥에 을묘를 가졌으리라 짐작해 본다. 작가의 생년월일은 인터넷 인물 정보란에도 없어 그저 이 정도로만 짐작할 수밖에 없는 글이 되었다.

제5부
명리 문화비평

음양오행으로 풀어보는 한국

1

한국을 음양오행으로 풀어보면 어떨까? 이때 한국은 국토와 사람을 같이 규정하려는 개념이다. 신토불이라는 말이 있듯이 땅과 사람은 밀접하게 붙어 있다. 한국을 음양오행으로 규정해 보려는 사람들은 대개 한국을 동방(東方) 목(木)으로 규정한다. 오행과 방위를 연관지을 때 목은 동쪽에 속하니 나무와 동쪽이 표상하는 진취적이고 밝은 기상을 좋게 보아 그런 규정을 선호한 듯하다. 그러나 이런 규정은 너무 자의적이고 주관적이다. 물론 한 개인이 아니라 한국/인이라는 집단을 명리학으로 객관적인 규정을 하려는 시도 자체가 무모하다 할 판에 자의적/주관적인 문제를 따진다는 게 우습게 여겨질 수 있다. 그러나 이런 규정도 단순한 선호나 단선적 사고를 벗어나 좀 더 정밀하고 다면적인 사고를 하면 우리를 아는 데 도움이 될 수 있으리라 보아 이 글을 쓴다.

필자의 생각으로는 먼저 음양으로 구분해 보면 우리 한국/인은 양이 좀 더 강하지 않을까 생각한다. '빨리빨리'를 외치는 급한 성격이나 화끈한 것을 좋아하는 성격이 그런 추정을 하게 한다. 이것은 뒤에 언급하듯 화(火) 성분도 강해 그럴 터이지만 구성비로 본다면 아마도 양이 60% 전후, 음이 40% 전후가 되지 않을까 싶다. 양이 강하지만 지나치게 강하지는 않은 정도의 배합으로 본다. 우리들이 쉽게 달아오르는 경향이 있지만 그것을 조절하는 균형 감각을 끝내 발휘하는 데서도 그런 정도의 구성 비율을 추정해 보는 것이다.

다음으로 오행인데, 한국을 대표하는 오행 성분은 목이 아니라 토(土)라 본다. 우선 지정학적으로 볼 때 그렇다. 우리나라는 반도로 대륙세력인 중국과 해양세력인 일본 사이에 끼어 있다. 부정적으로 생각하면 끼어 있고, 긍정적으로 생각하면 교량/중재적 위치이다. 오행 중 토 성분이 바로 그렇다. 토는 목화(木火)와 금수(金水) 사이의 중간적 성분이어서 오행 중에서도 중개적, 중간적, 융합적 성격이 강하다. 그래서 토 성분이 강한 사람은 중개자 노릇을 자처하는 경향이 강하거니와 실상 우리나라는 중국문화를 일본에 전한 중개자 역할을 톡톡히 하였다. 문화적 특성으로 볼 때면 한국은 중국과 일본의 융합적 성격을 가지고 있다. 가령 경복궁이나 창덕궁 같은 궁궐을 보더라도 중국의 자금성처럼 너무 거대하지도 않고 일본의 오사카성처럼 인공적 건축미가 넘치지도 않는, 주변의 자연경관과 어울리면서도 인공의 조형미가 적절히 가미된 미적 특징을 엿볼 수 있다. 절 또한 그러하다. 우람하지만 거친 느낌을 주는 중국의 절들이나 정교하고 기하학적인 느낌을 주는 일본의 그것들과는 다르게 한국의 오방색을 활용한 단청에, 산속의 숲과 어울리는 소박하고 단정한 느낌을 주는 것이 우리의 절이다.

국민의 성격으로 볼 때도 그렇다. 한국인은 속마음을 쉽게 잘 드러내지 않다가 마음에 맞으면 확 드러내는데 이는 자신의 속을 쉽게 열지 않는 토 성분 탓이다. 그리고 수출, 그것도 다른 나라의 자재로 가공/중개무역을 위주로 하는 점에서도 한국의 성격은 토 성분이 두드러진다.

토도 양토인 무(戊)토와 음토인 기(己)토가 있는데 어느 쪽일까? 양토인 무토 쪽이라 본다. 왜냐하면 무토는 산악, 바위, 굵은 돌 등의 성격을 가지고 기토는 정원석, 화분의 흙, 고운 자갈 등을 상징하기 때문이다. 우리나라는 산악이 국토의 70%를 차지할 만큼 산이 많고 그 산들은 또 바위산들이 많다. 또한 무토는 성격이 진중하고 때로 미련스러울 만큼 명분을 중시하는 데 비해 음토인 기토는 어떤 생각을 하는지 잘 모를 정도로 자신을 잘 드러내지 않고 명분보다는 현실적 이익을 따르는 성향이 강하다. 때문에 마음이 통하는 사람에게는 거침없이 자신을 열면서 명분과 위신을 중시하는 우리는 무토에 가깝다고 보는 것이다.

2

그러나 개인도 그렇듯이 민족이나 나라도 하나의 성분으로 규정될 수는 없음이 물론이다. 다른 오행도 고려해 다면적으로 살펴야 한다는 말이다. 다른 오행 성분을 생각할 때는 역시 한국/인에게는 목 성분이 강할 듯하다. 목 중에서도 양목인 갑(甲)목보다 음목인 을(乙)목의 성격이 강할 듯하다. 왜냐하면 갑목은 죽죽 거침없이 뻗어나가는, 달리 말해 환경이 좋은 곳에서 자라는 나무라면 을목은 음지라던가 바위틈에서 덩굴성으로 자라는 나무이기 때문이다. 그리고 갑목은 죽죽 뻗지만 그 직립성 때문에 부러지기 쉬운 반면 을목은 덩굴성 때문에 생명력이 강한 것이 특징이다. 애국가에도 등장하는 우리의 소나무가 그렇다. 소나무는 우리의 고전 민화에도 많이 등장하는 소재로 우리나라의 상징목이라 할 만한데 소나무는 사실상 죽죽 뻗는 갑목이기보다는 돌틈에서 삭풍을 맞아가며 자라는, 그래서 뒤틀리면서 자라는 을목에 가깝다. 따라서 소나무는 진딧물을 이기고 자라는 우리 국화인 무궁화처럼 생명력 강한 나무이다. 우리나라 또한 그러하다. 대륙을 차지하고 있는 중국과, 섬나라이지만 한때 제국으로 성장한 일본, 이 두 강대국 사이에서 온갖 외침을 당하면서도 나라를 끝내 보존하며 끈질기게 생존해 온 한국인의 생명력은 전형적 을목의 성향이다. 또한 을목은 자유지향성이다. 한자 을(乙)의 생김새가 하늘을 나는 새의 생김새인 것처럼 을목은 자유롭고 싶어하는 속성을 가졌다. 억압받는 것을 못 견디는 만큼 남에게 군림하고 싶지도 않아 하고 할 말은 해야 하는 우리의 강력한 자유지향성은 을목의 그것이다.

한편 한국인들에겐 화(火)성분 또한 강하다 본다. 불이라는 것은 그 성격상 환하게 타오르고 따라서 남의 눈길을 받는 성분이다. 한국인들의 화끈한 성격, 멋 내기 좋아하고, 예능 소질이 두드러진 성향은 화(火)성분이 강한 탓이다. 화 중에서도 양화인 병(丙)화이다. 병화는 태양이나 용광로 같아서 환하게 타고 따라서 자기 현시적이며 화끈한 성분이어서 춤 잘 추고 노래 잘하며 급한 성격을 가진 한국인과 어울리는 성분이다. 반면에 음화인 정(丁)화는 촛불이나 모닥불

같아서 은근하고 드러나려 하지 않으며 은은히 타는 성격인 점에서 한국인과는 덜 맞다. 물론 한국인 전부가 병화라 하기는 어렵고 정화의 성격을 가진 사람도 많을 터여서 일률적으로 말하기는 어렵지만 한국인의 대표 성격을 말하려 하니 이러한 도식화를 피할 수 없다. 앞의 토, 목 성분의 규정에서도 이 점은 마찬가지다.

어쨌거나 더 두드러진 병화의 성격 때문에 한국인들은 자신을 드러내기 좋아하고, 성격이 급하고, 예능에 뛰어나고 인물들도 잘 생겼다. 한 공기관의 설문에 따르면 외국인들은 한국인들의 특성 중 하나로 잘 생긴 외모(best looking)를 들었다고 한다. 필자가 경험한 사례인데, 처음 일본을 들렀을 때이다. 기념품 가게에서였는데 한눈에 딱 들어오는 여성이 있었다. 눈에 뜨이는 붉은 색 옷차림에 키도 늘씬해서 쉽게 눈에 들어온 것이다. 첫 일본행이라 어느 나라 여성인고 했는데 왠 걸, 그 여성이 "오빠 여기 좀 와 봐" 하고 소리치는 바람에 아, 한국 여성이구나 하였다. 그 뒤로 일본을 몇 차례 가 봤지만 일본 여성들에게서는 한국 여성들처럼 시원하게 잘 생기고 늘씬한 미인형을 잘 보지 못하였다. '국뽕'에 취한 소리인지 몰라도(^^) 실제로 나와 같은 소감을 가진 이가 많으리라 생각한다. 요즘 한국을 알리는데 일등 공신역을 하는 BTS도 하나같이 꽃미남들이다. 잘생긴 외모에 춤과 노래 재능은 세계 어떤 가수도 따라 하기 쉽지 않을 정도로 발군이다. 21세기의 비틀즈라는 지칭이 어색하지 않다. 이런 점들이 한국/인의 강한 화성분을 추정하는 이유이다. 예술적 재능과 관련할 때 한국인에겐 도화살도 강할 것으로 본다. 외국인도 인정하듯이 남녀 공히 훤한 외모에 끼가 넘치니 말이다.

나머지 오행 중 좀 더 음의 성격이 강한 금(金)과 수(水)는 한국인에게 없지는 않으나 다소 덜한 성분이 아닐까 한다. 왜냐하면 금과 수는 단단하고 차갑고 어두운 성분들인 만큼 타산에 능하지 않고 날카로운 금속성이 덜한 한국인에게는 다소 약한 성분이 아닐까 보기 때문이다.

3

마지막으로 신강, 신약을 생각해 볼 수 있다. 2부에서 밝힌 것처럼 명리학에서 신강이란 것은 일간, 즉 아신(我身)을 도와주는 성분이 많은 사주를 일컫고 신약은 그 반대이다. 다시 말해 인성과 비겁이 강하면 신강하고 그 반대이면 신약이다. 신강하면 말 그대로 신체가 튼튼하고 대체로 주체성이 있다. 신약하다고 신체가 튼튼하지 않은 것은 아니나 주체성은 상대적으로 약할 수 있다. 필자가 보기에 신강한 사람들은 대개 윗대의 복을 받은 경우가 많다. 즉 조상이 건강하고 유산도 물려주는 경우가 많다는 것이다. 신약 사주라 해서 부모복이 없다는 것은 아니지만 건강이란 것은 대개 타고나는 것이기 때문에 윗대의 덕이라 본 것이다. 신강 사주는 건강한 만큼 주체가 든든하고 낙천적인 성향이다.

그에 반해 신약 사주는 말 그대로 신체가 약하고 그렇다 보니 자신감이 좀 덜 하고 줏대가 약한 편이다. 주관이 다소 약한 신약 사주는 이래서 상대방에 자신을 맞추려 한다. 달리 말해 판단의 기준을 외부에서 구하려 한다. 융의 심리학에 따르면 이런 기질은 외향적 기질이다. 우리는 잘 떠들고 자신도 잘 내세우고 이런 사람들을 외향적이라 하는데 실상 융의 정의는 그와 다르다. 융에게 외향성과 내향성의 판별 기준은 자신의 판단을 자신의 내면에서 구하느냐 외부에서 구하느냐에 달려 있다. 달리 말해 판단을 자기 스스로 줏대 있게 하느냐 그렇지 못하냐는 것이다. 우리 한국인들은 끼가 있어 활달하고 겉보기에는 환해서 일반적 정의로 보는 외향성에도 부합하지만, 역사적으로 외세에 휘둘리며 강한 주체성을 발하지 못했다는 점에서 융의 정의에도 부합한다. 융의 외향성은 쉽게 말해 팔랑귀인데, 다른 사람들의 의견에 휘둘리는 편이라는 것이다. 한국은 지정학적 위치도 대국에 둘러싸여 있고 그 사이에서 강한 주관과 주체성을 발휘하지 못한 점에서 신약형으로 보는 것이 맞을 듯하다.

그러나 신약한 사람은 주체성이 약해 귀가 얇은 만큼 이런저런 견해를 참조하는 성향이 있다. 이런 신약 성향은 다양한 견해를 참고하여 버무려내기에 능한 전문가적 성향을 강하게 가진다. 우리 한국이 자원도 부족하고 조상으로부터 물려받은 유산도 부족한 판에 수출로 일어서서 세계 10위권을 오르내리는 경제 강국이 된 것은 여러 나라의 기술을 자기화하는 전문가 성향을 발휘한 덕분이다. 신약 성향의 장점을 훌륭하게 승화한 경우인 것이다. 신강/신약이란 것은 성공 여부와는 관계가 없다. 어떤 경우라도 자신의 장점을 잘 살리는 것이 중요하다.

특히 요즘 시대는 디지털 시대이다. 디지털 시대라는 것은 전문가가 각광 받는 시대임을 말한다. 지식과 정보를 잘 다루는 전문가가 많은 나라는 흥할 수 있는 환경이 된 것이다. 인터넷이 어느 나라보다 잘 보급되어 있고 국민들 다수가 정보통신기기를 능하게 다루는 전문가 수준에 이르러 있는 만큼 이제 한국의 시대가 왔다 해도 좋다. 무엇보다 이제는 문화가 국력인 시대이다. 그러므로 한국이 퍼스트 무버(First Mover)가 되자는 주장도 공연한 허언일 수 없다. 이를 '국뽕'이라 할 사람도 있겠지만 한국인의 부상을 놀랍게도 1980년대에 예언한 이가 있다. 바로 이어령 교수이다. 읽은 지 오래 되어 어느 책인가 전거를 대기 어렵지만 나는 그때 정보화 시대가 오면 한국인이 세계적으로 떨칠 것이라는 이 분의 주장을 읽으면서 잘 납득이 되지 않았던 기억을 갖고 있다, 그러나 이 분의 주장이 날로 현실화되어 갈 때마다 그 예지력에 감탄하곤 하였다. 하기야 팔팔 올림픽 개막식에서 어린아이의 굴렁쇠 굴리기로 한국인의 원융성(圓融性)과 진취성을 세계에 각인시킨 이가 이어령 당시 문화부 장관이었다.

만약 한국이 통일만 된다면 한국은 인구 팔천만의 인구 강국이 된다. 국력에는 인구도 중요하므로 이는 무시하지 못할 요인이다. 영국, 프랑스, 독일이 육천 내지 팔천만의 인구이니 우리도 그에 못지않은 인구 강국이 되는 것이다. 그리고 남북한의 우수한 두뇌와 생산력이 합쳐지면 세계 5~6위의 경제 강국이 되는 것도 불가능하지 않다. 우리에게는 문화의 힘을 비롯한 강한 소프트웨어가 있는 것이다. 설사 자기도취적 '국뽕'이라 하더라도 이러한 국뽕은 유익하다. 이 책의 도입부에서 언급한 대로 욕망의 형태는 상상의 질서를 결정한다. 그리고 그 상상이 강력하면 언젠가 현실화된다. 물론 냉정한 자기 성찰도 동반되어야겠고 잘 될수록 겸손해야겠지만 한국의 세계적 부상은 이미 현실화되고 있다. 한국의 기업들이 탁월한 재품으로 세계 시장으로 뻗어 나가고 있고, 〈기생충〉과 〈오징어 게임〉이 문화 강국 한국을 세계에 알렸으며 BTS, 손흥민, 류현진 등의 대중스타들, 소설가 한강, 피아니스트 조성진·임현진 등의 세계적 부상은 다가오는 한국의 시대를 예감케 한다.

그러므로 신약 체질이라 하여 찜찜해 할 것은 아니다. 신강이라 하여 더 성공하는 것도 아니고 신약하다 하여 성공 못 하는 것도 아니기 때문이다. 신약 체질이라 하더라도 자신이 잘할 수 있는 바를 살려 거기에 매진하면 반드시 성취와 보람을 맛볼 수 있다. 신강 체질도 물론이다. 단지 신약인 경우 주체성이나 자존감이 다소 약한 단점을 보완하면 된다. 어떻게 보완하나? 무엇보다 스스로에 대한 자신감을 갖는 것이다. 그동안 한국은 근대화 후발국이란 자조와 역사적으로 겪은 이런저런 내우외환으로 인해 자존감이 너무 낮았다. 그러나 요즘 한국인은 앞서 말했듯 경제와 문화에서 선진국 수준에 진입하였으며 그에 따라 정치적 발언권도 얻고 있다. 충분히 자신감을 가져도 될 입지를 다졌다. 이렇게 되기까지 우리는 열심히 탐구하고 노력하였다. 달리 말하면 지식을 습득하고 계발하는 교육에 전심하였던 것이다. 개화기 이래로 불붙은 교육열은 실상 오늘의 한국을 이룬 원천이다. 과열 과외, 지나친 경쟁이 어린 학생들을 혹사한다는 비판을 부르지만 그러나 자원도, 선대의 유산도 없던 한국의 오늘날 부흥은 교육이 그 일등 공신이다. 현재의 교육이 개인의 성공에만 치우치고 창의력을 키우지 못한다는 지적은 새겨야 할 일이지만 우리는 계속 공부하고 탐구하고 경험함으로써 우리의 주체성과 자존감을 더욱 튼튼히 해야 한다. 그리고 신강이란 말에는 신체의 튼튼함이란 뜻이 있는 만큼 꾸준히 신체를 연마하여 건강한 심신을 유지하는 것도 필수이다. 그리고 진정한 자존감은 겸손을 동반한다. 세상사는 일음일양이므로 잘 나간다 하여 오만하면 안 되고 잘 풀리지 않는다 하여 비관할 일이 아니다. 항상심(恒常心)을 가지고 꾸준히 탐구하고 신체를 연마하며 겸손함으로 남을 돌보면 신약 기질을 보완할 수 있다.

토목화 성분이 강한 우리 한국/인들이 그 지정학적 위치와 민족적 장점을 잘 살려 이제 다가오는 미래에는 세계의 평화와 번영에 기여하는 존재로 우뚝 서는 날을 간절히 기대해 본다.

음양오행으로 풀어보는 일본/인론

1

일본은 참으로 가깝고도 먼 나라다. 이제는 상투적인 표현이 되었지만 일본에 대해서는 이보다 적실한 표현을 찾기도 어렵다. 물리적 거리는 가깝지만 이들이 우리나라에 행한 패악(悖惡)을 생각하면 마음의 거리는 더없이 멀어진다. 고려 말부터의 왜구, 조선시대의 왜란, 이십 세기 초의 식민지배로 우리를 괴롭히고 최근 들어서도 위안부와 징용공에 대한 사죄와 배상을 거부하고 오히려 무역 보복을 들고 나온 이들과의 화해로운 공존은 요원해 보인다. 이들의 몰염치한 행태는 자신들을 오히려 이차대전의 피해자로 인식하고 다시 군사대국화를 지향하는 아베가 단적으로 보여준다.

그는 전범들이 합사되어 있는 신사를 애지중지 모시고 평화헌법을 개헌해 일본을 전쟁할 수 있는 나라로 만들기에 열심이었다. 아베와 같은 일본의 우익들은 자신들이 입은 원폭 피해는 잊지 못하면서도 한국인들이 입은 피해는 안중에 없다. 자기들은 우리를 꾸준히 괴롭혔으면서도 북한에 몇 명 납치된 것은 국가적 해결과제로 삼아 집착하고 있으니 염치와는 담을 쌓은 꼴이다. 미국의 원자탄 투하가 잘했다는 것은 아니지만 가미카제에 옥쇄작전으로 미군도 끔찍하게 여긴 그들의 악착같음이 그런 참화를 부른 이유임은 돌아볼 줄 모르는 일본의 자기중심성이 오늘날까지 이어지는 한일 갈등의 핵심 요인이다.

그런데 실은 일본에 대한 한국인의 이러한 악감정과는 달리 세계인의 일본에 대한 평가는 후하다. 일본을 무시하고 비난하는 나라는 한국밖에 없다는 속설이 정말인가 싶게 외국의 일본에 대한 평가는 다른 것이 사실이다. 미국이야 워낙 패전국 일본이 착 달라붙으니 그렇다 쳐도 역시 일본의 식민통치를 경험했던 대만이나 필리핀 등도 일본에 대해서는 우호적이다. 특히 대만은 1895~1945년에 걸쳐 약 50년 동안 식민지배를 받았는데도 친일적인 경향마저 보인다. 다른 동남아 국가들도 한때 일류(日流)를 예찬하고 사랑하였다. 동양에서만 그런 것도 아니고 서구도 일본에 대해서는 호기심과 우호적 감정을 보여 왔다. 19세기 중반 무렵 자포니즘이란 어휘가 생길 정도로 서구의 미술가들이 일본 미술 특히 민속목판화인 우키요에를 사랑한 것은 유명하다. 고흐만 해도 이 판화로부터 자신의 그림에 영감을 얻었다는 것은 잘 알려진 사실이다. 하이쿠도 미국과 유럽, 남미에 이르기까지 알려져 있다. 아르헨티나의 세계적 문인 보르헤스는 스스로 하이쿠를 지을 정도로 하이쿠를 애호하였다. 세계적 록그룹 퀸의 리더였던 프레디 머큐리 또한 1970년대부터 자신들을 열렬히 환호한 일본을 좋아해 쉴 때면 일본을 자주 찾았다고 한다.

카츠시카 호쿠사이(1760~1849)의 우키요에 〈붓꽃과 메뚜기〉(1833)
출처: 네이버 미술백과(https://han.gl/NEKEF)

일본이 가와바타 야스나리나 오에 겐자부로 등 노벨문학상을 두 차례나 받은 것도 이들의 문화예술에 대한 서구의 후한 평가를 보여준다. 이런 사실뿐 아니라 일본은 실상 여러 분야에서 선진국이요 강대국이다. 일본은 의학·물리·화학·문학 등 노벨상 전 분야에 걸쳐 받은 상이 27개나 된다. 과학 분야에서의 수상자 숫자는 미국을 제외하면 두 번째이다. 노벨상이 최초로 수여되었던 1901년에도 이미 생리의학상에 기타사토란 인물이 후보로 포함되었을 만큼 이들의 과학은 앞서 있었다. 진주만까지 군함과 비행기를 띄워 미국을 기습한 그들의 배포는 그만큼 앞선 과학에 힘입은 제국주의 일본의 국력을 보여주는 징표이다. 우리는 그들을 경제적 동물(Economic Animal)이라 부르면서 멸시했지만 중국이 그 자리를 차지하기까지 세계 2위의 경제대국이었던 일본은 이래저래 서구인들에게는 호기심과 우호적 감정을 유발하는 나라였다. 실상 우리도 지금은 아베 정권으로 인한 반일 감정 때문에 일본 여행자가 급감했지만 일본의 독특한 풍정과 문화가 사람을 매료시키는 요인이 있음은 부인할 수 없는 사실이다.

2

그러나 이처럼 경제 강국이자 학문과 문화 강국이라 할 일본은 우리의 역사적 피해의식 때문이 아니라 해도 모순적 성격을 가진 나라임은 분명하다. 루스 베네딕트가 쓴 『국화와 칼』은 이러한 일본의 모순된 캐릭터를 가장 먼저 날카롭게 갈파한 연구서이다. 이 책은 미국에 악착같이 대든 일본을 놀랍게 여긴 미국이 문화인류학자인 저자에게 국무부에서 위촉하여 나온 결과물이다. 저자는 국화를 가꾸는 데 신비로운 기술을 가졌으면서 동시에 칼을 숭배하는 일본인의 모순을 날카롭게 지적한다. 마찬가지 맥락으로 예의바르면서도 불손하고, 싸움을 좋아하면서도 얌전하며, 용감하면서도 겁쟁이이며, 군국주의적인 동시에 탐미적이며, 보수적이면서도 또한 새로운 것을 즐겨 받아들이는 일본인들의 상반된 캐릭터를 이 책은 정확히 지적한다.[1] 필자에게도 일본인들의 이러한 성격은 오랫동안 수수께끼였다. 일본을 불구대천(不俱戴天)의 원수쯤으로 여기는 한국인의

1) 루스 베네딕트, 김윤식·오인석 역, 『국화와 칼』(제3판 19쇄), 을유문화사, 2001, 12~13쪽 참조.

일원인 탓에 이들에게 받은 우리의 수모를 어떻게 갚을까를 고교 시절부터 골똘하던 필자로서도 알아갈수록 우리가 모르던 그들의 낯선 면들을 접하면서 당혹했던 적이 한두 번이 아니다.

필자는 고려대학교에서 1980년대 말 약 4년간 일본인들에게 한국어를 가르친 적이 있는데 그때 본 일본인들은 내가 선입견으로 알고 있던 일본인들과는 너무 달랐다. 날카롭고 냉정할 줄 알았던 그들이었는데 의외로 사람들이 어리숙하고 순진하였다. 그런데 이런 사람들이 한국어 연극을 하는데, 치고 찌르는 활극을 연기하는 장면에서는 실제로 상대를 사정없이 찌르고 밀어제쳐서 저건 박진감이 아니라 너무 잔혹한 것 아닌가, 일본인은 역시 잔인한 면이 있구나 이런 생각을 금치 못한 적이 있다. 특히 일본 여행을 할 때 호텔을 떠나는 버스가 한참 멀어졌는데도 손을 흔들고 있는 나이 지긋한 직원들을 경험하고는 이러한 당혹감은 더 하였다. 또한 놀라웠던 것은 그들의 노트 필기였다. 한국어를 배우는 시간이니 어쨌든 말하기에 힘써야 할 터인데 말하기보다 노트 필기에 얼마나 공을 들이는지. 심지어 어떤 학생은 내가 수업에 말한 내용을 노트에 옮겼다가 그다음 날 집에서 몽땅 새로 정리하여 형광펜으로 알록달록 덧칠까지 해와 나를 놀라게 하였다. 1980년대는 내가 대학원에서 공부할 적인데, 이들이 엄청난 자료와 기록을 소장한 탓에 중국을 공부하는 사람들이 오히려 일본을 찾는다는 사실을 알게 된 때라 그들의 기록열을 실제로 보고 깊은 인상을 받았던 기억이다. 그 뒤로 가와바타 야스나리에 이어 1990년대 초에 오에 겐자부로가 다시 노벨문학상을 수상한 것, 이어지는 다른 분야의 수상 소식, 무엇보다 이런저런 분야의 총합에서 일본은 우리보다 한참 앞선 나라란 사실이 나를 낙담케 하였다.

그리고 앞서 말한 바처럼 실제로 가 본 일본은 내가 생각한 것보다 훨씬 섬세하고 특색있는 문화로 나를 매료시켰다. 그리고 그러한 문화를 이끈 그들의 장인정신에도 주눅이 들 수밖에 없었다. 그리고 나는 좌절하였다. 우리가 일본을 이길 수 있겠는가?

3

도대체 잔혹하고도 어리숙하고, 학문과 문예에 뛰어났으면서도 이웃을 괴롭히고, 동양에서 유일하게 G7으로 대접받으면서도 아직도 이웃 국가에는 오만한 일본을 우리는 어떻게 이해할 수 있을까? 이 또한 도식화의 무리가 따르겠으나 음양오행론으로 한 번 추정해 본다.

일본은 우선 신강 신약으로 따진다면 전형적 신강(身强) 국가라 할 것이다. 앞서도 말한 바처럼 신강/신왕(身旺)하면 주체성이 있고 자기중심이 튼튼하다. 그러나 그 강한 주체를 표면으로 드러내지 않고 오히려 겸손의 외피에 감싸서 이른바 점잖은 사람으로 보인다. 좋게 말한다면 공자가 이른 화이부동(和而不同)을 잘 실천하는 경우이다. 남과 잘 조화하면서도 심지가 굳어 남에게 인정받고 자신의 견해를 은근히 관철하는 스타일이다. 다소 삐딱하게 보면 처신이 좋다 할 수도 있다. 이른바 강자에게는 약하고 약자에게는 강하게 구는 스타일이다. 일본에는 이왕 쉬려면 큰 나무 밑에 쉬라는 속담이 있는데, 시세(時勢)를 잘 따르라는 말이다. 이런 태도는 명분과 의리를 중시하는 우리 한국인들에게는 비웃음의 대상이다. 그러기에 국빈방문한 트럼프의 환심을 사노라 골프 접대를 하면서 벙커에서 벌

렁 넘어지기까지 하며 채신머리없이 구는 아베를 우리는 조소하였다. 우리 한국에는 냉정하고 야멸찼던 아베가 아닌가?

어쨌거나 일본은 신강 기질이다. 여기서 유의할 것은 신강형이란 것이 도덕적이나 윤리적으로 우월한 인간형이란 것은 아니란 점이다. 단지 자존감이 유다르고 자아의 중심이 서 있다는 것일 뿐이다. 그러므로 자기 몫을 하기에는 좋은 자질이다. 그들이 어리숙하게 보이는 것도 신강한 특성이다. 공자가 인자(仁者)는 강의목눌(剛毅木訥)하다 했거니와 강의목눌은 속으로 심지가 있으면서도 밖으로 떠듬떠듬하는 그런 태도를 말한다. 일본이 인자(仁慈)한 나라란 것은 아니지만, 공자의 인자(仁者)가 주체성이 있는 사람이란 뜻도 가지고 있음을 안다면 일본인들의 어리숙한 면모는 이에 부합한다. 일본인들의 이러한 어리숙함은 봉건 막부 시절부터 윗사람의 명령에 순종하지 않으면 당장 목이 달아나는 공포의 문화에 젖어왔기 때문에 그런 것으로 보는 시각도 있다. 비리법권천(非理法權天)을 내세운 무가(武家)의 계율에 어쩔 수 없이 복종해 "긴 것에는 감기고 굵은 것에는 먹히라"는 일본인의 현실적 처세관을 일본인 스스로 인정하기도 했으니[2] 이런 시각은 억측이 아니다. 필자는 이에 더해 일본인들의 이러한 처세에는 사방이 바다로 막혀 세불리할 때에도 다른 곳으로 옮치고 뛸 수 없는 그들의 지리적 환경도 작용한 것으로 본다. 2011년 동북 대지진 때 엄청난 쓰나미로 수천수만의 사람이 피난길에

---

2) 미나미 히로시, 남근우 역, 『일본인의 심리』(2판 1쇄), 소화, 2005.8, 12~13쪽. '비리법권천'이란 비 즉 무리(無理)는 법과 권력에 지고 이들은 또한 하늘에 지게 되어 있다는 뜻이다. 권위와 권력은 천도를 이길 수는 없지만 인간 사회에서는 중요한 것이라는 일본인들의 정신세계를 보여주는 구절이다.

올랐을 때 편의점이나 주유소 앞에 새치기도 없이 수백 미터 줄을 늘어서고 심지어 반대 차선이 텅 비었어도 그 차선을 침범하지 않는 질서의식에 놀라 영국의 한 언론이 인간 진화의 한 정점을 보여주었다는 보도를 했지만 이때에도 이들의 놀라운 질서의식에서 사무라이의 칼에 순치된 공포의 흔적을 읽었다면 너무 악의적일까?

어쨌거나 일본인들이 타고나기를 신강 체질로 타고 났다는 것은 분명하다. 신강 체질이란 것은 윗대로부터 타고난 복이라 할 수도 있음을 앞의 한국인론에서 말했는데 일본인들의 타고난 복은 그들의 자연지리가 갖는 이점에 있다. 이들은 물로 고립되었지만 타고난 천혜의 조건을 얻었다. 우선 이들은 바다로 둘러싸였기에 오히려 외침에서 자유로웠다. 원나라가 일본을 침공했으나 폭풍우 때문에 결국 패퇴했다는 사실은 잘 알려진 대로 천혜의 지리 여건을 잘 증명하는 일화이다. 또한 화산 지질인 덕분에 풍부한 은 구리의 매장량이 일본 근대화의 밑천이 되었다는 것은 잘 알려지지 않은 그들의 천혜(天惠)이다. 화산 분화와 지진으로 인해 가끔씩 수천 수만 명이 희생당하는 탓에 삶을 무상하고 덧없는 것으로 보기도 하지만 그러한 자연환경은 아이러니하게 일본을 관광대국으로 만든 요인이기도 한 터이다. 무엇보다 이들이 신강하다 보는 것은 실제로 이들의 신체가 건강하다는 것이다. 일본이 세계에서 첫손으로 꼽는 장수국임이 이를 증명한다. 이들이 워낙 소식이어서 장수하는가 싶지만 장수의 요인은 뭐니 뭐니 해도 타고난 건강이다. 술 담배를 일체 않는데도 암으로 이른 나이에 죽는 사람이 있는가 하면 엄청 술 담배를 즐겼는데도 제명을 살고 가는 사람이 있는 것은 타고난 명 때문이다. 그리고 건강이 좋은 사람들이 결국 낙천적이고 일도 많이 하는데 이는 신강 체질의 이점이다.

일본인들의 신강함은 특히 인수성이 많이 작용한 탓으로 본다. 인수성이 튼튼하게 받쳐 주면 조상의 덕이 있고 학문적 탐구욕과 지력이 뛰어나기 때문이다. 이들이 엄청난 기록열과 탐구욕에 바탕하여 다수의 노벨상을 수상하고, 과학 분야의 탁월한 연구업적으로 경제대국을 이끌어가는 것은 결국 이들의 지력과 탐구욕, 이를 받쳐 주는 근성과 체력이 뛰어나다는 것을 말한다.

4

오행의 구성으로 볼 때 일본인들은 수(水)일간으로 추정해 봄 직하다. 사방이 바다로 둘러싸인 자연환경이기도 하지만 수일간을 가진 사람은 머리가 영리하고 융통성이 있어 현실에 대응력이 좋은 사람으로 보기 때문이다. 공자가 지자(知者)는 요수(樂水)라 하였듯이 물은 원래 그 자유자재함과 유동성으로 말미암아 지혜와 지식의 상징이다. 일본인들이 동양에서는 다른 나라보다 앞서 서구의 과학을 재빠르게 수용하여 제국으로 성립한 것도 이들이 수성분을 강하게 가진 민족임을 추정케 한다. 일간을 수로 본다면 그 일간을 돕는 것은 인수성인데 수일간을 돕는 인수성은 금(金)이다. 즉 이들을 돕는 성분은 차가운 금 성분이란 것이다. 차가운 금 성분의 인수성이어서 이들이 과학에 탁월한지도 모르겠다. 또한 이들이 칼을 숭상하는 사무라이 문화를 이룬 것도 차가운 금기가 들어간 인수성 탓으로 추정할 수도 있다. 인수성은 자기 수양과 단련을 의미하는 십성이기도 한데 금기 가득한 인수성이 일본인들에게 강한 탓에 칼을 숭상하는 민족이 되었지 않은가 짐작해 보는 것이다.

이런 구성 요인으로 인해 신강하다면, 이들에게 호운을 만들어 주는 요소는 강한 금과 수를 설기(泄氣)해 주거나 극제하는 목화(木火) 성분이다. 특히, 승한 수기를 제압해 줄 화(火)가 이들에게는 절실한 성분이다. 일장기가 붉은 태양을 흰 화폭에 딱 찍은 형태인 것은 자기들도 모르게 화를 구하는 절실한 무의식적 욕구의 분출이 아닐까? 그리고 화는 수 일간에게는 재(財)이다. 신강한 일본은 운의 흐름도 좋아 화, 즉 재물이 적절히 들어와 재물이 풍성한 사람의 사주로 비유해 볼 수 있다. 이렇게 본다면 일본은 신강 체질에 운도 좋아 좋은 팔자를 사는 사람의 사주와 같다. 타고난 신체나 두뇌가 좋고 주변 여건까지 좋은데 운의 흐름까지 받쳐 주는, 그야말로 팔자 좋은 사람 격인 것이다.

문제는 이처럼 좋은 조건으로 호운을 누리는 나라가 우리와는 왜 그렇게 천적인가 하는 것이다. 이는 우선 앞에 말한 바와 같이 신강하다 하여 인간이 반드시 올바른 것은 아니란 것과 연관이 있다. 우리 주위에 돈이 있고 권력이 있다 하여 그 사람이 반드시 인간성 좋은 사람은 아니란 것과 마찬가지다. 오히려 공부도 잘하고 돈도 있는 집 아이 가운데 인성이 좋지 않아 다른 아이를 괴롭히는 경우가 있는데 일본이 그런 아이 격이랄까. 이런 아이들은 유난히 자기중심적 성향이어서 나쁜 짓을 하고도 자신을 스스로 성찰/반성하는 의식이 부족한데 일본이 그런 꼴이다. 신강 기질이 나쁘게 발현되면 성찰 없는 자기중심 성향이 되는데 일본이 바로 그런 모델이다.

우리나라는 지리적 조건이 대륙과 섬나라에 끼인 격이 되어 옛날부터 이 두 세력으로부터 시달림을 받아왔다. 그런데도 민족의 천성이 남을 물리력으로 괴롭힐 줄 모르고 숭문(崇文)의 기질인지라 무력의 양성에는 힘을 쓰지 않았다. 이처럼 문약한 우리인지라, 도요토미 히데요시가 칼사냥(sword hunt)을 감행하여 사무라이에게만 칼의 소유를 허락하기 전까지 농민들도 칼을 지녔던[3] 일본의 무력적 성향은 우리를 침탈하고 괴롭힌 태생적 요인이었다. 설사 우리를 침략했어도 그저 한두 번에 그쳤으면 우리도 범연히 넘어갔을지 모르나 식민지로 삼아 온갖 억압과 수탈을 일삼고 심지어 성까지 갈아붙이려는 무도한 짓을 감행했으니 명분과 인간의 도리를 숭상한 우리의 원망이 깊을 수밖에 없는 것이다. 그리고 박경리 작가가 말했듯이 일본은 천황을 만세일계의 현인신으로 천황을 받드는 묘한 나라이다. 여기에 따르는 현세적이고 허무주의적인 사유의 위험성은 『토지』를 살필 때 언급하였다.

5

그러면 앞으로도 일본을 이웃 국가로 두고 살아야 하는 우리는 일본을 어떻게 대해야 하는 것이 좋을까? 물론 이웃이니 친하게 지내야 할 터이다. 지난 시대의 감정적 앙금을 계속 품는 것은 우리 자신에게도 좋지 않은 일이다. 이어령 선생이 『축소 지향의 일본인』에서 지적한 것처럼 그들 스스로 정교·섬세한 기술과 문화에 정진하여 세계에 이바지하면 좋겠지만 오늘의 일본에서 그러한 면모를 기대하기는 어렵다. 아베처럼 아직도 반인본주의적 사고에다 힘으로

3) 루스 베네딕트, 앞의 책, 74쪽.

세의 확산을 지향하고 자기중심적인 강성 우파는 일본에 넘치는 듯하다. 그렇다 해도 일본에도 양심적이고 평화를 사랑하는 사람들 또한 꽤 있는 듯하니 우리는 이들과 연대해야 할 것이다. 그리하여 아픈 과거의 상처를 씻고 밝은 미래로 나아가야 할 터이다.

여기에 이왕 음양오행론을 다루었으니 그런 측면에서 조언을 더 한다면 일본은 화(火)를 구하는 민족이니만큼 우리의 뛰어난 화 성분으로 이들을 감화토록 하는 것이 좋을 법하다. 달리 말해 우리의 뛰어난 문화예술적 재능으로 이들을 감동케 해야 한다는 것이다. 이는 힘으로 남을 억압하는 것을 좋아하지 않고 평화를 사랑하는 우리 민족이 할 수 있는 고유한 방식이다. 일본인도 인성이 강해서인지 문화예술적 호기심과 열정은 제법 강한지라 이는 우리가 극일을 하는 한 방편이 될 수 있다. 임진왜란 때 도공을 많이 잡아가 그들의 도예를 심화 발전시킨 것도 소행은 괘씸하지만 그들의 문화예술적 경사를 반영하는 한 징표이다. 한국의 문학이나 대중문화에도 일본인들은 관심이 많다. 다른 작가들의 작품도 많이 번역되었지만 박경리 선생의 스무 권이나 되는 대하장편 『토지』도 재일 한국인 출판기획자가 주도하여 번역 중이라 한다. 한국의 아이돌그룹이나 인기 배우들에게 열광하는 팬들도 많은 것은 뉴스 등을 통하여 익숙한 사실이다. 그러니 경제력으로 그들을 이기려 하기보다 우리만의 고유한 문화예술적 강점으로 그들을 감탄케 하는 것은 극일의 한 방편이 될 수 있다. 그리고 우리 한국인은 앞서 말했듯 토(土) 성분이 강한 나라로서 토는 수를 이긴다(土克水). 토는 중재적이고 신뢰성 있는 인격을 상징하는 요소이니 우리는 일본인처럼 영악한 처신은 하지 못하지만 인간과 인간된 도리를 사랑하는 민족으로서의 장점을 살려 일본인들뿐 아니라 세계인들에게 한국/인의 홍익(弘益) 정신을 알리고 이로써 극일해야 한다.

또한 이제는 대륙 세력과 해양 세력에 위치한 우리의 지정학적 조건을 샌드위치 상태니 뭐니 하며 비하할 것이 아니라 우리가 오히려 이들을 중재하는 위치에 서서 중심축이 되기를 도모해야 할 때가 되었다. 이제 미국도 옛날과 같지 않아서 세계는 그야말로 다극 체제로 갈 것이다. 이렇게 되면 한국은 옛날처럼 중간에 끼어 피곤한 처지가 아니라 오히려 그 존재감을 발휘할 수 있는 나라가 될 수 있다. 이를테면 주변 강국들로 하여금 한국이 자기편을 들어주지 않으면 오히려 자신들이 난감한 처지가 될 수 있어 우리 눈치를 살피는 형편이 되도록 만들 수도 있다는 것이다. 이제 한국은 경제 규모에서 10위를 넘나들고 문화예술에서 세계인들에게 주목받고 있으며 특히 이번 코로나 국면을 계기로 한국의 선진적 국민의식은 세계에 모범이 된 바 있으므로 이러한 기대가 무리도 아니라 할 것이다.

이런 생각을 할 때 우리가 분단국이 되어 있는 것은 통한스럽다. 우리는 미·일과 손잡고, 북한은 중국에 매여 있는 탓에 그들이 우리를 이용하려 드는 데 무력하다. 그러므로 통일은 절실하다. 통일을 이루면 우리는 인구 팔천만의 강국이 된다. 독일이 팔천만 가량이고 영국은 약 칠천만, 프랑스가 육천오백만 정도이다, 이 인구로 남북한의 우수한 두뇌와 생산력을 합친다면 우리는 적어도 세계 5~7위권을 넘보는 선진국이 될 수도 있다. 그렇게 되면 미·중·일이 어찌 우리의 눈치를 보지 않으랴. 문화와 예술을 사랑하는 인본의 정신과 통일 한국의 저력을 발휘한다면 무력으로써 우리를 침탈했던 일본을 넘어서는 것도 허황한 꿈은 아닐 것이다.

유대인을 명리학으로 살피면?

유대인은 참으로 독특한 민족이다. 그들의 시련과 수난은 세계사에서 유례가 없을 정도로 가혹했다. 최근세에는 히틀러에게 600만 가까이 학살을 당했지만, 이미 기원전부터 이집트의 압제를 받았고, 바빌론에 수만의 포로로 잡혀 갔으며 로마에 식민 통치를 당하던 중 전 세계로 흩어진 민족이 되었다가 오늘날의 이스라엘을 건국한 것은 제2차 대전 후 1948년에 이르러서이다. 우리나라 역시 외침에 자주 시달렸기에 이들과 동병상련의 감정을 갖지만 수난의 정도가 우리와는 비교가 안 된다.

그러나 이처럼 모진 시련을 겪으면서도 이들이 노벨상수상자의 약 30%에 가까운 숫자를 점할 정도로 탁월한 학문적 성취를 이룬 것, 그리고 세계의 최강대국 미국을 움직이는 배후에는 유대인 자산가들과 인재들이 있다는 점, 그리고 전 세계적으로 가장 큰 영향력을 가진 가톨릭/기독교의 시조가 유대인이었다는 점들까지를 생각하면 이들은 수수께끼의 민족이라는 생각이 들 정도이다.

쉽게 또는 거칠게 생각하면, 유대인들은 초등학교 시절 머리가 좋아 공부는 잘 했으나, 아니 머리는 너무 좋지만 두꺼운 안경을 끼고 어리바리하게 보여 따를 당하고 이지메를 당한 아이에게 비유할 수 있지 않을까 한다. 아인슈타인이 천재적 두뇌 때문에 얘는 도저히 엉뚱해서 가르칠 수 없다고 담임선생에게 내침을 당했던 경우 같았다고나 할까. 그러나 유대인의 디아스포라는 이런 내침 정도가 아니라 이집트, 바빌론, 로마 등으로부터 누대에 걸쳤을 뿐 아니라 중세에는 예수를 죽인 족속이라 하여 유럽 전 지역에서 수난을 당하였고 결국 히틀러에게 600만이 학살당하는 비극에까지 이르렀으니 역사적 관점에서 보면 형언키 어려운 참혹한 시련이요 수난이었다. 그럼에도 이를 '따'나 '이지메'를 당한 것으로 비유하는 것은 유대인들의 탁월한 두뇌에 대한 시기심, 질투심 등이 그 배면에 작용하였기 때문이 아닐까 보기 때문이다.

이들이 영민했다는 것은 로마에 독립 투쟁을 하다 궤멸된 이후 아랍의 여러 곳에 흩어져 살면서도 회계와 경리에 유난히 밝아 아랍인들에게 그 쓸모를 인정받아 디아스포라 중에도 생존을 지속할 수 있었다는 점에서 우선 유추할 수 있다. 이들의 회계 능력은 결국은 계산과 치재에 재능이 있었다는 것이니, 이들의 이러한 능력이 유럽 사회에 디아스포라를 이루어 살면서도 특히 고리대금업, 요즘으로 치면 금융업으로 그들의 주업을 삼게 된 이유로 짐작된다. 물론 이들이 대부업에 전념케 된 것은 중세 유럽의 권력층들 역시 우리네 양반들처럼 돈을 만지는 것은 천하고 지저분한 일이라 하여 유대인에게 그 일을 떠맡긴 데서 비롯한 것이라고도 한다. 이처럼 고리대금업에 전념하여 유럽인들에게 멸시 받은 사정은 셰익스피어의 『베니스의 상인』에서 돈을 돌려주지 않은 채무자에게 살점을 요구하다 재판에서 패한 샤일록에게서 전형적으로 드러나며, 히틀러가 유대인을 학살한 이유 중 하나가 유대인들이 고리대금업으로 자본을 움켜쥐고 일부의 상류층을 형성하고 있어 그들을 증오하고 그들로부터 재산을 빼기 위해서라고 보는 데서도 드러난다.

이처럼 전문적인 재능으로 생존을 지속하던 이들이 그 능력을 드러내기 시작한 것은 근대에 들어서면서부터라 할 수 있다. 가령 서구에서 본격적으로 근대가 시작된 19세기부터 칼 맑스, 프로이트 등이 학문 분야에서 두각을 드러내기 시작했는데 이는 이들이 전문적 지식과 재능이 각광받기 시작한 근대가 성립되면서 능력을 펼치기에 좋았다는 점을 증거한다. 히틀러가 집권한 독일에서만도 칼 맑스, 아인슈타인, 프로이트, 에리히 프롬, 하이네, 에른스트 블로흐, 발터 벤야민, 한나 아렌트 등 독일의 정신사를 수놓은 다수의 지식인 사상가들이 활약한 데서도 이들이 바야흐로 자신들의 재능을 꽃피우기 시작한 것을 알 수 있다. 그러나 이들의 재능 발휘는 게르만족의 중흥을 정치적 프로파간다로 내세운 히틀러에게는 질시와 시기의 대상이었고, 위에서 언급한 것처럼 이들을 멸시하고 재산조차 탈취하려 한 히틀러에게 600만이나 되는 사람들이 학살을 당하는 이유로 작용했던 것으로 짐작된다.

어쨌든 이런 수난과 고통을 당하면서도 유대인들은 끈질기게 생존을 지속했는데, 이를 가능케 한 바탕에는 자신들이 하느님으로부터 선택받은 종족이어서 수난을 당한다는 선민의식, 드높은 자존심이 크게 작용한 것 같다. 이들의 선민의식은 구약에 특히 잘 드러난다. 구약은 유대인들이 하느님의 자손, 아브라함의 후손이라는 의식을 담고 있다. 자신들이 하느님의 자손이라는 의식은 배타적으로 드러나기까지 하는데 이는 카인과 아벨 이야기에서 특히 엿볼 수 있다.

인간이 살인한 최초의 사례로 흔히 일컬어지는 구약의 이 스토리는 내게 큰 의문을 남긴 구약의 대표적 사례 중 하나이다. 여기서 야훼는 자기 동생을 죽인 카인에게 형벌로 광야를 헤매는 벌을 주면서도 너를 해하는 이민족에게는 나의 징벌을 면치 못할 것이라면서 그의 이마에 자신의 후손인 징표로 다윗의 별을 붙여준다. 아니 자신의 후손이라도 그렇지 살인, 그것도 자기 동생을 죽였는데도 이민족이 그를 건드리면 벌하겠다니 나에게 이 내용은 도대체 이해가 되지 않았던 것이다. 그러나 구약도 유대민족의 하나의 설화집이면서 유대교의 내력을 밝힌 종교서이기에 이를 문화인류사적 관점으로 해석하면서 이러한 의문이 풀렸다. 즉 카인은 새롭게 흥기하는 농경시대를 대표하는 어느 부족을 상징하는 인물이요, 아벨은 구유목시대를 대표하는 부족으로 본다면, 새롭게 일어난 카인족이 구유목시대의 아벨족을 박해한 이야기로 읽을 수 있다는 것이다. 특히 카인에게 다윗의 별을 달아주었다는 것은 유대인들의 자부심, 다시 말해 자신들은 천손이라는 강한 자의식이 표백된 내용으로 이해할 수 있는 것이다.

박경리 작가가 유대인은 교만 때문에 고난을 당했다지만 우리 조선인은 그렇지도 않은데 왜 고난을 당하는가라는 탄식을 한 것도 이런 맥락에서 이해할 수 있다. 이렇듯이 카인과 아벨 이야기에는 그들의 배타적 선민의식도 드러나 있지만 동시에 이미 다른 나라의 식민통치를 당하는 형편에서 장구한 운명적 디아스포라를 예견한

티치아노의 그림 〈카인과 아벨〉.
카인을 살해하는 아벨. 출처: 네이버 지식백과(https://han.gl/JkvPU)

그들의 예지력 또한 담긴 것으로도 보인다. 이러한 예지력과 민족에 대한 자부심이 결국 기나긴 디아스포라를 이기고 오늘의 이스라엘을 건국한 저들의 저력으로 이해되는 것이다.

구약의 존재는 유대인들이 영적 능력이나 신앙심이 매우 강한 민족인 것도 증명한다. 그리하여 예수도 구약에 보이는 이들의 강렬한 신앙심과 영적인 갈증의 전통 속에 출현하였다고 볼 수 있다. 그러나 예수는 그들의 전통이며 민족의 신인 여호와를 숭배하지 않았을 뿐 아니라 그들의 전통적 사제 계층인 바리새들을 배척하였기에 유대교와 가톨릭/기독교는 다른 길을 걷게 되었던 것이라 하겠다. 이로 볼 때 아이러니하게도 유대인들은 그들의 일원인 예수를 무참하게 탄압함으로써 세계적 종교의 탄생에 기여한 민족이기도 하다. 어쨌든, 오늘날 인류는 유대인들의 영성과 이들의 강렬한 신앙심 그리고 그 민족의 일원인 예수가 당한 지극한 고통으로 하여 인류의 영성에 엄청난 영향을 끼친 종교를 얻었다. 이들의 원죄의식은 인간들의 무의식 속에 숨어 있는 죄의식을 대변하였고, 고통 속에서도 여호와를 기다리는 신앙심은 인류에게 수난 끝의 영광이라는 영혼의 보편적 갈망에 맞는 종교를 제시함으로써 유대인들은 오늘날 가톨릭/기독교라는 세계 종교를 일군 단초를 제공한 민족이 되었다.

이로 본다면 유대인의 캐릭터는 두뇌가 탁월하고 영성이 강하며, 재물에 대한 집념이나 치재 능력 또한 탁월하지만 육체적 물리적 능력은 상대적으로 미약하여 역사상의 온갖 수난과 치욕을 당하였던 민족이고 오히려 그런 탁월성 때문에 온갖 수난을 겪지만 우수한 두뇌의 덕으로 마침내 세계를 이면에서 주무를 정도의 세력을 오늘날 획득한 민족이란 것이다.

이런 측면에서 이들을 명리학으로는 어떻게 이해할 수 있을까? 유대인들은 우선 재성이 강할 것이다. 재성이 강하면 치재에 관심이 많고 악착같이 돈을 모은다. 이들이 고리대금업을 하고 돈에 집착한 것은 수난의 삶을 살면서 현실적 요건 때문에 어쩔 수 없는 측면도 있었겠지만 그들의 타고난 성향 또한 재물에 집념하는 면이 있었기 때문이라 할 것이다. 그리고 그들은 영성에도 강하니 천문성(天文星)이 발달하였을 것 같다. 지지에 묘술해미(卯戌亥未)가 들거나 귀문살이 들면 영력(靈力)이 강한 것으로 보는데 이런 자질이 이들에게는 있는 것 같다, 또한 세계적 고전이 된 구약을 창안한 것을 보면 독특한 창의력의 바탕인 편인성도 띠었을 것 같다. 유대인들이 전문가, 즉 학자나 문화인들이 많은 것을 보면 신강 사주이기보다는 신약 사주에 해당하는 것으로도 보인다. 전문가이면서도 강력한 창의성을 가졌고 재물에는 누구보다 집념했던 유대인들의 자질이 오늘의 그들을 만들었을 것으로 보는 것이다.

이들의 기구한 역사는 이들이 합/충/형/파가 심한 민족이 아닐까 짐작케 하는 면이 있다. 합/충/형/파는 전문적인 내용이라 길게 쓰지 못한다. 단지 합/충/형/파도 적으면 별 문제가 아니지만 많으면 삶의 행로에 파란이 많다는 점 때문에 이런 정도의 추정만 남긴다. 한 민족의 행로를 이처럼 명리학으로 읽어보려 함은 어디까지나 유비의 영역이다. 따라서 이러한 추정은 어디까지나 나의 개인적인 인간 이해일 뿐 과학적 분석이랄 수는 없음을 양해 바란다.

신한국인론*

1. 왜 '신'한국인론인가

저는 한국인, 즉 우리들 자신에 대해 이야기해 보려 합니다. 우리 자신에 대한 이야기이니 자기중심적 도취가 혹 있을까 우려됩니다마는 어느 정도 그럴 가능성을 전제하면서도 현상학에서 이르는 상호주관성을 충분히 의식하면서 객관적인 담론이 되도록 노력하겠습니다. 그런데 한국인론이면 한국인론이지 여기에 왜 '신(新)'이란 수식어를 붙였을까요? 여기에는 몇 가지 맥락이 있습니다. 우선 저의 주장이 아주 새롭다는 의미이기보다는 신세대(新世代)할 때의 그 '신', 즉 '새로워진 한국인'이라는 의미에서의 '신'입니다. 요즘 한국인은 과거와는 많이 달라졌다는 거죠. 다음으로 한국인을 바라보는 저의

---

* 이 글은 2018년 11월, 계명대학교 아카데미아후마나의 초청에 의해 특강한 원고이다. 약간의 수정을 하여 싣는다. 앞의 한국/인론에 비하여 십신을 활용한 점이 다르다.

방법도 조금 새롭다는 의미에서 '신'입니다. 저는 오늘 한국인론을 다루면서 명리학적 해석 방식도 원용하려 합니다. 명리학은 일종의 인간학이라 할 측면이 있어서 이런 방법을 동원하면 한국인을 바라보는 새로운 시선이 가능할 수 있습니다. 마지막으로, 한국인이 더 새로워지기 위한 방법도 얼마간 제시해보려 합니다. 이런 세 가지 정도의 맥락에서 신한국인론이란 제목을 부쳤습니다. 여기에 썩 미치지 못하는 내용이더라도 넓은 아량으로 받아들여 주시면 감사하겠습니다.

2. 근대 100년, 한국/인의 극적 변모

한국인에 관한 본격적 논의를 하기 전에 다음 두 가지 텍스트와 그림 하나를 한 번 보시죠.

1) 예법이 2층 건물의 건립을 금하고 있어서 약 25만명으로 추정되는 서울 시민들은 미로와 같은 골목길이 있는 단층집에서 살고 있다. 대부분의 골목길이 짐을 실은 두 마리의 황소가 지나가기 어려울 만큼 좁다. 더 정확히 말하면 한 사람이 짐을 실은 황소 한 마리를 끌고 지나갈 수 있는 정도이며, 그것도 퀴퀴한 물웅덩이와 초록색 점액질의 걸쭉한 것들이 고여 있는 수챗도랑에 의해 더 좁아진다. (……) 더럽고 악취나는 수챗도랑은 때가 꼬질꼬질한 반라의 어린 아이들과 수채의 걸쭉한 점액 속에 뒹굴다 나온 크고 옴이 오른, 눈이 흐릿한 개들의 즐거운 놀이터이다. (……) 이같은 수챗도랑들에 인접해 있는 가옥들은 보통

처마가 깊고 초가지붕이 있는 오두막으로, 거리와의 사이에 진흙으로 된 담벼락 외에 아무 것도 없다. 지붕 아래 종이로 된 작은 창문이 사람의 숙소라는 것을 알려줄 뿐이다.[4)]

2) 사건이라고도 부를 수 없는 사소한 일, 또 흔히 있을 수 있는 일이었지만 그것은 가장 강렬한 인상을 가지고 가슴속으로 파고들었다. 앞에서 걸어가고 있던 사람들은 늙은 부부였다. 경적 소리에 놀라 그들은 곧 몸을 피하려 했지만 너무나도 놀라 경황이 없었던 것 같다. 그들은 갑자기 서로 손을 부둥켜 쥐고 곧장 앞으로만 뛰어 달아나는 것이다. (……) 누렇게 들뜬 검버섯의 그 얼굴, 공포와 당혹스런 표정, (……) 앙상한 두 손, 북어 대가리가 꿰져 나온 남루한 봇짐을 틀어잡은 또 하나의 손, 고무신짝을 집으려던 그 또 하나의 손……. 나는 한국인을 보았다. 천 년을 그렇게 살아온 나의 할아버지와 할머니의 뒷모습을 만난 것이다. 쫓기는 자의 뒷모습을…….[5)]

3) 방탄소년단

4) 이자벨라 버드 비숍, 이인화 역, 『한국과 그 이웃 나라들』, 살림출판사, 1994, 52~53쪽.
5) 이어령, 『흙 속에 저 바람 속에』, 문학사상, 2002, 16~17쪽.

1)은 1890년대 중반, 이른바 개화기 시절 이자벨라 비숍(1831~1904)이란 영국의 지리학자겸 시인, 모험적 여행가였던 여인이 당시의 한양을 묘사한 대목입니다. 눈에 훤히 떠올릴 수 있는 장면 아닙니까? 좁고, 더럽고, 누추한 조선조 말 우리 골목의 모습. 조선을 여러 번 방문하고 또 깊이 사랑한 그녀는 "아주 미묘한 초록색 안개가 베일처럼 언덕을 감싸는 이른 봄"6)의 경치에 찬탄하고 한국의 명승을 아름답게도 그리지만, 근대를 선취한 서구 여인으로서 조선의 가는 곳마다를 불결, 악취, 추저분 등의 어휘로 그려놓습니다. 2)는 이어령 교수가 1962년에 낸 에세이집 중 한 대목입니다. 그가 무슨 일로 군용 지프를 타고 시골길을 가던 중 운전사가 누른 경적에 화들짝 놀란 늙은 노부부를 그린 대목입니다. 무엇엔가 쫓기는 듯 초라하고 왜소하기 짝이 없는 우리 조상들의 모습이 선명히 떠오르지 않습니까? 참으로 우리를 슬프게 만드는 한 장면이라 하지 않을 수 없습니다. 그런데 3)은 우리들의 이런 기분을 확 바꿔놓습니다. 방탄소년단. BTS라 불리는 아이돌그룹의 사진입니다. 훤하니 잘 생기고 키들도 늘씬합니다. 이들은 얼마 전, 비틀즈가 공연했다는 뉴욕의 시티필드 구장에서 그야말로 구름처럼 모인 4만 명의 팬들이 한국어 '떼창'을 하고 춤추게 만든, K-Pop을 대표하는 아이돌그룹이죠. 이날 공연 때문에 뉴욕시는 주변의 지하철역을 더 늘렸다죠. 앞좌석을 차지하려는 팬들이 일주일 전부터 텐트촌을 이루었답니다. 이들은 한류의 역사에 연일 신기록을 작성하는 중입니다. 빌보드 차트에 두 번이나 1위로 이름을 올렸고 UN에서 'Love Yourself'란

---

6) 앞의 책, 49쪽.

제목으로 연설까지 했습니다. 연이어 파리에서도 공연했는데 2회 공연분 4만장의 표가 10분 만에 동났고 르피가로지의 기자는 비틀즈를 이어받은 그룹이라 보도했다는군요. 1)과 2)의 장면들을 기억하는 우리들로서는 이 젊은이들의 세계적 활약상을 보면서 금석지감이란 어휘를 떠올리지 않을 수 없습니다.

한국의 달라진 면모는 물론 젊은이들의 세계적 부상에만 국한된 것이 아닙니다. 이제 한국은 경제 규모나 세계인의 방문객 순위에서 세계 10위권에 오르내리는 나라입니다. 도시의 스카이라인을 장식하는 고층 건물들, 도로를 즐비하게 흐르는 자동차 행렬, 디지털화한 시스템의 편의성이 넘치는 공항과 역사 등, 100년 전 비숍 여사가 묘사한 조선과 비교하면 그야말로 상전벽해가 된 것이죠. 글로벌이란 용어를 충족시키는 이러한 변모가 젊은이들의 세계 진출과 함께하고 있습니다.

3. 근대화의 추동력: 한(恨)의 에너지

어쨌거나 개화기, 근대를 추동한 그 시기 이후 불과 100여 년 사이에 우리 한국/인의 모습이 이렇게 달라진 것입니다. 무엇이 한국을 이렇게 달라지도록 만들었을까요? 물론 한국인의 우수한 두뇌, 2017년까지만 해도 근로시간이 OECD국 중 2위였던 한국인의 근면성 등이 우리를 이렇게 밀어올린 동인입니다. 그러면 그동안은 뭐하고 있다가 불과 100년 사이에 이렇게 달라졌을까요? 저는 불과 100년 정도의 기간에 한국이 이렇게 달라진 힘을 한국인의 한(恨)으로부터 분출된 에너지에서 찾습니다. 한(恨), 한국인의 심성 혹은 심리 속에 숨은 미묘한 마음이나 정서의 근원으로 많이 거론된 어휘입니다.[7] 1970년대까지 많이 입에 오르던 이 용어는 그러나 그 이후 사라진 듯 보입니다. 급속하고도 화려한 근대화를 성취한 이후 한국인의 역동성, 근면성 등이 부각되면서 퇴영적 시각을 지닌 이 말은 자취를 감출 수밖에 없었던 것이죠. 그러나 저는 1960년대부터 본격적으로 추진된 근대화의 동력에는 이 한의 정서가 결정적으로 작용했다고 봅니다.

어떤 한일까요? 제가 보기론, 근대를 추진하려던 무렵 일제에 강점당하여 국권을 잃어버린 것과 얼떨결에 나라를 찾았으나 형제간에 내전을 벌여 수백만이 사상된 6.25전란이 만들어낸 한이 가장 크다고 봅니다. 일제의 식민통치는 우리 민족의 주체성 형성과 자발적 산업화에 치명적 악영향을 끼쳤고, 6.25는 민족상잔이란 말이 드러내듯이 같은 민족 간에 수백만의 사상자를[8] 만들어낸 끔찍한 전란이었습니다. 특히 6.25는 유사 이래로 다른 나라를 침범해 본 적이 없다고 자부하는 우리가 동족을 스스로 자해/자상한 전란이면서, 외래의 무력까지 가세한 참극이었습니다. 1950년대의 우울한 한국 문학이 그 참극의 후유증을 증언합니다. 손창섭의 「비오는 날」은

7) 학문적 관점에서는 다음과 같이 정의된다. “욕구나 의지의 좌절과 그에 따르는 삶의 파국, 또는 삶 그 자체의 파국 등과 그에 처하는 편집적이고 강박적인 마음의 자세와 상처가 의식·무의식적으로 얽힌 복합체. 원한(怨恨)과 유사한 말로 쓰이기도 한다.” [네이버 지식백과] 한[恨](한국민족문화대백과, 한국학중앙연구원) 참조. 한의 성격과 메커니즘에 대하여는 이 글에서 많이 참조하였음을 밝힌다.

8) 정확한 통계가 없어 150만에서 300만까지 사상자 수는 오르내린다. 해방 직후의 한국 인구는 약 2500만으로 추정되는 만큼, 그 피해의 규모를 짐작할 수 있다.

종일 비 내리는 날씨 속에 비가 줄줄 새는 방에 웅크린 불구의 남매가 생존에 매달리는 일상을 그리고, 이념 투쟁을 벌이는 거제수용소의 참상을 소재로 한 장용학의 「요한시집」은 수용소에 갇히기 전에 주인공 젊은이가 미군 C-레이션 박스에서 얻은 닭다리를 들고 뛰다 폭탄 세례를 맞고 고꾸라지는 장면을 그려놓기도 합니다. 오죽하면 한 연구자가 "전후 남한은 공동묘지 같은 을씨년스러운 폐허"[9]였다고 할까요.

저는 나라를 빼앗긴 일제식민통치기도 우리에게 큰 상처를 남겼다고 보지만, 이런 점에서 6.25가 좀 더 큰 상처를 남겼다고 봅니다. 같은 민족끼리 수십 수백만을 죽였고, 외국의 개입까지 더하여 심적/물적으로 많은 것이 파괴된 이 전쟁은 한이 자상(自傷)과 타상(他傷)으로부터 유래한다는 한의 발생학에 딱 부합합니다.

한국의 근대화는 이처럼 거의 폐허가 되다시피 한 한국인의 마음밭과 현실의 물적 조건에서 시작한 것입니다. 1960년대부터 본격적으로 추동된 근대화는 왜 우리가 이처럼 기막힌 고난을 당해야 하나, 이처럼 비참하게 살아야만 하나라는 비극적 인식과 그로부터 탈피해 새로운 삶의 경지로 들어서야겠다는 강력한 의지가 발동했기 때문이라 할 것입니다. 한이 만드는 성취동기와 추진력은 상처의 깊이와 응어리의 응집력에 비례한다 하거니와, 우리가 1960년대 이후 발휘한 에너지는 한의 검은빛 전이와 흰 빛 전이 중 흰빛 전이를 발현한 경우라 할 것입니다. 남 탓을 하거나 자신이 당한 원한을 남에게 되돌려주려는 검은 빛 전이가 아니라, 자신을 채찍질하여

9) 최정운, 『한국인의 발견』, 미지북스, 2016, 99쪽.

성취하고 발전하는 생산의 동력으로 삼는 것이 흰빛 전이입니다. 저는 이러한 심리적 동인이 그동안 잠자던 한국인의 잠재력을 불질러 근대를 넘어 탈근대를 운위하는 오늘의 한국을 만들었다고 봅니다.

그리하여 이룩한 한국의 근대화는 사실 엄밀히 따지면 불과 30여 년 만에 이룬 것입니다. 이른바 압축 성장이라는 것이죠. 서구가 이 삼백 년에 걸쳐 이룬 근대화를 우리는 불과 1/10의 기간에 이루어낸 것입니다. 세계인이 한강의 기적이라 일컫는 이러한 압축 성장은 그러나 또 다른 상처도 만들었습니다. 성수대교 붕괴, 삼풍백화점 붕괴, 대구의 지하철 폭발 참사 등 외적인 참사와 함께 대통령들의 비극적 죽음, 특히 요즘 들어 급증하는 막가파식 분노 범죄들로 하여 우리들의 마음은 어둡습니다. 이제는 한의 긍정적 발현이 아니라 부정적 발현이 두드러지지 않는가 하는 걱정을 하지 않을 수 없습니다. 재일 사회학자 강상중은 그의 『살아야 하는 이유』(사계절, 2012)에서 한국사회는 과거 그 어느 때보다 르상티망(ressentiment), 즉 원한/복수의 감정이 깊이 퍼져나가고 있는 것 같다고 했습니다. 이 말은 우리 사회의 묻지마 살인이 늘어나는 것과 함께 1990년대 말 이후 박찬욱 감독이 만들어 낸 복수 삼부작이[10] 어느 정도 대변하는 것 같습니다. 죽음, 심지어 자기 파괴의 정서에까지 한동안 빠져 있던 한국문학의 경향도 이를 증거합니다만 이러한 사회적 병리의 해결 방안은 다면적으로 고찰되어야 할 것이어서 이 글의 분량 안에서는 어렵고 다만 제가 할 수 있는 제안 정도를 말미에 언급하겠습니다.

---

10) 『올드 보이』, 『복수는 나의 것』, 『친절한 금자씨』 세 편을 말한다.

4. 한국인의 문화적 잠재력

맥락을 바꾸어 우리 한국을 요즘 세계에 크게 알리는 것은 무엇일까를 생각해보고 싶습니다. 한강의 기적이라 일컫는 경제적 성취가 아마 가장 큰 요인이겠지요. 그러나 요즘으로 말하면 한류라는 문화적 현상이 가장 크지 않을까 싶군요. 한류는 K-Pop, 드라마, 문학, 음식 등 여러 면에서 세계적 파급력을 키우고 있는 문화 현상입니다만 요즘 와서 가장 두드러진 성과를 보이는 것은 서두에 언급한 바처럼 K-Pop입니다. BTS, 트와이스, 엑소, 워너원, 러블리즈 등의 아이돌그룹들이 해외에 큰 인기를 얻고 있어서 이들의 국가브랜드 자산의 창출가치가 약 1조원에 달한다는 보고도 있습니다.[11] 제가 아이돌그룹에 열광할 연배도 아니면서 왜 자꾸 이들을 언급하느냐 하면 우리 한국인의 문화적 역량을 거론하고 싶어서입니다.

우리 한국인들은 문화 예술적 측면의 역량이 뛰어난 것 같습니다. 문화 예술적 역량은 흔히 '끼' 또는 '신명'이란 것들과 같이 하는 것인데, 한국인들의 이런 역량이 태생적이란 것은 3세기경 중국의 역사서인 삼국지 위지동이전[12]에 '동이족들은 음주가무를 좋아한다'는 기록이 이미 나오고 있어서 마시고 춤추고 신명내기를 좋아하는 우리들의 문화 예술적 '끼'를 알게 해줍니다.

이제 명리학을 좀 원용해 보면, 이런 끼를 명리학에서는 도화살에

---

11) 삼성증권, 「다시 부는 한류 열풍의 중심, K-Pop(한류 열풍 특집)」(https://han.gl/cnYwz, 2018.7.13) 참조.

12) 중국 서진(西晉)의 진수(陣壽)가 3세기에 기록한 위오촉의 삼국 역사서. 우리 조상인 동이(東夷), 부여, 예, 삼한에 관해서도 썼다.

서 비롯한다고 봅니다. 도화살이 있으면 외모들도 잘 생기고 예술적 기질이 승합니다.[13] 문인, 화가, 음악가 등 예술가들에게서 많이 발견되는 것이 이 도화살입니다. 이삼십 년 전까지만 해도 불길한 살로 보았던 이 성분은 요즘은 너무 지나치지 않으면 긍정적으로 해석하는 성분입니다. 또한 한국인들의 이러한 자질은 식/상성(食/傷星)에 해당하는 자질로도 봅니다. 이 식/상성이란 것은 먹는 것을 좋아하고, 미각에 예민하고, 예술적 감각이 우월한 성격을 말합니다.

재미있게도 한국인들이 먹고 마시는 것을 좋아한다는 것은 국내외의 여러 지적이 있습니다. 예의 비숍 여사는 한국인의 엄청난 식탐과 과음에 대해서 쓰고 있고[14] 이어령 교수는 "아무리 언어가 풍부한 나라라도 '쓰고 씁쓸하고 쓰디쓰고 달고 들큼하고 달콤하고 달짝지근하고를 구분할 영광은 누리지 못한다"고 하면서 우리는 먹는다는 말을 얼마나 다양하게 쓰는지 "나이도 먹고, 더위도 먹고, 공금도 먹으며 심지어는 욕까지도 먹는다고 한다. 사람의 성격을 평가하는 데도 싱거운 놈 짠 놈 매운 놈"이라는 말을 쓴다면서 한국인의 먹기 좋아하는 성격, 예민한 미각을 희화조로 묘사했습니다.[15] 고(故) 김

---

13) 재미있는 것은 한국인의 외모에 대해 일찍이 비숍여사도 "한국인들은 확실히 잘 생긴 종족"(앞의 책, 10쪽)이라 평했고, 외국인을 대상으로 한 설문에 따르면 요즘의 외국인들도 한국인의 특징으로 잘 생긴 외모(Best Looking)를 꼽는다는 점이다. 조상현·홍성태, 「외국인들이 본 한국, 한국인, 그리고 한국 제품」, *Trade Focus*, Vol. 12, No. 58, 한국무역협회 국제무역연구원, 2013, 45/58쪽.

14) 한국인은 무엇이든 먹는다고 쓰면서, 돼지고기, 쇠고기 날것, 말린 것, 육고기 내장 등 가리지 않으며, 과한 식탐 탓에 한국인들은 늘 소화불량, 위장병, 대장염, 치질 등으로 고생한다 했고, 양반조차 대취하여 마루에서 뒹굴어도 별로 문제 삼지 않는다고 썼다, 앞의 책, 184~185쪽.

15) 이어령, 앞의 책, 26쪽.

태길 교수도 일찍이 그의 『한국인의 가치관 연구』에서 한국인을 구강형 성격으로 지적한 바 있죠. 최근에는 평창올림픽을 취재한 뉴질랜드 기자가 "한국인은 정말 먹는 것을 좋아한다"고[16] 쓴 적도 있습니다. 어쨌거나 이처럼 먹는 것을 좋아하는 한국인인 만큼 미감(味感)이 발달했을 것이고 이는 미감(美感)으로 연결될 수 있는 자질이죠. 한국어의 특성인 풍부한 형용사, 한국인들의 감성적 성격, 외모에 신경 쓰는 것 등이 이런 자질과 연관됩니다. 한국인의 이처럼 감성적이고 끼 넘치는 기질은 명리학상의 오행으로 보면 오행 중 '화(火)'가 승한 기질로 보입니다. 화 기운이 강하면 신명이 넘치고 예술적 표현력이 두드러집니다. 한국인의 울화증도 여기에서 비롯한 것으로 생각됩니다. 화가 정체, 억압되면 발생하는 증상이죠. 울화증은 한국에만 있는 특별한 의학적 용어라 하죠.

어쨌든 한국인들의 이러한 특장점, 신과 흥이 넘치는 끼가 요즘 글로벌 시대를 맞아, 특히 발달한 IT기술에 힘입어 국경의 경계를 넘어서 세계적으로 각광을 받고 있는 중입니다. 아이돌들의 인기 요인을 분석한 글이 유튜브나 인터넷에 꽤 보이는데, 물론 가창력이 우선이고 이들의 멋진 군무(群舞), 잘 생긴 외모 등 보편적 시선 외에 또 하나 흥미로운 것은 외국의 젊은이들이 이들의 가사에서 많은 영감을 받는다고 하는 것입니다. 삶의 위안을 준다, 새롭게 살 수 있는 힘을 얻었다며 눈물까지 흘리는 젊은이들도 있습니다. 왜 그럴까요? 이는 이들 아이돌그룹들의 가사를 보면 알 수 있습니다. 이들

16) 한영혜 기자, "평창올림픽의 진정한 우승자는 한국치킨" 중앙일보 Joins.com. 2018. 2.15, https://news.joins.com/article/22372828 참조.

의 가사에는 흥미롭게도 어려운 삶 가운데도 절망하지 말라든지, 너 자신을 사랑하라는 등의 교훈성 메시지가 숨어 있습니다.[17] BTS의 인기를 분석하는 외국의 젊은이들은 대개 이 그룹의 노력하는 모습, 젊음을 위로해 주는 가사 등을 빠뜨리지 않더군요. 이런 점을 보면 이들의 인기는 우리의 타고난 식상의 자질과 도화기뿐만 아니라 스스로를 제어할 줄 아는 자아통제력도 작용하는 것으로 보입니다. 이 자아통제력이란 것은 명리학에서는 관성(官星)의 작용으로 보는데 이것은 전에는 관직으로 나갈 자질로 보았습니다만 요즘 와서는 명예/명분/이념 중시, 자기 통제력 등의 성향으로 봅니다. 한국인의 명예/명분/이념을 중시하는 성향은 조선조와 같은 유교 사회를 만나면 당쟁을 일으키는 요인이 되고 요즘에도 정치적 지향의 과잉 같은 것으로 나타납니다.[18] 그런데 식상과 관은 상극관계여서[19] 식상이 너무 과하면 관이 죽습니다. 예컨대 자유분방한 성격이 너무 강해 자기 멋대로이고 통제를 싫어해서 학교 밖으로 튀어나가는 학생들이 그렇습니다. 그러나 이 식상이 적절한 통제를 얻으면 문화적 저력으로 작용합니다. 이렇게 본다면 요즘 우리 젊은이들의 세계적 부상은 식상과 관이 적절히 조화한 문화적 잠재력이 이른바 소프트 파워, 문화를 중시하는 시대 분위기를 만나 날개를 한껏 펴는 형상이라 하겠습니다.

17) 동방신기는 'Rise Up'에서 "고단해진 슬픔의 눈물에서 실현되는 행복의 가치를 믿어봐"라 노래한다. BTS의 노래와 유엔 연설문 제목은 'Love Yourself'이다.

18) 해방 직후 남한의 군정사령관이었던 하지조차 한국인의 과한 정치적 지향에 넌더리를 내었다. 최정운, 앞의 책, 55쪽.

19) 식상의 상(傷)은 상관(傷官)의 준말로 관을 상하게 한다는 의미를 갖고 있다.

5. 한국, 문화로 흥해야

저는 이러한 측면에서 문화를 한국인들이 세계에 들고 나갈 강력한 콘텐츠로 삼아야 한다고 생각합니다. 한국이 문화로 흥해야 한다는 주장은 진작 김구 선생이 하셨죠.

> 나는 우리나라가 세계에서 가장 아름다운 나라가 되기를 원한다. 가장 부강한 나라가 되기를 원하는 것은 아니다. 내가 남의 침략에 가슴 아팠으니, 내 나라가 남을 침략하는 것을 원치 아니한다. 우리의 부력(富力)은 우리의 생활을 풍족히 할 만하고, 우리의 강력(强力)은 남의 침략을 막을 만하면 족하다. 오직 한없이 가지고 싶은 것은 높은 문화의 힘이다. 문화의 힘은 우리 자신을 행복하게 하고 나아가 남에게 행복을 주겠기 때문이다. (……) 나는 우리나라가 남의 것을 모방하는 나라가 되지 말고 이러한 높고 새로운 문화의 근원이 되고 목표가 되고 모범이 되기를 원한다.[20]

백범의 이러한 문화 흥국론은 무언가 다른 절실함이 있습니다. 백범이 어떤 분입니까? 젊은 시절 일본 헌병을 살해하고 이봉창, 윤봉길 의사 등의 폭력 투쟁을 주모했던 분이 아닙니까? 이런 분이, 문화로 흥하여 "세계에서 가장 아름다운" 조국을 보고 싶다 하셨으니 선견이라 하기에 앞서 참으로 억장이 막히는, 한 맺힌 외침으로 들립니다. 무력으로 나라를 빼앗겼던 국민이 부와 무력으로 강한

20) 김구, 「나의 소원」, 『백범일지』, 고려선봉사, 1954, 15~16쪽.

나라가 아니라, 문화로 흥한 나라가 되어서 세계평화에 기여해야 한다고 외쳤으니 참으로 우리를 먹먹하게 합니다.

사실 요즘 들어 문화를 내세운 부/강국론은 새로운 것도 아닙니다. 한류 담론이 그렇고 가까이는 박근혜 정부도 '창조경제'를 내세웠습니다. 그러나 제가 보기에 이러한 주장들의 문제는 우리 것의 상업화란 의도가 너무 앞섰고 진정 우리 것을 사랑하자는 의도는 다소 뒤진 것이 아닌가 하는 점입니다. 달리 말해 '우리 문화에 대한 애정의 내면화'가 과연 따랐던가 하는 것입니다.

그러나 이러한 실천을 내세우는 저 자신부터 사실 이런 주장을 하기는 다소 멋쩍습니다. 여기에는 이런 사정이 있습니다. 최근의 한 설문에서 외국인들에게 '한마디로 한국에 대한 이미지를 평가한다면?'이라 물었더니 '급속한 발전을 한 나라'라는 이미지가 1위이고 '오랜 역사를 가진 나라'라는 이미지가 2위였습니다.[21] 오랜 역사를 가진 나라라는 평가에는 그만큼 문화적 성취도 가진 나라라는 인식도 담겨 있겠죠. 그런데 이런 평가를 하면서 한국에서 살아본 외국인들 가운데는 "한국인들은 자기 역사에 대해 중요하게 생각하지 않으면서 외국인에게 홍보하려는 모순된 태도"를 가지고 있다는 신랄한 지적을 합니다.[22] 솔직하게 고백컨대 저도 이런 모순된 태도를 가졌던 사람 중 하나입니다. 우리가 과연 문화국인가를 회의했다는 것이죠. 그 근거로 저는 일본과 우리를 종종 비교했는데, 우리가 삼국과 통삼(統三)시대를 통틀어 향가 24수를 가진데 비해 같은 시기의 일본

21) 위의 보고서, 13/58쪽.

22) 위의 보고서, 6/58쪽.

이 『만엽집』, 『고사기』라는 문헌에 4,500수 가까운 시가를 채록한 것을 두고 오천 년 문화민족이란 말은 순전히 허언이라 생각했습니다. 청산별곡, 서경별곡 등 우리가 채록한 고려시가의 수도 그리 많지 않습니다. 또한 일본은 9세기 무렵에 거의 현대적 서사구조를 가진 『겐지모노가타리(源氏物語)』라는 소설책도 폈습니다. 그 탓인지 노벨문학상만 해도 일본은 가와바타 야스나리, 오에 겐자부로 이 두 사람이 받지 않았습니까? 흔히, 왜놈·쪽발이라 멸시하던 일본, 우리를 강점하고 괴롭힌 일본이기에 무시했던 그들의 실상을 약 30대 중반쯤부터 알게 되면서 상대적으로 저는 우리를 비하했습니다. 그러나 이제는 달리 생각합니다. 일본은 노벨상을 전 부문에 걸쳐 27개나 받은 나라입니다. 우리보다 앞선 나라임을 인정하지 않을 수 없습니다. 그들의 자기중심적이고 편협한, 그리고 잔혹한 심성은 평가할 것이 못 되지만 말이죠. 어쨌거나 일본과 비교해서 우리 것을 낮출 일은 아니고, 문화란 좁게는 인문학과 예술, 넓게는 삶에서 일군 정신적 고안으로서의 유/무형적 자산 일체를 일컫는 것이므로 우리의 문화적 자산도 따지고 보면 상당할 것입니다. 문학뿐만 아니라, 역사와 철학, 예술 분야만 하더라도 우리만의 유산, 업적, 성과들은 대단할 터인데 저는 우리 것을 제대로 모르면서 자기비하에 빠져 있었던 것 같습니다. 가령 퇴계 사상만 해도, 퇴계는 그의 성학십도 제9장 경재잠((敬齋箴)에서 나와 타인, 자연에 대한 존중과 배려를 역설했다고 합니다.[23] 이런 지혜는 자기에만 갇히고 자연을 파괴하고 있는 우리 현대인들에게 적실한 선견지명에 해당하지 않습니까?

23) 한형조, 『성학십도, 자기 구원의 가이드맵』, 한국학중앙연구원 출판부, 2018.

이러한 선견지명들을 우리 역사와 철학 등에서 찾으면 얼마나 많겠습니까? 물론 저는 우리의 사상과 정신이 세계에서 가장 뛰어나다고 하지 않겠습니다. 우리가 문화적 역량을 분명히 갖춘 나라인 만큼 이에 집중하고 더 탁마하여 정말 세계적 문화강국이 되자는 것입니다. 앞서 언급한 한류는 대중문화가 위주가 된 것입니다만 실상 고급문화도 대단합니다. 얼마 전 소설가 한 강이 영국의 맨부커상을 수상하여 화제가 되었습니다만 제가 보기에 한 강은 좋은 번역자를 만나 먼저 행운을 얻은 경우이고 한국문학에는 또 다른 좋은 작가들이 많습니다. 신경숙, 김영하, 은희경, 김경욱, 이승우 등 중견은 물론이고 뛰어난 젊은 작가들도 계속 나오고 있는 만큼 언젠가 한국문학도 세계적으로 인정받을 날이 분명히 올 것이라 믿습니다. 아니 오도록 해야겠습니다. 미술이나 음악, 공연예술 등도 마찬가지겠지요.

6. 문화적 DNA 찾기

그러므로 실상 저의 문화강국론은 사실(be)의 문제이기보다는 당위(should)의 차원을 많이 띤 것이기도 합니다. 당위가 강조될 수밖에 없는 것은 저도 그랬지만 우리 한국인들 모두가 자신의 문화 자산을 잘 모르고 사랑하지 않는다는 데 그 근거를 가집니다.

또 다시 저의 경험으로 돌아갑니다. 저는 원래 음악이라면 우리 대중가요, 팝, 클래식, 재즈, 라틴음악, 심지어 록까지도 좋아하는 잡식성이지만 요즘은 우리 국악에 푹 빠져 있습니다. 사실 얼마 전까지만 하더라도 저는 클래식은 웅장하고 다이내믹, 다양한데 우리 국악은 한결같이 저렇게 축 처지고 느려 터져서 어떻게 후손들이 좋아할 수 있겠느냐고 혀를 차던 부류였습니다. 느려터지고 처진 음악이란 것은 〈영산회상〉, 〈도드리〉 등의 정악류였던 것을 이제는 알고 있습니다만, 그렇듯 국악을 폄하하다가 어느 날 운전 중이던 차안에서 FM방송에서 흘러나오는 거문고 연주를 듣게 되었는데 왠지 모르게 이것이 귀에 착 감기는 것이었습니다. 밖으로는 자동차들이 달리며 내는 소음이 요란한데 거문고의 그 고즈넉하고 웅숭깊은 음향이 가슴에 내려앉더군요. 그로부터 우리 국악들을 찾아듣게 되었습니다. 그랬더니 새로운 세계가 열리는 겁니다. 거문고는 예의 웅숭깊은 매력, 가야금은 화려하고 유연 섬세하며, 해금의 끊어질 듯 이어지는 구성진 가락, 궁중악의 유장함과 정연함, 걸쭉하고 구성진 우리 민요까지 다 새롭게 들어옵니다. 심지어 우리 음악의 세

거문고 연주

가지 '요요'도 느낍니다. 그 첫째 요요는 산들거리는 바람처럼 부드럽다는 의미에서의 '嫋嫋'이고 두 번째는 고요하고 드물다는 의미에서의 '寥寥', 그 세 번째는 매우 멀고 아득하게 느껴진다는 의미에서의 '遙遙'입니다. 아마도 거문고나 가야금, 해금 연주 등에서 느낀 저만의 감정이 아닌가 합니다만 다른 정악류의 국악에도 적용할 수 있으리라 여겨집니다. 거문고는 오불탄(五不彈)의 계율이 있어 질풍과 풍우가 심할 때, 교양 없는 사람이 끼었을 때, 의관을 갖추지 못했을 때, 시장 거리에서, 앉을 자리가 마땅치 않을 때는 연주하지 않는다는 선비의 음악이더군요.

국악의 이러한 멋을 지금에서야 느끼는 것은 아마도 제가 이제 나이든 탓이 아닌가 합니다만 그렇다는 것은 제 몸 아니면 정신 어느 곳에 숨어 있는 문화적 DNA가 감응한 탓이 아닌가 합니다. 육체적 DNA가 조상으로부터 받은 나의 육신/체질이라면 문화적 DNA는 '조상으로부터 내 몸 어딘가에 흘러든 정신, 정서적 전통(에의 감응력)' 이렇게 정의할 수 있겠습니다. 우리의 문화적 DNA는 조선조가 외래 세력에 의해 붕괴되고 주체적 근대화를 성취하지 못한 탓에, 그리하여 서두에 언급한 세월들을 보낸 탓에 한동안 무시되었습니다. 고 박동진 명창이 '우리 것이 좋은 것이여'란 깨침을 광고에서 외친 것이 1980년대 후반, 88올림픽 성공의 자부심에 따른 것이었는데 우리 전통에 대한 인식과 계승은 그러나 아직도 일부 식자들과 애호가들에 의해서만 행해지고 있지 않느냐는 감을 금치 못합니다.

따라서 우리 사상과 예술—문화의 품격과 가치는 얼마나 다양하게 발굴되고 전승·계발되는지 등은 선뜻 자신 있게 답하기가 힘듭니다. 손쉬운 사례로 막걸리가 좋은 술이라는 것은 일본인들이 인정하고 나서야 한때 애호를 받았듯이 음식문화도 거의 서구 음식과 혼합된 퓨전식이 우리 식탁을 차지하고 있는 판이 아닌가 싶군요. 제가 10여 년 전 미국 방문교수로 갔을 때 알았던 미국인 지인에게 우리 비빔밥을 대접했더니 몹시 좋아한 추억이 있고, 또한 우리의 전을 아이의 교내축제 때 한 접시 가져갔더니 깨끗이 다 비워진 경험을 가지고 있는데 우리 음식만 해도 얼마든지 매력적인 요소가 많은 만큼 이것도 잘 살려야 하지 않을까 저는 생각합니다. 우리 비빔밥이 요즘 와서는 기내식으로 제공되기도 하지만 올해의 미쉐린 가이드에는 몇 십 년 운영되어온 순 우리 한식당이 처음으로 두 곳 지정되었다는군요. 저는 족발, 순대, 아니 제삿밥도 우리의 메뉴로 충분히 계발할 가치가 있다고 봅니다. 안동에 헛제삿밥이란 메뉴가 있다고 합니다만 왜 굳이 '헛'이란 접두어를 붙입니까? 그냥 제삿밥이라 내놓아도 외국인에게 충분히 사랑받을 수 있는 메뉴라 생각됩니다. 이러한 사례처럼 우리의 문화적 DNA를 꼼꼼히 발굴하고 뒤지면 문화의 전 부면에서 우리가 세계에 내놓을 자산과 유산은 얼마든지 많다고 생각합니다. 이미 언급한 음악이나 음식문화 뿐만 아니라 통치자의 오백 년 통치 행위를 세계에서 유일하게 기록해 놓은 조선조 실록, 선비정신[24], 한글 창제의 원리나 풍수사상의 근본인 자연과 인간의 조화사상, 태극기로 대표되는 균제와 통합의 정신, 다채로운 민속, 종교사상 등 생각나는 대로 짚어보아도 우리가 연구하고 알릴 것은 얼마든지 많습니다.

---

24) 높은 지성과 교양, 사회적 책임감, 애휼 정신의 상징인 선비정신을 왜 세계에 드러내지 않느냐고 임마누엘 페스트라이쉬 교수는 그의 『한국인만 모르는 다른 대한민국』(21세기북스, 2013)에서 따끔하게 지적한다.

7. '세계에서 가장 아름다운 나라'를 위하여

제가 말씀드리고 싶은 것은 뒤늦게 맛을 조금 들인 국악을 애호하는 척하고, 우리 것만을 내세우는 국수주의적 민족주의를 내세우려는 것은 아닙니다. 우리의 문화적 DNA 속에 숨은 우리 문화를 우리가 먼저 알고 사랑해야만 김구 선생께서 절규하다시피 한 문화흥국론을 이룩하지 않겠느냐는 생각 때문입니다. 자기 자신이 사랑하지 않는 자기의 것을 남이 사랑해주지 않는다는 것은 상식 아닙니까? 우리 것을 우리가 제대로 그 가치를 알고 사랑할 때 세계문화의 다양성과 조화에 우리가 기여할 수 있지 않겠느냐는 생각입니다. 아니, 이 모든 것을 떠나서 우리 선조와 조상의 문화에 대해 나눌 추억이 없다면 우리의 삶은 얼마나 삭막할까요?

철학자 최진석은 철학의 수준, 또는 지성의 수준, 달리 말해 문화의 수준은 한 사회의 높이, 즉 선진국이냐 중진국이냐 후진국이냐를 가늠케 해준다고 했는데[25] 저는 이 주장에 깊이 동의합니다. 문화나 예술은 사람들의 감성적 능력, 즉 직관적이고 감성적인 수용 능력임과 함께 자신들이 마주한 구체적 현실의 문제를 어떻게 해결할까라는 지적이고 창의적인 사고의 산물이기에 세상과 대상을 볼 수 있는 고유한 안목과 창조적 능력은 그 나라의 총체적 수준을 좌우한다는 말은 진실입니다.

그러므로 저는 우리국민들 모두가 문화 예술의 한 장르를 정하여 연구하거나 기예를 한 가지씩 익히면 어떨까 합니다. 예컨대 우리의

---

25) 최진석, 『탁월한 사유의 시선』, 21세기북스, 2018.

국악기 하나나, 시조창, 우리 춤 하나쯤을 익히거나 연구(공부)하면 어떨까 하는 것입니다. 이들을 익히면 경쟁과 소유욕 때문에 요즘 우리들의 마음에 그득한 화를 삭이는 데 도움이 될 것입니다. 모든 음악이 원래 그렇지만 특히 우리 국악은 그 느림으로 현대의 빠름을 완화시키고 옛것의 전아(典雅)함이 현대의 소란(騷亂)을 중화시켜주는 작용을 기대할 수 있습니다. 이처럼 우리 전통과 관련한 것이면 좋겠지만 꼭 그럴 필요도 없습니다. 얄밉지만, 배워야 할 이웃 일본의 한 사례를 하나 더 들면, 일본사람들은 일반인들인데도 나름의 선호 분야를 택해 연구해서, 아마추어지만 전문가 못지않은 경지에 닿은 사람들이 꽤 많다더군요.[26] 웃기게도 방귀 연구자도 있고 심지어 우리 한국의 사찰연구에도 일가를 이룬 사람도 있다는 기사를 보았습니다. 이처럼 연구하고 공부하는 자질을 명리학에서는 인수(印綬)성이라 이릅니다. 이는 자기 수양의 성격도 가집니다. 국민 누구나 문화의 어느 한 분야를 취미삼아 택해 익히는 것은 우리의 문화적 인프라를 튼튼히 하는 일이 될 것입니다. 또한 이처럼 공부하는 중에 자기 수양도 될 터이니 이로써 자신의 주체가 든든해지고, 이는 한국사회에 아직도 약한 시민정신도 보강해줄 것입니다. 이 인수성은 자아를 생해주는 관계에 있습니다. 즉 공부(功夫)[27]와 자기 수양은

26) 지금까지 일본의 노벨상 수상자 수는 27명에 이르고, 그 중 2002년 화학상 수상자인 다나카 고이치는 민간기업의 학사출신 연구원으로 노벨상을 수상하였다, 이로부터 알 수 있듯이 일본의 탁월한 학문적 성과는 바닥에서부터 다져진 장인정신이 크게 작용했을 터이다.

27) 공부의 '공(功)'자는 힘을 써서 기예를 익힌다는 의미를 가졌다. 나는 공부의 이러한 의미를 도올 김용옥의 한 칼럼에서 읽은 적이 있는데, 한자 사전에는 '工夫'로 나온다.

주체를 튼튼하게 해준다는 것이죠. 논어의 서두가 '學而時習之 不亦悅乎'라 시작한 것은 공연한 편집이 아니라 하겠습니다. 주체가 튼튼해지면 식상이 다시 강화되는 선순환도 이루어지는바, 우리 한국인들에게 취약한 것은 이처럼 연구하고 학문하는, 또는 자기 수양을 하는 자세가 아닌가 합니다. 이 또한 과거에는 상당했을 것이나 전통의 맥이 끊기고 경쟁과 물질적 성취를 일용의 양식으로 삼는 요즘의 세태 때문에 약해진 것이라 하겠지만 어쨌든 이를 살려야 합니다. 그리하여 우리가 주체를 튼실히 하여 문화를 우리의 특화 분야로 삼아—문화의 경우는 선택 이후 폭넓은 다양화가 필요하겠죠—세계로 나아갔으면 합니다.

마지막으로, 한국을 바라보는 외부적 시선 중에는 한국이 아직 '존경받는 중견국'의 시작 단계에 있다면서 이런 지적을 하는 이도 있습니다. "2018 소프트파워 30 보고서에 따르면 한국은 30개국 중에서 소프트파워 순위로 20위를 기록했다. 6개 평가 항목 중 한국은 디지털, 기업에서만 10위 안에 들어갔다. 개발 원조, 난민, 환경 등의 국제 참여에서는 좋은 성적을 내지 못했다. 한국은 이미 선진국이다. 기후, 환경, 개발 원조, 난민 등 국제 이슈에도 경제 수준과 지위에 맞게 행동해야 진정한 소프트파워를 갖춘"28) 나라가 될 것이라는 견해입니다. 한마디로 다른 나라를 돕는 데 기여하라는 것인데, 이런 지적 또한 깊이 새길 일입니다. 그리하여 우리 한국인이 공부와 자기 수양으로 주체를 든든히 해서 문화로 이 세계의 풍요와 조화에 기여

---

28) 아이한 카디르(한국외국어대 국제개발학과 교수, [카디르의 한국 블로그]이제 막 '존경받는 중견국' 출발선의 한국, 동아일보, Donga.com. 2018.8.14, https://han.gl/PtZfC 참조.

하며, 힘들고 약한 사람도 돕는, '내면과 외면이 공히 세계에서 가장 아름다운 한국/인'이 되기를 제안하는 것으로 저의 신한국인론을 마칩니다.

화(火)를 식혀야 할 한국사회

한국사회는 요즘 설설 끓는 도가니 속 같다. 날이 덥거나 이상기후 이런 원인 탓이 아니다. 사람들의 속이 끓고 있다는 말이다. 달리 말해 억울하고 분한 일로 속이 그득하다는 것이다. 이런 속병으로 인해 잔인한 사건 사고가 연발한다.

불타는 속으로 해서 일어난 가장 참혹한 사건은 2003년 대구지하철 화재 참사일 것이다. 당시 불을 저지른 범인은 생계가 곤란하고 몸도 좋지 않아 우울증을 앓던 사람이었는데 그가 지른 불에 무려 이백 명 가까운 대구시민이 갇힌 지하철 속에서 끔찍한 죽음을 당하였다. 또 하나 기억에 남는 것은 남대문에 불이 나 전소된 사건이다. 얼마 되지 않은 것 같은데 이 사건도 2008년에 일어났다 하니 벌써 10년도 더 지난 셈이다. 당시 방화범은 칠십 가까운 노인이었는데 자신이 살고 있던 땅의 보상 문제가 마음에 들지 않는다고 남대문에 불을 질렀다. 아무리 억울하다 해도 어떻게 국보를 불태우려 했는지 지금도 이해가 가지 않는 사건이다. 그 이후로 이런 울화성 화풀이

범죄는 뜸한 듯했으나 요즘은 빈발하는 느낌이다. 자신을 무시한다고 피씨방 알바생을 살해한 이십대, 역시 자신을 무시하고 때리기까지 했다고 고객을 살해한 모텔 종업원, 딸의 그림과 관련한 갈등 때문에 자동차로 편의점을 쑥밭으로 만든 삼십대의 어머니 등 분노범죄는 잊을 만하면 터진다. 혼자 또는 가족을 같이 죽음으로 몰고 가는 자살도 따지고 보면 좌절과 분노가 그 바탕에 자리한 비극이다.

위에서 쓴 사건 사고들은 모두 이른바 분노조절장애로 인한 범죄들이다. 요즘 이런 장애를 경험하는 사람들은 한둘이 아닐 것이다. 웬만큼 심신이 여유로운 사람들이나 긍정적인 사람이 아니라면 이런 문제를 경험할 터이다. 그럴 수밖에 없는 이유들이 있다. 우선 우리가 사는 환경이 지나치게 경쟁에 매몰되어 있다. 상대는 아랑곳없이 자기만 살아남아야 한다는 의식이 팽배하다. 경쟁해서 능력 있는 자만이 대접받고 그것을 돈으로 보상하는 자본주의 이념이 판치는 세태이다 보니 경쟁에서 처지는 사람은 가슴에 화가 쌓인다. 〈오징어 게임〉은 이러한 한국사회의 현실이 그 원자재가 된 것이라 하지 않을 수 없다. 한편, 사람들이 누구나 동의하는 공동선의 영역이 쪼그라들었다. 권력이 있는 자도 없는 자도, 돈이 있는 자도 없는 자도, 심지어 종교에 사역하는 사람들까지도 불신당한다. 한 마디로 불신사회다. 누구나 믿을 수 있는 척도, 또는 사람들이 없다는 공통된 불만에서 싹튼 불신이다. 마지막으로 한국사회가 급속한 근대화로 인하여 마음에 큰 병이 든 탓이다. 한국의 근대화는 박정희가 집권하여 산업화에 본격적 시동을 건 후 불과 삼십 년 정도에 걸쳐 이루어졌다. 서구에서 이삼백 년에 걸쳐 이룬 근대화를 속성으로, 시험공부로 치면 당일치기로 이루고 보니 그 부작용이 만만찮았다. 산업화, 민주화를 이루면서 경제/정치적 갈등으로 수많은 사람들이 다치고 죽었다. 성수대교와 삼풍백화점 붕괴, 대구지하철 공사 중의 폭발 참사 등은 밖으로 드러난 부작용이었으나, 급속한 근대화에 따른 내면의 상처는 드러나지도 않은 채 악화되었다. 적어도 1950년대까지는 없었던 지역 갈등, 세대 갈등, 빈부 갈등, 여기에 더해 해방 이후 지속되고 있는 이념 갈등으로 인한 내면의 상처는 치유될 겨를을 얻지 못하고 있다. 위에서 언급한 대구 지하철 방화가 2000년대 초반에 일어난 것은 이때까지 끓기 시작한 화가 1990년대 말 신자유주의 열풍까지 덮치자 비등점을 넘어섰음을 증거한 사례라 할 만하다.

화병 또는 화증의 시대적 필연성을 살폈지만 유독 불도 많이 나는 요즈음이다. 우리들 가슴속의 화기가 실제 화재로 나타나고 있는 건 아닌가? 앞의 한국인론에서도 말했지만 음양오행의 관점에서 살필 때 한국인들은 화(火)가 승하다. 불이 많은 사람들은 예의가 바르면서도 마음은 급하다. 욱하기를 잘한다. 그리고 예능에 소질을 발휘한다. 이 불기운이 잘 발휘되면 밝고 상냥하고 예능 쪽에서 뛰어난 성취를 이루지만 반대의 경우는 사고가 난다. 욱하는 기운에 돌발적 사고를 내고, 아니면 안으로 틀어박히기 쉽다. 외국어로 번역하기 힘들다는 울화병이란 말은 한국인에만 고유한 용어이다. 화기가 쌓여서 생기는 병이 울화병이다. 예전에 참기를 강요받아야 하는 여성들, 특히 노인 세대에 이 울화병이 많았다. 요즘은 대체로 자신의 감정들을 활발히 표현하는 편이니 아직도 울화병이 많은지는 잘 모르겠으나 분노조절장애가 많아지는 현실이니 오히려 너무 자신의 감정을 폭발하는 경우가 많은 것이 아닐까도 한다. 어쨌거나 앞서 말한 한국사회의 문제적 현실에 한국인의 화기 많은 가슴이 불붙어 분노조절장애로 인한 사건 사고가 빈발하는 듯하다.

이에 대한 대책은 어때야 할까? 물론 가장 앞서야 할 것은 우리 사회의 여러 갈등을 정치 경제 사회 문화적 측면에서 차근히 해결해 가는 것이 우선이다. 이런 측면의 해법은 국가 차원의 종합적 해법 모색이 있어야 할 일이어서 간단한 일이 아니다. 그렇다 해도 한국인들 마음속의 화기/화증 또는 정신적 외상의 치료는 국가 차원의 대책이 필요하다. 이는 필자의 역량이 못 미치는 일이라 이 글에서 필자는 개인적으로 음양오행의 운기(運氣) 차원에서 소소한 조언을 하려 한다. 다시 말해 한국인의 끓는 화기를 어떻게 하면 음양론의 차원에서 가라앉힐 수 있을까, 이에 대해 말하고 싶다.

음양오행의 운기 차원에서 생각하면 우선 걷는 것이 화를 발산하는 데 도움이 된다. 걷는 것은 요즘 건강을 지키는 방법으로 많이 추천되고 있지만 마음을 다스리는 데도 좋다. 걸으면서 복잡하게 얽힌 사념들을 정리할 수 있기 때문이다. 물론 너무 많은 생각들이 떠올라 마음이 복잡해질 수도 있지만 어느 순간 정리되는 시간이 온다. 에잇, 까짓것 떨쳐내 버리자, 아니면, 그래 이런 방법을 쓰면 문제가 풀리겠구나 하는 순간이 온다는 것이다. 힘들게 산행하다가 일순 마음이 평화로워지는 마운틴오르가즘이란 것도 이런 소산이다. 온갖 복잡하던 마음도 힘들게 땀 흘리며 걷다 보면 자연이 주는 정화 작용으로 평안의 순간을 얻는다. 이는 지나치게 차면 비워지는 원리의 작용이기도 하고, 토(土)는 화기를 배설해 주므로 걸을 때 밟는 땅이 화기를 거둬주는 원리이기도 하다. 이럴 때 한의학에서 이르는 수승화강(水昇火降)의 원리가 작동한다. 물이 위로 올라가 머리를 식혀주고 불은 아래로 내려가 하체를 데워주는 것이다. 음양의 균형이 이루어지면 생리의 조절이 되어 건강을 지킬 수 있다. 필자가 어떤 기회에 탤런트 유인촌 씨가 문화부 장관을 할 때 그 나름으로 스트레스를 극복한 방법을 재미있게 들은 기억이 있다. 하루 종일 일에 치이고 나서 퇴근할 때 그는 강북에 있는 청사에서 강남의 자기 집까지 한강 다리를 건너 한 시간 반 넘는 거리를 걸어가곤 했다는 것이다. 심지어 눈이 내려 찬 바람이 씽씽 부는 한강 다리를 그렇게 걸어 건넜다고도 했는데 그렇게 걷고 나면 뜨겁던 머리도 가뿐해지고 다시 활력을 얻곤 했다는 것이다. 화기를 깔아 앉히는 데 걷기를 잘 활용한 경우이다.

숲과 물을 가까이 하는 것도 한 방법이다. 물론 대개 위의 걷기와 병행하게 되지만 숲과 물은 우리를 순화/정화시켜 준다. 숲은 피톤치드를 뿜고 물은 오존을 발산한다. 이런 생리적인 효험도 있지만 숲과 물은 그 푸르름으로 우리를 안정시킨다. 요즘 건강 유지나 회복 방식으로 숲 치유 방식이 많이 권유되는데 나도 적극 동의한다. 숲을 걷다 보면 청정한 나무들이 우리들의 마음을 정화시켜 준다. 색채심리학에서도 녹색은 사람들의 흥분된 마음을 가라앉혀 준다 하므로 숲은 화기의 진정 작용에 분명 효과가 있는 것이다. 바다 또한 녹색이나 청색인 데서 화기의 진정 작용을 갖는다. 특히 그 무량한 수평선은 우리들 삶의 다단한 욕망을 덧없게 느끼게 만드는 효과가 있다.

사실, 이러한 방법도 유효하지만 무엇보다 실효가 있는 것은 우리의 욕망을 비우는 일이다. 그래야 우리 마음의 불길이 제대로 꺼진다. 그러나 이러한 방식은 필부필부(匹夫匹婦)에게는 어렵기만 하다. 가끔이나마 텅 빈 삶을 생각해 보는 수밖에 없다. 이를 생각하면서 필자가 쓴 시를 한 편 싣는다.

낙산사 해수관음

그토록 높이
섰어야만 했을까
궁금해 찾곤 하는
낙산사(洛山寺) 해수관음
그 얼굴 텅 비어 바다를 닮았고나
무량수(無量壽) 무시무종(無始無終)
시퍼런 심연
알 수 없는 그 속
의념(疑念)에 찬 원효(元曉) 되어*
해풍에 젖었더니
차라리
대나무 벚꽃 틈 사이로
꿈 같이 아련한
봄날 낙산사
수평선
그것에나 취하라 한다
내게는 빌지 마라
죽어도 죽지 않는
바다의 푸르름이나
들으라 한다

* 『삼국유사』에 원효가 낙산사를 찾아가다가 두 여인을 만나 볏단과 물을 청했으나 한 사람은 벼가 익지 않았다며 주지 않았고, 한 사람은 더러운 물을 줘 그 물을 버리고 다른 물을 떠 마셨는데 절에 도착하고 보니 그 두 여인이 관음의 화신이었다는 설화가 전한다.

제6부
명리 인물론

가왕 조용필의 내력

1980년대 초 어느 휴일, 공군장교로 군 복무 중이던 필자는 BOQ(독신장교숙소)에서 게으르게 뒹굴거리던 중, 틀어놓은 라디오에서 묘한 노래를 들었다. 여자 가수인지 남자 가수인지 헷갈리는 고음의 탁성이 마치 절규처럼 흘러나오는 것이었다. "창가에 서면 눈물처럼 떠오르는 그대의 흰 손. 돌아서 눈감으면 강물이어라"로 시작하여 "차라리 그대의 흰 손으로 나를 잠들게 하라"는 기원으로 끝나는 가사는 센티멘털을 자극하는 애절한 내용이어서 그 노래는 단박에 가슴에 꽂혔다. 이 노래로 시작하여 연이어 히트한 '고추잠자리' '단발머리' '미워 미워 미워' '일편단심 민들레' 등에서 조용필의 독특한 개성과 음악을 접한 나는 '가왕'의 탄생을 예감하였다.

우리나라에서 가왕으로 불리는 가수는 조용필밖에 없다. 가수 이승철이 어떤 무대에서 사회자가 가왕이라 부르자 그런 칭호는 조용필 선배밖에 받을 사람이 없을 정도라 겸사했다니 조용필의 위엄(?)을 알 만하다. 그럴 수밖에 없는 것은 미국카네기홀 국내 가수 최초

공연, 예술의 전당 대중가수 최초 공연, 국내 음반 총판매량 최초 천만 장 돌파, 국내 가수 최초 일본 골든 디스크 상 수상 등 그에겐 무수한 최초의 기록이 따를 뿐 아니라 칠십 나이를 눈앞에 둔 삼 년 전에도 전국이 들썩이는 순회공연을 펼친 바 있기 때문이다. 앞으로도 가왕의 칭호를 쉽게 내려놓지 않을 그의 능력은 어디에서 말미암는가를 그의 사주를 통해 살펴본다.

정재	일원	편재	정관
戊	乙	己	庚
寅	卯	卯	寅
겁재	비견	비견	겁재

木(5)	火(0)	土(2)	金(1)	水(0)

戊丙甲	甲乙	甲乙	戊丙甲

[illegible]	95	85	75	65	55	45	35	25	15	5.0
[illegible]	己	戊	丁	丙	乙	甲	癸	壬	辛	庚
[illegible]	丑	子	亥	戌	酉	申	未	午	巳	辰

조용필은 을묘 일간이다. 을과 묘 모두 끈질긴 생명력을 가진 음목(陰木)이다. 간여지동 일간이어서 고집이 세다. 여기에 지지의 묘와 인이 가세하니 조용필은 매우 신강한 사주를 이룬다. 자신의 주관이 확고하고 웬만한 외풍에 흔들리지 않으면서 자신의 목표를 추진하는 저력을 갖추었다. 더구나 외유내강형의 생명력을 지닌 을묘 일간인데 인(寅)목까지 갖추었으니 야망을 성취하고자 하는 에너지가 대단한 캐릭터이다. 166cm의 키를 가진 그가 작은 거인으로 입신한 것은 이처럼 신강 사주이면서 끈질긴 생명력의 묘목이 감고 뻗어나갈 수 있는 인목을 갖추었기에 가능했던 것이라 본다. 그러나 을묘 일간은 순수하고 외유내강형이다. 특히 묘는 도화의 성격을 지녔는

데 도화살 중에서도 묘 도화는 예술적 끼나 영성이 강하여 조용필의 음악적 재능은 여기서 나왔을 것이다. 그의 데뷔 시절 음반 표지를 보면 그가 강헌과 나눈 대담에서 스스로 말한 것처럼 그는 "비디오적인 요소는 거의 없는, 10대의 아이돌 스타가 될 만한 현대적인 카리스마와 스타로서의 끼가 없는"[1] 온순하고 평범한 얼굴이다. 그럼에도 그는 어떻게 '가왕'이 되었을까?

우선 그의 도화살이 예술적 개화에 중요한 역할을 했을 것이다. 그리고 그에게는 대중적 무대에 필수적 자질인 월공(月空)이 있다. 월공은 하늘에 뜬 달로서 무대에 서는 기운이다(강헌, 『명리』 2). 연간의 경(庚)금이 그것인데 월간 토에서 힘을 얻고 있을 뿐 아니라 도화가 섞인 지지의 목(木)들이 든든히 받쳐주고 있어 그의 카리스마가 형성되었다. 달리 말해 대중예술인으로서의 재능이 그의 든든한 비겁(比劫)에 의해 흔들림없이 발휘되었다는 말이다. 대개 대중예술인들은 비겁을 갖춘 이들이 많은데 이는 이들이 대중의 주목을 받아도 위축되지 않는 두꺼운 배짱 또는 얼굴의 소유자임을 말한다.

또한 조용필은 비겁이 많으므로 군겁쟁재 사주이다. 들어오기도 나가기도 많이 하는 사주이다. 군겁쟁재는 패거리를 이루기 좋아하는지라 자연히 돈이 나간다. 그러나 조용필이 음악적으로 성공할 수 있었던 것은 그의 강한 비겁 탓이었다. 그의 음악 인생은 '위대한 탄생'과 항상 같이한다. 여럿이 하는 밴드 음악이 그의 음악성을 받힌 힘이었던 것이다. 그는 예의 강헌과의 인터뷰에서 "우리라는 음악적인 관계"가 아이돌의 요소가 없는 자신이 성공할 수 있었던 기

1) 조용필, 강헌 대담, https://choyongpil.co.kr/board/94231(검색일 2021.1.10) 참조.

반임을 밝힌다. 위대한 탄생은 구성원이 여러 번 바뀌면서 여러 명연주자를 배출하는 가운데 지금도 조용필 하면 같이 떠오르는 이름이다. 이처럼 '우리'와 함께 하면서 조용필은 그룹사운드의 완성을 위해 엄청난 투자를 했다고 한다. 그는 100을 벌면 90을 음향 장비, 악기, 심지어 이를 옮길 운송수단으로 덤프트럭을 끌고 다니는 등에 투자하였다는 것이다. 그리고 잘 알려져 있지 않지만 그는 미국 포브스지의 아시아의 기부 영웅 중 한 명으로 선정될 만큼 엄청난 자선을 행하였다. 심장병어린이 돕기, 장학금 등으로 그가 기부한 돈이 100억은 넘을 것으로 추산한다(이상, 『나무위키』). 요컨대 그는 군겁쟁재의 사주를 정통으로 살면서 오늘의 가왕이 된 셈이다. 물론 그가 어린 시절부터 품었던 세계적 음악인의 꿈, 잠시도 쉬지 않았던 피나는 연습이 그의 가왕의 내력에 빠질 수 없음은 물론이다. 역시 강헌과의 대담에서 그는 "세계적인 뮤지션이 되고 싶었고 그 꿈을 이루기 위해 무조건 연습을 많이 했다. 매일을 거르지 않고. 밴드는 끝없는 훈련이다. 그것 말고는 아무 것도 없었다. 일어나면 바로 연습장으로 출근"했다고 할 정도로 야망의 인물이었고 그것을 위해 자신의 모두를 쏟아부은 사람이다. 조영남이 한일간지의 회고록에서 조용필과 술을 마시면 밤새도록 음악 이야기만 해서 질릴 정도였다 하니 가왕이 재능만으로 탄생하지 않았음을 알 수 있다. 그가 예능에 일체 얼굴을 내비치지 않은 것도 가왕이 되기까지 그의 고투와 자존심을 알게 해준다.

마지막으로 그의 운의 흐름이다. 그는 목 신강 사주이므로 화(火)로 설기 해주는 게 좋다. 특히 대중가수이니 화 식상운이 좋다. 그러나 이는 그가 '돌아와요 부산항에'로 이름을 얻자마자 대마초 가수로 찍혀 활동 금지를 당한 게 1977~78년의 정사(丁巳), 무오(戊午)의 화년운 임을 알 때 의아하다. 이는 아마도 1977년이 인사(寅巳) 형살이 겹치는 때여서 그렇지 않은가 본다. 사실 그에게는 토와 금이 희용신으로 보인다. 강한 목을 제압할 금, 즉 관성이 용신이고 그를 도우는 토를 희신(喜神)으로 보는 것이다. 그의 대운 지지를 보면 화토금으로 흐르는데 이 흐름이 그에게는 좋았던 것이다. 대운 천간에는 수목도 들어오지만 천간의 성격상 그의 강한 신념/지향을 도우는 역할을 한 것으로 해석할 수 있다.

그러나 모든 삶이 그렇듯이 조용필도 사주 구성의 모든 것이 다 좋지는 않다. 여자운에 해당하는 재성(財星) 기(己)토나 무(戊)토가 모두 고립되어 있어 그런지 그는 두 번의 결혼에 실패했다. 한 번은 이혼이고 한 번은 사별이었다. 아마도 이런 불운에서 오는(아니면 예감한?) 삶의 쓸쓸함이 그의 노래에는 배어 있다. 아마도 이런 불운으로 하여 그는 잉여의 리비도(Libido: 쾌락 욕구 또는 생명욕) 전부를 그의 음악에 바친 것 같다. 그가 가왕으로 등극한 또 하나의 연유인 듯싶다.

〈기생충〉의 쾌거와 봉준호

1

영화 〈기생충〉의 아카데미상 4개 부문 수상은 우리 영화사뿐만 아니라 문화사에도 굵은 매듭을 짓는 쾌거로 기록될 것이다. 작품상뿐 아니라 감독상, 각본상, 국제장편영화상까지 수상한 것은 이 영화의 완결성이 최고 수준에 이르렀음을 의미한다. 이는 한국인의 문화적 역량, 또는 창의성이 세계적으로 통할 수 있는 가능성을 충분히 인증받았다는 점에서 우리 모두를 기쁘게 한다. 〈기생충〉은 아카데미뿐 아니라 골든 글로브 외국어 영화상, 그에 앞서 전미비평가협회 외국어 영화상 등 외국영화제 수상이 50여 개에 달한다. 뮌헨국제영화제, 로카르노 국제영화제, 뉴욕비평가협회 등 쟁쟁한 영화상들이다. 도대체 〈기생충〉의 이 놀라운 성공의 이유는 무엇일까?

사실, 국내에서도 천만 관객을 동원했지만 국내 관객들 중에는 왜 이 영화가 이토록 세계적으로 큰 반향을 이끌어 냈는지 아직 명쾌

봉준호 감독과 기생충 출연진
(출처: 세계일보)

하게 납득이 되지 않은 사람들이 있을 듯하다. 나 자신도 그랬지만, 영화를 볼 당시 관객들의 반응도 그랬던 듯싶다. 처음에 기택(송강호 분) 가족이 피자박스 접기 아르바이트를 불성실하게 해 젊은 여자 매니저에게 퉁을 당하고, 지하층 바깥에 주정뱅이가 노상 방뇨를 하는 장면까지만 해도 관객들은 낄낄 웃으며 연이어 터질 폭소에 즐거운 기대를 감추지 못하는 분위기였다. 그러나 시간이 흐르면서 웃음은 다 사라지고 말았다. 웃음은커녕 기택 가족의 박 사장(이선균 분) 집 위장 취업, 주인 없는 집에서의 파렴치한 파티, 지하실의 이상한 틈입자, 마침내 피를 부르는 난장판으로 끝나는 결말에, 퇴장하는 관객들로부터는 기대했던 즐거움을 배반당하고 충격을 받은 기운들이 전해졌다.

사실 나를 포함한 국내 관객들은 이 영화를 보고 언짢은 기분조차 들었을 것이다. 기우와 기정 남매의 전혀 양심적 가책 없는 가짜 과외 선생 노릇, 게다가 그 부모까지 가세하여 한 집안을 기만하는 행각, 그리고 마침내 기택의 칼에 찔려 죽음에 이르기까지 하는 박 사장. 도대체 잘 사는 게 그렇게 죄인가? 박 사장이 그렇게 악당도 아닌 것 같던데, 단지 운전기사에게서 냄새가 좀 난다고 말하는 게 그렇게 죽을 죄인가? 이런 의문들은 나만의 것은 아니었을 듯하다. 실상 의문은 한둘이 아니다. 지하실에 숨어 살던 근세가 삶에 좌초한, 다시 말해 자본주의 사회로부터 도태되어 기생충처럼 살아가는 존재라는 것은 눈치 빠른 관객은 알 터이지만, 실상 기생충이기는 마찬가지인 기택의 가족과 근세 부부 사이에 벌어지는 기생충들끼리의 살인에까지 이르는 분란은 무엇이며, 기우가 친구로 받은 수석은 무엇이고 왜 그걸 가지고 기우는 지하실로 다시 돌아가 근세로부터 오히려 강타당하는지 등은 관객들이 모두 품었을 법한 이 영화의 수수께끼이다.

2

우선, 이런 수수께끼를 풀려면 이 영화를 그토록 고평하는 외국인의 입장에 서는 것이 필요하다. 무슨 말인가? 외국인에게는 이 영화가 자본주의를 풍자, 비판하는 영화로는 그럴 수 없는 완성작으로 비쳤을 것이란 점이다. 달리 말해 이 영화를 객관적으로 보면 나무랄 데 없이 잘 짜인 작품이라는 것이다. 기택 가족은 자본주의가 분비한 고약한 분비물, 기생충들이다. 이들은 부자에게 어떤 방식으로든 들러붙어 자신의 생존을 영위하는 가난뱅이들이다. 문광의 남편, 근세야말로 기생충형 인간의 전형이다. 그는 사업에 실패해, 즉 자본주의 사회에서 낙오해서 부자를 숙주로 지하실에 기생하는 곰팡이 같은 인간인 것이다. 그런데 이들은 자본주의 사회에서 필연적으로 생겨날 수밖에 없는 낙오자 군상들이다. 다시 말해 빈부격차의 심화에 따라 이러한 군상들의 출현은 필연이라는 것이 봉준호 감독의 메시지이고 그는 이러한 문제 현실을 날카롭게 풍자 비판한 블랙코미디를 제작한 것이다.

외국인들은 봉 감독의 이러한 문제의식에 따른 등장인물의 탁월한 창조와 스토리 전개, 빈부격차를 선명하게 부각시킨 미장센의 배치를[2] 높이 산 것이다. 달리 말해 이 영화는 미학적 완결성을 거의 완벽하게 달성하였다는 것이다. 그런데 나를 포함한 국내 관객들은 이러한 객관적 감상이 잘 안 되었을 터이다. 왜냐하면 국내 팬들은 늘 주인공으로 등장하는 송강호이고 그런 배우의 가족이 주인공들이니 뭔가 선한 구석이 있을 것이라 보아 이들을 한 수 접어주려는 감정이입에 몰두했을 가능성이 높다. 다시 말해 송강호 가족을 완전히 문제적 인물들로 보지 못하고 가난하지만 선한 구석이 있는 우리의 이웃쯤으로 주관적 감정이입을 했을 것이란 점이다. 외국인들과 달리 인물 배치의 문학적 설정뿐 아니라 영화의 미학적 완성도를 객관적으로 살피지 못한 대목이다.

또 우리들 시선의 이러한 불일치는 이 영화의 기법적 혼란에도 그 원인이 있다. 무슨 말이냐 하면 이 영화는 아주 사실적 영화인 듯하면서도 알레고리를 활용한 영화라는 것이다. 알레고리는 우리말로 우의(寓意)로 번역하는데, 이는 우화적 기법 정도로 생각하면

2) 가령 반지하에 위치한 기택의 집, 그 집을 뒤덮는 듯한 얼크러진 전선들, 이들이 박 사장의 집을 탈출할 때 폭우를 맞으며 내려오는, 하강하는 높고 긴 계단 등이 이에 해당한다.

가장 쉽다. 가령 이솝 우화는 표면에 동물들의 어리석은 이야기를 담지만 이면에는 그런 인간들을 경계하고 풍자하는 뜻을 담는다. 그래서 알레고리는 표면의 이야기와는 다른 이면의 의도를 숨긴 기법, 이렇게 이해하면 되는 하나의 창작기법이다. 이 영화의 알레고리적 의도는 지하실의 근세에게서 가장 잘 드러난다. 이러한 인물이 실제 있을 수 있겠는가? 물론 허구이니 전혀 불가능할 것은 아니겠지만 봉 감독은 이 인물을 자본주의 사회로부터 발생하는 필연적 낙오자로 상징하고자 작위적으로 설정한 것으로 본다. 문광이 어떻게 주인의 눈을 피해서 지하의 남편을 먹여 살릴 수 있는가라는 개연성을 떠나 비현실적 낙오자를 설정한 데서 그 의도를 짐작한다. 실상 이처럼 사실성을 문제 삼으면 어떻게 일가가 몽땅 한 집안에 위장 취업할 수 있는가 하는 의문도 새삼 제기된다. 이 또한 알레고리 수법, 즉 자본주의 사회에는 이처럼 생존을 위해 전락한 인간 군상, 기생충도 생겨난다는 메시지로 이해하는 것이 답이다.

3

이처럼 기생충은 리얼리즘과 알레고리가 뒤섞인 스토리이다. 이것을 외국인들은 있는 그대로 받아들였지만 우리들은 리얼리즘으로 받아들이려 한 데서 낙차가 생긴 것으로 보인다. 사실 봉준호 감독은 〈살인의 추억〉으로 우리에게 강렬한 인상을 남긴 사실적 영화와 함께 알레고리 기법을 두드러지게 활용하여 착취－피착취 계급의 문제를 담은 〈설국열차〉를 만든 감독이다. 〈기생충〉은 봉 감독이 자신의 이러한 장점을 뒤섞은 영화이다. 그런데 우리는 익숙한 우리 주변을 소재로 한 영화이니만큼 사실적 영화이거니 라고만 생각하니 나처럼, '부자라 해서 저처럼 파렴치한 인간들에게 당하고 심지어 잔혹하게 죽어야 하나'라는 의문을 품게 되는 것이다. 감독의 의도대로 자본주의의 모순이 심화되면 일어날 수 있는 문제적 국면을 곧이곧대로 받아들이질 못했다는 말이다. 그러나 외국인들은 이와 반대로 곧이곧대로(?) 받아들인 셈이다. 〈기생충〉이 연이은 쾌거를 이룬 것은 이렇게 외국인의 입장에서 생각하면 이해가 된다. 봉 감독의 바로 옆에 사는 우리로서는 오히려 그 점 때문에 이 영화의 수용에 장애가 생긴 셈이다. 예수께서도 선지자가 고향에서 환영을 받는 자는 없고 의사는 자신을 아는 자들을 고치지 않는다 한 잠언이 새삼 생각나는 연유이다(^^).

그러면 기택네 가족과 문광 부부가 서로 죽고 죽이는 참극을 벌인 이유는 무엇일까? 같은 낙오 계층이고 같은 처지의 기생충들인데 말이다. 이는 자본주의가 초래할 수 있는 '만인의 만인에 대한 쟁투'쯤으로 이해할 수 있을 듯하다. 달리 말해 자본주의는 인간을 동물로 만드는 속성을 내재하고 있다는 것이다. 기택이 박 사장을 죽이는 원한 또한 남보다 더 움켜쥐려 하고 그러기 위해서는 남을 제치고 제쳐짐을 당하는 자본주의가 항상 품고 있는 위험, 르상티망(ressentiment)[3]이다.

이 영화에서 제일 수수께끼인 것은 기우가 친구로 받은 수석이다. 그 수석으로 감독은 무엇을 상징하려 했기에 기우가 굳이 그 수석을 들고 지하실로 내려가 오히려 자신이 그 수석으로 역공을 당하게끔

3) 니체의 용어이다. 강자에 대하여 갖는 약자의 복수욕, 원한을 의미한다.

한 것일까. 기우는 그 수석으로 근세를 내려치려 한 것일까? 쉽게 풀리는 의문은 아니지만 필자는 이렇게 풀어본다. 아마도 그 수석은 부자들의 호사 취미, 즉 기우네 가족에게는 쓸모도 없는 한갖 돌덩이다. 그러기에 기택의 아내 충숙은 "먹는 것이 아니네"라며 실망한다. 따라서 이 수석은 기우네 가족들의 여유 계층에 대한 원망이 응축된 불쾌한 무엇일 수 있다. 문학용어로는 객관적 상관물이라 하는데 이 수석은 기우네의 르상티망의 응축물로서의 객관적 상관물이라 할 것이다. 이 원망의 돌덩이를 가지고 근세를 해하려 했으나 결국 기우 자신이 당한다는 것은 자본주의가 야기하는 동물적 원한의 세계에 결국 자신이 당했다는 결과, 이쯤으로 읽는다. 그러기에 기우가 결말에 독백하는 것도 자신은 필시 부자가 되어 지하의 아버지를 불러내겠다는, 욕망의 악순환 아니겠는가.

4

이렇게 볼 때 〈기생충〉은 영화이면서도 문학적 수법 또한 뛰어난, 그야말로 '작품'이다. 단지 흥행을 목표로 한 재미만이 아니라 이 시대와 사회의 문제의식까지를 탁월하게 융합한 걸작이란 것이다. 대중 장르 임에도 세계적 문제작을 탄생시킨 봉 감독은 어떤 인물이기에 이러한 작품을 탄생시킬 수 있었을까? 사주를 통해 그의 캐릭터도 한 번 살펴보자.

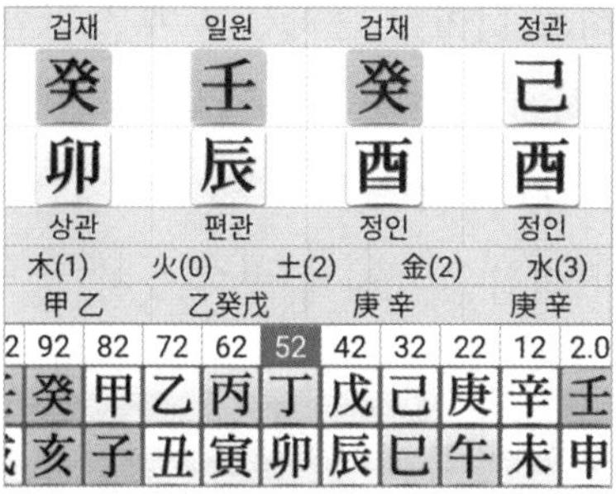

겁재	일원	겁재	정관
癸	壬	癸	己
卯	辰	酉	酉
상관	편관	정인	정인

木(1)	火(0)	土(2)	金(2)	水(3)

甲乙	乙癸戊	庚辛	庚辛

2	92	82	72	62	52	42	32	22	12	2.0
[illegible]	癸	甲	乙	丙	丁	戊	己	庚	辛	壬
[illegible]	亥	子	丑	寅	卯	辰	巳	午	未	申

봉감독의 출생일은 인터넷에 오른 것이다. 양력으로 보았는데 그의 캐릭터에 맞는다. 시간은 인터넷의 여러 블로그들이 계묘시로 보았는데 나도 동의한다. 역시 그의 캐릭터와 맞기 때문이다.

우선 그의 일주로 볼 때 그는 물에 잠긴 용, 잠룡(潛龍) 격이라 스케일과 포부가 크고 변화무쌍한 수완가에 명예욕이 강한 사람이다. 또 임진은 괴강살이라 리더십이 있고 일처리도 야무지다. 전체 명반은 신강 사주이다. 인성과 겁재가 일간을 도우고 있기 때문이다. 겁재가 일간의 양옆에 자리 잡고 있는데 무리와 같이 일하기에 좋은 성격이지만 강한 비주류성 또한 갖는다. 겁재 성분은 시지(時支)의 상관과 더불어 그의 기발한 아이디어가 일반 대중이나 시류의 흐름을 뛰어넘는 역발상에 능함을 알려준다. 월지와 년지에는 정인성이 강하게 자리잡고 있다. 특히 이 정인성은 일간의 진(辰)과 합하여 그 성분이 더욱 강해진다. 그의 강한 인수성은 학문적 탐구력/욕이 강함을 의미하고 동시에 도화(桃花) 성분이어서 대단한 문학/예술적 끼를 포함한 성분이다. 친족 관계로는 어머니 또는 모계와 강한 연관이 있음을 보여준다.

봉 감독의 영화는 〈기생충〉뿐만 아니라 대부분의 영화들이 사회적 문제의식이 강하고 나아가 문학성이 매우 강함을 위에서 지적한 바 있다. 이러한 경향은 학문적 탐구력/욕과 함께 문예적 끼가 강한 정인성에서 비롯한다. 그의 영화에 두드러진 문학적 성향은 그의 외조부인 박태원의 내림을 강하게 받은 듯하다. 박태원은 월북작가였으나 1930년대에는 탐미적 성향이 강한 모더니즘 작가였다. 해방 후 사회주의에 기울어 월북해서 『갑오농민전쟁』을 쓰면서 강한 사회 참여 성향으로 돌아섰다. 탐미적이면서도 참여적 성향의 피가 그의 어머니를 통하여 봉 감독에게 전해졌으리라 유추케 하는 대목이다. 또한 그의 치밀한 구성력은 그의 인성이 아주 단단하고 뾰족한 유(酉)금 성분이기 때문으로 보이는데 이 또한 외조부의 내림 탓일 것이다. 물론 아버지의 내림도 뚜렷하다. 봉 감독의 부친은 미대 교수였으니 아버지의 예술성도 많이 불려 받았을 터이다. 그는 자신의 시나리오를 만화 형식으로 정리하곤 했는데 이는 아버지의 내림 덕임을 짐작케 한다. 부모의 이런 자질 덕분에 봉 감독의 형도 영문과 교수이고 누나는 패션디자이너라 한다. 정말 부러운 문화예술인 가족이다.

봉 감독의 사주를 다시 정리한다면 감독으로서의 통솔력과 추진력은 겁재성과 괴강살의 덕분이고 그의 문학성과 예술적 지향은 부계와 모계에서 고루 내림받은 도화기 강한 정인성 덕분으로 보인다. 그는 금과 수가 강한 신강 기질이기에 그에게는 운의 흐름상 금수(金水) 성분을 빼내 줄 목화(木火) 성분이 오는 게 좋다. 목은 그에게 창작열의 근원인 식상(食傷) 성분이고 화는 재(財) 성분이어서 사회성과 함께하는 재물의 획득을 의미한다. 마침 그의 대운의 흐름은 이십대 후반부터 화와 목이 연이어 들어온다. 특히 오십대 초반부터는 목화 운이 함께 들어오니 그의 창작열이 더욱 불붙을 듯하다. 결과론적인 이야기일 수 있지만 봉 감독이 아카데미상을 수상한 2020년 2월은 목과 화로 이루어진 달이어선지 그의 영예에 불이 붙은 것인가 싶다.

봉 감독의 활동은 칠십대 중반까지 좋은 운의 흐름을 타고 이어질 것으로 보인다. 그러나 모든 이의 삶이 그렇듯이 그의 앞날도 영예롭고 순탄치만은 않을 것이다. 특히 오십대 중반에서 육십대 초반까지는 다사다난한 장애도 있을 것이다. 원국에도 있는 묘가 대운에 들어오는 묘와 합하여 원국의 유를 강하게 들이받기—충(沖)하기 때문이다. 이런 경우 마음이 산란하고 안정감이 흐트러져 예기치 못한 횡액들을 만날 수 있다. 만사에 일음일양의 법칙이 따르는 것은 세상의 이치이니 늘 좋은 일만 있을 수 있겠는가. 그렇다 해도 그는 아카데미 4관왕의 영예에 바탕하여 한국과 세계 영화사에 앞으로도 큰 기여를 할 것이다. 앞으로도 더 좋은 그의 영화를 만날 수 있기를 기대하고 성원한다.

BTS 정국론

BTS는 5부의 '신한국인론'에서 다루었듯이 한류, 혹은 K-Pop을 이끄는 선두 그룹이다. 그들의 노래와 댄스는 고희(古稀)의 나이에 가까워가는 내가 보기에도 신기의 경지이다. 경쾌한가 하면 감미롭고 다이내믹하면서도 율동감 넘치는 그들의 춤과 노래는 필시 음주가무(飮酒歌舞)를 즐긴 조상들의 내림일 시 분명하다. 그들의 노래에서 위로와 감동을 받는다며 성원을 아끼지 않는 세계의 젊은이들을 보면 나이 먹은 나까지 다 뿌듯하다(^^). 이 글은 BTS를 분석하고 그들을 알리려는 글은 아니다. 그런 분석이나 응원은 젊은이들이 훨씬 더 잘할 것이고 또 유튜브에서 넘친다. 이 글은 단지 멤버 중의 한 명인 정국에 대해 쓴다. 우선, 그처럼 세계적 주목을 받는 재능은 사주에 어떻게 드러나는가라는 궁금증의 발로에서, 그중에서도 정국이 중국에서 대단한 팬덤을 가져 그의 고향인 부산에서 중국팬들이 그를 알리는 광고 촬영을 했다든지, 서울 도시철도의 광고에 가장 많이 노출된 것도 역시 중국팬들의 지원에 의한 것이라든지 등의 기사를 접한 적 있어 정국을 살펴보고픈 호기심이 발동한 것이다.

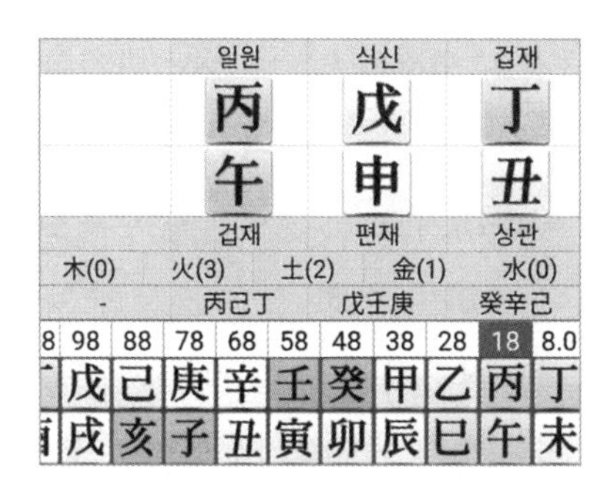

그의 명반은 네이버 인물소개란의 양력 생년월일을 참고하였다. 시간은 알 수 없어 부득이 삼주로 본다. 정국은 병오 일주이다. 명반의 색깔로도 알 수 있듯이 일주가 화(火)로만 이루어진 간여지동(干與地動) 일주이다. 불처럼 화려하고 표현력이 좋아서 다른 사람에게 쉽게 주목받을 사주이다. 거기에 연간에 불, 정화(丁火)가 하나 더 있으니 더 말할 나위가 없다. 원래 간여지동은 고집이 세고 자기중심적 성향인데 병오일주는 특히 태양 아래의 적토마 형상이라 기세가 등등하고 자유분방하기가 이루 말할 수 없다. 거기에 일지의 지장간에 비겁이 숨어 있으니 남을 리드하고 앞서려는 기질이 다분하다. 또한 일지 오(午)는 도화살을 품고 있는데 그 기세가 제왕의 기세라 외모도 화려할 뿐 아니라 그 '끼'가 대단할 수밖에 없다. 정국이 그림도 잘 그리고 사진도 잘 찍을 뿐 아니라 외모도 상당히 가꾼다는데[4], 이러한 재능과 성향은 넘치는 화기운에 강한 도화살이 작용한 탓이

4) 이하 정국의 개인 정보는 나무위키에서 얻은 것이다.

다. 섬세하고 영성 강한 오축(午丑) 귀문살도 작용하니 예술인으로 활약하기에 적합한 자질이다.

정국의 명반상 특징은 시주를 알 수 없어 단정할 순 없지만 겁재와 식상이 특히 두드러진다는 점이다. 비겁 중에서는 겁재성이 두드러지므로 무리와 잘 어울리기도 하겠지만 승부욕도 강하고 의협심도 강할 것이다. 비겁이 강하면 또한 몸을 쓰는데 능해 스포츠 선수로 나가는 경우가 많은데 정국이 운동도 잘하고 엄청 좋아하기도 한다니 아마 화 비겁이 아니고 도화살을 띠지 않았다면 운동선수로 나갔을지도 모르겠다. 그의 탄탄한 몸매와 날렵한 댄스 솜씨는 강한 비겁 성분에서 온 것이라 보인다. 나이가 가장 어린데도 그룹의 중앙에 배치되는 것도 스포츠 스타처럼 몸이 날렵하고 남의 시선을 오히려 즐기는 비겁성 덕분이라 할 것이다. 남에게 턱을 잘 쓰는 성향도 있으리라 보는데 군겁쟁재에 해당하는 사주 배치이기 때문이다. 그러나 정국의 삼주는 화토금으로 흐르는 명반으로 금에 해당하는 십성이 재(財)이다. 달리 말해 식신생재(食神生財)격이다. 즉 화토 성분이 금으로 집중되는 배열이어서 재물도 굉장히 얻을 수 있는 구성인지라 벌기도 많이 벌고 쓰기도 많이 쓸 운이다. 그리고 이 재물을 얻게 하는 요인이 식상, 즉 예술적 표현력이고 또한 이 재물은 역마살을 품은 신금(申金)이 맡고 있는지라 세계를 돌아다니면서 얻는 재물이라 할 만하다.

그런데 정국의 삼주에서 재미있는 것은 운세의 흐름이 생애의 초반에 또한 강한 비겁성을 동반하고 있다는 것이다. 강한 화성분이 십대 때부터 시작해 삼십대 중후반까지 이어지고 있는 형세이다. 그야말로 불로 넘치는 형국이다. 이처럼 십대에 비겁운이 강하면,

특히 불로 넘치는 비겁운이란 것은 공부와는 인연이 좀 멀다. 친구들과 어울리기를 좋아하고 공부보다는 다른 방향에서 재미를 느낀다. 아닌 게 아니라 정국은 어린 시절, 장난기 많고 공부 안 하고 컴퓨터 게임을 좋아하면서도 활달한 소년이었다고 한다. 체육 음악 미술을 제외한 모든 과목은 싫어했다니 강한 비겁 성향의 전형이라 할 아이였던 셈이다. 하기야 십오 세에 슈퍼스타K 오디션에 지망해 아이돌이 되기를 소망했으니 공부로 나갈 재능은 아니었고 자신의 적성대로 또는 운명대로 그 길을 걸은 셈이다.

또 하나, 그의 대운으로 볼 때 화 비겁으로 지나치게 쏠리는 현상은 중화(中和)를 중시하는 명리학에서는 그리 바람직한 것으로 보지 않는다는 것. 삼주로 보건대 그렇게 신강하다고는 볼 수 없는 구성이어서 오히려 화로 강하게 흐르는 대운의 흐름이 그의 세계적 부상을 도운 것인지도 모르겠다. 그렇다 해도 지나치게 강한 화 성분은 그의 건강이나 심리 상태에 영향을 줄 수도 있다. 화가 너무 강하면 혈관이나 심장 질환이 우려되는데 아직 젊은 만큼 그런 계통의 질환으로 탈이 날 것은 아니겠지만 대중들의 넘치는 관심과 시선으로 살아가는 직업인 만큼 그에 따른 스트레스로 인해 혹 생길 수도 있는 건강상의 문제는 늘 조심할 필요가 있다. 마찬가지 맥락에서 심리적 불안정으로 인한 문제도 있을 수 있으므로 나름의 마인드 컨트롤도 필요할 터이다. 병오 일주는 임수(壬水)가 들어오면 그 화기를 식힐 수 있으므로 이 임수가 들어오는 오십대 후반부터 그는 여유 있고 균형 잡힌 삶을 누릴 것으로 본다. 특히 사십대부터는 인수(印綬) 성분이 들어오므로 그의 인격적 성숙도 기대할 수 있다.

BTS는 우리 대중음악사, 문화사를 통틀어 지금까지 가지 못했던 새로운 영토를 열고 있다. 정국을 비롯한 이 재능 있는 젊은이들이 한국인들의 문화예술적 역량을 마음껏 펼쳐 한국이 문화대국으로 우뚝 서는 데 큰 역할을 해주길 성원한다.

극신강 캐릭터, 트럼프 전 미대통령

이제는 전직 대통령이 된 트럼프의 정치적 공과는 학문적으로 따져봐야 할 문제라 이 글에서 거론할 수는 없고 단지 그의 독특한 캐릭터는 명리학적 관심의 대상이다. 이 책에서 정치인을 다루는 것은 피하려 했으나 그가 너무 개성이 뚜렷한 인물이어서 이런 인물은 어떻게 이해하면 좋을지, 명리학이 그런 방면에 어떻게 도움이 되는가를 명료하게 보여주는 케이스여서 트럼프를 분석해 본다.

아마도 집권한 이후 트럼프만큼 세계정세에 요란스런 파열음을 낸 미국 대통령도 드물 듯하다. 파열음의 근원은 아메리카 퍼스트, 즉 미국 이익의 최우선주의였다. 미국의 이익을 모든 판단의 중심에 놓을 테니 세계는 따르라는 것이었다. 그는 나프타협정의 대상국이자 바로 이웃 나라인 캐나다·멕시코와도 충돌했었고, 동맹국 유럽의 지도자들과도 강한 파열음을 냈었다. 특히 프랑스 대통령 마크롱과 처음 만나 악수할 때 서로 힘자랑하듯 상대 손을 억세게 잡아 손이 일그러진 희극적 화면을 세계인들에게 연출한 마초적 성격의 대통령이기도 하였다. 오바마 정부 때 이란과 맺은 핵협상을 파기하여 전쟁이 나지 않을까 위험한 국면도 부른 적이 있고, 김정은과도 브로맨스를 과시했지만 핵에 관한 한 올 오아 낫싱 주의를 관철하려다 결국 성과를 내지 못한 채 임기를 마감하였다. 우리 한국에도 수시로 관세를 올리겠다, 미군 주둔비용을 더 내라는 등의 요구로 우리를 조마조마하게 만든 적이 있어 그의 캐릭터는 필자에게 관심의 대상이었다.

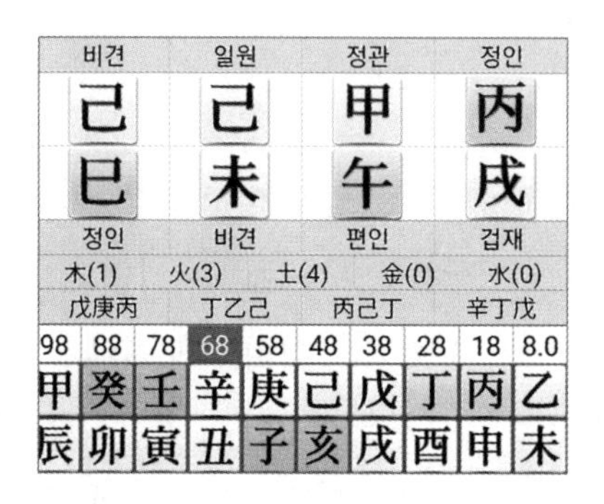

비견	일원	정관	정인
己	己	甲	丙
巳	未	午	戌
정인	비견	편인	겁재

木(1) 火(3) 土(4) 金(0) 水(0)

戊庚丙	丁乙己	丙己丁	辛丁戊

98	88	78	68	58	48	38	28	18	8.0
甲	癸	壬	辛	庚	己	戊	丁	丙	乙
辰	卯	寅	丑	子	亥	戌	酉	申	未

그의 명반을 보면 극신강의 사주이다(이 명반은 강헌 경기문화원장이 한겨레신문에 게재한 글에서 따왔다. 그의 트럼프 읽기에 대체로 동의하면서 필자 나름의 해석을 더 한다). 극신강이란 것은 신강 중에서도 최고의 신강이란 의미다. 트럼프의 명반은 비겁과 인성으로 가득한 가운데 천간에서 갑(甲)목과 기(己)토가 합화(合化)하여 토(土)로 변하고 지지에서는 사오미(巳午未)가 삼합하여 화(火)로 변하니 온통 비겁과 인성뿐인 사주이다. 이런 극신강이 되면 모든 일을 자기중심적으로 끌어당기는 성향이 된다. 그렇지 않아도 그의 일주 자체가 간여지동(干與

支同), 즉 일간과 일지가 같은지라 경쟁심에 독선과 배타, 고집이 세고 의심이 많은 일주다. 미국의 대통령이 되었으니 말할 바도 없지만 기(己)토 일간은 원래 현실적인 성향으로 긍정적으로 보면 융통성, 부정적으로 보면 술수를 피울 성향인데 여기에 미(未)토 일지의 강력한 추진력을 갖추어 대단한 성공을 할 수 있는 사주다. 김영삼 대통령도 기미 일주였는데 삼당 합당을 추진한 그의 성격이 어디에 말미암았는지를 짐작할 수 있을 것이다. 어쨌거나 한때 세계를 쥐락펴락했던 트럼프의 캐릭터는 이처럼 간여지동의 일간에 극신강한 그의 사주 성분으로부터 비롯한 것이다.

그리고 트럼프는 트위터로 직접 세계인들에게 자신의 생각을 전한 독특한 지도자였다. 그의 생각이 긍부정 간에 트위터로 세계에 노출되는지라 그가 중국을 노골적으로 공격할 때 중국의 어느 인사가 트럼프 같은 사람은 우리가 오히려 다루기 좋다는 발언을 한 기사도 난 적이 있을 정도이다. 뿐만 아니라 그가 종종 코트를 입은 차림새로 백악관의 길 한가운데서 기자들과 회견을 하던 장면들도 우리들에게 깊은 인상으로 남아있다. 미국 대통령 중 이런 인터뷰를 즐겨한 인물은 필자의 기억으로는 없다. 주목받기 좋아하고 쇼맨쉽이 뛰어난 그의 캐릭터를 잘 보여준 장면인데 이는 그의 강한 화 성분에 말미암는다. 특히 지지가 사오미 삼합하는 데다 천간에 병(丙)화가 떠 있으니 강력한 화격(火格)이다. 오행 중에서도 화 성분은 가장 자기 현시성이 강하고 성격도 급한 만큼 그의 강력한 자기 과시 성향, 불같은 자기중심성의 근원이 어디에 있는지를 알 수 있다.

그의 독특한 캐릭터에는 월지의 편인도 크게 작용한다. 편인성은 원래 까탈스럽고 외골수적인 성격의 상징이거니와 독특한 사고 또는 독창적 사고방식을 가능케 하는 요인이기도 하다. 트럼프는 유독 푸틴, 아베, 심지어 에르도안, 두테르테, 김정은 등과도 우호적일 정도로 독선적이고 자기중심적 지도자들을 선호하는 성향을 드러냈고 메르켈이나 마크롱, 테레사 메이 영국 총리 등 전통적 우방국의 지도자들과는 사이가 좋지 않았다. 특히 호주의 맬컴 총리 당시에는 오바마 대통령이 맺었던 난민 교환협정을 깡그리 무시하며 맬컴 총리와 통화하던 중 일방적으로 전화를 끊어 호주 내에서 우리가 푸틴보다 못한 동맹이냐는 분노를 일게 할 정도로 동맹들과 트러블을 일으킨 이가 트럼프였다. 그의 아메리카 퍼스트란 것도 실은 그의 월지에 자리한 편인성이 내뿜는 강력한 독창/독선의 작용이라 할 터이다. 다른 사람의 비난을 아랑곳 않았을 뿐 아니라 그의 임기 첫해에 잘린 참모들이 34퍼센트나 될 정도로 자기중심적이어서 수많은 정적들을 만들었던 트럼프의 독불장군식 개성과 정책 추진 방식은 그의 강력한 편인 성향과 극신강, 강력한 화성분, 이러한 요인들의 총합이 만들어낸 산물이라 할 것이다.

그러나 필자는 그의 재선 경선 때 전망이 그리 어둡지만은 않다고 보았다. 트럼프와 같은 사주는 너무 극신강한 사주라 이런 인물에게는 그 극신강의 요인을 설기해 줄 금(金)이나 그것을 제어해 줄 수(水)가 유리한 성분인데 그의 대운이 마침 수를 만났을 뿐 아니라 선거가 있던 해에도 수가 들어오는지라 그의 운세는 좋았기 때문이다. 그런데 일일이 설명은 못하지만 바이든 대통령 역시 신강 사주는 아니나 대운에서 그를 보완하는 요인이 드는 사주인지라 막상막하의 접전이 될 것으로 보면서 세계사의 전개로 볼 때는 바이든의 당선이 더 바람직하다는 견해를 피력한 적이 있는데(필자의 블로그

「열촌 김성렬의 사주명리, 문학/문화 이야기」, 2020.10.25 참조), 아닌 게 아니라 트럼프는 간발의 차로 패하면서 그의 강력한 캐릭터로 대선 불복까지를 선동하는 모양새까지 연출하여 세계인을 조마조마하게 한 적이 있다.

미국 대통령은 단지 미국의 대통령에 그치는 것이 아니라 세계의 대통령 역할도 하는 만치 미국 대통령이 누구냐 하는 것은 세계의 정세에 영향을 미친다. 트럼프는 이미 다음 대통령 선거 출마를 강력하게 암시하는 터이라 벌써부터 세계가 그의 동정에 주목하는 판이다.

신경쇠약에서 전환한 젊은이

필자는 한 대학의 문예창작학과에서 이십여 년 동안 학생들을 가르쳤다. 이 대학에서는 학생들에게 상담교수제란 것을 시행하여 교수들이 1/n로 학생들을 나누어 상담해야 했다. 학생들의 학창 생활 중 여러 문제들을 상담해준다는 취지였는데, 요즘 원체 대학생들의 취업이 문제가 되니 그에 대비한 일종의 진로 상담을 해주라는 성격이 짙었다. 다른 대학에서는 잘 시행하지 않는 제도로 보였는데, 연구에는 방해가 되었지만 학생들과 가까워지게 되고 그들의 문제 해결을 도와준다는 성격이 있으니 부정적으로 볼 수만은 없는 제도였다.

서른 명 전후의 학생들이 한 학기 중 연구실에 1~2회 찾아와 상담을 하는데 그 중에 꼭 두어 명은 학기말이 될 때까지도 나타나지 않는다. 그런 학생들은 대개 동료 학생들과 교유가 잘 없고 대학 생활에 적응하지 못하는 경우이다. 이런 학생들에게 명리학을 활용하여 고충에 대해 상담하고 그들이 새로운 기운을 얻을 때 명리학을 공부한 보람을 얻는다. 아래 사주를 가진 학생 역시 신입생인데, 학기 중 몇 번이나 연락했어도 나타나지 않다가 기말이나 되어 마지못해 나타난 경우였다. 왜 진작 오지 않았느냐 힐난성 질문을 하니 자신은 학교생활뿐만 아니라 삶 자체에 별 의욕을 느끼지 못해 상담이고 뭐고 필요를 느끼지 못했다는 것이다. 이건 좀 문제다 싶어 이 학생에게 긴 시간을 할애해 이야기를 나누었다. 물론 생년월일시를 물어 사주를 파악하면서 이루어진 상담이다.

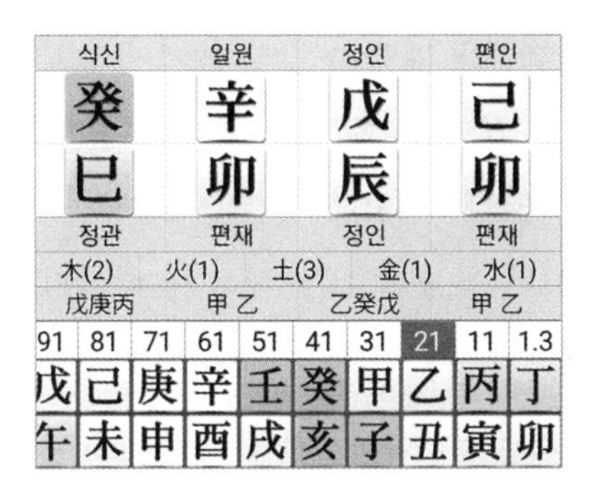

식신	일원	정인	편인
癸	辛	戊	己
巳	卯	辰	卯
정관	편재	정인	편재

木(2)	火(1)	土(3)	金(1)	水(1)

戊庚丙	甲乙	乙癸戊	甲乙

91	81	71	61	51	41	31	21	11	1.3
戊	己	庚	辛	壬	癸	甲	乙	丙	丁
午	未	申	酉	戌	亥	子	丑	寅	卯

이 학생은 신묘 일주인데 신묘 일주는 흰 토끼가 칼을 물고 춤을 추는 형상이라 민감한 신경 때문에 스스로 조성한 불안감으로 해서 고통을 받는 성격으로 빙의 현상도 겪을 수 있을 만큼 신경이 예민하니 영력(靈力)도 있을 수 있는 일주이다. 아닌 게 아니라 이 학생은 처음 나타났을 때 일별하니, 옷도 아래위 옷은 물론 안에 받쳐 입은 티, 운동화까지 검은 색 일색인 데다가 눈 밑에 다크서클까지 생겨 있어 범상치 않은 외모라 할밖에 없었다. 이런 경우는 우선 학생에게 가족 관계 등을 물어가며 학생의 말문을 터주어야 하는 법이다. 즉

라포를 형성(Rapport Building)하여 내담자와 친밀감과 신뢰감을 형성해야 하는 것이다. 명리 상담이든 정신분석 상담이든 모든 상담은 우선 내담자의 상황을 공감하고 이해해야 거기에서부터 대화가 비롯한다. 가족 관계를 물으니 아버지가 일찍 돌아가시고 홀로 된 어머니가 장남인 자신을 포함한 남자 형제 둘을 일찍부터 양육했다는 것이다. 원래 부친의 덕이 엷은 편인 신묘 일주의 특성에, 인수성을 강하게 띠고 있어 어머니와의 인연은 강할 수밖에 없는 명이 그대로 나타난 것이다. 그런 만큼 어머니가 고맙고 어머니에게 은혜를 갚아야 한다는 생각은 강한데 왜인지 삶의 의욕이 없다는 것이 문제였다. 걱정으로 보내거나 게임에 몰두하는 시간이 많다는 것이었다.

내가 보기에 이 학생은 부친을 일찍 잃고 강한 인수성의 작용으로 어머니로부터 열성적 보호를 받은데다가 예민하고 불안감이 심한 성격이 작용하여 의기소침, 우유부단해져서 스스로 자신을 내부로 가두어 버린 경우였다. 특히 십대에는 온통 목국(木局), 재성이 강하니 공부에 집중이 될 리 없다. 특히 편재성이 강하고 그것이 도화의 성격이어서 놀이에 탐닉할 개연성이 있는 만큼 자신을 내부로 가둔 채 게임에 몰입하여 쓸데없는 걱정만 하고 있으니 일종의 신경쇠약이 생겨 다크서클이 생길 수밖에 없는 상황이었다. 이런 경우에는 자신감을 얻고 스스로 그 현상을 벗어날 수 있도록 해주는 것이 필수다. 나는 이 학생에게 우선 스스로 선택한 진로가 옳았음을 강조하였다. 인성에 식상이 있으니 예술적 적성이나 글과 관련된 분야에 소질이 있는 만큼 학과 선택은 잘하였음을 말해주었다. 그리고 시지(時支)에 관성이 있는 만큼 만년에 식상과 관이 작용하여 자신의 재능을 발휘하여 자신의 몫을 할 수 있음 또한 강조해 주었다. 신금은 물로

닦아주어야 하는 만큼 도움이 되는 수와, 자신을 보강해주는 금이 운의 흐름상 계속 들어오니 분발하라고 격려해 주니 희색을 보였다. 단, 지금의 내부 칩거에서 뛰어나오도록 운동을 열심히 하도록 권하였다. 젊은 시절에는 그렇지 않아도 끓어오르는 에너지를 설기(泄氣)하기 위해서도 운동은 필요한 법이고 신체를 단련하면 자연 자신감이 솟아나는 법이니 그렇게 시킨 것이다.

1학기 말에 이런 상담을 받고 기분이 좋아져서 나간 이 학생이 여름 방학 중에 전화를 걸어왔다. 2학기 중반 무렵 군대를 가려 한다는 것이다. 남학생들이 군대를 갔다 오면 심기일전, 긍정적으로 변하는 경우를 많이 본지라 나는 잘한 선택이라 칭찬하였다. 그리고 요즘은 어떠냐 물어보았더니 아파트의 헬스센터에서 운동을 규칙적으로 해서 기분이 많이 좋아졌다는 것이다. 내가 시킨 대로 하니 효과 있지? 하니 과연 그렇다기에 같이 웃었다. 아르바이트는 아직 안 한다기에, 다음 학기 중반쯤 군대 가려면 아직 시간이 남았으니 아르바이트를 좀 해서 용돈도 벌고 어머니께 선물도 해라, 그리고 무엇보다 그렇게 일을 하면 기분이 더 일신될 것이라 하니 그렇게 해보겠노라 한다. 아마도 이 학생이 아르바이트로 스스로 몸을 움직이는 수고를 하여 용돈도 버는 자활의 기쁨을 맛보게 되면 내면에만 갇혀 있던 정신이 활로를 찾아 신경쇠약에서도 벗어나고 다크서클도 없어지리라 믿는다. 이처럼 명리를 활용하여 학생들이 건강한 자신을 회복할 수 있도록 도와줄 때 명리학은 활인(活人)의 학이 된다.

상관성이 강한 젊은이의 진로

십성 중에 상관성(傷官星)은 다른 십성과 달리 도드라진 개성을 가진 십성이다. 왜 그러냐하면 발산성, 즉 자신을 드러내고자 하는 에너지가 매우 강하기 때문이다. 이는 논리적 언변이나, 기발한 표현력, 재치 등으로 나타난다. 그래서 변호사나 검사 등 논리적 언변을 구사하는 사람들에게서 자주 발견된다. 그런가 하면 이 십성은 연예인들에게도 '거의 반드시'라 할 만큼 끼어 있다. 신동엽, 이홍렬 등의 개그맨은 3개씩이나 가지고 있고, 이경규도 상관성과 편인성을 아울러 갖고 있다. 이것은 상관성이 그만큼 표현력이나 아이디어, 순간적 재치, 임기응변성, 끼가 있는 십성임을 의미한다. 그리고 이처럼 재기가 있고 끼가 있는 만큼 엄격한 조직이나 상명하복이 뚜렷한 관계는 기피하려는 성향을 갖는다. 상관(傷官), 즉 관을 상하게 한다는 의미는 이래서 나온 것이다.

1990년대까지만 해도 이 상관성은 그리하여 역학자들에게 그렇게 대우를 받지 못하였다. 특히 상관견관(傷官見官: 상관성이 관성을 보는 경우)이라 하여, 사주 원국에 정관(正官)과 상관이 만나면 매우 흉한 구성으로 보았다. 정관은 안정된 조직 체질인데, 조직과는 어울리지 않는 상관이 정관성을 헤쳐 조직 이탈을 부추긴다 보았기 때문이다. 조직 이탈뿐만 아니라 명예직이나 관직 등으로 나가는 데 방해가 되는 것이 상관성이라 보는 것이 상관견관이라는 용어이다. 이러한 용어 생성의 근원을 찾으면 봉건적 사고가 득세했던 시대, 즉 중국이나 우리나라가 전근대적 관존민비 사상을 가졌던 시대로 거슬러 올라간다. 우리로 말하면 조선 시대, 즉 유교적 가치관이 강고했던 시대에는 관으로 진출하는 것이 가장 으뜸이었고 그를 해치는 자질은 불온한 것이었다. 이는 달리 보면 체제나 조직 내에 순응하는 것은 바람직한 자질이지만 그렇지 않고 다른 아이디어나 사상을 개진하거나 튀는 것은 영 못마땅한 자질이었다는 뜻이다. 상관견관이 흉운으로 여겨진 것은 이러한 내력에 말미암는다. 실제 사주 간명을 해보면 상관이 관성을 해쳐 뜻을 이루지 못한 사람을 본다. 그러나 이런 경우도 상관이 지나치게 강해(가령 2 개이상) 하나뿐인 정관을 해치거나, 정편관이 혼잡 되어 있는데 상관 역시 강한 경우는 자신의 본래 희망, 즉 관직 진출을 달성하지 못하는 수가 생기지만, 상관이 적고 관이 적당하면 문제가 되지 않는 경우도 많다. 운, 대운이나 연운에서 또 상관운이 어떻게 들어와 어떤 조합을 이루느냐에 달려 있으므로 상관견관에 집착할 필요는 없다 하겠다.

그런데 상관견관이 아니더라도 상관과 관성이 맞서면 어떻게 보아야 할까? 이런 젊은이의 경우를 보자.

상관	일원	상관	편재
壬	辛	壬	乙
辰	未	午	亥
정인	편인	편관	상관

木(1)	火(1)	土(2)	金(1)	水(3)

乙癸戊	丁乙己	丙己丁	戊甲壬

91	81	71	61	51	41	31	21	11	1.0
壬	癸	甲	乙	丙	丁	戊	己	庚	辛
申	酉	戌	亥	子	丑	寅	卯	辰	巳

군대 다녀온 이후 복학한 1995년생 영문과 학생의 명반이다. 이 젊은이의 경우는 군 복무를 끝내기 전까지 자신의 진로를 확정치 못하고 있었다. 3학년 1학기에 복학하여서는 군 입대 이전과 달리 심기일전하여 학과 1등을 차지하여 전액 장학금을 받게 되었다. 재미있는 것은 필자가 대학에서 가르치며 경험한 현상 중 독특한 것은 남학생들의 경우 군 복무를 마치고 오면 대개 심기일전하여 학업에 매진하거나 생활이 건실하여지는 경우가 많더라는 것이다. 무슨 이유 때문인지 정확하지는 않으나, 아마도 군 복무 중 사회의 위계를 경험해 본 즉 역시 사회생활을 하려면 자신의 능력-실력을 갖추어야겠다는 각성을 한 것이 아닌가, 또는 군에서 나름 고생을 해보니(요즘 기성세대의 눈에는 군 생활을 너무 편하게 하는 것 같긴 하지만^^) 학교에서 공부하는 고생은 그래도 가장 행복한 고생이라는 각성을 한 탓이 아닌가 싶다. 이런 현상이 신기한 필자로서는 어쨌든 한국 남자(한남!)는 군대를 필히 다녀와야겠구나 생각을 하는 편이다. 애국하고 자신의 삶의 방향도 바로 잡으니 이런 기회가 어디에 있겠나!

글이 딴 길로 샜는데, 이 젊은이는 학업을 열심히 하는 중에 자신의 진로를 문화 관련 공기관 입사로 잡았다는 것이다. 왜 그러냐

하니 자신은 조직에 속해 자신의 역할을 맡고 싶지만 실내에만 머물러 판에 박힌 사무를 하기는 지겨울 것 같고 또 평소 한국의 문화를 어떻게 하면 외국에 알릴까 관심이 많은 터라 영문과를 전공한 만큼 문화관광부 같은 곳에서 자신의 아이디어를 외부/외국인에게 알리는 작업들을 수행하면 어울리겠다 생각하게 되었다는 것이다. 그런데 학생의 어머니가 전에 어떤 곳에서 사주상담을 받아보니 자신은 전문기술—디자인이나 그림 등—을 익혀 그 전문성으로 살아야 한다는 말을 들었다며 자신은 그런 쪽에는 영 소질이 없으니 어떡하냐 묻는 것이다.

이런 경우 그 간명가의 해석은 잘못 짚었다고 본다. 아마 상관성이 두드러진 만큼 그런 조언을 한 것으로 보이는데 학생 자신의 말인즉 디자인이나 그림 등에는 소질이 전혀 없다 한다. 필자가 보기에 이 젊은이는 월지에 편관성이 있고, 그 편관성이 일지의 미(未)와 합하여 관성의 성격을 더욱 강화하는 만큼 관직으로 나아가도 좋은 자질이라 할 수 있다. 여기에 상관성이 일간의 양옆에 붙어 있고 지지에까지 있으니 상관격이라 할 수 있지만 넘치는 상관성의 언변이나 재치를 문화 관련 공기관에서 재능을 펼치기에는 적격이다. 그러므로 상관성이 있다 하여 관직 쪽으로는 어울리지 않는다는 것은 이런 경우를 보아 너무 단순한 해석이라 하지 않을 수 없다. 물론, 요즘 이른바 '공사'가 붙는다든지 공무원 쪽은 인기 상한가인지라 입사가 쉽지는 않겠지만 어쨌든 이 젊은이에게는 어울리는 선택이라 칭찬하고 일정한 시기까지 열심히 노력해 보라 조언해 주었더니 자신감과 희망을 얻고 매우 좋아하였다.

사주 간명이란 이래서 여러 가지 만단의 경우를 염두에 두고 내담자의 스토리를 들어본 이후에 종합적으로 판단해야 하는, 제너럴하면서도 스페셜한 안목이 요구되는 일이다.

제7부
마무리
—운명애(Amor Fati)를 넘어

1

이 책은 도입부에서, 명리학은 개인의 입신출세에 전념하는 처세학이나 운명 결정론에 매이는 도구가 아니라 자신과 세계를 아는 안목을 얻는 도구로써 우리가 사는 세상을 조금이나마 더 나은 곳으로 만드는 데 기여할 수 있어야 한다고 했다. 문학 작품과 작가, 이 시대와 사회, 민족들을 논한 것도 그런 맥락에서였다. 과연 이 책이 그런 목표에 충실했는지 확인하고 우리가 자신의 운명을 알고 진정으로 그 운명을 초월한다는 건 어떤 것인지를 보완하는 것으로 이 책의 마무리를 대신하고자 한다.

사실 명리학에 대해 궁금해 하는 사람들은 그것이 적중하는 것인지, 적중한다면 나의 운명은 어떨 것인지 하는 이유 때문일 것이다. 명리학의 적중도에 대해서는 도입부에서 말했으니 재언할 필요가 없다. 그러나 후자의 질문, 즉 내 팔자는 좋은 것인가 나쁜 것인가를 알고자 하는 욕망에 대해서는 곰곰이 생각해 볼 필요가 있다. 이 질문은 아마도 나의 삶은 행복한 그것일 것인가, 또는 나는 얼마나 성공할 것인가 하는 물음으로 바꾸어도 될 터이다. 사실 이 두 개의 의문은 연관되어 있다. 자신이 행복할 것이냐는 문제는 자신이 얼마나 성공하느냐는 문제와 결국 통하기 때문이다. 다시 말해, 내가 얼마나 돈을 벌 것이냐, 얼마나 높은 자리/이름을 얻을 것이냐, 어떤 멋진 배우자와 결혼할 것이냐, 어떤 좋은 집에서 살 것이냐 등에서 우리는 행/불행 여부를 판단한다. 그러나 사실 아무리 큰 성공을 해도, 달리 말해 아무리 돈을 많이 벌고 높은 자리에 앉아도 그것이 사람의 행복을 보장해 주지는 못한다. 우리 주변을 보면 이는 금방 알 수 있다.

가령 지난해 타계한 삼성그룹의 이건희 회장이 행복한 삶을 살았다 할 수 있을까? 그는 우리나라 최고의 부자로 일반인들은 실감할 수 없는 돈을 번 사람이다. 그러나 그는 평소에, "내 재산이 몇조원이라고 사람들은 부러워하지만 내 한평생 몇천억이나 쓸 수 있을 것 같나? 더 많은 돈을 갖는 건 나의 목표가 아니다, 나는 나라와 민족을 생각한다."고 말했다 한다. 그는 마누라와 가족만 빼고 다 바꾸자 한 이른바 프랑크푸르트 선언 일 년 전에는 일 년 내내 회사의 미래 걱정에 서너 시간 이상을 자지 못했고 식은땀에 젖어 잠에서 깨어나곤 했다 한다. 삼성전자가 세계 최고의 전자회사가 된 이후 간부들에게 여러분은 최선을 다하겠지만 나는 목숨을 건다고 했다 한다. 이런 스트레스 때문에 그랬는지 그는 그 많은 재산을 가지고도 칠십대 초반에 의식을 잃은 이후 근 칠 년이나 병상에 있다가 일반인의 평균 수명도 채우지 못하고 타계하였다. 이건희 회장뿐만 아니다.

요즘 돈이 제일 기준이 되어 있기에 이 회장을 언급했지만 권력자들도 마찬가지다. 지금까지 우리나라 대통령 중에 행복한 말년을 보낸 이는 없다. 이제는 이래서 안 되겠지만 우리의 독특한 정치환경 탓에 권력의 최고봉인 대통령에 오른 이들의 말년은 모두 불행하였다. 불행한 말년도 그렇지만, 재임 중에도 대통령들은 이 회장과 마찬가지로 수많은 불면의 나날을 보냈을 것이고, 잘할 때는 칭찬 한마디 없다가 못하면 사정없는 언론의 잡도리에 이빨을 사려 물어야 하는 적이 한두 번이 아니었을 것이다.

그러면 그에 이르지 못한, 큰돈이나 큰 자리에 이르지 못한 시중의 필부필부는 어떨까? 이들도 마찬가지다. 밖에서 보면 부족한 것이 없을 것 같은 집도 대문 열고 들어가면 나름의 사정이 없는 집은 없다. 일반인들도 톨스토이의 말처럼 행복은 다 고만고만하지만 불행은 온갖 다양한 형태로 안고 사는 것이다. 그러나 그렇다 해도 행복을 얻기에는 시중의 필부필부가 더 용이하지 않을까? 왜냐하면 욕심을 조금 덜 내면 되기 때문이다. 굳이 몇십만 원짜리 호사스런 음식을 최고급 식당에서 먹지 않아도 가족들과, 또는 마음 맞는 사람들과 삼겹살을 구워 먹는 게 훨씬 즐겁다. 몇십, 몇백 억의 호화주택에 살지 않아도 내 마음에 편한 집이면 그것이 행복이다.

그러므로 행복이라는 관점에서 내 사주가 어떠냐를 묻는다면 재벌의 사주로 태어난 것이나 샐러리맨으로 태어난 것이나 마찬가지다. 달리 말해 어떤 사주를 타고 났다 해도 나름의 고난과 시련, 행복과 기쁨은 마찬가지라는 이야기이다. 어떤 간명가는 아주 좋은 사주 구성을 갖춘 사람이란 너무 무난하기 짝이 없어 큰 인물과는 관계없는 그런 명조(命調)라 하였다. 다시 말해 좋은 사주라는 것은 그 인물의 크기와는 관계없다는 말이다. 사람은 그 그릇이 크든 작든 나름의 행불행을 다 겪을 수밖에 없다는 이야기다. 삶의 행불행은 누구에게나 공평한 만큼 돈이나 권력이 그 사람의 행복을 결정짓지는 못한다. 큰 사람은 큰 사람대로, 작은 사람은 작은 사람대로 자신의 명을 살 뿐이다. 저마다 나름의 운명을 살 때 행복은 자신의 마음 먹기에 달린 것이다.

사실 이런 이야기는 어쩌면 뻔한 이야기여서 이 글을 읽는 분들은 식상해 할 것이다. 누가 그걸 모르나, 내 하는 일이 잘 풀리지 않고 심지어 사업이 망해서 또는 직장을 구하지 못해 하루하루를 궁궁하는 내게 그딴 소리는 꺼내지도 말라 할 이도 많을 것이다. 그런 분들에게는 나는 이렇게 말하고 싶다. 그래서 여러분의 운명을 알라고. 그 운명을 알라는 것은 누차 말하듯 자신을 알라는 것이다. 자신의 적성이 무엇인지, 자신이 팔랑귀인지, 말뚝귀인지, 돈 욕심을 내는 게 좋은지, 자리 욕심을 내는 게 좋은지, 이름을 내고 싶은지 등을 알라는 것이다. 그 다음에는 그 운명을 살아야 한다. 그 운명을 산다는 것은 자신에게 주어진 운명과 투쟁해야 함을 말한다. 누구라도 나름의 성취를 이룬 사람은 다 이러한 과정을 거쳤다. 그러나 그 투쟁이 반드시 영웅적인 그것일 필요는 없다. 일반인은 그저 성실을 다하면 된다. 성실의 개념도 성리학적 개념을 내세우면 복잡하지만 나의 생각으로는 고 정주영 회장이 자신의 좌우명으로 삼았다는 '일근무난사(日勤無難事)'가 성실의 정의에 딱 부합한다. 매일매일을 부지런하게 보내면 어려운 일이 없을 것이라는 말이다. 매일매일의 부지런함, 이것이 성실이다. 자신이 하는 일을 부지런하게 하는 것, 이것이 성실이다. 이를 실천하는 사람은 가족에게도 책임을 다하고 주위에도 믿음을 얻는다. 책도 부지런히 읽고 자신의 주변도 청결하게 가꿀 것이다. 사노라면 곤경이 어찌 없을 리 있겠냐마는 이러한 성실은 그것도 극복할 수 있게 한다. 하던 사업이 망해도, 취업이 잘되지 않아도 성실한 사람은 반드시 이를 이길 수 있다. 이는 삼십대 초반에 교수가 되리라 작심했다가 사십대 초반이 넘어 파란만장 끝에 그 직을 얻은 필자가 장담한다. 대학원을 할 경제적 형편도 못 되었지만 학부 당시의 스승이던 조동일 교수가 "돈없어 공부 못한다는 법은 없네" 툭 던지신 이 한마디만 믿고 군대에서조차 과외 아르바이트를 하며 학비를 모으고, 대학원을 하면서도 온갖 아르바이트를 하면서 공부한 끝에 결국 꿈을 이룬 나의 경험으로 그를 증명할 수 있다는 말이다.[1)]

성실한 사람은 또한 검약한다. 일근무난사를 좌우명으로 삼은 정주영 회장은 재벌 회장임에도 불구하고 구두 한 켤레를 십 년씩 신었다고 한다. 오륙십 년대에 기업을 한참 일굴 무렵에는 집에서 반찬이 두세 가지를 넘으면 화를 냈다고도 한다. 일반인이야 이처럼 철저한 검약으로 재벌까지는 못 되더라도 낭비하지 않고 알뜰하게 살면 어느 정도의 경제적 기반은 이룰 수 있다. 그리고 이에 더해 자신의 잘할 수 있는 일이 무엇인지를 알아 최선의 노력을 다하면 어떤 분야에서든 자신의 능력을 펼칠 수 있다. 자신의 본분을 알아 부지런히,

---

1) 군대에서의 아르바이트라니? 궁금할 분이 있을 것이다. 필자는 공군 학사장교로 군복무를 하느라 당시 대전 교육사령부에서 근무했는데 어떻게 연이 닿아 공군 제2사관학교 교장의 자제를 가르친 적이 있다. 대학원 학비 마련이 절실하던 나에게 도움이 되었다. 집에서 지원을 받지 못하는 가난한 유학생이었던 나는 전임교수가 되기까지 대학 시간강사는 말할 것도 없고 편입학원 강의, 논술 강의, 공무원 국어 강의 등 강의란 강의는 다 섭렵한 듯싶다.

그리고 지나친 욕망을 적절히 조절할 수 있으면 행복하지 못할 이유가 없는 것이다. 그러니 자신의 정체가 무엇인지를 알고 그를 구현해 나가기 위해 자신에게 주어진 삶과 씨름하는 것, 그것이 우리가 운명을 사는 법이다. 그러는 중에 만나는 시련과 고통, 행복과 기쁨은 만인에게 공통이다. 일음일양의 법칙에 따라 한번 성하면 쇠함이 찾아오고 실패 뒤에는 성공이 찾아온다. 이는 삶의 철칙이다. 다만, 이러한 곡절을 성실로 이겨내는 사람에겐 난사(難事)가 없는 것이다. 사실 중용의 삶이란 것이 이와 다를 바 없다. 너무 지나치지도 못 미치지도 않게 성실한 나날을 사는 것, 이것이 바로 중용의 삶이다.

2

이제 여기서 나아가 운명조차 초월하라는 것은 무엇일까? 사실 이에는 좀 더 복잡한 사유가 필요하다. 이는 지금까지 언급한 올바른 삶의 자세라는 문제와는 다른 사유가 요구된다. 이는 우리의 삶이 과연 살만한 이유가 있나, 우리는 왜 이 세상에 생명을 부여받아 태어났나라는 철학적이며 우주론적인 문제와 연결되기 때문이다. 사실 이 문제야말로 앞에서 행복하기 위한 방법을 논하기 전에 먼저 논했어야 할 문제이다. 다시 말해 우리가 삶 자체를 가치 있는 것으로 여기지 않고 무의미한 것, 허무한 것으로 여기면 앞서 말한 삶의 자세가 소용없이 된다. 허무주의에 빠져 내가 이 세상에 온 이유, 태어난 이유가 뭐냐고 회의하면 성실이 무슨 소용이고 근면 절제가 무슨 소용일까? 이런 허무주의에 빠지면 수단 방법 가리지 않고 닥치는 대로 벌어 다른 사람 위에 군림하든지, 아니면 마음껏 호탕하게 쓰고 한평생 화끈하게 살다 가는 게 최고라는 생각에 빠지기 쉽다. 특히 자본주의가 전 세계에 관철되고 그리하여 치열한 경쟁 사회가 되어 만인의 만인에 대한 투쟁 상황이 되어 있는 현대에 이런 사고는 보편적이다. 내가 먼저 사다리 끝에 오르는 것이 중요하고 다른 사람의 사정이야 내 알 바 아니라는 것은, 삶이란 것이 특별한 의미가 있는 것이 아니라 어쩌다 보니 태어나 한평생 고통의 바다를 헤치고 나가야 하는 것일 뿐이라는 사고에서 온다.

이 문제에 대한 답을 먼저 구하고 바람직한 삶의 자세를 논하는 게 순서였겠지만 이 문제는 조금 묵직한 문제여서 이처럼 뒤에서 다룬다. 그러면 삶이 왜 주어졌는지, 생명은 왜 존재하게 되었는지에 대해 시원히 답한 경우가 있나? 이 문제는 동서고금의 뛰어난 현자나 과학자가 모두 몰두하였지만 사실 명료한 답이 나오지 않았다.

생각해보면 니체의 운명애, 너의 운명을 사랑하란 Amor Fati 명제도 이러한 문제의식의 연장선에서 나온 것이다. 니체는 19세기까지 서구인들의 삶의 중심축이었던 기독교를 부정하고 인간 스스로가 자기 운명의 주인공이 되어야 한다고 주장한 철학자이다. 그 존재가 불분명한 하느님, 신이 우리 삶의 주인일 수는 없다, 그러한 노예의 종교에 나의 삶을 맡길 수는 없다, 나는 새로운 가치관으로 이 삶과 투쟁하고 나의 운명을 헤쳐나가겠다. 이것이 그의 유명한 '신은 죽었다'는 선언이다. 신이 죽은 자리에서 그는 인간 운명의 영원회귀를 주장한다.[2] 그의 영원회귀설은 『즐거운 학문』에서 시작하여 『짜라

2) 이하 영원회귀설과 운명애 및 권력의지에 대해서는 고명섭, 『니체극장』(1판 4쇄), 김영사, 2016.12 참조.

투스라는 이렇게 말했다』에 이르기까지 독특한 담론으로 제시된다. 니체는 우주론적이고 실존론적 차원에서 사유한 결과 "네가 살고 있고 살아왔던 이 삶을 너는 다시 한 번 살아야 하며 또 무수히 반복해서 살아야 할 것이다. 거기에 새로운 삶이란 없으며 네 삶에서 이루 말할 수 없이 크고 작은 것들이 모두 같은 차례와 순서로 네게 다시 찾아올 것이다."[3]라고 했다. 인간의 존재 또는 영혼은 영원히 반복되면서 이 세계에 태어난다는 것인데 불교의 윤회 사상에서 힌트를 얻은가도 싶은 이 사유는 실상 우리의 삶이 이유도 없이 주어져서 우리 인간들은 끝없이 맹목적인 삶을 반복한다는 의미를 담은 말이다. 그는 이러한 사유를 스스로의 대단한 영감과 비상한 사색의 결과로 이해했지만 사실 기독교 신앙의 프레임에서 벗어나 인간 실존의 의미를 생각하면 이는 그리 대단한 사유가 아니라 할 수도 있다. 어쨌든 이러한 사유에 이른 후 니체는 다음으로 아모르 파티를 사유한다. 니체에 의하면 맹목적으로 순환하는 것 같은 삶을 디오니소스적으로 마주 서는 것, 즉 자유로운 정신으로 자기 고양의 필연적인 계기로 승화시키는 것이 운명애이다. 다시 말해 자신에게 주어진 삶을 최대한 자신의 의지로 고양시키는 것, 이것이 운명애이다.

3

자, 여기까지 이르면 니체의 운명애는 필자가 앞에서 말한 바 운명을 알고 그것과 투쟁하라는 명제와 비슷해짐을 독자들은 느낄 것이

3) 고명섭, 위의 책, 516쪽에서 재인.

다. 사실 대중가수 김연자도 '아모르파티'란 제목의 노래를 불렀고, 홍진영이 '산다는 건' 이란 노래에서 "산다는 건 다 그런 거래요. 힘들고 아픈 날도 많지만 산다는 건 참 좋은 일"이라 노래한 것이 모두 운명애이다. 이처럼 소박하게 자신의 운명을 긍정하고 살아나가는 것도 좋은 일이다. 그러나 다른 사람보다 더 얻어야 하고 더 높은 자리에 앉으려 치열한 경쟁을 하고 그러다가 무시당하면 자기뿐 아니라 다른 이의 가슴과 사는 곳에 불을 지르기조차 하는 이 시대에 삶에 대한 소박한 긍정론은 일시적 위안은 되겠으나 근본적 해결책일 수는 없다. 좀 더 근본적인 자리에서 우리의 삶의 의미와 의의를 사유하고 허무주의를 극복해야 한다.

이를 위해 우리는 니체의 운명애가 권력의 획득이라는 일탈적 결론에 이르는 경과를 잘 성찰할 필요가 있다. 니체는 신을 부정한 이후 디오니소스적 자유의지가 향하는 곳은 권력 욕망을 충족하는 데 있다고 보았다. 신이 아니라 개인 주체에 맡겨진 인간의 자유는 인간 스스로의 능력으로 최대의 권력을 잡는 데 발현되어야 한다고 본 것이다. 그의 권력은 자신을 확장하고 남 위에 서려는 지배의 의지이다. 이 의지는 타인에게 복종을 명하고 그것을 자신의 성취로 여긴다. 그러나 이러한 욕구는 결국 악, 폭력, 잔인성과 관계 맺게 된다. 니체는 확장하고 강탈하고 착취하는 것은 부패하고 불완전하고 원시적인 기능이 아니라 그것은 살아있는 생명체의 근본적인 유기적 기능이라고까지 찬양한다. 여기서 불가해하고 설명 불가능한 인간, 즉 초인(Übermensch)이 태어난다고 그는 믿었다. 그의 이러한 초인론은 결국 게르만족의 부흥을 외치는 히틀러에게 채택되어 육백만 명이 넘는 유대인 학살극의 단초를 제공한다.

필자가 보기에 니체의 권력의지는 그의 개인적 기질과 독일 민족의 특징이 결합되어 추출된 담론인 것 같다. 니체 개인적으로는 그가 이러한 주장을 내놓던 1880년대 중후반은 자신을 인정받고 싶어 몸부림치던 시기였다. 니체는 이 당시에 『짜라투스트라는 이렇게 말했다』, 『선악의 저편』, 『이 사람을 보라』 등 많은 저술을 남겼지만 독자 대중을 얻지 못했을 뿐 아니라 지식인들에게도 그 파격성으로 인하여 인정받지 못하고 있었다. 그의 말년에 쓴 자서전인 『이 사람을 보라』의 목차가 '나는 왜 이렇게 현명한가', '나는 왜 이렇게 영리한가', '나는 왜 이렇게 좋은 책을 쓰는가' 등의 나르시즘적 구절로 채워져 있음을 보면[4] 그가 얼마나 인정 욕구에 목말라 했는지, 그것을 충족하지 못한 정신이 이미 파탄지경에 빠져 있는지를 알 수 있다. 심지어 그는 자신이 시저이자 알렉산더와 같은 혈통이라는 망상에 빠지기도 하였다. 아버지도 목사였고 외조부도 목사였으나 자기 존재의 뿌리였을 뿐 아니라 유럽의 정신적 중심축이었던 기독교를 부정한 이 천재는 이로부터 받은 스트레스와 자신의 천재성을 인정받지 못한 고통으로 이미 쇠약해 있던 신체에 정신분열까지 더쳐 사망하였다. 니체의 이러한 우월주의와 영웅주의는 독일 민족에게 고유한 한 자질인가도 싶다. 니체가 젊은 시절 대단한 존경을 바쳤고 총애를 얻기도 했던 바그너 또한 민족주의자이자 영웅주의자였다. 히틀러가 바그너의 음악과 니체의 철학을 예찬하고 게르만족의 세계 지배라는 광적인 민족주의에 빠졌던 것을 보면 독일인들에겐 민족적 우월주의와 기승한 권력의지가 있었던가 싶다. 실상 히틀러가

4) 고명섭, 같은 책, 738쪽.

이차대전을 일으킬 수 있었던 것도 일차대전의 패배 이후 상처받은 독일인들에게 민족의 자존심을 회복하자고 외친 선동이 먹혀든 측면도 강하였고 보면 한 나라나 민족의 우월주의가 얼마나 위험한 것인지를 알 수 있고 이는 니체의 권력의지가 닿은 종착점의 위험성에 다름 아니다.

이렇게 볼 때 삶이 어디서 비롯한 것인지 알 수 없다는, 따라서 그 의미가 달리 없다는 허무주의는 위험하다. 그것은 생명의 가치를 부정한다. 그러기에 주체 외의 타자를 부정할 위험성이 상존한다. 니체의 사례에서 볼 수 있듯이 영원히 계속되는 무의미한 삶의 연속이라는 사고는 결국 타인을 자신의 욕구 충족의 대상으로 보는 권력의지로 나아가기 쉽다. 앞에서 언급한 바처럼 많이 벌어 화끈하게 살고 가자는 한탕주의에도 이런 메커니즘은 작용한다. 한탕을 바라는 배금주의는 돈으로 남에게 과시하고 남을 지배하고 싶다는 욕구의 다른 표현이다. 높은 자리를 바라는 것도 같은 맥락이다. 이러한 욕망들은 삶을 가치 있고 의미로운 그것으로 여기는 사고가 동반하지 않는 한, 자신의 우월감과 남을 지배하려는 동물적 욕구에 충만해 타자의 존재를—그것이 동물이든 사람이든—자신의 지배욕을 충족시키는 도구적 존재로 인식하게 마련이다. 이러한 욕망은 결국 이 세상을 만인의 만인에 대한 투쟁의 장소로 만들고 우리가 사는 곳을 짐승의 시간으로 이끈다.

4

그러면 어떻게 해야 우리는 허무주의에서 벗어날 수 있을까? 달리 말해 어떻게 해야 삶을 긍정하고 그 가치를 인정할 수 있을까? 이러한 물음은 우리의 삶이 왜, 어떻게 비롯했는가를 묻게 하고 자연히 생명의 탄생, 달리 말해 우주의 기원을 묻는 질문에까지로 이어진다.

우리가 사는 지구상에는 온갖 박테리아로부터 시작해 사소한 미생물들, 이름도 알 수 없는 수많은 동식물, 그리고 우리 인간들까지를 포함해 수많은 생명체들이 산다. 우리 인간들도 저 나름의 사연으로 온갖 고단한 삶을 살고 있지만, TV 다큐멘터리에서 보듯 육안으로 잘 식별도 안 되는 풀숲의 수많은 생명체들, 수백 미터의 심해에 사는 기이한 어류들도 생명을 유지하고 종을 번식키 위하여 결사적인 투쟁을 하는 것을 보면 도대체 어떤 누가 저렇듯 생명들을 주어 저렇게 살고자 하는가라는 의문을 금할 수 없다. 자신이 지은 업장에 따라 소도 되고 돼지도 되고 뱀도 된다고 하는 불교의 윤회설은 너무나 수많은 생명체와 이들의 치열한 생존 본능을 보건대 참 소박한 상상력이 아닌가 싶다. 결국 생명의 기원에 대한 의문은 과학에 의지하게 되는데 과학으로 나아가면 빅뱅설과 만난다. 우리가 사는 지구뿐만 아니라 우주 탄생의 비밀을 캐고자 하는 빅뱅설은 그러나 아직 그 정합성을 완전히 갖추지 못하여 과연 이 우주와 생명의 기원이 과연 그것인지 확증을 주지 못한다. 요즘의 천체물리학은 아무것도 없는 무에서의 존재 탄생은 불가하므로 또 다른 우주가 그 이전에 있어 지금의 우주가 존재하게 되었다고 하는 가설로 나아가고도 있는 모양이다. 마치 현존 우주의 부모가 있어 지금의 우주가 태어났다는 식의 이론으로 나가고 있는 모양인데, 이는 우리 부모가 있어 우리가 태어났다는 식이어서 이 또한 설사 증명된다 해도 존재의 이유가 무엇이냐는 물음에는 답을 주지는 못한다.

그러므로 우리 삶의 기원과 가치는 결국 우리 스스로, 달리 말해 실존적 각성으로 확정할 수밖에 없다. 생각이 결국 이에 닿으면 존재의 이유와 가치는 다 살고 봐야 알 수 있다는 경건한 허무주의, 아니면 다 살고 나도 알 수 없다는 허망한 답에 이를지 모른다. 그러나 이제 필자는 이러한 두 가지 답을 다 부정한다. 우리의 삶은 분명 이유와 의미가 있어 주어졌다고 보기 때문이다.

앞에서 이야기했듯이 이 세상의 모든 생명 가진 것들은 모두 다 살고자 한다. 수백 미터 심해에서 눈이 퇴화된 심해어도 살고자 나름의 발버둥을 치고, 나뭇잎이나 풀잎에 서식하는, 눈에 잘 보이지 않는 곤충들조차 생명을 유지하고자 기가 막힌 생태를 드러낸다. 채 몇 밀리에 지나지 않는 곤충이 다른 피식자를 끈질기게 기다리다 포식하는 모습이나 기묘한 구애 활동으로 교미를 하고 종을 퍼뜨리려는 생태를 많은 사람들이 티브이에서 본 적이 있을 것이다. 박경리 선생은 이러한 생명의 욕구를 능동적 생명욕이라 일렀지만 범상히 말해 '생존욕'은 이 세상의 모든 생물종들에게 공통이다. 굶주림을 면하고자 하고 자신의 짝을 애타게 찾는 것은 모두 이러한 생명의 보존과 지속의 욕구에 따른 것이다. 우리는 이를 본능이라 부르는 바 모든 생명체가 이러한 본능에 따라 진화하여 그 존재를 보존, 지속하고 살아간다. 다만 인간종만이 유일하게 삶과 종의 유지를 거스르는 독특한 행태를 보인다. 살아갈 의미도, 가치도 없기 때문에 그렇게 한다고 한다. 얼마 전, 어떤 젊은이가 어릴 적에는 결혼을 하고 자식을 낳고 그렇게 사는 것이 당연하다 생각했는데 성인이 된 지금 가만히 생각해보니 반드시 그럴 필연성은 없는 것 같아 결혼은 하더라도 자식은 낳지 않기로 결심했다고 쓴 글을 본 적이 있다.

결국 우리의 본능을 거부키로 했다는 것이다. 이뿐인가? 스스로 생명을 끊는 사람도 많다. 실직으로, 실연으로, 삶에 패배하고, 배신당하고, 어떤 경우는 조직의 존속을 위해, 다시 말해 대를 위해 소를 버린다는 결심으로 삶을 버리는 사람들도 있다.

이런 안타까운 경우들을 볼 때에 우리는 삶의 본능에 대해 거듭 생각하게 된다. 생존하고자 하는 본능이 무의미하게, 아무런 이유 없이 주어졌을까? 모두 살라고 태어난 것 아닌가? 달리 말해 살게끔 태어난 존재가 아니겠는가? 이 말은 생명 자체가 살라고 주어진 것이기에 이를 거부해서는 안 된다는 뜻이다. 지구상에 수많은 생명체가 이렇듯 다 살라고 주어진 존재요, 살려고 태어난 존재다. 부모의 우연한 하룻밤 방사(房事)로 내가 태어났다고 하지 말자, 어쨌든 하필 내가 태어난 것이다. 이 거대하고 무한한 우주에서, 그것도 마침 이 지구별에서 다른 존재가 대체할 수 없는 유일한 하나의 생명으로 태어났다는 것은 어쩌면 무한한 신비요 혜택이 아니겠는가? 천상천하유아독존, 오직 나 하나만이 증명할 수 있는 나만의 가치와 존재 의의를 지닌 내가 어찌 의미도 보람도 없이 태어난 허무한 존재라 할 수 있을까? 이러한 나의 유일무이성(唯一無二性)을 생각하면 어찌 생명이 영원한 무의미를 반복하는 허무한 존재라 하겠는가? 그러므로 우리는 삶을, 생명을 귀하게 여겨야 한다. 물론 스스로의 삶을 버리는 이들의 안타까운 사연을 안다. 회복할 수 없는 절망감과 코너로 몰린 삶의 열악한 조건 때문에 고통과 우울 속에서 마침내 삶을 버리는 사람들이 있다. 이런 사람들은 치유받고 그 고통에서 헤어날 수 있는 여건을 국가적 차원에서 마련해주어야겠지만, 요즘 너무 쉽게 생을 포기하는 듯한 젊음들, 아이를 낳지 않겠다고 하는 그런 젊음들에게는 삶과 존재의 의미를 위의 관점에서 다시 생각해 보기를 권하고 싶은 것이다.

그리고 내가 유일무이한, 귀하고 소중한 존재라면 다른 사람, 다른 생명도 소중하게 여겨야 한다. 왜? 그런 생명들도 유일무이한 독자성으로 태어나 힘겹게, 그리고 고단하게 자신의 삶을 영위하는 존재들이기 때문이다. 뿐만 아니라 우리의 존재도 실상은 타자가 있어 가능한 것이다. 우리는 타자가 있음으로 해서 자신을 안다. 달리 말해 타자라는 거울이 있어야 우리를 알 수 있다는 것이다. 불교에서는 그리하여 불이(不二)라 하지 않는가. 너와 내가 둘이 아니고 우리 존재는 법(法), 세상의 섭리와 별개가 아니라는 것이다. 세속적 차원에서 생각하더라도 많은 돈과 높은 자리가 있은들 같이 기뻐해 줄 사람이 없고 그를 나누어 줄 사람이 없으면 돈과 지위가 무슨 소용이 있겠는가. 타자를 귀하게 여겨야 한다 해서 큰 자선이나 선행을 해야 한다는 것도 아니다. 필자는 큰 부자거나 고만고만한 삶을 사는 사람들이거나 간에 그저 '애틋한 마음'으로 족하다고 생각한다. 물론 큰 부자나 권력자들은 타인을 위해 더 기여하면 좋겠지만, 그렇지 못하더라도 우리의 삶이란 것이 저마다 힘들고 고단하게 살아가고 있다는 애틋함만 가지고 있어도 나는 좋다고 본다. 박경리 선생은 이러한 마음을 '연민'이라 표현하였고 이어령 선생은 '눈물 한 방울'이라 하였거니와, 나는 같이 힘든 삶을 살아가는 존재에 대한 최소한의 이해와 안쓰러운 마음이란 뜻에서 '애틋함'이란 표현을 쓴다.[5] 유일무이하

5) 이어령 선생은 '눈물 한 방울'이 이 시대에 남기고픈 마지막 한 마디라 했다(김민희, 『이어령, 80년 생각』, 28쪽). 박이문 선생도 『왜 인간은 남을 도우며 살아야 하는가』(138쪽)에서 서로가 서로를 배려하는 이타주의를 강조하였다. 이 책의 원고를 다 쓰고 이분들의 지혜를 확인하였는데, 생각이 닿은 지점의 일치에 놀랐다.

고 독존적인 자신의 삶에 자존감으로 넘칠 사람도 있겠지만 그렇지 못한 사람 또한 많을 터이니 이러한 존재들에 대한 애틋한 마음이 있으면 우리의 삶이 훨씬 부드러워지지 않을까? 그리고 이러한 생명 사랑은 우리에게 생명을 준 우주와 자연을 긍정하고 사랑하는 마음이다. 이러한 마음은 우주와 자연 속에서 저마다의 생명을 영위하는 다른 존재들에게도 발휘되어야 한다. 이러한 생명 사랑은 나의 주장이 아니라 이미 우리의 동학사상에 진작 천명된 바 있다. 우리는 개화를 추구한 이래 앞선 문명/문화를 가진 서구, 특히 미국을 뒤쫓느라 우리가 가진 전통문화와 사상을 주로 미국의 시선으로 보느라 백안시하였다. 이러한 것이 한두 가지일까마는 동학은 서학에 비추어 우리가 독자적으로 창안한 사상이요 믿음인데 정말 까맣게 잊고 밀어버린 우리의 사상이요 문화이다.

우리의 독자적인 사상체계를 갖춘 동학은 인내천(人乃天), 즉 사람이 하늘이라 했을 뿐 아니라 그에 그치지 않고 이 세상 만물이 모두 저마다의 존재 의의와 가치를 지닌 것으로 하늘같이 받들어져야 한다고 했다. 물론 우리는 고기를 먹고, 그러느라 다른 생물의 목숨을 뺏는다. 그러나 이는 자연의 섭리다. 단지 우리는 자연(自然)이라는 의미가 '스스로 그러함'이란 것처럼 다른 뭇생명들이 그렇듯 지나치게 먹으려 말고 지나치게 쌓아두려 하지 않으면 된다. 동학에 관해서는 깊은 천착도 없고 여기서 길게 논할 자리도 아니다. 그러나 적어도 이제는 우리에게 생명을 주고 소멸을 준 자연과 우주의 섭리를 수용하고 허무하다 말자. 설령 허무하다 하더라도 경건하게 이 생명을 받아들이자. 이로부터 우리는 모든 생명에게 애틋함을 가질 수 있다. 여기서 더 나아가 다른 존재에게 박애를 베풀 수 있으면 더 좋고 아니라도 괜찮다. 단 남을, 다른 존재를 무단히 해치고 박해는 말아야 한다. 그러므로 모든 존재가 애틋하다 하여 다른 생명을 해치고 억압하고 그리하여 공동체의 행복을 파괴하려는 이들조차 애틋할 수는 없다. 이들에게는 대항해야 한다. 그것이 생명이 나아갈 길이요, 역사에의 참여이기도 하다. 백범의 문화흥국론도 생명을 사랑하고 인간의 도리를 다 하자는 점에서는 같은 맥락의 주장이라 믿는다. 이렇게 자신의 자리에서 애쓰며 자신의 운명을 부지런히 살다가 자신의 생명이 다할 즈음 이제 버릴 것만 남아서 행복하다고 말하는 지경에 이를 때, 저마다 안았던 삶의 모순을 훌훌 터는 그 순간을 만날 때 우리는 운명을 초월한다. 우리는 그러한 경지에 이르도록 노력해야 한다. 이 책이 목표하는 바는 바로 이 지점이다. 삶의 허무로부터 타자의 파괴로 나간 니체의 운명애가 아니라, 생명에 대한 긍정으로부터 비롯하여 다른 생명을 애틋하게 여기고 성실로써 운명과 맞서고 마침내 훌훌 터는 삶, 이야말로 진정한 운명의 사랑이요 삶을 초월하는 방식일 것이라 믿는다. 필자가 쓴 작은 시 한 편으로 이 책을 마친다.

나하고 놀자

서울에서 꽤나 떨어진
울 아파트 마당은
한적한 데다 푸나무들이 잘 자란 덕에
쪼맨한
한 손에 쏘옥 들어올

곤줄박이랑 참새들이 곧잘 날아든다

요즘은 지들을 해치지 않으니
곧잘 사람 곁에서도
폴짝폴짝 놀지만
그래도 겁은 많아
폰이라도 꺼내 실없이 담을라치면
이내 포르르 날아가 버린다

작은 새들아
너희도 실은
지상을 오르는 날개를 가졌으나
한 점의 먹이와 짝을 찾기에
골몰하겠거니
나 또한 그렇듯 매인 즘생으로
너희와 잠시 친구하고 싶을 뿐
무선 사람은 아니란다
그렇게도 무심히 날아가느냐

옛적 우리 어른 가운데
지혜 있는 사람 이르되
모든 산 것이 모다 하늘이라 했거니
너희와 나는 동기간 아니랴
쪼맨하고 귀엽고

귀한 것아

나는 무선 사람 아니란다

같이 놀자

하늘이 되자

1. 인/문학 분야

〈문학 텍스트〉

공지영, 『즐거운 우리 집』, 푸른숲, 2007.

김숨, 『국수』, 창비, 2017.

김영하, 『엘리베이터에 낀 그 남자는 어떻게 되었나』, 문학동네, 2010.

김영하, 『호출』, 문학동네, 1997.

______, 『나는 나를 파괴할 권리가 있다』, 문학동네, 1996.

______, 『오직 두 사람』, 문학동네, 2017.

마광수, 『즐거운 사라』, 청하, 1992.

______, 『마광수 시선』, 페이퍼로드, 2017.

박경리, 『토지』(1~20권), 마로니에북스, 2012.

______, 『버리고 갈 것만 남아서 참 홀가분하다』, 마로니에북스, 2008.

______, 『생명의 아픔』, 마로니에북스, 2013.

신경숙, 『엄마를 부탁해』, 창작과비평, 2007.

은희경, 『아름다움이 나를 멸시한다』, 창작과비평, 2007.

〈저서〉
강상중, 『살아야 하는 이유』, 돌베개, 2012.
고명섭, 『니체극장』, 김영사, 2016.
권택영, 『라캉, 장자, 태극기』, 민음사, 2003.
김경집, 『인문학은 밥이다』, RHK, 2013.
김민희, 『이어령 80년 생각』, 위즈덤하우스, 2021.
김승혜, 『유교의 뿌리를 찾아서』, 지식의풍경, 2001.
김용옥, 『도올의 성서 이야기』, 통나무, 2007.
______, 『도마복음 한글역주』 2·3, 통나무, 2010.
______, 『동경대전』 1·2, 통나무, 2021.4.
김희경, 『이상한 정상가족』(초판 12쇄), 동아시아, 2019.
니체, 사순옥 역, 『짜라투스트라는 이렇게 말했다』, 홍신문화사, 2006.
돈 리처드 리소·러소 허드슨, 주혜영 역, 『에니어그램의 지혜』, 한문화, 2015.
멜빈 보위, 이종인 역, 『라캉』(초판 3쇄), 시공사, 2001.
박이문, 『왜 인간은 남을 도우며 살아야 하는가: 이타주의에 대한 철학적 성찰』, 소나무, 2014.
스티븐 호킹·레오나르도 믈로디노프, 전대호 역, 『위대한 설계』, 까치글방, 2010.
얀 마텔, 공경희 역, 『포르투갈의 높은 산』, 작가정신, 2018.
에드워드 윌슨, 이한음 역, 『인간 본성에 대하여』, 사이언스북스, 2011.
유발 하라리, 조현욱 역, 『사피엔스』, 김영사, 2015.
__________, 김영주 역, 『호모데우스』, 2017.
윤사순·이광래, 『우리 사상 100년』, 현암사, 2001.

이상진, 『토지인물사전』(초판 7쇄), 마로니에북스, 2017.
______, 『토지 연구』, 월인, 1999.
이시우, 『천문학자, 우주에서 붓다를 찾다』, 도피안사, 2007.
이어령, 『흙 속에 저 바람 속에』(개정판), 문학사상, 2002.
이자벨라 버드 비숍, 이인화 역, 『한국과 그 이웃나라들』, 살림출판사, 1994.
임레 케르테스, 박종태·모명숙 역, 『운명』, 2002.
조동일, 『우리 학문의 길』, 지식산업사, 1993.
조동일·이은숙, 『한국문화, 한눈에 보인다』, 푸른사상, 2017.
지그문트 프로이트, 정장진 역, 『창조적인 작가와 몽상』, 열린책들, 2001.
최유찬, 『한국 근대문화와 박경리의 『토지』』, 소명출판, 2008.
최정운, 『한국인의 발견』, 미지북스, 2016.
칼 세이건, 홍승수 역, 『코스모스』, 사이언스북스, 2009.
토머스 루이스 외, 김한영 역, 『사랑을 위한 과학』, 사이언스북스, 2001.
한나 크리츨로우, 김성훈 역, 『운명의 과학』, BRONSTEIN, 2020.
한병철, 『아름다움의 구원』, 문학과지성사, 2016.
______, 김태환 역, 『피로사회』, 문학과지성사, 2012.
한자경, 『불교철학의 전개』, 예문서원, 2003.

〈논문〉

김경수, 「공지영 소설의 공적 상상력」, 『황해문화』 58, 새얼문화재단, 2008.
김용의, 「박경리의 『토지』에 나타난 일본 천황에 대한 비판인식」, 『일본문화학보』 69, 한국일본문화학회, 2016.
김은하, 「발랄한 고백과 자아의 개방된 기획: 공지영 장편소설 『즐거운 나의 집』」, 『창작과비평』 36(1), 창비사, 2008.
김주연, 「서사의 관리와 '기계천사': 김영하론」, 『문학과사회』 24(3), 2011.
김현숙, 「박경리 작품에 나타난 죽음과 생명의 관계」, 『현대소설연구』 17, 한국현대소설학회, 2002.
남진우, 「나르시시즘, 죽음, 급진적 허무주의: 김영하의 소설에 대해 말하고 싶은 두세 가지 것들」, 『숲으로 된 성벽』, 문학동네, 2010.
「박경리 특집: 「김약국의 딸들」에서 『토지』까지」, 『작가세계』 6(3), 1994.
박상민, 「박경리 『토지』에 나타난 윤리적·종교적 존재로서의 인간 이해」, 『인간연구』 23, 가톨릭대학교 인간학연구소, 2012.
안숙원, 「현대작가와 역마살의 재독해: 김동리의 『역마』와 박경리의 『토지』를 대상으로」, 『한국문학이론과 비평』 24, 한국문학이론과비평학회, 2004.
이상진, 「운명의 패러독스, 박경리 소설의 비극적 인간상」, 『현대소설연구』 56, 한국현대소설학회, 2014.
이선옥, 「독자의 달라진 기대지평과 모성소설의 도전: 공지영, 전경린」, 『오늘의 문예비평』 69, 2008.
정금철, 「易의 기호와 서사의 통사체계: 박경리 『土地』의 담론 양상을 중심으로」, 『인문과학연구』 8, 강원대학교 인문과학연구소, 2000.
조세희·박경리, 「'상생(相生)의 문화'를 찾아서: 작가 박경리에게 듣는다」 (빈곤보다 두려운 것은 터전의 상실이다), 『당대비평』 6, 생각의 나무, 1999.
한점돌, 「박경리 문학사상 연구(2): 박경리 초기소설과 에고이즘」, 『현대소설연구』 49, 한국현대소설학회, 2012.

2. 명리학 분야

〈저서〉

강진원, 『알기 쉬운 역의 원리』, 정신세계사, 2005.

강헌, 『명리: 운명을 읽다』, 돌베개, 2015.

____, 『명리: 운명을 조율하다』, 돌베개, 2016.

고미숙, 『나의 운명 사용설명서』, 북드라망, 2016.

고미숙 외 2인, 『누드 글쓰기』, 북드라망, 2017.

구경회, 『적천수강해』(1판 3쇄), 동학사, 2017.

김대진, 『대산 주역 강의』(상·하), 한길사, 1999.

김동완, 『명리학 시리즈』 1~10권, 동학사, 2006.

김동현, 『실전 사주명리』(페이퍼본), 2013.

김두규, 『사주의 탄생』, 홀리데이북스, 2017.

김영인, 『사주명리학을 통한 인간 이해와 우리 아이들 껴안기』, 동림출판사, 2016.

류동학, 『대통령의 운명』, 행복한미래, 2017.

안태옥, 『일주분석』(인터넷본), 2015.

양창순, 『명리심리학』, 다산북스, 2020.

이석영, 『사주첩경』 제6권, 한국역학교육원, 1996.

이세원, 『사주, 여덟 글자의 운명』, 북핀, 2016

정다운, 『인생 12진법』, 우민사, 2011.

정희태·김태경, 『운을 묻고 명을 답하다』, 계축문화사, 2019.

조용헌, 『조용헌의 사주명리학 이야기』, 알에치코리아, 2014.

______, 『조용헌의 인생독법』, 불광출판사, 2018.

최제현, 『사주, 인생을 디자인하다』, 지식과감성사, 2020.
허훈, 『마음은 몸으로 말한다』, 이담북스, 2016.

〈논문〉

김만태, 「십이지지의 상호작용 관계로서 충(衝)·형(刑)에 관한 근원 고찰」, 『정신문화연구』 36(3), 한국학중앙연구원, 2013.
______, 「사주와 운명론, 그리고 과학의 관계」, 『원불교사상과 종교문화』 55, 2013.3.
김학목, 「음양오행론과 관계하여」(문화: 명리학(命理學), 미신인가 학문인가?), 『퇴계학 논총』 25, 퇴계학부산연구원, 2015.
민영현, 「삶의 이해, 도덕과 윤리로서의 명리: 학술로서의 명리학의 성립을 위한 변명」, 『문화와예술연구』 4, 동방대학교 문화와 예술콘텐츠연구소, 2014.
박성희, 「사주명리학의 형살에 관한 연구」, 『한국정신과학회학술대회 논문집』, 2016.10.
______, 「사주명리를 이용한 궁합연구」, 『한국정신과학회학술대회 논문집』, 2013.10.
심규철, 「명리학의 연원과 이론체계에 관한 연구」, 한국정신문화연구원 박사논문, 2003.
안상호, 「명리학의 직업적성 이론을 활용한 취업안내에 관한 연구」, 『한국 동서정신과학회지』 16(1), 한국동서정신과학회, 2013.
원준희, 「인성과 커뮤니케이션 행태에 관한 연구: 명리학을 중심으로」, 성균관대학교 석사논문, 2004.
이종화, 「성격유형이 청소년의 생활만족도와 범죄에 미치는 영향: 명리학적 성격이론을 중심으로」, 광운대학교 박사논문, 2011.
정준범, 「에니어그램 성격유형과 사주명리학(四柱命理學)의 성격 유형에 대한 연구: 일간(日刊)을 중심으로」, 『에니어그램연구』 10(2), 한국에니어그램학회, 2013.
황금옥, 「한국명리학의 메타분석학적 고찰」, 『정신문화연구』 40(1), 2017.

지은이 **김성렬**

1954년 대구 출생. 계명대학교 한문학과 졸업. 고려대학교에서 현대문학으로 석·박사 취득. ≪문화일보≫로 문학평론 데뷔. 대진대학교 문예창작학과 교수 역임. 대진대학교 중앙도서관장, 평생교육원장, 한국작가교수회 주간, 이해조문학기념회 회장 등 역임. 현재 대진대학교 명예교수.
저서로 『광복 직후 좌우대립기의 문학연구』, 『문학의 쓸모』, 『최인훈의 패러디소설 연구』, 『괴물 흥망사』(창작집, 세종도서 문학나눔 우수도서), 공저로 『한국문학명작사전』, 『21세기 학문의 전망과 과제』 등이 있다.

운명을 **알**고, **살**고, **넘**어서기

1판 1쇄 인쇄_2022년 04월 30일
1판 1쇄 발행_2022년 05월 10일

지은이_김성렬
펴낸이_양정섭

펴낸곳_경진출판
등록_제2010-000004호
이메일_mykyungjin@daum.net
사업장주소_서울특별시 금천구 시흥대로 57길(시흥동) 영광빌딩 203호
전화_070-7550-7776 **팩스**_02-806-7282

값 18,000원
ISBN 978-89-5996-875-6 03810